Thierry Jo

Les orpailleurs

Gallimard

L'œuvre de Thierry Jonquet est très largement reconnue. Sur un ton singulier, il écrit romans noirs et récits cocasses, où se mêlent faits divers et satire politique. Ce romancier figure parmi les plus doués de sa génération.

Pour Patrick Bard, en souvenir des folles nuits d'Olomuc, de la savoureuse cuisine de l'hôtel Chemik, et du sourire charmeur de Frau Blucher.

Tous mes remerciements à Hervé Defosseux et Frédéric N'guyen pour leur aide, ainsi qu'à Ghislaine Polge pour sa lecture très pointilleuse du manuscrit.

1

— Je vous préviens, c'est un véritable poème...
murmura Dimeglio.

Il tenait sa main plaquée sur le bas de son
visage. Son teint, d'ordinaire rubicond, était livide.

— Faites attention en montant, c'est pourri !
ajouta-t-il d'une voix étouffée.

Rovère haussa les épaules et continua seul
l'ascension. A partir du troisième, l'escalier était
à claire-voie. Penché sur les marches gluantes de
crasse humide, il constata que certaines d'entre
elles avaient été sciées en leur milieu et laissées
ainsi, dans l'espoir évident de piéger les intrus suffisamment imprudents pour se risquer jusque-là.
On distinguait nettement une fente, probablement
tracée par une lame d'égoïne et bordée d'éclats de
bois noirci. Le stratagème n'avait pas été inutile :
avant d'accéder au palier du quatrième, Rovère
dut s'agripper à la rampe pour enjamber les trois
dernières marches, effondrées. Il remarqua la présence d'un petit morceau de tissu, de la flanelle

grise, accroché à une écharde, et s'en saisit délicatement pour le glisser dans l'étui d'une pochette de Kleenex qu'il fourra dans son blouson.

*

Dimeglio, entraîné par ses cent kilos, poursuivit sa descente tout schuss, atteignit le premier étage, faillit glisser sur le palier de l'entresol, se rattrapa tant bien que mal, et jaillit au-dehors, sous le regard épouvanté de la concierge, une Mme Duvalier, sans aucun rapport avec le dictateur, évidemment. Ladite dame s'était munie d'un de ces masques que portent les maçons afin de se protéger de la poussière, lorsqu'ils poncent les murs, ou dans d'autres circonstances analogues. Bravache, elle se tenait devant sa loge, les deux poings sur les hanches, le bigoudi en bataille. Une nature, la Duvalier ! songea Dimeglio, en serrant les dents.

Il sortit dans la rue, avala quelques goulées d'air frais, puis dévisagea un à un les badauds qui l'observaient, effarés. Ils étaient nombreux malgré l'heure matinale et l'interrogeaient du regard, attentifs, comme s'ils s'attendaient à ce qu'il prononce une allocution.

Une délégation des petites vieilles du quartier, accourues à l'annonce de la nouvelle, portant toutes un cabas vide mais déjà prêt à recevoir les trésors qu'elles iraient glaner sur le marché du boulevard de Belleville, plus tard, à la fin de la matinée, quand les commerçants abandonnent sur le macadam les légumes invendables.

Puis les menuisiers d'un atelier voisin, aux cheveux couverts de sciure, graves et vaguement condescendants ; ils s'étaient résolus, après mille réticences, à abandonner varlope et trusquin pour venir voir œuvrer la flicaille.

Et encore, massés au carrefour, craintifs, prêts à déguerpir au moindre signe hostile, quelques manutentionnaires tamouls employés par les ateliers de confection du quartier, et qui ne lâchaient pas pour autant leurs diables chargés de ballots de tissus bariolés.

Indifférent à leur attente, Dimeglio reprit lentement son souffle. Son regard croisa celui d'un vieillard très raide, qui semblait surveiller la place comme un général le champ de bataille. Malgré la douceur du temps, il portait un curieux manteau de cuir à martingale, dont la coupe évoquait une quelconque origine militaire. Appuyé sur une canne, goguenard, sa casquette vissée sur le front, il toisait les flics d'un air supérieur, mécontent de leur précipitation et en même temps amusé par le spectacle de leur apparente incompétence. Un troisième car de policiers en tenue — Dimeglio disait « les prétoriens » — se faufila sur la petite place et les hommes en descendirent pour se déployer en renfort face aux badauds. Alignés sur le trottoir, ils interdirent l'accès des immeubles proches de celui où l'on avait trouvé le corps. Une camionnette de pompiers occupait déjà le terre-plein de la place, garée au beau milieu d'un quadrilatère formé par des platanes rabougris.

— Le commissaire a pensé que c'était mieux d'envoyer des renforts. C'est un quartier sensible, ici ! expliqua le brigadier, en s'avançant vers Dimeglio.

Celui-ci lui montra l'accès au boulevard, lui demanda de le barrer sans attendre et de faire de même avec les ruelles qui débouchaient sur la place.

*

Une heure plus tôt, le commissaire du Xe arrondissement n'avait pas caché son impatience en téléphonant au poste de commandement de la préfecture de police. Il avait déballé son histoire et insisté pour que l'on fasse vite. Le responsable appela aussitôt l'équipe de permanence de la Brigade criminelle.

— Doucement, la règle, c'est que vous préveniez d'abord la DPJ concernée, protesta Dimeglio, qui souhaitait vivement terminer sa nuit de garde comme elle avait commencé : dans la quiétude.

Deux week-ends durant, il avait assuré la permanence sans dommage, contre toute attente. Il redoutait particulièrement la nuit du dimanche au lundi, qui ne lui portait jamais chance. Une fois de plus, il put constater que la poisse le guettait.

— La DPJ ? Mais elle est déjà sur place, mon vieux ! Ils vous attendent. Le corps est dans un état épouvantable, ça fait des semaines qu'il est là. Pas la peine de traînasser puisque c'est vous, la Crim', qui allez hériter de tout ça, en fin de compte, hein ?

Dimeglio garda prudemment le silence.

— Alors ? Vous y allez tout de suite ? insista le responsable.

— Le Parquet, ils sont déjà au courant ? demanda l'inspecteur, qui espérait gagner du temps.

— C'est plutôt à vous de joindre le proc' ! Faites vite. L'équipe de la DPJ est sur les dents depuis hier matin et les gars de l'arrondissement ont un accident sur la voie publique avec des blessés sur les bras ! répliqua l'autre, d'un ton sans appel. Un quinze tonnes frigorifique qui a dérapé sur plus de vingt mètres avant de percuter la vitrine d'un supermarché, vous voyez d'ici la panique ? Alors n'en demandez pas plus.

Dimeglio raccrocha, fataliste. À peine avait-il reposé le combiné que la sonnerie retentissait de nouveau.

— Dimeglio ? Je viens d'avoir le central, vous êtes au courant pour la rue Sainte-Marthe ? demanda Sandoval, le commissaire responsable de sa section. Je file sur place, vous faites le nécessaire. Sans perdre de temps !

Dimeglio voulut calmer le jeu, mais Sandoval n'était déjà plus en ligne. L'inspecteur prit le temps de boire le café qu'il s'était préparé, rangea l'échiquier de poche qui lui servait à tuer le temps durant les nuits de veille, puis il appela le Palais de justice. Il était encore trop tôt pour qu'un des magistrats de la huitième section du Parquet réponde. Il se fit communiquer le numéro du domicile du substitut de permanence.

Une femme, assez jeune à en juger d'après sa voix, à qui l'inspecteur Dimeglio dressa un bref tableau de la situation : un cadavre, découvert par les pompiers dans un immeuble délabré, place Sainte-Marthe. Pas besoin d'en dire plus. Étouffant un bâillement, le substitut confirma son arrivée. Puis Dimeglio réveilla Rovère, chez lui.

— Une viande froide, entre le boulevard de la Villette et la rue Saint-Maur, annonça-t-il sans plus de fioritures.

— La semaine commence bien. C'est crapoteux ? marmonna Rovère, à l'autre bout du fil.

— Heu... Je crois surtout que ça date, d'après ce que disent les gars du secteur !

— La DPJ est déjà sur place ? demanda Rovère, en bâillant.

— Heu, oui... soupira Dimeglio.

— Tu as mis Sandoval au courant ?

— Il nous attend sur place. Il dit qu'il faut se grouiller.

— Évidemment qu'il faut se grouiller ! ricana Rovère. Il en a de bonnes. Ma voiture est en carafe, je viens en taxi !

Trois quarts d'heure plus tard, l'inspecteur divisionnaire Rovère arrivait sur les lieux. Dimeglio avait eu le temps de prévenir les autres membres du groupe, d'interdire l'accès de l'immeuble, d'en faire déguerpir les occupants, de prévenir l'Identité judiciaire et de cuisiner un peu la Duvalier, sans résultat tangible. Sandoval battait la semelle sous le porche et surveillait de loin l'agitation qui s'était emparée de la rue.

*

Quand il le vit descendre du taxi, Dimeglio comprit que Rovère n'avait guère dû dormir de la nuit. Il traversa la petite place, bousculant au passage les barrières installées par les prétoriens, pour

16

venir à sa rencontre. Pâle, dégingandé, la mine défaite, frissonnant dans son blouson de cuir, Rovère semblait à bout de nerfs. Sa main tremblait quand il alluma la Gitane qui pendait à ses lèvres. Il lissa ses cheveux gris, ébouriffés, étira sa longue carcasse filiforme, bâilla, épousseta quelques cendres de tabac sur son pantalon et prit le bras de Dimeglio.

— Où est le proc' ? demanda-t-il après avoir toussé pour s'éclaircir la voix.

Il fixait Dimeglio de ses yeux injectés de sang et entourés de larges cernes noirs.

— En route, probable ! répondit l'inspecteur, en détournant le regard. C'est une nana, elle doit se pomponner avant de...

Rovère n'attendit pas la fin de la phrase.

— Allez, montre-moi, passe devant ! dit-il en s'avançant vers le porche du dix de la rue Sainte-Marthe.

Il s'agissait d'une construction de quatre étages à la façade gondolée, et maculée de tags. Quelques guirlandes de pauvre linge pendaient aux fenêtres. Au quatrième, une large brèche s'ouvrait dans le mur ; on l'avait colmatée tant bien que mal à l'aide de morceaux de tôle ondulée qu'une végétation hybride, mi-lierre mi-chiendent, n'avait pas tardé à coloniser. De gros madriers de soutènement se dressaient entre les immeubles du dix et du douze ; dans l'interstice, les riverains avaient pris l'habitude d'abandonner divers détritus qui formaient un monticule où s'ébattait une colonie de chats au poil pelé.

— Vous avez failli vous faire attendre, grommela Sandoval en serrant la main de Rovère.

Enfin, de toute façon, le substitut n'est pas encore arrivé. Je suis déjà monté, ce n'est vraiment pas un spectacle réjouissant...

Rovère hocha la tête. Sandoval n'appréciait guère le travail de terrain. Il était très jeune et son affectation à la Brigade criminelle ne datait que de quelques semaines. Il n'avait aucune expérience et, jusqu'à présent, il s'en était toujours remis à son équipe pour aller au charbon. Rovère, qui lui trouvait un air de ressemblance avec ces bellâtres que l'on voit se trémousser dans les pubs pour sticks désodorisants, tolérait difficilement d'avoir à travailler sous ses ordres. Il savait par ailleurs que Sandoval avait utilisé ses relations familiales — son père était préfet — pour décrocher son poste en trichant avec la liste d'aptitude. Les deux hommes se dévisagèrent un long moment. Le commissaire, tiré à quatre épingles, raide dans son costume au veston croisé, se hissait doucement sur la pointe des pieds avant de reposer les talons sur le sol, dans une attitude faussement nonchalante. Rovère se cura l'oreille, tira longuement sur sa Gitane, puis réprima un nouveau bâillement.

— Où est la DPJ ? demanda-t-il en regardant autour de lui.

— Heu... je leur ai dit que nous prenions les choses en main dès que je suis arrivé, expliqua Sandoval. Ils sont partis.

Rovère le regarda, navré.

— Mais vous êtes certain qu'il s'agit bien d'un homicide, au moins ?

— De toute évidence, oui ! répondit Sandoval, un peu gêné. Allez-y, montez, je vais attendre l'Identité judiciaire.

Rovère poussa un soupir et jeta sa cigarette. Dimeglio pressa le pas pour le précéder dans l'escalier. Les murs encroûtés de salpêtre étaient couverts de graffitis obscènes. Au troisième, il désigna la porte entrouverte à l'étage supérieur, mais ne put poursuivre. Il eut tout juste le temps de mettre Rovère en garde, à propos de l'odeur, et de redescendre avant que son estomac ne le trahisse.

2

Prenant son courage à deux mains, Dimeglio s'engagea donc de nouveau sous la porte cochère, rabattit soigneusement le col de son imper, comme si ce geste — en fait un tic qui trahissait d'ordinaire son agacement — pouvait l'aider à supporter la puanteur, et au passage, salua la Duvalier d'un hochement de tête furtif.

Là-haut, sous les combles, Rovère avait reçu le secours de l'officier des pompiers. Arrivés les premiers sur place, ceux-ci avaient coiffé leur masque à gaz et Rovère s'était vu gratifier d'un de ces précieux ustensiles. Il contemplait le corps au travers des lunettes grillagées. Ainsi quadrillé, divisé en facettes, son champ de vision ressemblait à celui d'un insecte.

La pièce était minuscule et, à moins d'imaginer un scénario catastrophe, il n'était pas raisonnable de penser qu'elle avait été récemment habitée. Un lavabo fendu en deux par le milieu, et dont l'émail était masqué par des concrétions jaunâtres, s'accrochait à une des cloisons, retenu par une tuyauterie curieusement tordue. La carcasse d'une penderie de toile plastifiée, ornée d'un motif fleuri, gisait renversée sur le sol. De grosses mouches bleues tournoyaient dans le réduit et fuyaient par les trouées du toit ; quelques ardoises ébréchées jonchaient le sol tapissé d'un linoléum crevassé par l'humidité. Le vasistas, à demi arraché, pendait sur ses gonds et une large flaque d'eau croupie occupait le centre de la pièce.

Le cadavre, recroquevillé le long d'un mur, ruisselait d'insectes qui dansaient la sarabande le long des membres. Il était enroulé dans un vieux matelas couvert de taches, si bien qu'on n'apercevait que les deux jambes, le bassin et la moitié inférieure du torse. Échappés des déchirures qui émaillaient la toile, des amas de plumes, agglomérés par une substance poisseuse et d'origine incertaine, voletaient à ras du sol, au gré des courants d'air.

Rovère détailla longuement les jambes. Celles d'une femme, probablement assez jeune à en juger d'après le modelé de la cuisse, du mollet, que la putréfaction n'avait pas encore gommé. Cloportes, punaises et cafards s'étaient infiltrés sous la soie des bas et y grouillaient en plaques ondulantes. L'officier des pompiers frappa le sol du talon de sa botte à plusieurs reprises, déclenchant ainsi une furieuse panique parmi cette foisonnante assemblée.

Le visage trempé de sueur sous l'étau étouffant du masque, Rovère lui fit signe de s'abstenir de ce genre de fantaisie, certes plaisante pour les yeux, mais aux conséquences aléatoires avant l'arrivée du médecin légiste et des techniciens du labo.

À reculons, il quitta la pièce et tituba sur le palier. Il y retrouva son adjoint, à présent stoïque, lui aussi équipé d'un masque, qui écartait précautionneusement les jambes pour éviter de souiller ses chaussures dans une large flaque mousseuse, résultat de sa première incursion dans la chambre.

— Premier prix de la dégueulasserie, hein ? marmonna Dimeglio, avant d'éclater de rire.

Sa voix grasseyante, à demi étouffée par la gangue de caoutchouc du masque à gaz, résonnait comme une crécelle.

— Sandoval a complètement déconné ! répliqua Rovère. Rien n'indique qu'elle a été assassinée. Tant qu'on n'a pas vu le reste du corps... ça peut être n'importe quoi, une camée morte d'overdose, un suicide !

Dimeglio hocha la tête en guise d'approbation.

— Je sais bien, dit-il, mais qu'est-ce que vous voulez, au Central, ils étaient excités, la DPJ voulait foutre le camp au plus vite, et lui, il a foncé droit dans le panneau.

— Et les marches sciées, qu'est-ce que ça veut dire ? demanda Rovère.

— Sais pas, la bignole m'a parlé d'une histoire de squatters, paraît que c'est le proprio qui a voulu les dissuader.

— Ah oui ? Pourquoi pas de l'huile bouillante ? On est en plein Moyen Âge ?

Un pas lourd secouait l'escalier, deux étages plus bas. Bientôt apparut la silhouette de Pluvinage, un quinquagénaire au visage couperosé encadré de bajoues flasques et piquetées de poils épars, trop clairsemés pour suggérer à leur propriétaire la nécessité d'un rasage quotidien. Avant que Rovère ne songe à le prévenir, le nouveau venu glissa sur une des marches sabotées, qui céda brusquement sous son poids, et se cramponna de justesse à l'un des barreaux de la rampe.

— Joyeux accueil, salut Rovère ! maugréa Pluvinage en se redressant. Parce que je suppose que c'est vous ? Je vous reconnais pas, là, sous votre déguisement.

Il tapota amicalement le masque de l'inspecteur et pénétra dans le cloaque, sans autre formalité. Pluvinage était médecin légiste. La nature, prévoyante, l'avait affligé d'une anosmie intégrale ; la plus extrême pestilence le laissait de marbre. Aussi étudia-t-il avec indifférence le corps étalé à ses pieds, sans toutefois le manipuler. De la pointe de son stylo — un vulgaire bic au capuchon copieusement mâchonné — il effleura la soie des bas sous laquelle pullulaient les insectes et remonta de la cuisse à l'entrejambe. À la jointure de la jarretelle, le pourrissement des chairs, attisé par l'humidité ambiante, dessinait un liseré de boursouflures noirâtres dont il apprécia le dessin en connaisseur. Un fourreau de lamé, retroussé jusqu'aux hanches, habillait le buste, mais le matelas, jeté en travers de la poitrine, en dissimulait encore la majeure partie. Pluvinage, pensif, agaça la dentelle noire qui recouvrait le pubis, suscitant par là même un nouveau maelström ·chez les coléoptères. Il fut dérangé dans ses méditations par l'arrivée des photographes de l'Identité judiciaire alertés par Dimeglio.

Ceux-ci se mirent à l'ouvrage avec une méticulosité exemplaire. Ils flashèrent abondamment les jambes, les cuisses ouvertes, sans oublier les chaussures, des hauts-talons au cuir très fin, moisi par le séjour dans le réduit, et qui gisaient sur le lino, à quelques centimètres des pieds de la morte.

Tandis qu'ils travaillaient, Rovère entraîna le capitaine des pompiers sur le palier de l'étage inférieur. Les deux hommes ôtèrent leur masque et s'essuyèrent le visage d'un revers de manche. Dimeglio les imita. Pluvinage les rejoignit.

— C'est vous qui l'avez trouvée ? demanda Rovère.

— Oui, répondit le capitaine, on a été appelés pour une fuite de gaz sur le pâté de maisons voisin ! C'était pas facile de passer parce que... enfin, bref, un de mes gars a coupé par les toits pour gagner du temps. Il a aperçu la... la fille, là, en jetant un coup d'œil par le vasistas ! J'ai aussitôt prévenu le commissariat du Xe.

— C'est vous qui avez cassé les marches ?

— Non ! On est tous descendus dans la chambre par le vasistas. Et on a appelé le commissariat par radio. Vous pensez bien qu'on a fait attention, on a l'habitude.

— Bien, vous pouvez nous laisser, merci, murmura Rovère.

Le capitaine récupéra les masques, et ses hommes descendirent à la file indienne, agrippés à la rampe, prenant garde de ne pas poser le talon de leur botte sur l'une des marches effondrées.

— Vous faites dégager le matelas, qu'on voie un peu mieux ? demanda Pluvinage.

Il alluma une mentholée et en tira une longue bouffée.

— Non, on attend le proc', répondit Rovère. On a déjà eu la faiblesse de laisser filer la DPJ, autant ne pas aggraver notre cas. Dimeglio ? Qu'est-ce qu'elle fout ?

— Sais pas... grommela l'inspecteur.

— Et les autres, ils sont arrivés ? demanda Rovère, de plus en plus agacé.

— Un peu avant vous. Dansel a commencé à s'occuper des voisins.

À cet instant, une sirène fit entendre son hululement dans la rue. Rovère ouvrit une fenêtre dépourvue de vitres mais obturée par des cartons, qui grinça en pivotant et dont la crémone faillit bien lui rester dans la main. Il aperçut une Clio blanche équipée d'un gyrophare, qui longeait la rue et tentait de se faufiler entre les voitures de pompiers et les cars des prétoriens.

*

Maryse Horvel rencontra d'abord Sandoval. Il s'avança vers elle, la salua et dévisagea cette jeune femme menue, qui portait un ensemble de jean et un sweat décoré du logo d'UCLA. Son visage enfantin, parsemé de taches de rousseur, semblait encore chiffonné de sommeil.

— Vous... vous êtes le substitut ? demanda le commissaire, étonné.

Maryse Horvel hocha la tête. Son cartable sous le bras, elle suivit Sandoval qui l'accompagna jusqu'au porche du dix.

— Vous pouvez monter, dit-il. Moi, j'ai déjà eu ma dose, vous allez voir, rien de bien passionnant.

Elle monta l'escalier. Le comité d'accueil l'attendait sur le palier du troisième.

Un type obèse, au cheveu rare, mal fagoté dans un imper fripé, lui tendit la main pour l'aider à sauter les dernières marches, impraticables.

— Inspecteur Dimeglio, c'est moi qui vous ai appelée, dit-il en grimaçant un sourire qui dévoila ses dents jaunies et plantées de guingois.

— Pluvinage, je suis le légiste. Vous avez été coincée dans les embouteillages ? demanda le second.

Quand sa main fut prisonnière de celle du médecin, elle réprima un frisson au contact de la peau moite, couverte de sueur glacée.

— Inspecteur divisionnaire Rovère, Brigade criminelle, annonça le troisième.

Maryse Horvel le salua d'un simple mouvement du menton. Il n'avait pas un visage antipathique mais elle fut gênée par son regard inquisiteur. Il la toisa un long moment, sans qu'elle puisse deviner s'il lui adressait un reproche muet pour son retard, ou s'il cherchait à lui en imposer.

— Excusez-moi, dit-elle, je... je viens de l'autre bout de Paris, le XVe, et...

— Ça se passe là-dedans ! trancha Rovère en montrant la porte de la chambre. Nous n'avons touché à rien. Nous vous attendions.

— Je vous préviens, madame le Substitut, susurra Pluvinage, obséquieux, ça n'est pas très joli.

— Le corps est là depuis un bon moment, précisa Dimeglio en se pinçant le nez dans un geste qu'il voulait éloquent.

Maryse Horvel haussa les épaules, irritée par

ces prévenances hypocrites. Elle sortit de son cartable un flacon de Baume du Tigre. De la pulpe de l'index, elle en cueillit une copieuse noisette, s'en humecta le pourtour des narines ainsi que le bord de la lèvre supérieure, et prit une profonde inspiration. Elle se tourna vers Rovère, qui poussa la porte du réduit.

*

Enjambant la flaque de vomissure laissée par Dimeglio, Maryse Horvel s'avança prudemment dans la pièce. Elle fit le tour du matelas qui recouvrait le cadavre, resta un long moment penchée sur le corps, réprima un haut-le-cœur et quitta calmement la pièce.

— Vous êtes certain qu'il s'agit bien d'un homicide ? demanda-t-elle à Rovère.

Il remarqua le léger tremblement qui agitait sa lèvre inférieure.

— Dieu que ça pue, soupira-t-elle en plongeant de nouveau le doigt dans son flacon de Baume.

— Prenez l'air à la fenêtre, ça ira mieux après, proposa l'inspecteur en lui tenant le coude pour la guider sur le palier. Un homicide ? Non, on ne sait pas encore. Le Central était un peu heu... agité, ce matin ! Si bien qu'au lieu de la DPJ, c'est nous qui récoltons le colis !

— Pour en savoir plus, il faudrait enlever le matelas, expliqua Pluvinage, impatient.

— Bien ! Allez-y, dit Maryse. Je suppose que vous avez déjà fait faire des clichés ?

Rovère cligna des yeux pour la rassurer.

— Restez ici, je crois que ça vaut mieux, dit-il en s'efforçant d'effacer de sa voix toute ironie malveillante. Vous me passez votre truc ? Ça a l'air efficace.

Il s'humecta le nez de pommade, renifla comme s'il était atteint d'une crise d'asthme, entra dans la chambre, et, d'un claquement de doigts, incita les gens de l'IJ à dégager le corps. De leurs mains gantées de caoutchouc, ils saisirent le matelas, l'arrachèrent avec ardeur, à l'unisson, le visage tendu par l'effort, comme s'ils avaient affaire à une plaque de fonte. Rovère, Dimeglio et les photographes détournèrent la tête. Pluvinage ralluma sa cigarette. Le mégot coincé dans la commissure des lèvres, il assista à l'opération, les yeux grands ouverts. Il y eut un froissement de tissu, aussitôt suivi d'un chuintement liquide et d'un nouveau déferlement de puanteur. La peau de l'abdomen, la trame de la robe de lamé et la toile du matelas s'étaient unies, solidarisées dans les macérations, si bien que le conglomérat des viscères fut libéré dans un flux informe.

— Rovère, vous avez vu ? demanda Pluvinage en tirant sur sa cigarette.

L'inspecteur se résigna à lancer un bref regard sur le cadavre.

— Eh bien ? demanda-t-il, révulsé par le spectacle de ce corps éventré.

— La main droite, bon sang ! bougonna Pluvinage.

Les poignets étaient liés derrière le dos. Rovère aperçut la cordelette qui les unissait. Elle enserrait les avant-bras jusqu'aux coudes, de telle sorte que le buste, déjeté vers l'avant, formait avec le bassin un angle d'environ 45 degrés. Mais la main droite manquait, tranchée net au niveau du canal carpien. Une large auréole brunâtre de sang coagulé, jusqu'alors masquée, avait imbibé toute la bourre du matelas. Rovère, maîtrisant son dégoût, s'accroupit près du corps, à la recherche de la main manquante, puis, constatant son absence, chercha un sac à main ou tout objet de ce genre. Il n'y en avait pas. Pluvinage fit un pas de côté, se pencha sur la tête et, avec mille précautions, ôta doucement la poche de plastique, un vulgaire sac de Prisunic, qui la retenait prisonnière. Elle avait agi à la façon d'une serre, générant un surcroît d'humidité, si bien que le travail des insectes avait été plus rapide que sur le reste du corps. Il ne subsistait que quelques lambeaux de chair accrochés à la mâchoire. La masse des cheveux, un paquet brun aux reflets roux, couvrait le crâne à la manière d'une perruque disloquée, le cuir chevelu n'ayant pas résisté à la furie dévastatrice des milliers de mandibules qui s'en étaient régalées en guise de festin. Une grosse balle de mousse était enfoncée entre les dents et des résidus de sparadrap pendaient le long des tempes.

— On l'a bâillonnée, constata Rovère.

Il entraîna Pluvinage hors du réduit.

— C'est bien un meurtre, annonça-t-il au substitut.

— Pas de pot, c'est pour nos pommes. Elle est restée combien de temps là-haut ? demanda Dimeglio, accablé.

— Sur le lino, il y a des chrysalides vides, expliqua le légiste. Quand la décomposition commence, les diptères arrivent, se mettent à tout bouffer, puis pondent. Il y en a au moins cinq ou six générations, il faut bien trois semaines pour en arriver là.

— Il n'y a pas d'arme ? demanda Maryse.

— Non... du moins je n'ai rien remarqué, dit Rovère. Pluvinage ? Vous avez vu quelque chose, vous ?

Le légiste secoua négativement la tête.

— Une main tranchée, pas d'arme, reprit Rovère, pas de sac à main, pas de papiers, et dans l'état où elle est, je ne vois pas comment on va l'identifier ! Pluvinage, vous poursuivez tout seul ? Nous, on va descendre. À moins que madame le Substitut... ?

— Mademoiselle ! corrigea Maryse Horvel. Non, je crois qu'on peut laisser M. Pluvinage travailler.

— Pour moi, c'est presque terminé, enfin, pour le moment, mais les gars du labo en ont pour deux bonnes heures, dit le légiste.

Ils s'écartèrent pour laisser passer un des techniciens qui sortait de la chambre et trimbalait un seau de plastique rempli d'une matière gélatineuse et sanguinolente. Un autre vint à leur rencontre. Il portait, pliée sur son avant-bras, une grande housse grise, pourvue d'une fermeture éclair et destinée à emporter le corps.

*

Sur le trottoir, ils rejoignirent la Duvalier qui cabotinait face à une équipe de FR3 ; les journalistes étaient arrivés par hasard, en route pour filmer un sujet sur les cantines scolaires et, bien plus alléchés par ce que racontaient les badauds, s'étaient décidés à rester. Rovère arracha la bignole à ces débuts prometteurs pour l'entraîner dans sa loge. Sandoval et Maryse le suivirent.

Il y eut des protestations, modérées de la part du public, véhémentes de celle du journaliste qui tenait le micro. Dimeglio, d'une voix de stentor, le pria de se calmer. Impressionné, l'autre n'insista pas. Le pépère à la canne et au manteau de cuir approuva d'un mouvement de menton énergique l'intervention de l'inspecteur et, certainement pour montrer l'exemple, s'éloigna d'un pas rapide. Avant de tourner le coin de la rue, il se retourna, hocha de nouveau la tête, ôta sa casquette et s'essuya le front à l'aide d'un large mouchoir à carreaux.

Dimeglio pénétra dans la loge garnie de chromos criards, un écrin kitsch où trônait un superbe buffet Henri III. Rovère, coincé entre deux piles de linge et un fer à repasser des plus modernes, était assis face à une longue table où s'étalait une patemouille, et griffonnait ses premières notes sur un calepin. Sandoval, qui cherchait à se donner une contenance, feuilleta un cahier défraîchi sur lequel la Duvalier épinglait les reçus de loyer et les avis de passage d'EDF. Maryse Horvel s'était installée dans un recoin de la pièce, sur une chaise de camping que la concierge lui avait offerte. Un chat pansu vint lui lécher la main.

— L'odeur, nom de dieu, l'odeur ! criait Rovère, au moment où Dimeglio poussait la porte. Vous avez bien dû la sentir, depuis le temps, hein, madame Duvalier ?

— C'est condamné à partir du troisième, personne n'y va jamais ! rétorqua-t-elle, outrée. Et puis ces derniers temps, il a pas fait si chaud. Humide, oui, ça, je dis pas, mais chaud, non. Pour un mois de septembre, avec toute la pluie qui est tombée, on n'a pas été gâtés. Alors votre histoire d'odeur, hein...

Elle s'interrompit un instant pour régler le jet de vapeur de son fer à repasser, qui sifflait en clignotant.

— Ma femme a le même, nota finement Dimeglio. Il est bien, non ?

— « Condamné à partir du troisième », on peut le dire, oui, ricana Rovère. Pourquoi les marches ont-elles été sciées ?

— À cause des squatters, expliqua la Duvalier.

— Ah oui, les squatters, j'avais oublié. Qu'est-ce que c'est que cette salade ?

— Vous demanderez au propriétaire, moi, j'en sais pas plus !

— Admettons, soupira Rovère. Et les gens du troisième étage, ils n'ont rien remarqué ?

— Les gens du troisième ? Il n'y a qu'un locataire, là-haut, et il a disparu de la circulation, reprit la Duvalier.

— Comment ça, disparu ? ! s'écria Sandoval, ravi de pouvoir se manifester. Mais pourquoi ne l'avez-vous pas dit plus tôt ?

— Parce que personne me l'a demandé ! On est le 20 septembre et je ne l'ai pas vu depuis le mois de juillet ! M. Djeddour, Bechir Djeddour, un célibataire, si vous voulez savoir : il travaillait à Citroën-Aulnay, à la chaîne. Aucune nouvelle de lui ! Et puis j'ai pas que ça à faire, moi, je m'occupe aussi du 12, du 8 et du 14. Je tire les poubelles sur le trottoir et je mets le courrier dans les boîtes aux lettres, c'est tout ! Tout le pâté de maisons doit être rasé dans les six mois, c'est la mairie qui nous a donné l'avis. Alors...

— D'accord, admit Rovère, radouci. Le propriétaire, où peut-on le trouver ?

La Duvalier sortit un bristol d'une boîte de carton décorée de coquillages collés et le lui tendit. Rovère s'en saisit du bout des doigts, le lut et le montra au commissaire.

— On va voir les résultats de l'autopsie et en attendant, on ira interroger ce... Vernier. Vous voyez autre chose ? demanda prudemment Sandoval en se tournant vers le substitut.

La jeune femme réfléchit un instant avant de répondre par la négative.

— On fera convoquer les voisins, conclut Rovère.

Avant de sortir, il caressa la tête du matou qui se prélassait sur la pile de linge. Quand il franchit le seuil de la porte cochère, il cligna des yeux sous les flashes des photographes à présent accourus en plus grand nombre.

— Dimeglio, tu les éjectes, s'il te plaît ? demanda-t-il.

L'inspecteur siffla les prétoriens, et, d'un geste auguste du bras, leur enjoignit de repousser les curieux. Ce qu'ils firent. Les Tamouls furent les premiers à déguerpir, suivis des menuisiers, bientôt imités par le quarteron de petites vieilles. Les journalistes, frustrés, comprirent que la séance était terminée. Tout ce petit monde reflua à contrecœur, sans pour autant s'éloigner de plus d'une cinquantaine de mètres. Sandoval donna l'ordre au brigadier de l'arrondissement de ne pas bouger de la place tant que les techniciens de l'IJ n'auraient pas terminé leur travail.

Maryse Horvel, suivie par Rovère, se dirigea vers sa voiture de fonction, dont les pompiers avaient légèrement rayé la carrosserie en dégageant leur propre véhicule. Sandoval les rejoignit, mains dans les poches.

— Je rentre au Palais. Qu'est-ce que vous en pensez, au jugé ? demanda Maryse avant de mettre le contact.

Rovère, penché au-dessus de la Clio, se gratta la joue, perplexe.

— Vous avez vu comment la fille était habillée ? Le lamé ne sortait pas du Prisunic, c'est le moins qu'on puisse dire, ni les bas. C'était de la soie, hein ?

— Et les chaussures, la même chose, un modèle assez luxueux. Alors je me demande ce qu'elle venait faire dans un endroit aussi pourri, ajouta Sandoval, qui voulait montrer qu'il ne s'était pas déplacé pour rien.

— On lui a peut-être donné rendez-vous ? dit Maryse.

— Vous accepteriez un rencart dans le coin, vous ? répliqua Rovère.

— Non, effectivement !

— Ce qui me tracasse un peu, c'est cette histoire de squatters, reprit Sandoval.

— Ah oui ? s'étonna Maryse Horvel. Moi, c'est plutôt la main coupée qui m'intrigue !

Rovère haussa les épaules.

— Ça, c'est du folklore, on en tirera sans doute quelque chose, concéda-t-il. Mais les squatters, oui, pour l'instant, ça me paraît plus urgent !

Sandoval acquiesça en silence, satisfait du soutien de son adjoint.

— Je ne crois pas qu'une femme qui s'habillait de cette façon ait eu quoi que ce soit à voir avec des squatters, objecta le substitut. Enfin, vous verrez bien. Je suis de permanence à la huitième section toute la semaine. On reste dans le cadre de l'enquête flagrante, n'est-ce pas ? Ce Djeddour ?

— Évidemment, on va essayer de lui mettre la main dessus, ça tombe sous le sens. Je vous tiendrai au courant, annonça Sandoval.

Elle démarra. Rovère se dirigea vers les policiers en tenue qui continuaient de barrer le passage et appela un civil au teint cireux, dont la tenue évoquait celle d'un clergyman.

— Dansel ! cria-t-il d'une voix forte, pour couvrir le brouhaha. Les voisins, tu les ratisses, tous jusqu'au dernier, ceux de l'immeuble et les numéros attenants. Et tu forces les portes du troisième, la concierge a parlé d'un locataire qui a disparu. Tu vois avec elle.

Dansel inclina doucement la tête et se fendit d'un sourire morose. Il appela les autres inspecteurs placés sous l'autorité de Sandoval et leur distribua le travail. Le commissaire lança un coup d'œil circulaire sur la place.

— Tout dépend de l'identification de la fille, hein ? dit-il.

Rovère, comprenant à demi-mot ce qu'insinuait Sandoval, contempla le bout de ses chaussures, pensif.

— Oui, dit-il, si on a affaire à une paumée, ce n'est pas la peine de s'énerver. Mais on ne sait jamais.

34

— Je rentre à la Brigade, annonça Sandoval. Je vous fais confiance ?

— Au fait, en montant là-haut, tout à l'heure, vous n'avez pas cassé une marche ? demanda Rovère.

— Non, non, j'ai fait attention. Pourquoi ?

— Rien, j'ai trouvé un morceau de tissu, c'est sans importance.

Le commissaire s'éloigna vers le boulevard, où était garée sa voiture. Rovère descendit la rue Sainte-Marthe, entraînant Dimeglio dans son sillage. Le spectacle n'était guère réjouissant. Des gosses au nez souillé de morve jouaient sur les trottoirs, juchés sur des skates bricolés ; ils zigzaguaient avec une étonnante maestria entre les poubelles et les tas de gravats. Une file de crève-la-faim attendait devant une boutique, tenue par une certaine Mission Évangélique, où l'on servait un bol de soupe. De nombreuses fenêtres murées par des parpaings aveuglaient les façades où de larges trouées de couloirs sombres, pareilles à des soupiraux, jaillissaient à ras de la chaussée, et laissaient entrevoir des conduites de gaz éventrées, des amas de fils électriques déchiquetés, et plus loin, dans les courettes dont ils révélaient l'existence presque à contrecœur, un fouillis d'ordures, une quincaillerie sauvage amassée là sans motif avouable.

Ils tournèrent à gauche dans la rue Saint-Maur, retrouvant ainsi un semblant de civilisation. Les kebabs des fast-food turcs, alignés en rang d'oignons, ruisselaient de graisse brûlante sur leur broche verticale. Puis, sans dire un mot, ils remontèrent la rue du Faubourg-du-Temple pour rejoindre le carrefour Belleville. Les livreurs d'une boucherie hallal obstruaient le passage, tandis qu'un peu plus loin, le traiteur antillais déchargeait ses barils de queues de cochon marinées dans la saumure.

— C'est vrai qu'elle était drôlement sapée, marmonna Dimeglio afin de meubler le silence. Et la main coupée, ça c'est pas banal, hein ?

Rovère ouvrit son blouson et tira de la poche intérieure une flasque argentée dont il dévissa lentement le bouchon. Il s'arrêta un instant, indifférent aux passants auxquels il barrait la route, et avala une longue rasade d'alcool. Dimeglio l'observait à la dérobée, réprobateur mais trop prudent pour risquer une remarque. Ils reprirent sur la gauche le boulevard de la Villette et revinrent dans la rue Sainte-Marthe.

— Alors ? demanda l'inspecteur.

— À ton avis ? répondit Rovère, avec un sourire mi-narquois mi-affectueux.

— Vous allez chez ce Vernier, et l'autopsie, c'est moi qui me la tape ?

— Voilà, tu as tout compris ! Asticote un peu Pluvinage ; des fois, il bâcle, surtout s'il a beaucoup de boulot. Attends, ce n'est pas tout !

Rovère sortit l'étui de Kleenex de son blouson et lui montra le morceau de flanelle qu'il avait prélevé sur une des marches cassées près du palier du quatrième étage.

— Tu donneras ça au labo. S'ils peuvent en tirer quelque chose !

Dimeglio empocha l'objet et s'éloigna de son pas lourd, poings dans les poches, sa grosse tête chauve rentrée dans des épaules d'haltérophile fatigué.

3

Le flic de ronde, flottant dans une blouse de nylon bleu pâle trop grande pour lui, bâillait voluptueusement. Il longeait la rangée de cellules dont la porte grillagée permettait d'observer l'intérieur, tout l'intérieur.

À la vingt-trois, tout était calme, les prévenus dormaient sur les châlits dépourvus de couverture. Ils s'étaient engueulés au moment de la distribution du casse-croûte mais on ne les avait pas entendus depuis.

À la vingt-quatre somnolait un toxico qu'on avait isolé et menotté pour la nuit. Il ne s'était pas calmé pour autant ; de ses ongles, il avait lacéré le capitonnage de la cellule, du moins ce qu'il en restait.

À la vingt-cinq, des Zaïrois en djellaba palabraient à voix basse, tous coffrés après une partie de bonneteau qui avait mal tourné.

À la vingt-six, un type d'une trentaine d'années, en costume, assez élégant, se soulageait, accroupi au-dessus de la tinette à la turque, face à la porte. Quand son regard croisa celui du flic de ronde, il eut un mouvement pour se rajuster, gêné d'être surpris en si piteuse posture, mais il était trop tard ; il baissa la tête, espérant que l'homme à la blouse bleue n'allait pas s'attarder. L'homme à la blouse bleue s'attarda un instant, comme à son habitude en pareil cas, puis s'éloigna, satisfait.

Il inspecta la vingt-six, la vingt-sept, la rangée complète, jusqu'à la trente-cinq, prit l'escalier en colimaçon qui menait aux cellules du premier étage, arpenta le chemin de ronde, tout comme il l'avait fait au rez-de-chaussée, et redescendit du même pas pesant à l'autre extrémité de la coursive. Il revint en sens inverse jusqu'à la cage de verre où somnolait le brigadier de garde. Il toqua à la vitre et lui signala qu'il n'y avait rien à signaler. Le brigadier consigna ses dires dans le cahier prévu à cet effet. Il fallait faire attention : en janvier, un mineur incarcéré à la vingt-deux s'était pendu avec ses chaussettes, nouées autour d'un montant du châlit.

Puis l'homme à la blouse bleue rejoignit ses collègues dans la salle de fouille. Les accros du turf s'étaient rassemblés autour de quelques journaux étalés sur le comptoir graisseux maculé de taches d'encre, et échangeaient des commentaires avisés sur les cotes de leurs favoris. Les autres flics de service sirotaient leur café en écoutant l'horoscope du jour sur RTL. La pendule indiquait huit heures trente. Une longue sonnerie tira les occupants du Dépôt, prisonniers et gardiens, de leur hébétude. Arrivés en car par l'entrée du quai de l'Horloge, les gendarmes de la relève pénétrèrent dans la vaste galerie qui abrita jadis les écuries du roi Saint Louis, et se préparèrent pour leur office.

Une à une, les portes des cellules furent ouvertes. Un à un, les prévenus en sortirent. La fouille à corps de la nuit n'avait pas suffi. Il en fallait une nouvelle. Les gendarmes n'ont pas confiance dans la fouille des flics. Un an plus tôt, un prévenu avait brusquement sorti une lame de rasoir scotchée sous la plante de son pied pour en menacer un magistrat, lors de sa comparution. Depuis, une circulaire régissait la fouille sans rien laisser au hasard.

— Un par un en file indienne ! gueula le chef d'escadron.

Après s'être fait palper, tripoter et, pour les toxicos, pénétrer d'un doigt ganté de caoutchouc, les détenus, rhabillés mais privés de leur ceinture, de leurs lacets, de tout objet pouvant servir d'arme par destination y compris « aux fins de suicide », furent conduits, chacun par un gendarme qui les tenait en laisse à l'aide d'un cordon rattaché aux menottes, en direction du dédale de corridors qui nervure les sous-sols du Palais de justice. À la sortie du labyrinthe, ils firent connaissance avec la salle d'attente de la huitième section du Parquet, un vaste couloir aux dimensions de hall de gare, éclairé par des néons anémiques.

Enfermés dans de petits bureaux à l'ameublement sommaire, alignés en enfilade le long du hall, les substituts du procureur de la République attendaient leur lot quotidien de délinquants déférés.

*

Maryse Horvel passa la tête dans l'entrebâillement de la première porte. Elle saisit les bribes d'une conversation banale, à laquelle elle n'avait nullement l'intention de s'intéresser.

— Mais enfin, monsieur Mouaïche, c'est écrit sur le rapport de police : vous avez été surpris à deux heures du matin dans un parking alors qu'une dizaine de voitures venaient d'être fracturées, hein ?

— Moulaïche, m'sieur, c'est Moulaïche, que j'm'appelle !

— Pour qu'on épelle correctement votre nom, monsieur Moulaïche, encore faudrait-il que vous ayez des papiers !

— Je les ai perdus, monsieur le Juge.

— Bien sûr ! C'est fou, le nombre de gens qui perdent leurs papiers. Ah, au fait, pendant qu'on y est, je ne suis pas juge, monsieur Moulaïche. Le juge, vous le verrez plus tard !

— Et vous êtes quoi, alors ?

Maryse Horvel ferma la porte, et ouvrit la suivante. Cette fois, un certain Marillier, celui qui s'était vu contraint de chier sous le regard du flic de ronde vingt minutes plus tôt, assurait qu'il n'avait absolument pas frappé le flic qui l'avait tiré de sa voiture « sans ménagement ».

— J'étais ivre, certes, mais je n'ai pas frappé ce policier, protestait-il.

— Vous habitez où ? demanda le susbsitut.

— À l'hôtel, je suis momentanément demandeur d'emploi.

— Chômeur, hein ? Et la voiture, elle n'était pas à vous !

— Un moment d'égarement, elle était rangée le long du trottoir, le moteur tournait, je n'ai pas pu résister, un geste stupide.

— Ben voyons... On résume, vous tirez une bagnole et vous cognez sur le premier flic qui vous arrête ! Vous avez déjà été condamné ? Ne racontez pas de salades, on vérifie tout de suite au casier !

Maryse Horvel quitta la pièce, et ouvrit la troisième porte. Un type effondré, au veston constellé de taches de vomissure, sanglotait devant le substitut.

— J'avais un peu bu, c'est sûr. Mais je ne voulais pas me mettre en colère, je vous assure.

— Oui, mais vous l'avez frappée, elle a été admise aux urgences à Saint-Antoine, et sa sœur a porté plainte.

— Mais on pourrait tout recommencer, chacun en y mettant de la bonne volonté, non ? pleurnicha le type.

Ecœuré, le substitut ferma le dossier bleu qui contenait le rapport de police, et tapa du poing sur la table.

— Allez, dehors !

Le gendarme qui accompagnait le prisonnier saisit celui-ci par le col de son veston et le poussa vers la sortie.

— Je... je vais en prison ? Tout de suite ? balbutia le prévenu.

— Mais non, vous pensez bien qu'on va vous juger, avant, s'esclaffa le substitut.

— Mais quand ?

— Dès cet après-midi, si vous acceptez, ou sinon dans quelques jours. De toute façon vous irez au trou.

— André, s'il te plaît, juste une seconde ?

Maryse souriait d'un air angélique. André Montagnac, un type solide, au visage barré d'une moustache de Gascon, se tourna vers elle surpris par sa présence. Il vit ses traits creusés par la fatigue.

— Je ne t'avais même pas vue entrer, dit-il. Tu as entendu cette ordure ? Sa femme, douze points de suture sur le crâne, il l'a tabassée avec un antivol de moto, tu te rends compte ? Qu'est-ce qui t'arrive ?

— Cette nuit, la permanence, tu peux la prendre à ma place ? J'en ai ma claque, on est lundi, et depuis samedi soir, ça n'arrête pas, j'ai eu droit au sado-maso du bois de Boulogne, à la putain du périphérique, à l'incendie de l'Euromarché de Clignancourt, trois cadavres calcinés, plus une petite vieille poignardée square Réaumur, et ce matin, à sept heures, ça a remis ça !

— Ça doit être la pleine lune, soupira Montagnac.

Maryse déposa son bipeur Eurosignal ainsi que les clés de la voiture de fonction sur le bureau et se fendit d'un soupir affreux, censé exprimer une infinie détresse.

— Je peux passer ton numéro aux flics, pour ce soir, juste pour ce soir ?

Montagnac ne fut pas dupe mais donna son accord. Ragaillardie par cette promesse d'une nuit de sommeil paisible, Maryse quitta la huitième section. Dans la cour de la Sainte-Chapelle, un groupe de touristes japonais attendait son tour de visite, sous la pluie. Elle traversa le boulevard du Palais, puis la Seine, et se dirigea vers la station de métro Châtelet.

4

À chaque fois que Dimeglio prenait l'escalier carrelé menant au premier étage de l'Institut médico-légal, quai de la Rapée, il croisait inévitablement Istvan, un des garçons morguistes, qui, croyant lui faire plaisir, l'accueillait avec un dicton de circonstance, quelques mots d'italien, les seuls qu'il connaissait :

— *Aqua fresca, vino puro, fica stretta, cazzo duro !* claironnait-il, l'index pointé vers le visiteur.

De l'eau fraîche, du bon vin, une figue mûre, la bite bien dure. Que demander de plus, en effet ? songeait l'inspecteur.

— *Ecco*, Dimeglio, quel mauvais vent t'amène ? ajoutait invariablement Istvan, avant d'éclater de rire.

Dimeglio souriait poliment et ne manquait pas de se laver discrètement la main après qu'Istvan la lui eut serrée. Istvan usait ses journées à nettoyer les tables d'autopsie, à classer les bocaux destinés à contenir les prélèvements et à ranger les corps dans les tiroirs frigorifiques après les avoir recousus. En dépit de longues années passées dans ce lieu sinistre, Istvan savait faire preuve de jovialité. D'origine hongroise, il était arrivé en France en 1956, à vingt-deux ans, pour fuir l'occupant russe. Les autorités universitaires parisiennes n'avaient pas daigné prendre en compte ses certificats de médecine décrochés à la faculté de Budapest, aussi avait-il été contraint d'accepter cet emploi à l'IML, pour survivre. Depuis, il ne l'avait plus quitté.

— Tu viens pour quoi ? demanda-t-il à l'inspecteur. La putain du périph ? On l'a amenée avant-hier matin, la pauvre, jolie comme un cœur, c'est malheureux de voir ce qu'ils lui ont fait !

— Non, la rue Sainte-Marthe, corrigea Dimeglio.

— Ah oui, je vois, dit tristement Istvan. Pluvinage va s'en occuper d'ici une demi-heure, dès qu'il aura terminé la putain. Viens, c'est par là.

Il le conduisit jusqu'à la salle d'autopsie où travaillait le légiste. Au passage ils croisèrent un autre employé de l'IML, qui poussait un chariot sur lequel reposait le corps d'une vieille femme couvert de moisissures verdâtres, et dégoulinant d'eau boueuse.

— Passent les jours et passent les semaines... et la Seine... heu... comment c'est déjà ? demanda Istvan.

— C'est autrement. Laisse la Seine couler tranquille, marmonna Dimeglio en tirant sur le col de son imper.

— Et pourtant, elle en vient, insista Istvan en montrant le cadavre. Trois noyées, déjà, depuis la fin août. L'automne sera chargé.

*

Dimeglio détestait cette corvée. Il avait mis longtemps, très longtemps, à s'y habituer, mais s'y était malgré tout résigné. Si bien qu'à la Brigade, il se trouvait toujours un petit malin pour donner son nom dès qu'un juge d'instruction demandait qu'un OPJ file à la Rapée...

— Alors Dimeglio, s'écria Pluvinage, on n'a pas eu le temps de parler ce matin, comment ça va, la famille ?

— Ça roule, ça roule, soupira l'inspecteur en s'asseyant près d'une paillasse vide.

— Le petit dernier, ça marche, l'entrée en sixième ? Vous voulez du café, Dimeglio ?

L'inspecteur déclina l'offre. Pluvinage, un bistouri à la main, incisait le thorax d'une jeune femme, presque une adolescente. Un photographe de l'Identité judiciaire prenait des clichés de chacune des étapes du travail. Un OPJ que Dimeglio ne connaissait pas et qui suivait l'affaire de la fille du périphérique était assis dans un coin, plongé dans une grille de mots croisés.

— J'ai presque fini celle-là, dit Pluvinage. C'était facile, elle a pris trois coups de poignard dans le dos, vous voyez le truc d'ici ? Elle tapine sur le périph' à deux heures du matin, un type s'amène en bagnole, elle monte sur le siège du passager avant, il se gare un peu plus loin, elle commence à lui faire une pipe, penchée sur lui, et crac, il lui enfonce sa lame ! Il lui pique son fric et la balance. On l'a retrouvée affalée sur la glissière de sécurité, près de la porte de Vanves !

Dimeglio patienta quelques minutes avant que Pluvinage ne s'attaque au cas qui l'intéressait. L'inspecteur qui avait assisté à la première autopsie quitta la salle, sans un mot. Istvan, sifflotant, emporta le corps de la prostituée sur une table aux roues mal huilées.

Celui de la rue Sainte-Marthe reposait sur une paillasse voisine, encore prisonnier de sa housse grise. Le médecin défit la fermeture éclair, et, avec une moue de contrariété, examina longuement le cadavre. Istvan revint avec un plateau garni de scalpels et de monoblocs propres. Il aida Pluvinage à enfiler une nouvelle paire de gants puis disparut après avoir adressé un clin d'œil à Dimeglio.

— J'ai déjà envoyé les prélèvements de viscères à la chromatographie. Vous savez, quand on a retiré le matelas, il y a eu des dégâts, on n'a eu qu'à ramasser, précisa le médecin en tranchant délicatement le col de la robe de lamé qui serrait le cou décharné de la morte. On aura les résultats dans deux jours.

Dimeglio le regardait opérer et ne pouvait s'empêcher d'admirer la précision de ses gestes. Le photographe prit quelques clichés et rangea sa pellicule dans une mallette avant de recharger son appareil.

— Si je pouvais tout de suite avoir l'étiquette des vêtements, ça permettrait de gagner du temps, grommela Dimeglio, alors que Pluvinage poursuivait sa découpe, dénudant le tronc, du cou jusqu'au pubis.

— Vous les aurez, vous les aurez, la robe, le porte-jarretelles, la culotte, avec un peu de chance, ça aidera à l'identification. Les chaussures sont déjà répertoriées. Elles viennent de chez Charles Jourdan, elle ne s'emmerdait pas, cette fille.

Pluvinage, de la pointe de son scalpel, souleva une chaînette plaquée à même la peau, et que le tissu de la robe l'avait jusqu'alors empêché de voir.

— C'est de l'or, on dirait !

Dimeglio se pencha sur l'objet et scruta le pendentif accroché à la chaîne.

— Une « main de Fatma », hein ? murmura-t-il.

— Oui, ça me semble intéressant. Enfin, ça, c'est votre cuisine à vous.

Le médecin dégagea le bijou qu'il plongea dans

un bain désinfectant avant de le glisser dans un étui de plastique qu'il remit à Dimeglio.

— Et la main ? demanda celui-ci, je veux dire la vraie, celle du cadavre, avec quoi elle a été tranchée ?

— Je ne sais pas, répondit sèchement Pluvinage en saisissant le moignon. À première vue, c'est un travail très propre. Une lame fine, introduite dans le canal, à la jointure des métas et de l'extrémité distale des os du carpe. Mais si vous me posez sans arrêt des questions, je vais prendre du retard.

Dimeglio se tut. Le légiste saisit un long couteau à lame convexe et poursuivit ses investigations.

5

Maryse Horvel leva les yeux vers le plafond, dont les poutres apparentes étaient couvertes de toiles d'araignée. Le séjour, lumineux, vide de tout meuble, paraissait très grand. La chambre, à laquelle on accédait par un couloir biscornu, était de taille bien plus réduite et plus sombre, aussi ; elle donnait sur une courette étriquée alors que les fenêtres du living s'ouvraient sur la rue. Un balcon étroit longeait toute la façade. L'appartement était situé rue de Tourtille, à quelques numéros du croisement avec la rue de Belleville.

— Qu'est-ce que tu en penses ? Quatre mille cinq, charges comprises, ça te paraît raisonnable ? lui demanda la jeune femme qui visitait le deux-pièces en sa compagnie.

— Signe tout de suite, c'est une affaire, assura Maryse. Tu peux emménager quand ?

— Demain, cet après-midi, si je veux.

Nadia Lintz était arrivée à Paris trois semaines plus tôt. Comme Maryse, elle était magistrate. Elle avait travaillé à Tours durant cinq ans au tribunal pour enfants, avant de demander sa mutation à Paris, comme juge d'instruction. Les deux jeunes femmes se connaissaient depuis les bancs de l'École nationale de la magistrature de Bordeaux où elles avaient suivi leurs études, dans la même promotion.

Nadia était hébergée chez son amie et cherchait désespérément un appartement à louer à un prix raisonnable ; elle tenait à quitter au plus vite le deux-pièces de Maryse, rue de la Convention — où elle campait depuis son arrivée à Paris — pour ne pas la déranger plus longtemps. Les quelques affaires qu'elle avait rapportées de Tours s'entassaient dans la cave. À plusieurs reprises, elle avait connu l'épuisante corvée des files d'attente dans les escaliers, lors des visites collectives d'appartement proposées par les agences, sans rien trouver qui lui convienne.

— Où est le proprio ? demanda Maryse.

— Au café, en bas de la rue. Il m'a conseillé de prendre mon temps, de bien réfléchir. Il attend. C'est un petit vieux, assez sympa.

— Alors tu fonces ! Je t'assure que c'est une affaire !

— Comment tu me trouves ? demanda Nadia.

Elle faisait sauter le trousseau de clefs dans sa main et plissait le nez, la tête légèrement penchée de côté, dans une attitude de réflexion qui lui était familière. À la voir ainsi, mal à l'aise, retranchée derrière l'écran de ses lunettes, raide comme un mannequin dans le tailleur gris qu'elle avait revêtu pour venir au rendez-vous, on l'aurait jugée sévère, pour ne pas dire abominablement coincée. Elle plaqua une mèche rebelle qui s'échappait de son chignon, plia la jambe gauche pour ôter un instant le mocassin à boucle qui lui irritait la peau du talon et se figea, songeuse, dans cette posture inconfortable, avant d'enfiler de nouveau sa chaussure.

— On te donnerait le bon Dieu sans confession, dit Maryse. Signe, tu ne trouveras pas mieux.

*

Isy Szalcman attendait à la terrasse de la Vielleuse, la grande brasserie située à l'angle de la rue et du boulevard de Belleville. Très grand, large d'épaules, ventru, il portait une salopette bleue rapiécée aux genoux et une chemise à carreaux. Un verre de rouge posé devant lui, il sifflotait en regardant les passants. Szalcman avait un visage rond, au front plissé de rides, aux yeux proéminents, auréolé d'une tignasse blanche, coiffée à la diable, parsemée d'épis. Ses mains, puissantes, massives, couturées de cicatrices et de crevasses, reposaient bien à plat sur la table de bistrot.

Il n'était pas seul. Assis à ses côtés, un de ses amis achevait de déjeuner. Aussi grisonnant que Szalcman, mais d'une mise plus soignée, maigre, élancé, il savourait une part de tarte sans bouder son plaisir. Il repoussa bientôt son assiette, s'essuya les lèvres, tira un cigare d'un petit étui en cuir, l'humecta de quelques coups de langue, et l'alluma. Ils restèrent ainsi, absorbés par le spectacle de la rue, sans échanger un seul mot.

— Tiens, regarde, la voilà, s'exclama soudain Isy en désignant les deux femmes qui descendaient le trottoir et avançaient dans la direction de la brasserie.

— C'est laquelle ? La blonde avec le jean ? demanda son compagnon.

Il avait saisi une canne et jouait avec un chat potelé qui s'était aventuré près d'eux ; le matou fit un pas de côté, le dos hérissé, puis bondit sur l'embout de la canne qu'il lacéra de ses griffes.

— Non, la brune, celle avec le tailleur, précisa Isy.

— Elle est jolie. Mais ne te fais pas rouler, comme avec la précédente.

— Pas de danger qu'elle déménage à la cloche de bois, crois-moi, celle-là, je vais lui serrer la vis, chuchota Isy.

Maryse et son amie se tenaient à présent devant eux et affichaient un sourire de circonstance.

— Monsieur Szalcman, je... je pense que je suis d'accord, annonça enfin Nadia en triturant la monture de ses lunettes.

Elle ne tenait pas à manifester un enthousiasme excessif, dans l'intention de se ménager une marge de négociation à propos des charges locatives.

— Eh bien, asseyez-vous ! proposa Szalcman. Vous n'allez pas discuter debout.

Elles tirèrent chacune une chaise et se serrèrent près de lui.

— Mon ami Maurice Rosenfeld, annonça Isy en désignant son voisin.

Le chat s'éloigna. Rosenfeld fit une dernière tentative pour capter son attention en lui agaçant l'arrière-train du bout de sa canne, en vain. Puis il ouvrit un journal après avoir adressé un sourire aux nouvelles venues.

— J'ai apporté tous les papiers, dit Nadia en ouvrant son sac à main.

Szalcman étudia posément les documents qu'elle lui présentait et constata qu'ils étaient conformes à ce qu'elle lui avait annoncé au téléphone. Elle souleva la question des charges, sans trop montrer de conviction. Szalcman acquiesça à ses remarques et ratura le contrat dans le sens qu'elle indiquait. Nadia signa enfin le chèque de caution ainsi que celui du loyer pour le mois en cours.

— Les clés sont à vous, conclut Szalcman, si vous voulez, je vous donnerai un coup de main pour vous installer.

Il se leva, salua sa nouvelle locataire, puis remonta la rue. Il avançait d'un pas alerte, tandis que Rosenfeld boitillait à ses côtés, appuyé sur sa canne.

— Pas de risque avec elle, mon vieux ! dit Szalcman en pouffant de rire. Tu sais ce qu'elle fait comme boulot ?

Rosenfeld l'interrogea du regard, les sourcils froncés.

— Elle est juge d'instruction. Ouais, comme je te le dis !

Rosenfeld secoua la tête, incrédule, avant d'éclater de rire à son tour.

Les deux femmes étaient restées à la terrasse de la brasserie et achevaient de relire le contrat de location. Nadia ôta ses lunettes et, soulagée, les rangea dans son sac à main. Elle ne les portait que lors des interrogatoires qu'elle menait dans son cabinet du Palais de justice. La monture d'écaille, très épaisse, un tantinet rétro, faisait partie de la panoplie qui lui permettait de se conformer à l'image de sévérité que ses interlocuteurs attendaient d'elle en de telles circonstances.

— Le quartier n'est pas désagréable. Il est en pleine rénovation, expliqua Maryse. Montagnac a eu le nez fin.

C'était en effet grâce à lui que Nadia avait eu vent de l'annonce de Szalcman ; il l'avait repérée à la vitrine d'une agence du boulevard Magenta. Elle balaya du regard les trottoirs où s'alignaient commerces et restaurants asiatiques. Un camion stoppa près de la terrasse de la Vielleuse ; dès que le hayon fut abaissé, un détachement de pousseurs de diables s'aligna sur le trottoir dans un ordre impeccable. En moins d'une minute, les sacs de riz et de poisson séché furent déchargés pour disparaître dans les profondeurs d'un parking voisin.

— Ce matin, je suis venue constater un homicide, à cinq minutes d'ici, dans un immeuble qui va bientôt être rasé, reprit Maryse. Une fille, retrouvée dans un taudis, complètement putréfiée, avec un poignet tranché, tu aurais vu le travail... Immonde, vraiment immonde !

— Tu les collectionnes, ma parole. Je ne t'avais pas dit : c'est moi qui ai hérité de la fille du périphérique.

— Alors ?

Nadia haussa les épaules et ferma les yeux un bref instant. Depuis son arrivée à Paris, elle se voyait chargée d'affaires qui n'avaient rien de commun avec les problèmes de gamins fugueurs dont elle s'était occupée à Tours.

6

Après avoir quitté Dimeglio, Rovère se rendit à l'adresse indiquée sur le bristol que lui avait remis la Duvalier, rue Damrémont. Un inspecteur désigné par Dansel l'accompagna. Tout en conduisant, Rovère se tourna vers son adjoint et le toisa d'un œil courroucé.

— Choukroun, qu'est-ce que j'ai déjà dit ?

Le jeune homme, un nouveau venu à la Brigade, rougit jusqu'aux oreilles, sans comprendre.

— Discret, Choukroun, discret, murmura Rovère, entre ses dents.

L'inspecteur abaissa le pare-soleil et examina son visage rasé de frais dans la glace.

— La vie d'ma mère, chef, j'suis nickel ! protesta-t-il d'une voix mal assurée.

Rovère stoppa au feu rouge et saisit l'imposante étoile de David en or massif qui pendait au cou de Choukroun. Celui-ci l'enfouit précipitamment dans l'échancrure de sa chemise Naf-Naf, confus.

— Primo, reprit Rovère, cesse de m'appeler chef à tout bout de champ, secundo, laisse ta pauvre mère tranquille, Choukroun.

Vexé, celui-ci baissa les yeux et essuya une tache de terre sur le bout ferré de ses santiags en croco.

— Tu m'attends là, dit Rovère en sortant de la voiture.

Il fut surpris de trouver la façade d'un restaurant oriental. À l'intérieur, il découvrit un décor très chargé, qui se voulait inspiré d'un conte des *Mille et Une Nuits*. Une fontaine de faux marbre glougloutait près du vestiaire ; quelques massacres de gazelles accrochés au mur y voisinaient avec des peaux de chèvre et des pétoires à la crosse damasquinée. Rovère s'avança dans la salle, assez vaste, et écarta les tentures aux teintes criardes qui cloisonnaient l'espace en autant de petites loges où étaient dressées les tables garnies de bouquets de jasmin. Quand il demanda à l'employé qui se tenait derrière la caisse s'il pouvait rencontrer Vernier, celui-ci fronça les sourcils.

— M. Vernier n'est pas là, dit-il. Aujourd'hui, c'est lundi. Et nous n'ouvrons qu'à midi, monsieur.

Comme s'il s'attendait à ce que l'information dissuade le visiteur d'insister, l'employé plongea de nouveau dans son livre de comptes. Rovère en fut agacé. Il sortit sa carte barrée de tricolore et la planta sous le nez du type.

— Il... il fallait le dire tout de suite, bredouilla celui-ci.

54

— Où est Vernier, le lundi ? demanda Rovère.

— Au hammam, monsieur le commissaire. Rue des Rosiers.

Rovère nota l'adresse.

— Qu'est-ce qu'il fait, Vernier, ici ? demanda-t-il.

— Mais c'est le patron, monsieur, répondit l'autre, offusqué, comme s'il s'agissait là d'une évidence.

Avant de quitter le restaurant, Rovère téléphona à la Brigade et tomba sur Dansel.

— Tu es déjà revenu de la rue Sainte-Marthe ? demanda-t-il, étonné.

— Oui, les gars du labo ont expédié le boulot très vite.

— Et les voisins ?

— Je n'en ai trouvé que trois, je veux dire trois qui habitent l'immeuble et qui traînaient dans le quartier ce matin. Ils n'ont rien vu, rien entendu. J'ai laissé cinq gars sur place, ils continuent avec les occupants des autres immeubles. Ils travaillent, ces gens-là, il faudra attendre ce soir pour les interroger.

— Et le type du troisième, celui qui a disparu ?

— Djeddour ? Sa piaule est effectivement vide. J'ai téléphoné chez Citroën, ils confirment qu'il ne s'est pas présenté au boulot depuis juillet.

— Dimeglio n'est pas rentré de l'autopsie ? poursuivit Rovère.

— Pas encore. On attend le premier compte rendu du labo.

— Autre chose ?

— Je suis monté dans la chambre, après le départ des gars de l'IML, reprit Dansel, du même ton placide. À mon avis, c'est dommage d'avoir laissé tout le monde prendre l'escalier, si vous me permettez, cette histoire de marches sciées, ça valait la peine de s'attarder un peu. Maintenant, évidemment, avec les pompiers, les gens du labo qui sont passés dessus, et, si j'ai bien compris, le légiste qui lui aussi en a cassé une, je crains qu'on ait laissé passer une chance d'y voir plus clair.

— D'accord, Dansel, admit Rovère, mais on n'allait quand même pas sortir le cadavre par le vasistas, hein ? Et puis on n'est pas certain qu'il y ait un rapport entre le meurtre, les marches sabotées et les squatters, non ?

— Effectivement. Enfin, c'est à vous de décider.

— Je suis arrivé le premier sur place et j'ai trouvé un morceau de tissu accroché à un éclat de bois, je l'ai donné à Dimeglio, expliqua Rovère.

— Alors c'est parfait ! conclut Dansel.

— On se retrouve tous à quinze heures à la Brigade, ajouta Rovère, avant de raccrocher.

En quittant la rue Damrémont, il passa le volant à Choukroun. Ils se rendirent au hammam de la rue des Rosiers. Rovère y pénétra, seul. Il monta au premier étage, qui abritait un restaurant où quelques hommes en pagne blanc prenaient une collation, et appela le garçon qui s'occupait des cabines du vestiaire.

— Police, dit-il sans attendre. Vous pouvez m'appeler monsieur Vernier ? Ça doit être un de vos clients.

Le garçon se dirigea vers un micro et lança une annonce que les haut-parleurs répercutèrent dans les différentes salles qui composaient l'établissement. Rovère se laissa tomber dans un sofa de rotin encadré de fausses plantes en vinyle. Il huma avec plaisir l'odeur douceâtre d'eucalyptus qui montait du sauna et, moins d'une minute plus tard, vit arriver un type d'une cinquantaine d'années, massif et aux cheveux coupés en brosse, couvert de sueur, sanglé dans un peignoir rose bonbon. Rovère se présenta et expliqua les raisons de sa visite.

— Je n'ai rien à voir avec cette histoire ! s'écria aussitôt Vernier. Je n'ai jamais vu une fille avec une robe de lamé traîner dans les parages, vous pensez bien. D'ailleurs je ne suis même plus propriétaire de l'immeuble. J'ai revendu le terrain il y a à peine quinze jours à une SCI qui va le...

— Monsieur Vernier, vous allez m'écouter ! l'interrompit Rovère. Je me fous de l'immeuble, à qui il appartient, comment vous l'avez acquis, d'où venait l'argent, où il est allé, vous saisissez ?

Vernier acquiesça. Il introduisit une pièce dans un distributeur de boisson et but une gorgée d'orangeade avant de s'asseoir face à l'inspecteur.

— La seule chose qui m'intéresse, reprit Rovère, c'est cette histoire de squatters. La concierge m'a expliqué que vous aviez vous-même scié les marches menant au quatrième étage pour les empêcher de s'installer là-haut ?

Vernier prit une profonde inspiration et épongea la sueur qui perlait à son front.

— Écoutez, autant être franc, parce que de toute façon, vous l'apprendriez par les locataires, oui, il y avait des types, et des filles, enfin autant qu'on puisse les distinguer, hein ?

— Des types et des filles, répéta Rovère, intéressé.

— Ils s'étaient installés là-haut, vers la fin du mois de juin, et vous imaginez le genre que c'était, hein ? Moi, j'avais la responsabilité de l'immeuble, quand même.

— Et vous n'avez pas voulu vous dérober à vos responsabilités, c'est bien ça ?

Vernier fixa Rovère droit dans les yeux, irrité par l'ironie sous-jacente à la question.

— Alors, un soir, pour le bien, la... la tranquillité des locataires qui règlent honnêtement leur loyer, je les ai priés de déguerpir ! Et ensuite, j'ai scié quelques marches, pour les dissuader de monter, si toutefois ils s'avisaient de revenir, expliqua-t-il, en pesant chacun de ses mots.

— Priés de déguerpir ? Vous-même ?

— Oui, oh, je sais, je n'aurais pas dû.

— La police est là pour ça, en effet.

Rovère chercha où jeter son mégot, et ne trouva pas de cendrier. Hésitant à esquinter la moquette, il se leva, fit un pas vers le bac de fleurs artificielles et l'écrasa discrètement dans le compost de billes de plastique qui garnissaient le pot. Quand il revint près de Vernier, celui-ci se tordait les mains et se mordillait la lèvre inférieure.

— Donc, reprit Rovère en s'asseyant de nouveau sur le sofa, vous me disiez que vous les aviez priés de déguerpir ?

— Oui, ils étaient plus d'une dizaine !

— Vous les avez « priés » comment, monsieur Vernier ?

Vernier hésita un instant, se massa le cou et montra le paquet de Gitanes que Rovère avait déposé sur une tablette.

— Je peux ? demanda-t-il.

Il prit une cigarette. Rovère lui tendit son briquet allumé.

— Qu'est-ce que vous auriez fait à ma place, inspecteur ? Vous seriez monté là-haut en leur disant voilà, je suis désolé, mais vous n'avez rien à faire ici ?

— Oh non, s'ils avaient été une dizaine, j'aurais pris mes précautions, dit Rovère, d'un air très pénétré.

Vernier sembla tout d'abord rassuré mais se rembrunit aussitôt.

— J'aurais bien voulu vous y voir, grimaça-t-il. Je ne savais pas comment ils pouvaient réagir, alors... je... j'ai... il fallait bien faire comme ça, alors je...

Il ne trouvait plus ses mots. Sa pomme d'Adam tremblotait et la Gitane lui échappa des mains. Il la ramassa précipitamment et se brûla les doigts.

— Vous n'y êtes pas allé seul, vous étiez armé, et vous leur avez cassé la gueule ! s'écria Rovère pour mettre fin à ces tergiversations. Ces squatters, vous pouvez me les décrire ?

— Heu, le type arabe, lança Vernier sans hésiter. Tous, les garçons, les filles ! J'ai vu ça au premier coup d'œil !

— Ah oui ? C'était le soir, ils étaient plus d'une dizaine, mais « au premier coup d'œil », vous avez pu constater qu'ils avaient « tous » le type arabe ?

— Je suis très physionomiste, inspecteur, répliqua sèchement Vernier.

— Oui, et il est certain que vous êtes particulièrement qualifié pour identifier les sujets d'origine maghrébine, admit Rovère, d'un ton très neutre.

Vernier haussa les épaules et lui adressa un regard mauvais.

— J'ai vécu là-bas, en Algérie, dit-il d'une voix sourde, alors vous pensez si je les connais ! Quand il a fallu partir, en 61, j'ai acheté des immeubles à Paris, et après, j'ai ouvert mon restaurant. Je suis un type honnête, moi. Il faut pas venir m'emmerder, c'est tout.

— Bon, vous allez me suivre, on va mettre tout ça sur le papier, annonça Rovère.

— Qu'est-ce que ça veut dire ? protesta Vernier. Je suis inculpé ?

— Mais non, mon vieux. Je voudrais simplement gagner du temps, dans votre intérêt et surtout dans le mien.

— Mais cette fille que vous avez trouvée, elle n'avait peut-être rien à voir avec ces salauds ! Ça date de plus longtemps, l'histoire des squatters, s'étrangla Vernier.

— Peut-être, on ne sait jamais, vous ne croyez pas ? Allez, habillez-vous !

Rovère montra la sortie. Affectant l'indifférence, Vernier tourna les talons. Rovère rejoignit Choukroun, qui se morfondait dans la voiture. Il lui expliqua rapidement ce qu'il attendait de lui.

— Tu lui fais signer une déposition mais avant tu prends ton temps, hein ? En cas de besoin, tu demandes conseil à Dansel, d'accord ?

Choukroun acquiesça. Vernier sortit précipitamment du club, le visage trempé de sueur et boudiné dans un costume de serge grise. Un pan de sa chemise dépassait de son pantalon. Il le rajusta à la hâte.

— Ah, monsieur Vernier, une dernière chose, tâchez de vous rappeler les noms des « amis » qui vous ont accompagné dans cette petite expédition ? Et très vite, ça nous arrangerait de les voir dès cet après-midi, hein ? lui dit Rovère en lui montrant la voiture.

Vernier avala bruyamment sa salive et monta sur le siège du passager avant.

*

Rovère les regarda s'éloigner puis poursuivit son chemin à pied. Tout en se repassant mentalement le film de son entrevue avec Vernier, il marcha jusqu'au métro Saint-Paul. D'un geste machinal, il plongea la main dans la poche de son blouson et en tira la flasque, constata qu'elle était vide, entra dans un café et demanda un cognac au comptoir. Puis un deuxième. Il était onze heures trente. D'ici à ce que Dimeglio revienne de l'IML, il avait encore un peu de temps devant lui. Il poursuivit jusqu'au lycée Charlemagne, tout proche.

Le pion qui surveillait les allées et venues des potaches ne prêta pas attention à lui quand il pénétra dans l'établissement. Il se faufila dans la cohue des classes qui se dirigeaient vers la cantine, rejoignit la salle des profs, resta planté à l'entrée et scruta les visages des présents. Quelques-uns d'entre eux discutaient autour de la machine à café, tandis que d'autres commentaient avec animation le texte d'une affiche syndicale appelant à une prochaine grève. Il y avait les pour, les contre, les indécis, sans compter l'intrigante espèce de ceux qui s'en foutaient mais tenaient mordicus à le faire savoir. Un type en survêtement, qui avait remarqué son entrée, s'écarta du groupe et s'approcha de Rovère.

— Bonjour, ça ne sert à rien d'attendre ici, je crois qu'elle est à « l'annexe », dit-il d'un ton très prévenant. Vous connaissez le chemin ?

Rovère le remercia d'un sourire, quitta la pièce et traversa la cour cerclée d'arcades. Des gosses jouaient au ballon ; d'autres, un peu plus âgés, baratinaient les filles assises sous une verrière. Rovère s'arrêta un instant pour les observer, puis gagna la sortie et se dirigea vers une brasserie voisine.

Après avoir contourné le zinc, il aboutit dans une arrière-salle enfumée et emplie du vacarme des flippers sur lesquels s'acharnaient quelques matheux à la blouse blanche striée de formules absconses. Il s'assit près d'une femme qui corrigeait des devoirs, une gabardine jetée sur ses épaules. Elle avait les cheveux taillés court et son visage, très pâle, reflétait un état de grande fatigue.

— Qu'est-ce que tu viens faire ici ? lui dit-elle sans lever les yeux de son paquet de copies.

— Je... je passais dans le coin, alors je me suis dit...

— C'est inutile, je t'ai déjà expliqué cent fois ! Allez, laisse-moi, j'ai du travail.

— Une fois, rien qu'une fois, je ne vois pas pourquoi tu t'obstines à refuser ! murmura Rovère en approchant son visage du sien.

Elle eut un mouvement de recul et jeta un coup d'œil furtif sur les gamins affalés sur les banquettes, et qui ne prêtaient pas attention au nouveau venu.

— Tu sens l'alcool, chuchota-t-elle.

Il ricana silencieusement et plongea la main dans le sac à main posé sur la table ; il en tira une boîte de Témesta.

— Et ça, tu crois que ça vaut mieux ? souffla-t-il avant de remettre les médicaments à leur place.

— Je t'en prie, supplia-t-elle dans un murmure. Va-t'en !

— J'ai déménagé, tu sais ? insista-t-il. J'ai loué un pavillon, à Montreuil, il y a un jardin, un grand mur tout autour, ça serait mieux, tu ne crois pas ? Claudie, tu m'entends ?

— Va-t'en ! répéta-t-elle plus fort, la voix brisée par un sanglot.

À la table voisine, un couple de lycéens se pelotait sans vergogne. Repoussant son copain, la fille, une punkette à l'oreille transpercée d'une épingle à nourrice, toisa Rovère d'un œil réprobateur, et il en fut gêné. Il s'affaissa sur lui-même, les épaules voûtées, l'espace d'un instant, puis se redressa.

— Comme tu voudras, soupira-t-il en fouillant dans la poche de son blouson pour en sortir une carte de visite. Enfin, si jamais tu changeais d'avis, voilà mon nouveau numéro de téléphone, tu peux appeler à n'importe quelle heure, il y a un répondeur.

7

Il était quinze heures passées quand il fut de retour à la Brigade. Dansel lui montra les dépositions des riverains de la rue Sainte-Marthe. Des immigrés, turcs, maghrébins, portugais pour la plupart. Il n'y avait presque rien à tirer des éléments consignés dans les PV. Rovère fut déçu.

— J'ai laissé cinq gars sur place et ils continuent le boulot. Reste la concierge, nota Dansel. Ce matin, vous l'avez braquée. Mais j'ai malgré tout réussi à lui tirer les vers du nez.

La Duvalier, effectivement, s'était montrée assez loquace. Sa déposition à propos des squatters méritait qu'on s'y attarde.

— C'était à moitié du bidon, expliqua Dansel.

— À moitié ? s'étonna Rovère, en parcourant les feuillets de papier pelure.

— Oui, vous voyez bien, d'après elle, ce n'était pas vraiment un squat, mais simplement une planque, où une bande se réunissait une fois de temps en temps, ajouta Dansel. Mais au fait, ce type qu'a amené Choukroun ? Le proprio ?

— Vernier ? Il faut l'avoir à l'œil, c'est un drôle de marlou mais je ne pense pas qu'il soit mêlé au meurtre. Il a donné les noms des types qui l'ont accompagné quand il a fait sa petite expédition punitive chez les squatters ?

— Oui, Choukroun est en train d'essayer de les ramener ici. Vernier râle tant qu'il peut. On peut le placer en garde à vue, mais c'est un peu limite.

— On le garde au bluff, ne serait-ce que comme témoin, au moins jusqu'à ce qu'on ait toute la fine équipe, décida Rovère, après un instant d'hésitation. L'important, c'était de le cueillir à chaud. Le juge d'instruction décidera.

Il appela la huitième section du Parquet, demanda Maryse Horvel et la mit au courant. Moins d'un quart d'heure plus tard, Dimeglio fit son apparition, une grande enveloppe de papier kraft sous le bras. Il se laissa tomber sur un fauteuil qui gémit sous la charge.

— La fille était très jeune, une vingtaine d'années à tout casser. Dentition intacte, pas la moindre carie, annonça-t-il d'une voix monocorde. Le seul élément d'identification qu'on ait pour le moment, c'est une fracture des os de l'avant-bras, mais c'est très ancien, probablement quand elle était gosse. Pluvinage a fait tout son possible mais étant donné l'état du corps, on ne pouvait pas s'attendre à un miracle. Ah, si, il y a ça, aussi...

Il s'interrompit un instant, plongea la main dans son enveloppe et en sortit la pochette de cellophane qui contenait le pendentif. Il le brandit tel un trophée.

— Voilà le résultat du charcutage, annonça-t-il, d'un ton glacial.

— Une main de Fatma, constata Dansel. C'est une Arabe ?

— Elle portait ça ? Je ne l'ai même pas vu, soupira Rovère en retournant le bijou dans sa main.

— Moi non plus, mais on pouvait pas, c'était glissé sous la robe, expliqua Dimeglio.

— Et la cause de la mort ? demanda Dansel.

— Elle s'est vidée de son sang, tout simplement. Il n'y en avait plus une goutte dans les veines. Tout a coulé dans le matelas, ça a dû être atroce, d'après Pluvinage. Toujours d'après lui, le type qui lui a tranché la main s'y est très bien pris, ce n'était pas un boucher, vous comprenez ? Il savait comment pratiquer.

Rovère fit quelques pas, de long en large dans le bureau, pensif.

— Et le reste, la came, les maladies ? demanda-t-il.

— Il faut attendre les résultats de la chromato, ça peut prendre quarante-huit heures.

Sandoval toqua à la vitre du bureau et poussa la porte, l'air soucieux. Rovère lui dressa un rapide tableau de la situation.

— Qu'est-ce que vous en pensez ? dit le commissaire en se tournant d'abord vers Dansel.

L'inspecteur Dansel travaillait à la Brigade criminelle depuis plus de trente ans. Il avait dépassé l'âge de la retraite mais s'était toujours débrouillé pour obtenir des « rallonges » de la hiérarchie. On ne lui connaissait qu'une seule marotte : les concerts d'orgue à Notre-Dame, où il passait tous ses dimanches. Rovère le soupçonnait vaguement d'être homosexuel sans que rien ne vienne sérieusement étayer ce sentiment. Dansel avait participé à un nombre impressionnant d'enquêtes et savait faire preuve d'un flair étonnant sans pour autant la ramener. Sa modestie l'avait dissuadé de passer les concours administratifs pour acquérir du galon.

— On va patauger avec cette histoire de squats, dit-il, dépité. Cette fille est une traînée et ceux qui la côtoyaient ne s'inquiéteront pas de sa disparition. S'ils s'en préoccupent, de toute façon, ils ne viendront pas nous en parler. Vous m'objecterez sa tenue : la robe de lamé, les bas... mais des filles comme ça, un peu putain, un peu chef de bande, on en a déjà vu, hein ? Une aristocrate de la zone ! Elle faisait des passes pour se payer ses sapes. On ne l'identifiera jamais, ce n'est pas la peine de se décarcasser.

— Donc on met la pédale douce ? gloussa Sandoval, ironique, les yeux mi-clos, comme s'il cherchait une approbation à la suite de sa remarque, un peu provocatrice.

— Ce n'est pas ce que j'ai voulu dire, rectifia Dansel. On peut tirer le fil du squat, mais dans ce cas, vous savez bien dans quelle merde on met les pieds.

— OK, et vous ? reprit Sandoval en s'adressant à Dimeglio.

— Heu, selon moi, enfin, sans vouloir jouer les devins, hein, eh bien la fille n'avait rien à voir avec ces minables, je sens pas ce coup-là, moi, je vois plutôt le crime crapuleux, le geste de sauvages, pour la voler, d'ailleurs on n'a rien retrouvé, pas de papiers, pas de sac à main. En mettant le nez dans le fichier des femmes disparues, on va tomber sur elle, c'est réglé comme du papier à musique.

La perspective n'avait pas l'air de le réjouir. Il fixa Dansel, désolé, comme pour s'excuser de l'avoir contredit.

— Dans l'expectative, on peut s'attarder sur Djeddour, reprit Sandoval. La fille portait un bijou arabe, il habitait l'étage au-dessous et il a eu la judicieuse idée de disparaître.

— Il a pu retourner au Maroc, chez lui, dit Dansel.

— Justement, un mandat d'arrêt international, ça prend toujours du temps ! ajouta Sandoval.

— Ah ? Parce que vous croyez que les autorités marocaines vont l'extrader ? tiqua Rovère. Pour le moment, on peut chercher d'autres éléments. Dimeglio, tu as bien les coordonnées des vêtements ?

L'inspecteur inclina sa grosse tête en tapotant l'enveloppe de papier kraft qui reposait près de lui.

— Tu vas essayer de reconstituer ça dès demain hein ? Toi, Dansel, tu verras avec le fichier des disparues : pour l'instant, on en termine avec l'enquête de voisinage.

Dimeglio ramassa son enveloppe et s'installa à l'écart pour taper son rapport.

— Je retourne rue Sainte-Marthe, annonça Dansel en enfilant sa veste. S'il y a du nouveau, j'appellerai. Mais ça m'étonnerait.

Choukroun fit irruption dans le bureau sans même frapper et annonça que le commando anti-squatters était au complet dans la pièce voisine. Rovère s'y rendit. Sandoval resta seul à parcourir les PV d'interrogatoires de Vernier et des premiers locataires sur lesquels Dansel avait réussi à mettre la main.

Dans le couloir, Rovère découvrit une brochette de quinquagénaires tremblant de trouille, assis en rang d'oignons sur une banquette. Ils étaient six.

— Tout le monde reconnaît avoir participé à l'opération, annonça Choukroun, non sans fierté.

— Monsieur le commissaire, c'est sans doute un malentendu ! s'écria un gros type chauve qui s'exprimait avec un léger zézaiement.

Il s'était redressé et agrippait Rovère par la manche de son blouson.

— Je vous ai demandé quelque chose ? rétorqua celui-ci, d'un ton glacial.

L'autre, douché par l'accueil, se rassit, décontenancé. Rovère les dévisagea l'un après l'autre, longuement.

— Par ordre alphabétique, dit-il enfin.

— Allez, toi, viens par ici ! cria Choukroun en saisissant par le col le dernier de la rangée.

— Correct, Choukroun, correct, protesta Rovère, sans trop de conviction.

Ils défilèrent tous, un à un, dans un bureau exigu, pour y être confrontés avec Vernier. Choukroun s'était installé face à une machine à écrire, tandis que Rovère, confortablement calé dans un fauteuil, toisait les nouveaux venus sans même chercher à dissimuler son mépris. Vernier se tenait debout dans un coin de la pièce, raide et hostile.

— Allez, Choukroun, tu notes ? *Nous, inspecteur divisionnaire Rovère, Brigade criminelle, agissant dans le cadre de l'enquête flagrante, faisant comparaître devant nous le nommé...* Choukroun ? Comment il s'appelle, celui-là ? demanda Rovère.

— Comment vous appelez-vous ? répéta Choukroun en s'adressant au gros homme chauve qui s'était permis de protester.

— Lartigues, Jacques Lartigues. Mais, encore une fois, commissaire...

— On poursuit, Choukroun, tu as noté ? *Faisant comparaître devant nous le nommé Lartigues*

Jacques, l'interrogeant à propos de l'agression commise par lui sous la direction de Vernier Henri et sur la personne d'individus dont l'identité nous est inconnue... Tu y es, Choukroun ?

L'inspecteur martelait consciencieusement les touches de sa machine sans parvenir à suivre le rythme.

— Attendez, attendez, là, vous parlez d'agression, mais je signerai jamais ça, moi ! s'étrangla Lartigues, d'une voix aiguë.

— Vous vous êtes bien rendu rue Sainte-Marthe en compagnie de Vernier, ici présent, le 8 août au soir pour tabasser des squatters ? s'étonna Rovère.

— Ah non, je signerai jamais ça !

Rovère, affectant une profonde lassitude, tendit la main vers la chemise qui contenait la déposition de Vernier.

— Je cite : *Ayant décidé que la présence de squatters était de nature à mettre en danger la sécurité des locataires honnêtes, j'ai convaincu quelques amis de m'aider à les chasser.* Suit la liste des « amis ». En troisième position, je lis : Lartigues Jacques, ça, c'est ce qu'a déclaré Vernier. Votre nom figure parmi cette liste, monsieur Lartigues. Vous n'êtes pas d'accord avec Vernier ?

— Laisse tomber, Jacques, maugréa celui-ci. C'est une ordure, mais on le baisera !

— Je tape qu'ils veulent vous baiser ? demanda ingénument Choukroun.

— Non, je sais que ça te ferait plaisir, mais on va s'en passer, ricana Rovère.

Lartigues secoua la tête et poussa un profond soupir.

— D'accord, j'étais là le soir du 8 août.

— Tu notes, Choukroun ? *Je reconnais avoir été présent le soir du 8 août lors du tabassage des squatters...*

— Ah non, s'écria Lartigues, pas du tabassage ! N'écrivez pas ça !

— Comment voulez-vous caractériser l'action que vous avez menée ce soir-là, monsieur Lartigues ? répondit Rovère, patient. Vous les avez molestés ? Battus ?

— Heu, disons « corrigés », si vous écrivez « corrigés », je signerai, déclara Lartigues.

— Va pour « corrigés », admit Rovère. Tu as noté, Choukroun ? Corrigés avec quel instrument, monsieur Lartigues ?

— Avec un nerf de bœuf, murmura celui-ci.

— Tu y es, Choukroun ? Un nerf de bœuf qui vous appartient en propre, monsieur Lartigues ?

— Oui, pour me défendre.

— Tu suis toujours, Choukroun ? *Avec un nerf de bœuf qui m'appartient en propre et destiné à ma défense personnelle, je me suis rendu au 10 de la rue Sainte-Marthe pour corriger des squatters sous la direction d'Henri Vernier !* Eh bien on avance à grands pas. Vous signez ? Choukroun ? Tu appelles le suivant de ces messieurs.

*

La confrontation dura jusqu'à vingt et une heures. Aucun des amis de Vernier n'avait pu, ou voulu, fournir des précisions à propos de la fille à la robe de lamé. Rovère était convaincu que cette séance n'avait servi à rien, sinon à garantir les arrières au cas où l'identification du cadavre déciderait la hiérarchie, Sandoval en tête, à s'intéresser de plus près à l'affaire de la rue Sainte-Marthe. Vernier et sa bande de ratonneurs furent donc relâchés.

Rovère et Choukroun récupérèrent Dimeglio à l'instant même où il s'apprêtait à partir. Il avait les doigts tachés d'encre et de colle : avec une patience d'écolier appliqué, il avait confectionné un petit dossier contenant les photographies de l'autopsie, les premières indications données par Pluvinage, ainsi que son rapport concernant la découverte du cadavre.

— Tu nous abandonnes ? demanda Rovère. On va boire un pot.

— Allez, juste un verre, alors, admit Dimeglio.

Ses yeux clignaient de fatigue. Il suivit Rovère jusqu'au bistrot de la place Dauphine où ils avaient l'habitude de se retrouver. Rovère tendit machinalement sa flasque vide à la serveuse, qui, tout aussi machinalement, la lui remplit de cognac. Ils burent plus d'un verre, et il était plus de vingt-deux heures quand ils quittèrent le bar. Dimeglio se dirigea vers sa voiture.

— Dimeglio, c'est pas sérieux, dit Rovère en le retenant par la manche de son imper. Le temps de rentrer chez toi, de toute façon, ta soirée est foutue, et Choukroun nous invite à manger chez son beauf' !

Choukroun sursauta mais renonça à protester. Son beau-frère Élie tenait effectivement une pizzeria boulevard de Ménilmontant, et le restaurant servait bien souvent de point de chute à l'équipe. L'ardoise de Rovère s'allongeait de jour en jour sans que le pauvre Choukroun n'ose évoquer le sujet... Dimeglio consulta sa montre et se dandina d'un pied sur l'autre. Il lui fallait plus d'une heure pour regagner Lesigny, le village de Seine-et-Marne où il vivait.

— Je me suis encore fait piéger, grogna-t-il en suivant le mouvement.

8

Ce lundi, Nadia Lintz ne gaspilla pas une seule minute de son après-midi. Sitôt après son rendez-vous avec Isy Szalcman, elle se rendit chez le premier concessionnaire Hertz et loua un break. Arrivée rue de la Convention, elle se changea, quitta son tailleur pour enfiler un jogging, après quoi, avec l'aide de Maryse, elle ramassa ses affaires à la hâte et les enfourna dans la camionnette. Le cortège d'un chef d'État en visite à l'Hôtel de Ville bloquait tout le centre de Paris, et, du XVe arrondissement, il leur fallut plus de deux heures pour gagner Belleville. Et plus d'une heure encore pour monter le chargement dans l'appartement de la rue de Tourtille. Essoufflées, elles restèrent quelques minutes assises à même le parquet, à contempler l'amas de cartons entassés au centre du séjour.

— Je te souhaite bon courage, dit Maryse en allumant une cigarette.

— Vas-y, je ne voudrais pas te retarder davantage, approuva Nadia.

Depuis son installation chez Maryse, elle se sentait abominablement gênée. L'appartement de la rue de la Convention était minuscule et la cohabitation dans un espace si restreint avait presque atteint son point de rupture. Maryse entretenait une relation amoureuse des plus tordues avec un certain Butch, originaire de Dallas, qui venait d'installer un restaurant « tex'mex' » rue de la Roquette, dans le nouveau quartier branché de la Bastille. Butch était une brute néandertalienne qui s'adonnait aux joies du body-building ; l'appartement de Maryse était saturé d'appareils de musculation, jusques et y compris les toilettes, truffées de poids et haltères. Butch subjuguait Maryse grâce à des talents érotiques hors pair. Après avoir concocté ses tacos, ses enchiladas ou ses brownies, il lui restait de l'énergie à revendre et Nadia devait en subir les conséquences sonores trois fois la semaine, malgré la décision prise de rentrer très tard ces soirs-là. Quand elle regagnait la rue de la Convention après avoir traîné au cinéma et dans les brasseries du quartier, elle entendait encore Maryse gémir dans son sommeil.

*

Enfin seule, Nadia prit rendez-vous avec l'EDF et les Télécoms pour régler les formalités de réabonnement, se rendit chez Darty pour commander une machine à laver, un téléviseur et quelques autres babioles, puis chez l'assureur le plus proche pour y souscrire un contrat tous risques. Revenue rue de Tourtille, elle s'étonna de croiser Maurice Rosenfeld dans l'escalier.

— Isy ne vous a pas prévenue ? J'habite à l'étage au-dessus, nous sommes voisins, lui dit-il. Vous n'avez pas vu le caducée, sur la façade ?

Elle se souvint alors de la plaque qui annonçait la présence d'un cabinet médical dans l'immeuble.

— Ah oui, je n'avais pas fait le lien, dit-elle. Le docteur, c'est vous.

— Plus pour très longtemps. Il faut laisser la place aux jeunes, expliqua-t-il. Bonsoir, mademoiselle.

Nadia lui rendit son salut, ouvrit la porte de son appartement, déroula son matelas de futon au beau milieu du fouillis et s'endormit, trempée de sueur.

Il était plus de vingt et une heures quand elle s'éveilla. La nuit était tombée. Les techniciens de l'EDF ne devaient passer que le lendemain pour rétablir le courant, aussi fit-elle une fois encore le tour de son nouveau domaine à l'aide d'une torche électrique. Elle contempla son visage épuisé dans le miroir de la salle de bains, renonça à prendre une douche, enfila un vieux parka et sortit faire un tour dans le quartier. La rue était encore très animée, presque comme en plein jour. Elle pénétra dans le premier restaurant chinois qu'elle trouva sur son chemin, monta au premier étage, et s'assit à une table isolée. Une chanteuse en robe archi-moulante, fendue jusqu'à la taille, roucoulait de vieux standards de Sinatra, accompagnée par un synthétiseur. Nadia passa la commande et s'aperçut alors qu'Isy Szalcman, son propriétaire, l'observait, amusé, à une table proche. Il avait terminé son repas et fumait un cigare. Elle le salua en inclinant la tête et il lui rendit son sourire, avant d'appeler le serveur. Moins d'une minute plus tard, celui-ci surgissait près de la jeune femme, une bouteille de champagne et deux coupes à la main. Tandis qu'il la débouchait, Isy ramassa sa canadienne plus que fatiguée et vint s'asseoir près de Nadia.

— Trinquons à votre installation ! dit-il d'une voix autoritaire en lui tendant la coupe que le serveur venait de remplir.

Surprise et amusée, elle leva son verre avant d'y tremper les lèvres.

— Un Dom Perignon avec du canard laqué, j'aurais pu faire mieux, constata Szalcman en lorgnant vers l'assiette de Nadia.

Il resta interdit l'espace d'un instant, se pinça la joue et considéra la jeune femme, penaud. Il s'apprêtait même à se lever, l'air confus, ou du moins s'efforçant d'en donner l'impression.

— Excusez-moi, vous vouliez peut-être rester seule ? dit-il en rougissant. La compagnie d'un vieux croûton comme moi, et la journée si pénible que vous avez eue ?

— Mais non, monsieur Szalcman, je vous en prie, répliqua-t-elle, à moitié dupe, et réalisant que, de toute façon, il n'avait nullement l'intention de s'en aller.

Il resta donc à la regarder manger. Sans qu'elle le lui eût demandé, il se lança dans une description exhaustive des charmes du quartier, à son avis gâtés par la fâcheuse proprension des Asiatiques à le transformer en une annexe du Chinatown de l'avenue d'Italie. Elle l'écouta sans mot dire vanter les mérites d'un marchand de vin de la rue des Envierges, du seul fromager du quartier, installé rue Rébeval, et d'un boucher émérite qui faisait venir sa viande directement du Charolais, sans intermédiaire.

— Vous vous plairez ici, annonça-t-il, péremptoire. D'ailleurs pour vous, c'est très pratique, la ligne de métro est directe jusqu'au Palais de justice, puisque c'est bien là que vous travaillez, n'est-ce pas ?

— Mais oui, monsieur Szalcman.

— J'ai été très étonné, voyez-vous, tout à l'heure, je veux dire, cet après-midi, n'est-ce pas, une jeune fille, juge d'instruction, c'est un peu surprenant, pour le profane que je suis...

Nadia resta silencieuse quelques secondes. Il était difficile de savoir si le vieil homme jouait encore la comédie ou si sa question était sincère.

— Une jeune fille ? Vous en faites un peu trop, dit-elle enfin. J'ai trente-cinq ans, monsieur Szalcman, qu'est-ce qui vous surprend ?

— Mais que vous ayez affaire à ce monde, la... la crapulerie, la prison, à vous voir comme ça, ce soir, un petit peu fatiguée certes, mais évidemment, avec vos lunettes de gendarme, c'est une autre paire de manches !

Elle ne put s'empêcher de rire, amusée par le compliment. Il la dévisagea avec nostalgie.

— Pardonnez-moi ma naïveté, je ne suis qu'un vieil homme et il y a si longtemps que je n'ai essayé de plaire à une femme.

— Plaire à une femme ? Eh bien, monsieur Szalcman, vous n'y allez pas par quatre chemins.

— Oh, n'y voyez pas malice, Nadia, vous permettez que je vous appelle Nadia ?

Elle acquiesça et saisit la bouteille de champagne pour remplir à nouveau les coupes.

— Je suis vieux, reprit-il en posant sa main marbrée de taches de son sur la sienne. Totalement inoffensif, rassurez-vous. Mais j'aime la compagnie des femmes. Je suis surtout un bavard assommant, méfiez-vous de moi, parfois, je m'ennuie tellement que je serais bien capable de vous empoisonner la vie simplement pour avoir à qui parler.

Il marqua un temps, tracassé. Le serveur amena la note, qu'il empocha d'un geste sans appel. Nadia renonça à protester.

— Quand même, de mon temps, les juges, c'étaient des hommes, dit-il en hochant la tête, sentencieux.

— De « votre temps », monsieur Szalcman ?

— Quand j'étais jeune, oui. Je lisais les journaux, je me suis toujours passionné pour les faits divers, vous savez, eh bien, un juge, c'était « Un » juge ! Enfin, les temps changent, comme on dit. Et dites-moi, au Palais, ça existe toujours, la Souricière[1] ?

— La Souricière existe toujours, monsieur Szalcman ! confirma Nadia.

— Le Dépôt, les couloirs souterrains, rien n'a changé ?

— Rien n'a changé, monsieur Szalcman.

— J'avais lu un reportage là-dessus, il y a bien longtemps.

Nadia hocha la tête, le regard perdu dans le vague. Elle revit les photos du cadavre de la pros-

1. La Souricière : salle de détention du Palais de justice.

tituée du périphérique, qu'on lui avait présentées le matin même. Puis sa mâchoire se crispa pour réprimer un bâillement. Szalcman se leva précipitamment et, d'un geste empreint d'une grâce désuète, déploya le parka qu'elle avait jeté sur son siège, comme s'il s'agissait d'un manteau de princesse. Elle se prêta au jeu, et enfila les manches, l'une après l'autre, avec une solennité appliquée. Isy lui prit familièrement le bras et la conduisit jusqu'à la sortie. Ensemble, ils remontèrent la rue de Belleville. Nadia constata que Szalcman boitait. À chaque pas, il grimaçait de douleur. Quand il l'avait quittée, le matin même, il marchait d'un pas assuré.

— Vous vous êtes blessé ? demanda-t-elle.

— Non, c'est ma vieille sciatique qui se réveille, ricana Isy. À chaque automne, c'est la même ritournelle.

Arrivé au coin de la rue de Tourtille, il lui tendit la main.

— Vous avez vu Maurice ? dit-il en conservant sa paume dans la sienne.

— Oui, tout à l'heure, nous nous sommes croisés dans l'escalier.

— Il occupe tout l'étage au-dessus de chez vous. Son cabinet et son appartement. Si vous avez besoin de quoi que ce soit, vous pouvez aussi faire appel à lui. C'est un ami de longue date.

— Je vous remercie.

— Bonne nuit, Nadia, murmura-t-il avant de s'éloigner.

Un clodo frissonnant, soulagé de trouver un lit à sa convenance, s'allongea sur un banc de la place Sainte-Marthe, tout près de l'endroit où l'on avait découvert le cadavre le matin même. Il était deux heures. Un nuage masqua le quartier de lune, et bientôt il plut. Recroquevillé sur son lit de fortune, le clodo leva un poing vengeur vers le ciel dans un geste emphatique.

Maryse Horvel dodelinait de la tête, heureuse et alanguie, en caressant la tête de Butch, enfouie entre ses cuisses. Elle oubliait la putain du périphérique, la petite vieille poignardée square Réaumur, toute cette galerie des horreurs ordinaires, consignée sur les registres de la huitième section du Parquet, et s'abandonnait à son plaisir.

Rue de Tourtille, Nadia Lintz savourait sa première soirée de tranquillité. Elle défit quelques cartons, déballant en vrac vêtements et bibelots à la lumière de sa torche, qui ne tarda pas à manifester des signes de faiblesse. Elle se déshabilla complètement et s'étendit sur son lit, après avoir allumé une cigarette. L'enseigne de néon du restaurant Cok Ming, une effigie de dragon bleue qui crachait des flammes roses, clignotait de l'autre côté de la rue et noyait la pièce de flashes intermittents, avec une régularité de métronome. Nadia songea aux contes de son enfance, ceux que lui lisait son père tous les soirs, et qu'il puisait dans des livres joliment colorés et peuplés de monstres pittoresques. Elle sursauta soudain : d'une fenêtre de l'immeuble en vis-à-vis, de l'autre côté de la

rue, on l'observait. Un vieillard au visage éma-
cié, blafard. Chez lui, les lumières étaient éteintes
et la pénombre ambiante ne faisait que renforcer
sa pâleur presque fantomatique. Nadia plongea
sous ses draps et éteignit sa torche. L'homme
resta encore quelques minutes posté derrière sa
fenêtre ; il s'épongea le front à l'aide d'un grand
mouchoir à carreaux, puis disparut. Nadia frissonna et décida d'installer des rideaux dès le lendemain.

Il était deux heures du matin. Une pluie fine
tombait sur toute la région parisienne. Rovère se
servit un dernier verre et le but d'une traite. Après
quoi, en bras de chemise, dédaigneux du crachin,
il sortit dans le jardin de son pavillon, tout près de
la Croix-de-Chavaux. L'humidité le fit frissonner.
Il longea le mur, le haut mur qui faisait le tour du
jardin, plaqua ses paumes sur les briques froides,
couvertes de mousse, et revint dans la maison. Un
désordre indescriptible y régnait. Les anciens pro-
priétaires avaient abandonné des meubles dont ils
ne voulaient plus, et lui-même n'avait pas encore
rangé les siens. Il s'allongea sur le lit de camp qu'il
avait dressé au beau milieu du chantier, éteignit la
lampe de chevet brinquebalante qui trônait sur
une malle et chercha le sommeil sans le trouver.

Il était deux heures du matin. L'inspecteur Dansel suait dans ses draps. Il se retourna, étreignit
tendrement le corps qui reposait à ses côtés et lui
tournait le dos, recroquevillé en chien de fusil. Sa
main descendit le long du torse, rencontra le sexe
dressé dans une érection involontaire, le palpa
avec douceur. Le garçon protesta d'une voix

pâteuse et s'allongea sur le ventre. Dansel n'insista pas, avala un verre d'eau et ferma les yeux.

Choukroun ne parvenait pas à dormir. L'œil rivé sur le cadran du réveil, il contemplait le défilé obsédant des paillettes de quartz et serrait les dents, les poings rivés sur ses oreilles. Les boules Quies dont il faisait une consommation immodérée ne suffisaient plus à amortir le vacarme. Choukroun vivait à Argenteuil, dans une tour de la ZUP. Son studio était encerclé par des fêtards de tous acabits. Un foyer de postiers occupait tout le huitième ; exilés de leur province pour cause de chômage, ils noyaient leur nostalgie dans le pastis après chaque changement d'équipe au centre de tri. Une tribu de Béninois, dont les hommes, employés sur des chantiers, travaillaient en 3x8, campait au dixième. Sur le palier du neuvième, l'appartement mitoyen, à gauche, abritait un atelier clandestin où une dizaine de Turcs s'escrimaient sur leur machine à coudre du coucher au lever du soleil. Grâce à d'astucieux travaux d'insonorisation, Choukroun était malgré tout parvenu à endiguer le désastre. Le cas des deux voisins de droite était cependant désespéré... Affidés d'une bande locale, les Blacks Dragons, ils passaient leur nuit à s'entraîner au full-contact ou à écouter du reggaemuffin sur une chaîne à bout de souffle, dont les baffles crachaient autant d'effets larsen que d'accords de guitare. Excédé, Choukroun jaillit de son lit et cogna de toutes ses forces sur la cloison. La musique s'arrêta aussitôt. Il en fut surpris.

— C'est le keuf d'à côté qui cherche l'embrouille, s'écria une voix empâtée par l'alcool.

— Zarma, y nous prend la tête, là-çui ! C'est un céfran ?

— Vas-y, là-çui, c'est pas un céfran, c'est l'feuj'qu'on a vu l'aut'jour.

— Vos gueules ! hurla Choukroun.

— Nique ta mère, nique ta race, lui répondit-on, avec un manque d'entrain évident.

Il s'ensuivit un long moment de silence que Choukroun mit à profit pour plonger dans ses rêves.

Il était deux heures du matin. Dimeglio rentra enfin chez lui, à Lésigny, après avoir crevé un pneu à la sortie du carrefour Pompadour. Il l'avait changé sous la pluie, furieux de constater que le cric ne fonctionnait plus ; il avait dû arrêter un car de la PS qui passait par là et solliciter l'aide des « prétoriens ». La lumière de la cuisine était encore allumée et son fils Gabriel s'était endormi sur ses devoirs. Le petit déjeuner était déjà prêt pour le lendemain matin ; le paquet de biscottes, la plaque de beurre, les quatre bols et le sachet d'Ovomaltine étaient à leur place. Dimeglio se pencha sur le cahier du gamin, vit qu'il s'agissait d'une histoire de déclinaison latine, de verbes déponents, et hocha la tête, ému. Avec prévenance, il souleva son fils et l'emporta jusqu'à la chambre. Il le déposa sur le dernier étage du lit superposé puis rabattit la couverture sur lui. Sa sœur Élodie s'était agitée dans son sommeil ; l'édredon avait valsé sur le parquet et Dimeglio le remit en place. Après quoi il quitta la chambre et revint se préparer un café dans la cuisine. Il examina le calendrier sur lequel sa femme notait les nuits où elle était de service à l'hôpital. Il en restait encore deux avant la fin de la semaine.

Il était deux heures du matin. Allongé sur le dos, immobile, les mains crispées sur la poitrine, dans l'obscurité, il luttait contre l'insomnie. En passant près de la rue Sainte-Marthe, le matin même, il avait vu l'attroupement sur la petite place et savait donc à quoi s'en tenir.

Ainsi, ils avaient fini par la retrouver. Il imaginait sans peine dans quel état elle devait être, à présent. Et à quel point elle donnerait du fil à retordre au médecin légiste qui entreprendrait de la « faire parler ». Trois semaines. Un temps de chien. Et ce réduit infect... Il avait eu l'occasion de voir de nombreux cadavres au cours de sa vie et savait avec quelle rapidité, quelle avidité, la mort ronge les chairs à l'abandon.

Il posa ses deux mains sur son visage, ferma les yeux, appuya fortement des deux paumes sur ses paupières, et fit ainsi jaillir un scintillement d'éclairs écarlates qui chassèrent l'image du corps supplicié qui le visitait toutes les nuits.

Rouge, rouge était la couleur. Rouge le sang qui fuyait du moignon de la main tranchée, pour se noyer dans la bourre putride du matelas où il avait emprisonné sa victime.

Il ouvrit ses yeux endoloris et la revit alors, telle qu'elle lui était apparue la première fois, arrogante et si belle, insolente de jeunesse, une jolie

moue de mépris dessinée sur ses lèvres. Il revit sa bouche, sa bouche rouge. Carnassière.

Il n'avait jamais cru aux rendez-vous fixés par la fatalité, tracés d'avance dans on ne sait quels livres obscurs, aux rencontres savamment préparées par quelque génie malfaisant, à toutes ces foutaises. Il n'avait jamais cru au destin.

Et pourtant, dans ce bar pour noctambules, près des Champs-Elysées, un endroit où s'affichait un mauvais goût ostentatoire, elle lui était apparue, dans une robe de soie d'un rouge vermeil. La couleur était le rouge. Lui sortait d'un concert à la salle Pleyel. Elle, Dieu sait d'où elle venait ? Toujours à traîner, errer, rôder, égérie de la zone en vérité, mais vipère qui savait opérer sa mue à la demande, et ajuster sa mise à la conformité ambiante. Ce soir-là, donc, elle, toute de rouge parée, très à l'aise dans les simagrées des convenances.

Et rouge, la tache sur sa main, la tache en forme d'œil, d'un rouge tout à fait aveuglant pour lui. Il frissonna, longuement, brusquement réchauffé par la fièvre qui l'envahissait, et ne put, durant une longue minute, détacher ses yeux de cette main aux longs doigts si fins, aux ongles teintés de rouge.

Revenu de son hébétude, il lui avait souri, timidement. Elle était habituée, rompue à tous les rituels d'approche. À celui de l'innocence, comme il semblait le suggérer, comme à d'autres, plus sauvages. Il saisit aussitôt quel était le but de sa présence dans ce bar à une heure si tardive. Elle se faisait appeler Aïcha. Elle portait une petite main de Fatma accrochée à une chaînette en or, autour du cou.

Après quelques minutes de palabres inconsistants, simple prélude à l'obscénité qui devait suivre, elle le conduisit dans un hôtel tout proche. Arrivée dans la chambre, elle se dévêtit aussitôt, abandonnant sa robe, ses hauts talons à même le tapis, pour se jeter à plat ventre sur le lit, les cuisses écartées, les genoux fléchis, dans une attente nonchalante. Il contempla les bas, le trait noir du porte-jarretelles qui lui barrait les reins, la peau soyeuse qui s'offrait dans le sillon des fesses et où luisaient quelques gouttes de sueur, puis son regard, irrésistiblement, remonta vers la tache rouge qui irradiait de la main droite, cet œil vermillon, grand ouvert, qui semblait le fixer avec ironie.

Il se déshabilla à son tour, tout d'abord surpris et heureux de constater que son sexe se dressait à la simple vue de cette nudité offerte. À tout prendre, autant ne pas l'effaroucher dès le premier soir, se dit-il en s'efforçant d'oublier le dégoût de lui-même que son désir faisait naître.

Il la pénétra avec prévenance ; elle se prêta au jeu, simulant le plaisir avec toute la perfidie dont elle savait faire preuve. Quand il se retira d'elle, il constata que les lèvres de son sexe étaient ourlées de petites perles de sang. Elle eut un sourire faussement désolé, et s'excusa.

Avant qu'ils ne quittent la chambre, il lui baisa longuement la main. Son regard, encore une fois, s'attarda sur la tache, la tache rouge, l'œil dont l'éclat l'obsédait depuis si longtemps. Aussi loin qu'il pouvait fouiller dans sa mémoire, il se souvenait de cet œil, posé sur lui.

Dans ses cauchemars, la tache rouge se diluait, se morcelait, se multipliait à l'infini en autant de points, puis les points dessinaient des lignes, et les lignes, folles, tortueuses, rebelles à toute discipline, traçaient un entrelacs d'ornements macabres autour des visages d'êtres disparus et dont il ne savait plus, parfois, vraiment, s'il les avait réellement côtoyés, dans une autre vie, lointaine, si lointaine.

Ce sentiment d'irréalité, obsédant et irrépressible, qu'il lui fallait vaincre à tout prix, s'il voulait vraiment savoir, il l'avait tant de fois ressenti, avec une acuité si mordante, qu'il avait bien souvent failli basculer dans la démence. Mais ce soir, ce soir surtout, il devait résister, avec toute sa lucidité, centrer son attention sur l'œil rouge. Rouge était la couleur.

*

Il revint le lendemain à la même heure dans le bar, mais elle n'était pas là. Puis le surlendemain et ainsi tous les soirs de la semaine, désespéré, se morfondant déjà d'avoir peut-être laissé filer l'occasion. Elle réapparut au bout de huit jours, aussi éblouissante que lors de leur première rencontre, dans sa robe de soie écarlate. Et la tache étincelait à son doigt.

Il la paya de nouveau et il eut droit à la même séance, dans la même chambre d'hôtel. Elle lui demanda s'il souhaitait qu'ils se donnent rendez-vous, pour la prochaine fois. Elle lui dit que s'il la payait davantage, elle serait carrément salope. Ce furent ses termes, « carrément salope ». Il accepta. Tout, le rendez-vous, le tarif plus élevé. Elle proposa le lundi suivant. Il donna son accord. Tandis qu'elle disparaissait dans la salle de bains, il lorgna vers le sac à main qu'elle avait laissé sur la table de chevet. Il voulait savoir qui elle était, quel était son nom, bien d'autres choses encore, et surtout d'où venait la tache rouge sur sa main. Mais il était encore trop tôt. Il ne fallait pas l'effaroucher.

Ils se retrouvèrent plus d'une dizaine de fois, dans la même chambre. Le garçon de la réception ne s'étonnait plus de les voir arriver ensemble. Un soir, enfin, il décida que c'en était assez. Il sortit avant elle et attendit dans la rue qu'elle quitte l'hôtel à son tour. Il la suivit, en voiture. Elle monta dans une petite Austin toute cabossée, qu'elle conduisit à la diable. Elle quitta le quartier des Champs-Elysées pour gagner le périphérique et se diriger vers Montreuil ; elle passa le reste de la nuit à danser dans un bar manouche en compagnie de types tatoués, qui la pelotaient sans vergogne. Il la guetta jusqu'au petit matin, puis disparut, de peur qu'elle ne l'aperçoive. Une autre fois, elle rejoignit une bande de cinglés qui menaient un rodéo à moto sur le terrain d'une usine désaffectée, quelque part vers La Courneuve. Il escalada la clôture, se cacha parmi les détritus métalliques et la vit, frissonnante, debout près d'un brasero ; à chaque acrobatie des motards, elle applaudissait comme une enfant émerveillée devant une piste de cirque envahie par les clowns. Une autre fois encore, elle roula toute la nuit dans Paris, et fit de nombreuses escales dans les gares, de Montparnasse à Saint-Lazare, à boire et à manger, à s'empiffrer avec une boulimie stupéfiante. Jamais il ne parvint à découvrir l'endroit où elle vivait, si tant est qu'il y en eût un.

Ce ne fut que plus tard, après lui avoir fait plusieurs fois l'amour en éprouvant toujours plus de dégoût, qu'un soir du mois d'août, il se décida enfin à lui parler de la tache rouge, sur sa main. Il lui expliqua ce qu'il voulait. Elle ne parut guère surprise. Il devait apporter l'argent le lendemain soir ; il fallait se donner rendez-vous. Elle proposa bizarrement de se retrouver au Quick du boulevard de la Villette, à vingt-deux heures. Il acquiesça, et le lendemain, à l'heure dite, il attendit, le cœur battant, une grosse enveloppe pleine de billets de banque sous le bras. À vingt-deux heures trente, elle n'était toujours pas là. À vingt-trois heures, il crut qu'elle ne viendrait plus, qu'elle avait changé d'avis, mais un jeune beur d'une quinzaine d'années vint lui annoncer qu'elle l'attendait, tout près de là. Le gosse le conduisit jusqu'à la rue Sainte-Marthe.

Ils furent plus d'une dizaine à l'accueillir, là-haut, au quatrième étage, dans une pièce minuscule qui empestait le moisi. Elle était présente, vêtue cette fois d'une combinaison de cuir très étroite, dont le zip ouvert laissait presque voir ses seins. Elle éclata de rire quand les autres se ruèrent sur lui et le frappèrent. Quand il s'éveilla, couvert de sang, tuméfié, blessé à la cuisse par un coup de couteau, le jour se levait. Elle avait disparu, et la petite bande de cogneurs à ses ordres

avec elle. Il descendit l'escalier à grand-peine, per-
clus de douleurs, et rentra chez lui se soigner.

Il était inutile de se lamenter sur sa naïveté, de
regretter d'être venu dans ce coupe-gorge sans
prendre ses précautions. À présent, il lui fallait la
retrouver. Et cette fois, qu'elle le veuille ou non,
elle parlerait de la tache rouge, lui dirait tout ce
qu'elle savait à ce propos.

De longues nuits d'errance commencèrent. Il
retourna à Montreuil, près du bar des Manouches,
à La Courneuve, aussi, où les jobards à moto
continuaient de se livrer à leurs jeux ridicules. Elle
ne se montrait pas. Il commença à désespérer.
Mais un soir, très tard, ou plutôt déjà très tôt, alors
qu'il faisait la tournée des restaurants où il l'avait
vue s'empiffrer, il l'aperçut à une table de l'Euro-
péen, la grande brasserie de la gare de Lyon. Elle
ne faisait que commencer son repas. Il repéra
l'Austin toute cabossée, garée rue de Chalon.
Quand elle eut ouvert la porte pour s'installer au
volant, il jaillit à ses côtés et lui enfonça son poing
ganté droit dans la gorge. Elle eut un hoquet de
douleur puis ses yeux chavirèrent. Il la fit basculer à l'arrière et mit le contact. Il tenait à l'amener rue Saint-Marthe, là où elle avait tant ri de
le voir souffrir. La rue était déserte, sinistre
comme à l'accoutumée. Il la prit dans ses bras et
la porta comme on porte un enfant. Si d'aventure
quelqu'un avait surgi sur leur passage, il aurait
juré qu'il s'agissait là d'un couple de fêtards dont
la dame avait forcé sur la bouteille.

Quand elle s'éveilla, elle réalisa qu'on lui avait
lié les avant-bras derrière le dos ; elle gisait sur un
matelas crasseux et humide. Le micheton qu'elle

avait levé dans le bar des Champs-Elysées, plusieurs semaines auparavant, ce pauvre type qui semblait s'être sérieusement entiché d'elle, tenait une petite torche électrique, très puissante, et la lui braquait droit dans les yeux. Elle n'avait jamais été effrayée à l'idée de la mort. L'existence aventureuse qu'elle menait témoignait de son mépris pour le danger. Elle reconnut l'endroit où elle se trouvait, crut pouvoir se tirer d'affaire et s'efforça de garder son calme.

Il lui parla avec douceur. Il ne tenait pas à récriminer à propos de son argent perdu puisqu'à présent, de toute façon, il allait obtenir ce qu'il voulait. Il le lui expliqua. Elle refusa, lui cracha au visage, lui promit une vengeance terrible s'il osait lui faire du mal, et se mit à crier. Alors il lui enfonça un gros objet mou dans la bouche, la tourna sur le côté et lui trancha la main droite avec une lame très fine. L'opération ne lui prit que quelques secondes. Il savait où poser la lame, à quel endroit inciser, dans quelle direction précise appuyer.

Le sang s'échappa des artères d'Aïcha, à jets réguliers mais ténus. Tétanisée sous l'effet de la panique qui faisait s'emballer son cœur, elle ne ressentit pourtant aucune douleur. Elle éprouvait la plus grande peine à respirer ; le bâillon — une balle de mousse qui lui collait au palais, à la langue, et qu'elle ne parvenait pas à cracher malgré la nausée qui lui tordait l'estomac — bloquait l'air qu'elle tentait d'avaler. Elle s'étouffa, et vit de petites lueurs blanches scintiller devant ses yeux.

Il posa la main, c'est-à-dire sa propre main tranchée, tout près de son visage, son visage à elle, et lui dit qu'il n'était pas trop tard, qu'en fait les liens agissaient à la manière d'un garrot, qu'il suffisait qu'il les resserre un peu plus pour arrêter l'hémorragie. Elle secoua la tête, cligna des yeux pour donner son accord. Il ôta la balle de mousse souillée de glaires. Elle parla après avoir repris son souffle.

Quand elle eut achevé sa confession, il lui serra le cou, fourragea dans sa bouche et lui glissa de nouveau le bâillon entre les mâchoires. Il dévida une bobine de sparadrap autour de sa tête, fixant ainsi solidement la balle de mousse, qu'elle mordit désespérément dans l'espoir vain de la morceler, pour l'avaler et s'en défaire. Elle parvint à en arracher un bout, qui resta bloqué dans son arrière-gorge.

*

Elle le vit alors saisir délicatement la main, sa main à elle, ce morceau de chair qui ne lui appartenait plus, et la ranger dans un sac de plastique qu'il avait sorti de la poche de son veston. Elle attendait, le visage convulsé par la douleur, par la terreur. Il sortit un second sac de plastique et le lui enfonça sur la tête. Après quoi, il replia le matelas sur elle, et l'abandonna dans l'obscurité du réduit. En descendant l'escalier, il posa le pied sur une marche qui se rompit soudain sous son poids. Il jura entre ses dents. Des échardes s'enfoncèrent dans la peau de sa cheville, au pied droit, et il constata, une fois dehors, que son pantalon s'était déchiré.

Il fallait laisser Aïcha mourir, lentement, très

lentement, il fallait attendre que tout son sang la quitte, que le sommeil de la mort l'engourdisse. À présent qu'il avait coupé la main, la souillure était effacée.

Il récupéra l'Austin qu'il avait garée sur la petite place, et l'abandonna, toutes portières ouvertes, un peu plus loin, près du canal de l'Ourcq, après quoi il rentra chez lui. Assis devant son bureau, il resta longtemps face à la main tranchée. Il lui sembla que l'œil pleurait, pleurait des larmes rouges. Alors il le délivra. Au petit matin, il sortit de chez lui et jeta la main enveloppée de chiffons dans une poubelle ; une benne à ordures remontait la rue. Aïcha avait parlé. Elle n'était pas morte pour rien. Grâce à elle, il allait enfin savoir. Du moins l'espérait-il.

*

Trois semaines s'étaient écoulées. Les autres n'allaient pas tarder à découvrir le second cadavre, sans doute. Il savait qu'il ne pourrait pas dormir sans aide, et s'empara d'une boîte de somnifères.

11

Le mardi matin, Nadia Lintz fila à son cabinet dès neuf heures, sans même prendre le temps de déjeuner. Sa greffière n'était pas encore arrivée quand elle pénétra dans la petite pièce tout en longueur dont les fenêtres s'ouvraient sur la terrasse du tabac du Palais. Elle soupira en voyant les classeurs qui s'entassaient à même le sol.

Elle venait de clore l'instruction du dossier d'un violeur multi-récidiviste que les victimes avaient identifié grâce à ses vêtements ; toute la garde-robe du type était là, enfermée dans de gros sacs-poubelle gris, ficelés et fermés par des sceaux de cire. Elle tira les sacs dans le couloir et appela un appariteur pour qu'il les déménage, après quoi elle passa une demi-heure à trier la paperasse qui s'accumulait à une vitesse étonnante. Depuis son arrivée à Paris, elle s'était quelque peu laissé déborder. Parmi la soixantaine de prévenus dont elle avait la charge, plus de la moitié étaient incarcérés. Nadia désirait instruire les affaires dans un délai raisonnable et ne pas les maintenir en détention provisoire plus d'un an. La plupart d'entre eux pouvaient d'ailleurs se préparer à une peine bien plus lourde, si bien que l'attente de quelques mois avant le procès ne devait guère les effrayer.

Elle se plongea dans le dossier de la prostituée du périphérique, dont on ne lui avait transmis les premières pièces que le samedi : la déposition du chauffeur de taxi qui avait aperçu le cadavre sur la glissière de sécurité, celle d'une autre fille qui tapinait dans les parages, et les résultats de l'enquête concernant la famille de la victime. Nadia crut lire un de ces mauvais romans écrits à la fin du siècle dernier et destiné à l'édification des classes laborieuses... Le père alcoolique, la mère orpheline, la nombreuse fratrie, rien ne manquait. Delphine, c'était le prénom de la morte, avait vécu une adolescence sordide dans les corons du Nord jusqu'à ce que la fermeture des mines ne jette la famille dans le dénuement. Elle était venue à Paris pour tenter la chance.

Le rapport d'autopsie était très suggestif quant aux circonstances exactes du décès. Il était notamment question de traces de sperme dans la bouche de la victime. Nadia prit quelques notes, décida de convoquer le taxi et la « collègue » de Delphine, en attendant mieux. Puis elle passa à un autre dossier, plus complet celui-là. Gardel, un employé de guichet de la gare Montparnasse qui avait assassiné sa fille, âgée de huit ans, et sa femme. La fille en premier, qu'il noya dans la baignoire, avant de la sodomiser post mortem. L'épouse travaillait elle aussi à la SNCF ; il l'avait étranglée à l'aide du cordon électrique d'un sèche-cheveux. Lors de la première comparution, Gardel s'était montré très calme, racontant son histoire comme s'il s'agissait d'un entrefilet lu dans le journal quelques minutes auparavant et qui ne l'aurait en rien concerné. Il confirma point par point le contenu des interrogatoires de police dont Nadia disposait. Elle avait demandé une reconstitution, qui devait avoir lieu l'après-midi même.

La greffière, Mlle Bouthier, arriva à dix heures et se mit aussitôt au travail. C'était une femme d'une maigreur étonnante, toujours vêtue de robes à fleurs d'un mauvais goût extravagant, et qui parvenait au cours d'une seule journée à avaler une quantité de sucreries défiant l'imagination. Elle travaillait depuis plus de vingt ans au greffe, était passée du parquet à l'instruction, des mineurs à l'application des peines, et ne tarissait pas de ragots concernant les menues intrigues du Palais. Joviale, insouciante, vieille fille, elle avait pris

Nadia en affection et s'activait de son mieux pour lui faciliter la tâche.

— Pour la reconstitution, là, vous savez, dans l'affaire Gardel, tout va bien, annonça-t-elle de sa voix flûtée. On aura un mannequin pour figurer la gamine, la Brigade criminelle l'a confirmé hier après-midi.

— Mais... et pour l'épouse ? On n'aura pas de mannequin ? Comment on fait ? demanda Nadia.

— Eh bien, moi ou le substitut, ou un inspecteur, c'est comme vous voudrez, répondit la greffière, étonnée que ce détail pose problème.

Nadia la dévisagea, effarée. Mlle Bouthier lui tendit une pochette de bonbons avec un sourire désarmant.

— Gardel sera là à treize heures, le bulletin d'extraction de la Souricière est sur votre bureau, il faut le signer. La reconstitution a lieu rue de la Roquette, chez lui, il faut partir d'ici vers treize heures trente. Pas plus tard, reprit la greffière.

Nadia acquiesça, referma le dossier et quitta le cabinet. Elle se rendit à la buvette du Palais où elle retrouva Maryse Horvel et son collègue Montagnac.

— C'est vraiment stupéfiant, ricanait celui-ci, il suffit que Maryse prenne la permanence et aussitôt l'apocalypse se déchaîne : on trucide le quidam dans tout Paris ! Je l'ai remplacée cette nuit. Eh bien, c'était le calme plat.

— Dormez braves gens, Montagnac veille ! grimaça Maryse. Je reprends le collier dès ce soir. On verra bien si tu as raison.

Puis elle questionna Nadia à propos de son installation rue de Tourtille. Celle-ci lui raconta sa

96

soirée passée en compagnie d'Isy Szalcman et le curieux accueil qu'il lui avait réservé.

— Une crémaillère est prévue ? demanda Montagnac. La cérémonie aura lieu dans la plus stricte intimité ? Je serai invité ? Après tout, c'est grâce à moi si tu as pu trouver un nid aussi douillet.

Peu après son arrivée à Paris, au cours d'une fête chez un de leurs collègues, Montagnac l'avait draguée à la hussarde. Coincée dans l'encoignure d'une porte, elle avait dû le gifler pour qu'il consente à lâcher prise. Il avait un petit coup dans le nez et s'excusa aussitôt, penaud comme un gamin surpris à reluquer sous les jupes de la maîtresse.

Nadia lui promit qu'il serait de la partie. Il fut agréablement surpris de constater qu'elle ne lui tenait pas rigueur de sa conduite passée. Elle avala sa tasse de café, regagna son cabinet et occupa le reste de la matinée à préparer la reconstitution du double assassinat de la fille et de l'épouse Gardel.

12

Sandoval affichait un sourire béat. Un de ses inspecteurs venait de lui remettre l'extrait de casier de Djeddour, condamné en 86 pour une agression à l'égard d'une petite vieille. Le commissaire appela aussitôt Dansel, occupé à classer les PV de la bande des ratonneurs qu'avait dirigée Vernier.

— Ce Djeddour, il faut mettre le paquet pour le retrouver, dit-il. Rovère n'est pas encore là ?

— Heu... Il a prévenu qu'il arriverait tard, bredouilla Dansel, peu enclin à discuter.

Sandoval jeta un coup d'œil dans le couloir et ferma doucement la porte. Dansel comprit qu'il n'allait pas couper à une de ces petites séances d'explication qu'il exécrait, mais dont le commissaire raffolait.

— Ça va, le groupe, en ce moment ? Dites-moi franchement votre avis, Dansel ? dit Sandoval.

— Ça va bien, ça tourne, on est un peu secs sur l'affaire du foyer des étudiants, mais en dehors de ça, rien à dire.

— Ah oui, oui, les étudiants ! On n'a pas retrouvé l'arme, c'est bien cela ?

Dansel hocha la tête. Le mois précédent, le groupe de Rovère avait pris en charge une sombre histoire entre résidents étrangers à la Cité universitaire. Un Cambodgien avait été retrouvé égorgé dans sa chambre, sans qu'on puisse établir s'il s'agissait d'un règlement de compte politique ou d'une vulgaire affaire crapuleuse.

— Et dites-moi, le nouveau, là, Choukroun, il s'intègre bien ? Je n'aime pas trop la façon dont il s'habille. Je le trouve un peu... un peu voyant, vous ne croyez pas ?

— Pas de problèmes avec Choukroun ! trancha Dansel. Il manque d'expérience, mais ça va venir.

Sandoval alluma une cigarette, et contempla la braise en prenant tout son temps. Dansel pianotait de la main droite sur le bureau, impatient.

— Et Rovère, comment vous le trouvez ? Vous êtes le plus ancien, ici, Dansel ? Donnez-moi franchement votre avis. Il ne va pas très bien, n'est-ce pas ?

— C'est le moins qu'on puisse dire, rétorqua l'inspecteur. Mais dans le cadre du travail, on n'a rien à lui reprocher.

— Oui, je n'aimerais pas être à sa place, murmura Sandoval, d'un air faussement compatissant. Il picole toujours autant ?

— Dans le cadre du travail, on n'a rien à lui reprocher, s'entêta Dansel.

— Je vois, je vois, enfin, tenez-moi au courant ! conclut Sandoval en se levant.

Il resta un long moment, dans l'entrebâillement de la porte, sans se décider à s'éloigner, à tirer nerveusement sur sa cigarette.

— Compte là-dessus, marmonna Dansel quand il eut enfin disparu.

À treize heures, il quitta les locaux de la Brigade criminelle et se rendit au petit restaurant de la place Dauphine. Il y retrouva Dimeglio et Rovère. Tout en mangeant, Dimeglio raconta ses pérégrinations dans les boutiques de prêt-à-porter qu'il avait visitées durant la matinée. Muni des étiquettes de vêtements prélevées sur le cadavre de la rue Sainte-Marthe, il avait écumé les magasins où la morte avait fait ses emplettes. Les vendeuses de Kookaï s'étaient presque toutes évanouies quand il avait sorti les photographies de l'IML.

— Y en avait quatre dans les pommes ! J'ai fait grande impression, dit-il sobrement en levant son verre.

À la description de l'essaim de créatures, exclusivement nourries au yoghourt extra-light, qu'il se targua d'avoir secourues, rassurées, soutenues d'une main toute paternelle, Rovère le soupçonna d'enjoliver un peu.

— Bref, conclut Dimeglio, j'ai tout retrouvé : la robe, le slip et les fanfreluches, les godasses, mais ça ne nous avance pas beaucoup : entre les chèques, les cartes bleues, et celles qui payent en liquide, on n'est pas sorti de l'auberge.

— Surtout si c'est son mec qui lui a offert tout ça, admit Rovère.

— Ou si elle a volé une carte ou un chéquier, renchérit Dansel.

Dimeglio écarta les assiettes et posa sur la table quelques catalogues de vêtements et sous-vêtements, dont il avait coché certaines photos. Rovère reconnut la robe de lamé et contempla un instant la fille qui posait sur le papier glacé, contorsionnée dans une des poses qu'affectionnent les photographes chargés de réaliser ce genre de travail. Elle était blonde, maigre à en faire rêver un bataillon d'adhérentes à un stage de weight-watchers, et souriait face à l'objectif, d'un air profondément niais.

Dansel commanda une seconde bouteille de vin. Il n'avait pas la faconde de Dimeglio et les quelques heures qu'il avait passées à consulter, sans résultat, le fichier des femmes disparues ne l'inspiraient guère. Il en fit un récit plat, et décourageant.

— En cas de disparition, expliqua-t-il, les familles donnent toujours un signalement vestimentaire précis, un anorak rouge, un costume bleu, une écharpe tricotée par la grand-mère, mais là, sur les centaines de cas répertoriés, il n'y a aucune fille qui corresponde à la nôtre.

Après le dessert, Rovère offrit une tournée de cognac. Lui-même s'était longuement entretenu avec le responsable du service chargé de la surveillance des squats et il n'avait rien trouvé concernant une fille, d'une vingtaine d'années probablement, elle-même marginale dans ce milieu de marginaux...

— Admettons que votre personnage ait existé, lui dit l'inspecteur qui l'avait reçu. Dans cette faune, après tout, on rencontre des gens étonnants, des paumés qui ont réussi un coup et cherchent à se planquer, ou des mineurs en fugue, ça oui, en pagaille, sans compter les bargeots qui échouent là-dedans sans trop savoir pourquoi, bref, tôt ou tard, ça revient à nos oreilles, le milieu est pourri de camés et on a plein d'indics ! Je n'ai rien, mais si j'entends quelque chose, je vous préviendrai.

Rovère l'avait remercié poliment.

— Voilà, on en est là, conclut-il en appelant la serveuse pour demander l'addition.

— Pas tout à fait, annonça Dansel. L'ami Djeddour a un casier éloquent.

En quelques mots, il leur fit part de la trouvaille de Sandoval.

— Je ne miserai pas un radis là-dessus, mais le patron a l'air d'y croire, ajouta-t-il avec une moue réprobatrice.

Ils rentrèrent à la Brigade sans trop se presser.

13

Gardel, un petit homme bedonnant, au crâne dégarni, vêtu d'un jogging neuf, dardait sur Nadia un regard perdu, comme s'il n'avait pas encore saisi la raison de sa présence ici, chez lui. Ou plus précisément à l'endroit où il avait vécu. Il n'était plus chez lui. L'appartement, mis sous scellés, avait été laissé en l'état. La vaisselle sale reposait dans l'évier de la cuisine et un cendrier plein de mégots gisait, renversé sur le tapis, face au téléviseur.

Ils pénétrèrent tous deux dans la salle de bains, suivis d'un inspecteur qui surveillait l'inculpé, impassible. Mlle Bouthier se tenait dans l'encadrement de la porte, un calepin à la main, en compagnie d'un photographe de l'Identité judiciaire. Un petit mannequin de plastique reposait dans la baignoire.

— Monsieur Gardel, dit Nadia d'une voix tremblante, il est donc dix-sept heures, le 20 juillet 91, votre fille Nathalie rentre du centre de loisirs et vous décidez de lui donner le bain, c'est bien ça ?

Gardel, raide, tétanisé, comme frappé de catalepsie, semblait incapable d'effectuer le moindre geste. Nadia repoussa la mèche, toujours la même, qui retombait sur son front, rajusta ses lunettes et tourna les yeux vers Gardel, pour le supplier de sortir de sa léthargie. Il s'ébroua enfin, remua les épaules comme lors d'un exercice d'assouplissement, et se dirigea vers la baignoire.

— Oui, elle sait que je lui donne le bain, quand c'est moi qui la garde, juste une fois tous les quinze jours, parce que vous savez, je n'ai le droit de...

— Monsieur Gardel, s'étrangla Nadia, je ne vous interroge pas sur le contexte familial, je... je vous demande de reconstituer, avec exactitude, les gestes qui vous ont amené à... à tuer votre fille !

Elle tourna la tête, un peu affolée, vers Mlle Bouthier, qui, compréhensive, l'encouragea d'un sourire.

— J'arrive près de la baignoire, reprit Gardel, ma fille est dans le bain, elle est allongée sur le ventre. Elle joue avec ses poupées. Je pose la main sur sa nuque...

— Posez votre main sur la nuque du mannequin, monsieur Gardel ! ordonna Nadia.

Gardel s'exécuta.

— Là, j'appuie. Elle se débat, elle étouffe, elle boit de l'eau, beaucoup d'eau, ça dure deux, trois minutes, je ne sais plus. Elle ne se débat plus.

Nadia adressa un signe au photographe de l'IJ, qui saisit sur la pellicule le geste de Gardel.

— Quand je suis certain qu'elle est morte, je la sors de l'eau, je l'enveloppe dans une serviette pour la sécher, et je la serre dans mes bras, pour lui demander pardon pour ce que je lui ai fait.

Nadia ferma les yeux. Gardel s'était exprimé d'une voix claire, assurée. Avec ce présent de narration proprement insupportable qui renforçait encore la crudité des situations évoquées. Elle entendait son souffle, tout près d'elle, une respiration régulière, tranquille.

— Ensuite, monsieur Gardel ?

Il saisit le mannequin de plastique et l'allongea sur le ventre, par-dessus le rebord de la baignoire ; la face touchait la bonde, les fesses étaient tendues vers le plafond.

— Voilà, je la place comme ça, précisa Gardel.

Nadia sentit ses jambes flageoler. Elle se raidit, toussota, se tourna vers le photographe pour qu'il prenne un cliché du mannequin, ainsi disposé.

— Ensuite, je quitte la salle de bains, je vais dans le salon, reprit Gardel. Je m'assieds un instant, là, dans le fauteuil. Je réfléchis, j'ai besoin de réfléchir.

— Photographiez, photographiez ! murmura Nadia.

— Je reviens dans la salle de bains, continua Gardel, je pense à tout ce que ma femme a dit de moi, je m'approche de ma fille.

Gardel montra le mannequin et posa la main sur les fesses de plastique. Il attendait, ne sachant jusqu'à quel degré de réalisme Nadia comptait pousser la reconstitution.

— Vous la sodomisez, et ensuite ? dit-elle, d'une voix blanche.

— Je reviens dans le salon, je m'assois. J'attends le retour de ma femme, vous comprenez, j'ai la garde de Nathalie jusqu'au soir, je suis sûr qu'elle va venir la chercher. J'en suis certain, elle va arriver. Je prends le sèche-cheveux, je vérifie que le fil est solide.

Gardel avait saisi le sèche-cheveux et, d'une traction, mimait la « vérification ». Le flash du photographe illumina une nouvelle fois la pièce.

— Ma femme sonne, je pose le sèche-cheveux, je vais lui ouvrir. Elle entre.

Gardel attendait devant la porte. Il semblait plein de bonne volonté et dévisageait les présents un à un.

104

— Inspecteur ? Vous voulez bien figurer madame Gardel ? demanda Nadia.

— Elle s'assied, là, dans le fauteuil, elle regarde la télé, la télé est allumée, indiqua Gardel.

L'inspecteur obtempéra, totalement indifférent, les deux mains posées sur les accoudoirs du fauteuil, assis à la place qu'on lui avait désignée.

— Vous vous êtes parlé, votre femme et vous, à ce moment-là ? demanda Nadia.

— Non... pas elle ! Elle, elle ne dit rien. Moi, je lui explique que la petite est en train de s'habiller dans la salle de bains, j'y vais, je reviens avec le sèche-cheveux.

La greffière le lui tendit. Gardel s'en empara, contourna le fauteuil et, utilisant le fil à la manière d'un garrot, le passa autour du cou de l'inspecteur.

— Ça ira très bien comme ça, conclut Nadia, épuisée.

14

Sandoval fut prévenu à dix-huit heures trente le mardi soir. Le responsable du poste de commandement de la Préfecture l'informa en quelques mots : un cadavre de femme venait d'être découvert rue Clauzel, dans le IXe arrondissement, entre Pigalle et Saint-Georges.

— Ah, au fait, essayez de retrouver les types qui ont couvert la rue Sainte-Marthe hier matin, précisa-t-il avant de raccrocher. Enfin, ça vaudrait mieux, la femme a une main coupée. Je veux dire, elle aussi !

Sandoval reposa lentement le combiné sur son support. Il se rendit jusqu'au bureau de Rovère et le mit au courant.

— Ah, ça recommence, constata celui-ci, stoïque.

— Pas exactement, celle-là, on a son nom : Martha Kotczinska ! dit Sandoval en articulant avec difficulté. Elle était locataire de l'appartement... J'y vais tout de suite !

Rovère battit le rappel des inspecteurs disponibles et les expédia immédiatement sur place. Il passa au Palais prévenir le substitut et ne fut pas surpris de tomber sur Maryse Horvel.

— Décidément, c'est une habitude, dit celle-ci en ramassant ses affaires.

Ils filèrent en voiture jusqu'à Pigalle et durent mettre en marche le gyrophare pour se frayer un chemin à travers la rue Monnier. Un cordon de flics en tenue barrait la place Toudouze où débouchait la rue Clauzel. Maryse se gara tant bien que mal sur le terre-plein, et son pare-choc heurta une colonne Morris. Les badauds, agglutinés sur les trottoirs, étaient nombreux.

Au 31, ils pénétrèrent dans un immeuble à la façade fraîchement ravalée et grimpèrent jusqu'au cinquième étage, sous les toits, précédés d'un inspecteur de l'arrondissement. Une porte unique s'ouvrait sur le palier. Ils découvrirent alors un espace assez vaste, résultat de la réunion de plusieurs chambres de bonne, après qu'on eut abattu les parois qui les séparaient. Les murs étaient couverts d'un crépi blanc ; de grands velux s'ouvraient sur la façade, si bien qu'en plein jour l'appartement devait être très lumineux. On apercevait la coupole du Sacré-Cœur, derrière les toits des maisons en vis-à-vis.

La pièce était en fait un atelier d'artiste. Un large canapé posé sur un tapis de coco occupait le centre. Des sculptures et des toiles s'y trouvaient en grand nombre, ainsi qu'un bric-à-brac de sacs de terre, d'outils, de pinceaux et de tubes de couleurs. Une forte odeur de térébenthine flottait dans l'air. Sandoval, qui s'était assis sur un vieux fauteuil de cuir aux accoudoirs griffés, observait un modelage inachevé, un corps féminin au bassin hypertrophié, un peu à la manière de certaines statuettes préhistoriques, et aux bras tendus vers l'avant dans un geste de défense. Les toiles indiquaient un goût assez morbide ; on y voyait des créatures androgynes aux yeux écarquillés, prostrées, accouplées dans des attitudes bouffonnes.

— C'est à la victime qu'on doit ces chefs-d'œuvre, ça vous plaît ? demanda Sandoval.

— Je ne connais rien à la peinture, où est le corps ? répondit Rovère.

— Là, derrière, dit le commissaire en montrant une tenture de velours usée.

Rovère se tourna vers Maryse puis se dirigea vers le fond de l'atelier. Il découvrit une alcôve dont le lit était défait.

— Au fond, tout au fond, poussez la porte, précisa Sandoval.

Rovère obéit et s'avança dans une salle de bains minuscule équipée d'une baignoire sabot. Martha Kotczinska était une femme d'une trentaine d'années à la chevelure blonde, au visage anguleux mais non dépourvu de grâce. Ses yeux étaient grands ouverts et Rovère remarqua qu'ils étaient de teinte différente : le droit très bleu, le gauche tirant nettement vers le gris. Son regard mort n'en était que plus étrange. Elle gisait, nue, assise dans la baignoire, adossée à la paroi où était fixé le support de la douche. Son avant-bras droit reposait sur le pubis, tranché au niveau du poignet. Une flaque de sang coagulé recouvrait l'émail et poissait les cuisses. Ce ne fut que dans un second temps que Rovère vit la main coupée, étendue sur le carrelage, près du pied du lavabo.

Il frissonna puis revint vers Maryse, qui attendait dans l'alcôve.

— C'est... C'est comment ? demanda-t-elle en essuyant ses mains moites sur son jean, prête au pire.

— À côté de celle d'hier, ça peut aller, souffla Rovère en s'effaçant pour la laisser passer.

Maryse s'avança d'un pas et tendit le cou pour jeter un rapide coup d'œil dans la salle de bains. Elle se retourna aussitôt et revint près de l'inspecteur.

— Effectivement ! dit-elle en s'efforçant de sourire. C'est drôle, vous avez vu son visage, il a l'air serein, comme si elle n'avait pas souffert.

— Détrompez-vous, quand la rigidité cadavérique s'estompe, au bout d'un certain temps, les chairs se détendent. Enfin, le légiste vous expliquera ça mieux que moi.

— Et son regard ? C'est indéfinissable, mais...

— Vous n'avez pas remarqué ? Les yeux ne sont pas de la même couleur.

Maryse resta un instant immobile, sans plus

penser à rien. Rovère s'était montré prévenant, comme la veille, n'avait pas cherché à rouler des mécaniques à l'instar d'autres flics qui, dans des circonstances analogues, ne se seraient pas privés de rigoler grassement. Elle lui en fut reconnaissante, sans songer à le lui dire. Ils revinrent au centre de l'atelier où Sandoval continuait de contempler les toiles.

— Qu'en pensez-vous ? demanda celui-ci.

— Qui l'a découverte ? répondit Rovère après avoir haussé les épaules.

— Une demoiselle Noémie Mathurin, native de la Guadeloupe, expliqua crânement Sandoval après avoir consulté une feuille de papier qu'il sortit de la poche de sa veste.

— Alors ? On prend les mêmes et on recommence ? claironna une voix.

Rovère se retourna et aperçut Pluvinage qui venait d'entrer. Il lui montra la direction de la salle de bains et sortit sur le palier. En se penchant par-dessus la rampe, il vit Dansel qui lui fit signe de descendre.

— Le témoin est chez le voisin : elle est un peu secouée ! dit l'inspecteur quand Rovère l'eut rejoint sur le palier du quatrième.

Rovère entra dans un appartement propret qui embaumait l'encaustique et la lavande. Des patins étaient disposés dans l'entrée mais il s'en aperçut trop tard. Il avança jusqu'au milieu du séjour, laissant sur le parquet de larges traînées de poussière, de la terre que ses semelles avaient ramassée dans l'atelier. Un pépère en robe de chambre consolait de son mieux Noémie Mathurin, une plantureuse mulâtre qui pleurait tout son saoul ; il lui proposait un petit verre d'alcool en vain, et lui tapotait paternellement la nuque, sans parvenir à la calmer.

— Elle venait trois fois par semaine faire le ménage de la fille, expliqua Dansel. Elle l'a trouvée dans la baignoire à dix-huit heures, elle jure qu'elle n'a touché à rien.

— À rien ! Je l'ai entendue pousser un hurlement, mais un hurlement... Vous ne pouvez pas imaginer ! Elle est tout de suite descendue chez moi et j'ai appelé le commissariat, assura le pépère.

— Votre voisine, vous la connaissiez ? Elle habitait là depuis combien de temps ?

— Depuis 89. Pour autant que je me souvienne.

— Dansel, je remonte, dit Rovère. Tu demandes à monsieur le nom du propriétaire de l'appartement, le signalement des gens qu'il a vus monter là-haut, et la suite, pas la peine de te faire un dessin.

Il rejoignit Sandoval et Maryse, qui assistaient, immobiles, au manège des techniciens de l'identité judiciaire. Pluvinage ressortit de la salle de bains.

— Elle est morte depuis deux jours, annonça-t-il. La main coupée est présente. C'est une consolation.

— Oui, c'est bien la différence avec la rue Sainte-Marthe, n'est-ce pas ? dit Sandoval. On a affaire au même client ?

— C'est tranché d'une façon identique, expliqua Pluvinage. Un travail très propre... ça peut être le même type. À part ça, elle se camait. Il y avait une seringue dans la baignoire, vous ne l'avez pas vue, elle était derrière la cuisse. J'ai examiné le creux du bras gauche, il y a des marques de piqûres en pagaille, et aussi entre les orteils. Et sur le rebord du lavabo, voilà ce que j'ai trouvé.

Il montrait une ampoule pharmaceutique brisée qu'il tenait dans sa paume ouverte, enveloppée d'un Kleenex. Rovère s'en saisit et renifla, sans parvenir à déceler une odeur particulière. Il la confia à un technicien du laboratoire.

— Il n'y a pas de trace de coups. Juste une rougeur sur le larynx, reprit Pluvinage. Pas d'hématome, juste les pétéchies habituelles sur le dos, mais rien de plus normal, puisque le corps est resté dans cette position, c'est quand même assez étrange !

— Qu'est-ce que vous voulez dire ? demanda Maryse.

— Moi, si on me coupait la main, je me débattrais, enfin il me semble, mademoiselle le substitut, répondit Pluvinage, d'un ton méprisant.

— Puisque vous affirmez qu'elle était toxico, on peut imaginer qu'elle s'est fait assassiner en plein fix, auquel cas elle n'était vraiment pas en mesure de se rendre compte de ce qui se passait, non ? rétorqua Maryse, sans montrer plus de colère.

Quand les gens de l'IJ eurent emporté le corps, Rovère, aidé par d'autres inspecteurs, dont Choukroun, entreprit de fouiller l'atelier de fond en comble. Dans un secrétaire dont les tiroirs avaient été fracturés, il trouva un trousseau de clés et un classeur qui contenait des relevés bancaires. Martha était criblée de dettes. Elle avait contracté plusieurs emprunts et son compte accusait un découvert très important. Le dernier chèque qu'elle avait encaissé, d'un montant de vingt mille francs, datait du mois de juin. Rovère mit également la main sur un billet d'avion, un Paris-Varsovie dont le retour datait de quatre jours, et quelques billets de mille zlotys froissés.

Il sonda ensuite le plafond, retourna le matelas, vida les tiroirs d'une commode qui se trouvait dans l'alcôve, découvrit une boîte de préservatifs à moitié vide, cachée sous une pile de culottes, avec quelques gadgets érotiques.

Il revint vers Sandoval et lui montra son butin. Le commissaire joua distraitement avec un gode-miché aux formes très réalistes puis le confia à Choukroun qui rougit jusqu'aux oreilles avant de le glisser dans un sac que lui tendait un autre inspecteur. Maryse était à ses côtés, debout, serrant son cartable dans ses bras et prenant garde de ne toucher à rien.

— Le secrétaire a été forcé, dit Rovère. On lui a volé quelque chose. Je n'ai pas retrouvé de carnet d'adresses, ni d'agenda, rien de ce genre : pour une fille comme elle, c'est un peu surprenant ! Autre chose, elle a passé quinze jours en Pologne, très récemment.

Sandoval s'empara du billet de la compagnie LOT, vérifia les dates et l'empocha.

— On va tout mettre sous scellés et chercher les points de comparaison avec la rue Sainte-Marthe, dit-il.

— Sage décision, en effet ! opina sentencieusement Rovère.

Le commissaire blêmit, ulcéré, mais contint sa colère en affichant un sourire crispé. Maryse détourna les yeux, faillit pouffer de rire et feignit une quinte de toux. Choukroun poussa alors un cri triomphal. Les regards convergèrent dans sa direction. Il avait ouvert un placard encombré de toiles et en extrayait une de grande dimension. Quand il l'eut installée sur un tréteau, Rovère comprit aussitôt.

Une femme nue y figurait dans une attitude lascive, la main droite enfouie au creux des cuisses, la gauche couvrant à demi les seins dans un geste faussement pudique. Le modèle avait posé dans l'alcôve voisine, que l'on reconnaissait au premier coup d'œil. Son visage, recouvert d'une voilette noire, était tourné vers le spectateur.

— Eh bien ? demanda Sandoval, perplexe.

— La main de Fatma ! Là, entre les nichons... heu... les seins ! s'écria Choukroun en posant le doigt sur la toile. Regardez, c'est la même que celle que Dimeglio a rapportée de l'autopsie !

— Pas de précipitation, c'est un bijou très commun, corrigea Rovère.

Il s'approcha de la toile et l'examina longuement. Une petite cicatrice, presque invisible, était peinte sur l'avant-bras droit. Pluvinage se pencha à son tour sur le tableau.

— La fille de la rue Sainte-Marthe s'était cassé les deux os de l'avant-bras, précisa-t-il. Une fracture ouverte, très ancienne, probablement. Ce qui expliquerait la cicatrice.

— Bon, on embarque le tableau ! décida Rovère.

Il donna quelques consignes aux inspecteurs qui continuaient le travail.

— Demain matin, je ferai le point, décréta Sandoval.

Il lorgnait en direction de Rovère, prêt cette fois à lui clouer le bec à la première remarque impertinente.

— Pour la rue Sainte-Marthe, vous avez quelque chose ? lui demanda Maryse.

— Un suspect, oui, le voisin du dessous, il a disparu de la circulation, et il a un casier qui correspond au profil qu'on recherche, répondit Sandoval. Si la première victime connaissait celle-ci, il a très bien pu passer de l'une à l'autre. En attendant de s'attaquer à une troisième, qui sait ?

Rovère s'apprêtait à partir. Maryse le suivit dans l'escalier. Sandoval leur emboîta le pas. Sur le trottoir, il les salua et monta dans sa voiture. Maryse resta seule avec Rovère.

— Je vous dépose quelque part ? proposa-t-elle.

— Merci, je vais prendre un taxi, mais je vous offre un verre, avant de rentrer ?

Ils aboutirent dans une brasserie de la rue La Rochefoucauld. Quelques prostituées mangeaient un morceau au comptoir, avant d'aller prendre leur faction dans les bars des environs. Rovère commanda un cognac, qu'il but d'un trait. Maryse l'imita. Elle remarqua le tremblement qui agitait ses mains quand il alluma sa cigarette.

— Je ne vous avais jamais vue avant hier matin, ça fait longtemps que vous êtes à la huitième section ? demanda-t-il.

— Deux ans. C'est le hasard qu'on ne se soit jamais croisés, pourtant, je n'ai pas de chance.

Elle lui expliqua sa déveine constante lors de ses tours de permanence, et ils en rirent.

— Vous pensez qu'il va y en avoir d'autres, comme Sandoval ? C'est sérieux, son histoire de suspect ? demanda-t-elle ensuite.

— Je ne sais pas : le type s'appelle Djeddour, il a disparu, et à sa place je me ferais du mauvais sang.

— Qu'est-ce qu'il fait dans la vie ?

— OS à Citroën Aulnay. Déjà condamné pour agression. Cela dit, il est un peu tôt pour conclure. Premièrement, ça ne ressemble pas à un meurtre crapuleux...

— Il y avait ce secrétaire fracturé ! objecta Maryse.

— Oui, le type qui a fait ça a sans doute volé quelque chose, mais ce n'était pas le mobile principal.

— Du fric ? suggéra Maryse. Des billets, ça peut traîner n'importe où.

— Elle était fauchée, mais elle avait peut-être un peu de liquide, admit Rovère.

— Une vengeance, alors ?

— Il faut l'espérer.

— Comment ça ?

— Quand il aura fini de régler ses comptes, il s'arrêtera. Sinon, il peut tuer au hasard...

15

Nadia Lintz se remit difficilement de la reconstitution du meurtre de la fille et de la femme de Gardel. En quittant la rue de la Roquette, elle

renonça à revenir au Palais et rentra rue de Tourtille. Elle scotcha une de ses cartes de visite sur la
boîte aux lettres qui lui était réservée, puis, une
fois chez elle, ouvrit encore quelques cartons de
vêtements, reçut les employés des Télécoms qui
passèrent rétablir la ligne ainsi que les livreurs de
chez Darty, brancha le frigo et la machine à laver.
Elle se décida enfin à parer au plus pressé : elle ne
tenait pas à déambuler plus longtemps en petite
tenue sous les regards du mateur qui s'était rincé
l'œil la veille au soir. Elle se rendit donc à la quincaillerie la plus proche, acheta des tringles, des vis
et des chevilles, loua une perceuse, compléta ses
achats avec des rideaux de cretonne très laids mais
qui feraient l'affaire en attendant mieux.

Elle prit son courage à deux mains et se mit au
travail. En moins d'une demi-heure elle avait
placé la première tringle et, juchée sur un empi-
lage de cartons, s'attaquait à la deuxième fenêtre
quand la mèche de la perceuse rompit brusquement, brisée net. Nadia bascula vers l'avant, son
front heurta le mur et elle eut le visage couvert de
poussière de plâtre et d'éclats de bois. Elle jura,
s'essuya le front d'un revers de manche et ressentit une vive douleur à l'œil droit. Elle courut à la
salle de bains, s'aspergea le visage d'eau froide,
mais la douleur allait en s'amplifiant. Clignant des
paupières devant la glace, elle se tamponna à
l'aide d'un coton à démaquiller pour ôter la poussière de plâtre qui dessinait des traînées blanches
jusque sur ses joues. La douleur ne s'atténuait pas.
Elle ferma les yeux, trépigna quelques minutes, les
poings sur les tempes et comprit qu'elle ne pouvait rester ainsi. Maudissant la précipitation qui

116

l'avait poussée à se débrouiller seule, elle sortit de chez elle, monta à l'étage supérieur, en tenant le coton sur son œil blessé et sonna chez Rosenfeld.

Le médecin lui fit aussitôt traverser la salle d'attente pour la guider vers son cabinet. Elle s'allongea sur la table d'examen tandis qu'il branchait le cyalitique et préparait divers instruments.

— Vous ne perdez pas de temps, vous, au moins ! lui dit-il après qu'elle lui eut expliqué ce qui lui était arrivé. La locataire qui vous a précédée a campé pendant plus de six mois dans un fouillis indescriptible avant de disparaître du jour au lendemain. C'est vous dire si votre voyeur a dû prendre de bonnes habitudes.

Il examina la blessure ; une écharde était plantée dans la paupière. Nadia poussa un cri quand elle vit la pince qui s'approchait de sa rétine.

— La cornée est intacte, mais vous avez eu chaud, constata Rosenfeld. Vous avez failli perdre un œil pour ne pas montrer vos jolies petites fesses. Je le connais votre type : la soixantaine, très pâle, très maigre ?

— Oui, c'est cela ! En pleine nuit, il m'a fait peur, confirma Nadia, surprise par la rudesse du médecin. Je ne me suis pas méfiée : à Tours, j'habitais une maison et je n'avais pas de vis-à-vis.

D'une main très sûre, Rosenfeld entreprit d'extraire la pointe de bois. Après quoi il versa quelques gouttes de collyre et posa une compresse stérile. Nadia se cramponna à la table d'examen et serra les dents durant toute l'opération.

— Votre maniaque, c'est Bagsyk, un type qui habite le quartier avec sa sœur depuis plus de quarante ans, expliqua Rosenfeld. Vous le croiserez certainement dans la rue, un jour ou l'autre. La sœur est paralytique et ne sort jamais.

— Bagsyk ? articula Nadia, les yeux clos.

— Oui, un Polonais... il est arrivé en France après la guerre. Je ne pense pas qu'il ferait du mal à une mouche, mais il a une réputation de vieux toqué.

Nadia s'assit sur le rebord de la table et se massa le cou.

— Isy est au-dessous de tout. Il aurait pu vous demander si vous aviez besoin d'aide, reprit Rosenfeld en regagnant son bureau.

— Mais je peux me débrouiller toute seule ! répliqua Nadia.

— La preuve. Le plâtre, vous savez, ce n'est pas comme le fond de teint !

Elle avait encore trop mal pour songer à s'offusquer de la remarque. Rosenfeld saisit un formulaire pour rédiger une ordonnance.

— Il est vrai que vous devez l'impressionner, ce cher Isy, ajouta-t-il en lui tendant le papier.

— L'impressionner ? Mais pourquoi donc ? demanda Nadia en grimaçant.

Le collyre lui picotait la cornée mais la douleur s'estompait peu à peu.

— Vous avez dîné avec lui hier soir ? Il ne vous a pas dit ? reprit le médecin, étonné ou feignant de l'être.

— Qu'aurait-il dû me dire ? s'étonna Nadia.

— Je pensais qu'il vous avait confié tous ses secrets. Bah, vous verrez bien !

Calé dans son fauteuil, il la toisait d'un œil ironique et tripotait machinalement son stéthoscope.

— Ses secrets ? Mais qu'est-ce que vous me racontez ? reprit Nadia, avec une pointe d'agacement dans la voix.

— Demandez-le-lui. Mais attendez un peu, il mérite qu'on l'engueule !

Rosenfeld décrocha son téléphone. Nadia remarqua la présence, parmi les livres de médecine et les échantillonnages de médicaments empilés dans le plus grand désordre sur le bureau, d'un petit automate aux joues rebondies qui représentait un médecin coiffé d'un bonnet pointu et muni d'un clystère. Intriguée, elle l'examina, hésita à déclencher le mécanisme puis se figea : Rosenfeld engueulait vertement Szalcman, lui racontant l'accident, l'abreuvant de reproches.

— Vraiment, tu vieillis mal, je t'ai connu plus inspiré. Tu sais ce qu'il te reste à faire ? conclut-il, avant de raccrocher.

— Je suis très gênée ! protesta Nadia, vraiment, je ne vois pas de quel droit je...

Il l'arrêta d'un geste et s'approcha d'elle en montrant l'automate.

— Bel objet, n'est-ce pas ? dit-il.

Il saisit une petite clé et remonta le ressort. Le personnage s'agita aussitôt, comme s'il dansait la gigue. Il brandissait son clystère, actionnait le piston, plus vite, toujours plus vite.

— Un cadeau d'Isy, expliqua Rosenfeld. N'hésitez pas à lui forcer la main, il gagne à être connu. Et je suis persuadé que vous avez des tas de choses à vous dire, vous et lui.

Peu après, Szalcman sonnait chez Nadia, rouge de confusion. Il posa sa canne sur le lit et constata les dégâts.

— Aïe, aïe, aïe, quel désastre ! s'écria-t-il en arrachant la mèche plantée dans le mur. Laissez-moi faire !

— Il n'en est pas question, avec votre jambe, protesta Nadia.

— Il faut soigner le mal par le mal, et croyez-moi, j'en ai vu d'autres !

Il sortit et, moins d'un quart d'heure plus tard, revint avec une boîte à outils et un escabeau. Sans ajouter un mot, il retroussa ses manches et se mit au travail. Elle vit alors le numéro tatoué sur son avant-bras droit. Assise sur un carton, elle le regarda fixer la tringle, poser le rideau et vérifier qu'il coulissait bien.

— Je m'occupe de la suite. Dites-moi ce qu'il vous faut, et je m'y mets, s'écria-t-il quand il eut terminé.

— Monsieur Szalcman, voyons ! C'est très gentil, mais vraiment, je vous assure, je vais faire appel à un artisan.

— Un artisan ? Pour qu'il vous arnaque ? Non, non, non, pas question, je m'en charge !

Elle refusa de céder mais il s'entêta tant et si bien qu'ils se retrouvèrent attablés au bistrot voisin, devant les mesures qu'ils avaient prises ensemble, concernant la pose d'une série d'étagères dans la cuisine et l'installation d'une bibliothèque dans le séjour. Nadia était confuse mais Szalcman mettait un tel entrain à préparer son affaire qu'il était inutile de tenter de le faire revenir sur sa décision.

— Marché conclu ? On est mardi, à la fin de la semaine, c'est réglé, décréta-t-il en pliant les papiers avant de les enfouir dans la poche de sa salopette.

— Je vous vole votre temps, je suis horriblement confuse, bredouilla Nadia.

Szalcman posa la main sur la sienne et fronça méchamment les sourcils.

— Bon, alors il ne me reste plus qu'à vous inviter à dîner, proposa-t-elle. Il est hors de question que vous refusiez.

*

Ils retournèrent au restaurant asiatique où ils s'étaient rencontrés la veille au soir, mais, cette fois, prirent soin de s'éloigner de l'estrade où sévissait la chanteuse. Tout en mangeant, Szalcman raconta les nombreux déboires qu'il avait connus avec ses précédents locataires, mauvais payeurs, fauteurs de tapage et autres empoisonneurs ; il pimenta son récit d'anecdotes toutes plus saugrenues les unes que les autres. Puis il se tut.

— Au fait, vous le connaissez, vous, mon voyeur ? demanda Nadia.

— Bagsyk ? Tout le monde le connaît, oui ! Un vieux fou, croyez-moi ! Comme sa sœur ! Avant, ils tenaient un restaurant, tous les deux. Il a pris sa retraite il y a cinq ou six ans. Il y passe des journées entières, à sa fenêtre, à épier les allées et venues des gens du quartier. Ils sont les seuls à habiter encore leur immeuble, bientôt il sera rasé.

— Vous n'avez pas l'air de l'apprécier beaucoup, constata Nadia.

Szalcman eut une grimace dégoûtée et se servit un verre de vin.

— Et dites-moi, monsieur Szalcman, quand votre ami Maurice m'a soignée, tout à l'heure, il a tenu des propos étranges, reprit Nadia, après un long moment de silence.

— Étranges ? Oh, vous savez, Maurice est un type bizarre, il ne faut pas trop l'écouter. Je ne sais pas ce qu'il vous a dit, mais avec lui, il faut toujours faire le tri, heu, entre le vrai et le faux !

Isy s'était penché vers elle et parlait à voix basse, en surveillant discrètement les clients installés aux tables voisines.

— Si, si, je vous assure : il a sous-entendu certaines choses... me concernant, vous concernant... insista Nadia, amusée.

— Ah oui ? Je ne vois pas, reprit Szalcman, en faisant mine de chercher une réponse. Me concernant ? Vous concernant ? Il n'a quand même pas...

— Je pense qu'il voulait faire allusion à mon travail.

— Bon, soupira Szalcman. Autant vous le dire tout de suite : quand vous m'avez appris que vous étiez juge d'instruction, j'ai eu une première réaction de curiosité, oui, d'abord, de curiosité. Puis une autre, ensuite, de...

Il ne parvint pas à achever sa phrase et implora du regard l'aide de la jeune femme.

— De méfiance ? De dégoût ? Pire, peut-être ? suggéra-t-elle.

Szalcman prit le temps de réfléchir et vida son verre de vin avant de répondre. Il la contemplait avec tristesse et son regard, d'ordinaire si prompt à laisser deviner ses sentiments, s'obscurcit tout à coup.

— Non. Ni de méfiance, ni de dégoût. Disons que ça m'a rappelé de mauvais souvenirs. Vous comprenez ?

— Je pense, oui ! « De mon temps, les juges, c'étaient des hommes »... dit-elle, répétant les paroles qu'il avait lui-même prononcées lors de leur précédente rencontre.

Szalcman pâlit et baissa les yeux. Elle s'en voulut aussitôt de jouer ainsi au chat et à la souris, mais évacua bien vite son sentiment de culpabilité, en invoquant rétrospectivement l'attitude de Rosenfeld, qui avait insinué que le passé de son ami méritait d'être dévoilé, et, par ses indiscrétions calculées, suggéré qu'il le fût.

— Après tout, pourquoi ne pas en parler ? J'ai tiré six ans à la Santé. De 54 à 60, avoua Szalcman.

— Excusez-moi ! dit Nadia.

— Oh, vous n'avez pas à vous excuser. C'est du passé.

— Six ans, pourquoi ?

— J'avais besoin d'argent et je suis allé le prendre là où il était. Évidemment, vous, vous ne pouvez pas comprendre ces choses-là.

Il eut un geste de la main, impérieux et définitif, pour signifier qu'il ne tenait pas à s'épancher davantage.

— Je ne peux pas comprendre « ces choses-là » ? Ah oui ? Je passe pourtant ma vie à essayer ! répliqua Nadia, piquée au vif.

*

À la suite de l'échange aigre-doux de la fin du repas, Szalcman s'était muré dans un silence boudeur. Il avait raccompagné sa locataire jusqu'à la rue de Tourtille, décidé à terminer la soirée sur quelques politesses de circonstance, mais, alors qu'il lui serrait la main pour lui dire bonsoir, s'était brusquement récrié.

— C'est trop bête de se séparer comme ça. Allez, je vous offre le coup de l'étrier chez moi, c'est à deux minutes !

Soulagée de le voir sortir de son mutisme, elle avait accepté de le suivre. Elle découvrit son repaire, un peu plus haut dans la rue de Belleville. Szalcman vivait dans un appartement assez vaste, sobrement meublé mais encombré de jouets, d'instruments de musique mécaniques et surtout d'automates de toutes tailles. Au jugé, Nadia en évalua le nombre à plus d'une cinquantaine.

De vieux abat-jour qui n'avaient pas connu le plumeau depuis belle lurette diffusaient une lumière jaunâtre, quasi fantomatique, sur ce théâtre qui ne demandait qu'à s'animer. Nadia examina les personnages inertes, vêtus de costumes chamarrés, réalisant peu à peu leur valeur. Szalcman alluma un cigare et la laissa faire le tour de son petit musée. Elle s'était arrêtée devant un couple de bergers. Isy remonta le mécanisme. Une musique aigrelette, aux accords dissonants, accompagna la danse des personnages, qui se bécotaient en tournant sur eux-mêmes. Puis elle passa à un clochard, qui sortait un litron de vin de son chapeau et buvait au goulot, s'attarda devant

124

un chasseur qui épaulait maladroitement son fusil tandis que son chien lui mordillait le mollet, s'émerveilla devant un Pierrot qui écrivait une lettre à sa Colombine...

— C'est fantastique, monsieur Szalcman, dit-elle, avec une grande sincérité. Je n'y connais rien, mais je suis persuadée que c'est une collection unique. D'où les tenez-vous ?

— Hé, hé, c'est moi qui les ai fabriqués ! déclara-t-il, en tétant son cigare.

— Vous ? ! Mais...

— Dites tout de suite que vous ne m'en croyez pas capable.

— Monsieur Szalcman, vraiment, jamais...

— Mais oui, c'était mon métier, poursuivit-il, je les vendais aux magasins, pour orner les vitrines, à Noël, ou à certains amateurs particuliers, mais maintenant, c'est passé de mode. Aujourd'hui, c'est tout électronique. Alors ceux-là sont restés ici. Tenez, regardez-le, le petit juge !

Il montrait un gnome bossu, au visage bouffi, en robe et toque de magistrat.

— Allez-y, faites-le marcher, ordonna-t-il.

— Je crains le pire, monsieur Szalcman ! déclara sentencieusement Nadia en tournant la manivelle.

Le juge s'agita, leva les bras au ciel, puis pointa soudain le pouce vers le sol, très méchamment, à plusieurs reprises. Nadia éclata de rire.

— Je vous l'offre, décréta Isy. C'est comme s'il avait été fabriqué pour vous.

— Il n'en est pas question.

— Allons donc, il sera mieux chez vous qu'à rouiller ici.

D'autorité, il le lui colla dans les mains. Elle resta un instant ainsi, interdite.

— Vous l'emporterez tout à l'heure, je vous l'envelopperai, dit Szalcman en reprenant le jouet.

— Et celui-ci, il fonctionne ? demanda Nadia en se tournant vers un ecclésiastique qui confessait une pécheresse agenouillée devant lui.

— Ah non, il est cassé ! s'écria Isy, épouvanté.

— Cassé ? Qu'est-ce que vous me racontez encore, monsieur Szalcman ?

— C'était une commande, d'un... d'un évêque ! Hélas, il est décédé avant d'avoir pu en prendre livraison, si bien que je l'ai gardé. C'est une curiosité sans intérêt.

Nadia avait découvert une clé dissimulée dans la robe du prélat et la tourna furieusement. Les personnages s'animèrent avec des gestes saccadés. L'ecclésiastique ouvrit sa robe ; un sexe dressé jaillit sous le nez de la pécheresse, qui inclina la tête en clignant des yeux pour s'en saisir et le porter à sa bouche.

— Monsieur Szalcman... murmura Nadia, faussement offusquée. Puis-je savoir dans quelles circonstances est décédé le commanditaire ?

— Eh bien, au bordel ! expliqua Isy en rougissant jusqu'aux oreilles.

*

Il lui tendit un petit verre de vodka au poivre et leva le sien pour trinquer. Ils avaient fait le tour des automates, puis s'étaient attablés l'un en face de l'autre, fatigués, sans pouvoir se résoudre à conclure la soirée par un simple au revoir.

— Lechaïm, Nadia ! Attention, c'est fort !

— À votre santé, monsieur Szalcman.

— Voilà, vous savez tout de moi, dit-il en reposant son verre, vide.

— Vous sautez les étapes. Puisqu'on en est aux confidences, pourquoi...

— Pourquoi vivez-vous seule ? reprit-il brusquement.

— Je n'ai pas toujours vécu seule. C'est un peu pour ça que je suis venue à Paris. Pour rompre les ponts avec le passé. Et vous, où avez-vous appris à fabriquer les automates ?

— Quand j'étais jeune.

— En prison ?

— Non, pas en prison, avant, bien avant, Nadia. Mais en prison, j'ai eu tout le temps de me perfectionner.

— La prison, monsieur Szalcman ? demandat-elle, maintenant persuadée que le malaise qui s'était installé entre eux à la fin du repas s'était totalement dissipé.

— C'est très simple, dit-il. Vous voyez cette boîte de cigares ? Imaginez que c'est un bureau de poste, avenue Daumesnil, dans le XIIe arrondissement. Vous connaissez ?

— Je ne connais pas, mais j'imagine.

— Bien, ce cendrier, disons que c'est un camion, le camion d'un teinturier : tous les vendredis soir, il vient charger les vêtements pour les porter à l'usine où on les nettoie. Le camion se gare exactement au coin de la rue Taine, comme ceci. Et moi, moi...

Szalcman rectifia la position de la boîte de cigares, du cendrier, se retourna, saisit sur une étagère un soldat de plomb, un poilu de la guerre de 14-18 en pantalon garance, et le plaça entre la boîte de cigares et le cendrier.

— Voilà, dit-il, c'est le 15 mars 1954, il est sept heures du soir, Isy Szalcman a repéré le manège des employés du bureau de poste de l'avenue de Reuilly, il sait que le teinturier vient prendre son chargement à l'heure où le receveur sort avec la recette de la semaine, et se gare toujours en travers de la rue ! Ainsi, il barre le passage.

Ses doigts agiles déplaçaient le soldat sur la table, lui faisant faire des allées et venues. Il en prit un second et le plaça devant la boîte de cigares.

— J'avais tout vérifié, calculé. Alors, quand l'employé de la poste sort avec la recette, je l'assomme, je prends le sac ! dit-il, en précipitant les deux figurines l'une contre l'autre. Et je commence à courir pour descendre l'avenue. Seulement voilà, ce lundi-là, le teinturier n'avait rien à charger et il est parti plus tôt. Si bien que la rue n'est pas barrée. Un car de flics qui ne devait pas être présent mais qui l'est malgré tout débarque au coin de l'avenue, et ne rencontre aucun obstacle !

— Pas de chance, dit Nadia en saisissant la bouteille de vodka.

Elle s'en servit une nouvelle rasade et réalisa que la tête commençait à lui tourner.

— Comme vous dites ! J'avais garé mon vélo, avec une remorque, un peu plus loin. J'ai tout juste eu le temps de sauter dessus et de commencer à pédaler. Ils me sont tombés dessus à plus d'une dizaine ! J'en ai quand même sonné trois. Au trou, Szalcman !

— Six ans ? La Cour n'y a pas été de main morte.

— À l'époque, ça ne rigolait pas ! Et puis j'avais des antécédents. Le procès, je m'en souviens comme si c'était hier. Le juge, ses assesseurs, et moi, dans le box des accusés, je n'en menais pas large, vous pouvez me croire. Une heure, ça a duré une heure, montre en main. J'avais déjà fait cinq mois de préventive et ils m'en ont collé pour six ans ! C'était le 12 juillet. À partir de là, j'ai compté les jours.

Il rangea les soldats, la boîte de cigares, et épousseta les cendres qui étaient tombées durant la « reconstitution ». Nadia aurait désiré en savoir plus sur les fameux antécédents, mais préféra s'abstenir.

— Et c'est en prison que vous vous êtes perfectionné, pour les automates ? demanda-t-elle alors qu'il remplissait les verres, une fois de plus.

— Oui, un coup de chance ! Le directeur de la Santé en avait un dans son bureau. Un gendarme qui coursait un voleur, vous voyez le genre ? Il était en panne. Un jour, il y a eu une bagarre dans ma cellule, alors j'ai été convoqué. Ça sentait le roussi pour moi et pour l'amadouer, je lui ai parlé de son automate... que j'ai réparé ! Après, les matons m'ont foutu la paix, j'ai même réussi à obtenir des outils et un peu de matériel pour en fabriquer d'autres. Et puis le temps a passé. Six ans... c'est quand même long, vous savez.

Nadia réprima un bâillement et rougit aussitôt.

— Je vous avais prévenue, je vous ennuie avec mes histoires, gloussa Szalcman.

— Pas du tout, mais il est déjà très tard et j'ai eu une journée éprouvante.

Malgré ses protestations, il la raccompagna chez elle après lui avoir remis le petit juge soigneusement empaqueté dans un morceau de tissu. En chemin, il la questionna sur son travail ; elle lui fit un récit de la reconstitution de l'après-midi, sans omettre aucun détail.

— Drôle de métier ! bougonna-t-il. On ne m'ôtera pas de l'idée que ce n'est pas un travail de femme.

De retour chez elle, Nadia n'alluma pas la lumière mais se posta derrière le rideau. À la fenêtre en vis-à-vis, elle aperçut le visage de Bagsyk, toujours aussi imperturbable. Il lui rappela les automates de Szalcman, immobiles et figés dans leurs mécanismes engourdis. Elle balaya du regard les autres fenêtres de l'immeuble, presque toutes obturées par des parpaings. Soudain, la lumière s'alluma chez Bagsyk. Nadia distingua un intérieur vieillot et très fouillis. Des piles de journaux montaient presque jusqu'à hauteur d'homme et serpentaient le long des murs. Un second visage apparut à côté de celui de Bagsyk. Celui d'une femme, emmitouflée dans une robe de chambre à fleurs, assise dans un fauteuil roulant ; elle semblait très âgée et ses cheveux ébouriffés, tout blancs, n'avaient certainement pas connu le peigne depuis bien longtemps. Nadia se souvint qu'Isy avait parlé d'une sœur... Elle invectivait son frère en agitant les bras, en proie à une colère incompréhensible. Nadia eut l'impression de voir un de ces films muets, où les acteurs compensaient l'absence de dialogue par un jeu exacerbé. La sœur montrait la fenêtre de Nadia, et son visage se tordait sous l'effet de la colère. Bagsyk tapa du poing sur la table, enfila un manteau de cuir, coiffa une casquette et disparut. Quelques secondes plus tard, Nadia le vit franchir le porche de l'immeuble et remonter la rue de Belleville. Sa sœur resta quelques minutes plantée devant sa fenêtre, à guetter. Puis elle renonça, éteignit la lumière et disparut.

— Pauvres vieux, soupira Nadia, avant de se coucher.

16

Comme prévu, le mercredi matin, Sandoval réunit ses inspecteurs. Il leur montra la presse. Quelques entrefilets mentionnaient la découverte du cadavre de Martha Kotczinska.

— Ils n'ont pas fait le lien avec la rue Sainte-Marthe, mais ça ne saurait tarder. Toutes les conditions sont réunies pour que les journalistes s'excitent, leur dit-il. Des meurtres de femmes, le rituel de la main coupée, vraiment, on ne voit pas pourquoi ils se priveraient. Ce qui signifie que nous nous mobilisons exclusivement sur cette affaire... Pour le moment, le suspect officiel est le dénommé Djeddour. Nous allons donc tenter d'étayer cette thèse de la façon la plus convaincante qui soit. Vous me suivez ?

Un murmure parcourut la salle, mi-approbateur, mi-dubitatif. Sandoval dressa un rapide bilan des éléments dont il disposait et conclut son exposé en proposant un planning de travail des plus routiniers, sans chercher à dissimuler son inquiétude.

Rovère n'arriva qu'à la fin de la réunion, livide et hagard comme à son habitude. Les présents le dévisagèrent, gênés. Sandoval lui adressa un regard lourd de reproches et l'entraîna à l'écart.

— Je n'aime pas ça, on croirait que vous vous foutez de tout ! lui dit-il. Je comprends votre situation, mais je ne peux pas admettre que vous n'en fassiez qu'à votre tête.

— J'ai entendu la conclusion de votre petit discours, excusez-moi, mais je crois que vous vous fourrez le doigt dans l'œil, répliqua Rovère, sans aucune agressivité.

Choukroun, qui passait près d'eux, détourna la tête et s'éloigna précipitamment, confus d'avoir assisté à l'échange, bien malgré lui. Sandoval blêmit, attira Rovère dans son bureau et ferma la porte.

— Vous vous prenez pour qui ? s'écria-t-il en maîtrisant sa colère. Il est temps qu'on se parle franchement ! Vous croyez que je vais vous laisser semer la zizanie dans le service ? Vous êtes sur une mauvaise pente, Rovère. Jusqu'à présent j'ai fermé les yeux, mais la situation ne peut pas s'éterniser.

Il s'ensuivit un long moment de silence. Sandoval, certes soucieux de préserver son autorité, ne tenait pas pour autant à rompre les ponts. Il mit en marche la cafetière automatique et regarda fixement le liquide tomber goutte à goutte. Il tendit bientôt un gobelet fumant à Rovère.

— Je vous écoute, murmura-t-il. Vous avez l'intention d'arrêter de picoler ? Vous voulez vous mettre en congé ?

— On aura l'air fin si le fameux Djeddour est mort depuis un mois, ou si le juge d'instruction ne vous suit pas, rétorqua Rovère, impassible.

— Le juge ? Pas de nouvelles du Palais, pour l'instant. Il est encore tôt. Mais Djeddour a un casier. En 86, il a commis une agression sur une petite vieille ! Six mois fermes ! Qu'est-ce que vous demandez de mieux ?

— Je sais, votre type a le bon profil, admit l'inspecteur. Mais à votre place, je me méfierais.

Les doigts de Sandoval se crispèrent sur le gobelet de plastique ; il fit pivoter son fauteuil à plusieurs reprises, d'une saccade du pied, revenant à chaque fois à sa position initiale.

— D'accord, dit-il, je vous laisse Dimeglio. Mais Dansel va pister Djeddour.

— Je vous remercie, monsieur Sandoval, conclut Rovère en se levant.

17

Nadia Lintz arriva à son cabinet à onze heures. Son œil ne la faisait plus souffrir ; elle s'était maquillée et le fard masquait la discrète rougeur qui colorait encore sa paupière. Elle portait un paquet, qu'elle déposa sur son bureau et s'empara des formulaires que Mlle Bouthier lui présenta.

— À seize heures, vous avez le taxi, vous savez, le témoin pour la prostituée du périphérique, expliqua la greffière. Et à dix-sept heures, la fille qui faisait le tapin porte de Vanves en compagnie de la victime.

— Et le beau-frère de Gardel ? On a reçu l'expertise de crédibilité ?

Mlle Bouthier la lui remit. Nadia parcourut les quelques feuillets, en diagonale, sans y prêter attention.

— À première vue, c'était une famille de cinglés, vous ne pensez pas ? demanda-t-elle.

Mlle Bouthier éluda la question d'une moue évasive.

— Je le reçois demain. On verra bien. Regardez, dit Nadia. Elle déballa son colis avec précaution... Qu'est-ce que vous en pensez ?

— Magnifique ! Il fonctionne ? s'écria Mlle Bouthier, en découvrant l'automate de Szalcman. Il faut en prendre soin, regardez dans quel état il est.

D'une main experte, elle épousseta la robe couverte de poussière, lissa les plis froissés. Nadia actionna la manivelle et l'automate se mit aussitôt à frétiller. Il s'agita, mimant la colère, puis acheva sa danse échevelée, en pointant le pouce vers le sol, à l'instar des empereurs romains.

— Formidable, non ? s'écria Nadia, dans un grand éclat de rire. C'est un cadeau. Je vais l'installer ici.

Elle déplaça quelques dossiers volumineux que Mlle Bouthier avait classés dans l'attente de leur renvoi à la chambre d'accusation et déposa l'automate sur son bureau, très satisfaite de l'effet produit.

— J'ai un service à vous demander, mademoiselle Bouthier, un service personnel, reprit-elle, après un instant d'hésitation.

La greffière se trémoussa sur son siège, émoustillée par la promesse d'une confidence. Depuis l'arrivée de Nadia au Palais, elle était parvenue à saisir quelques bribes de conversation ayant trait à sa vie privée, et ne désespérait pas d'en apprendre davantage.

— Je voudrais que vous alliez aux archives, dit Nadia. Dès que vous aurez un moment. Si vous pouviez récupérer les minutes d'un procès.

Elle s'interrompit, le temps de griffonner quelques mots sur un post-it.

— Szalcman, le 12 juillet 54 ? Eh bien, ça ne nous rajeunit pas, marmonna Mlle Bouthier, déçue, en rangeant le feuillet dans un classeur.

Elle reprit sa place face à sa machine à écrire, plongea la main dans un sachet décoré d'une toque de pâtissier, en tira un caramel qu'elle avala prestement et glissa un formulaire dans la fente de l'Olympia.

— Veillot, vous le maintenez en détention ? demanda-t-elle. Il faut prolonger le mandat, on arrive au terme de la mesure. Dans le dossier, c'est la cote 78 !

Veillot était commerçant ; il était incarcéré pour vol avec violence. Son avocat veillait au grain et l'on pouvait compter sur lui pour se précipiter dans la moindre faille de procédure.

— Merde, je l'avais oublié, celui-là ! lança Nadia en se frappant le front d'un geste théâtral. Il est à Fleury-Mérogis, n'est-ce pas ? Vous êtes sûre, pour la date ?

Mlle Bouthier piqua un fard, à demi vexée que l'on mette sa vigilance en doute. Nadia ouvrit le placard où elle rangeait les dossiers des affaires en cours, retrouva celui de Veillot, constata que sa greffière n'avait pas commis d'erreur. Si l'on n'y prenait garde, il serait libérable sous quinzaine ; la mesure arrivait à échéance. Confuse, elle appela le Parquet pour qu'un substitut vienne requérir son maintien en détention.

— Vous les convoquez d'urgence, lui et son avocat, ordonna-t-elle. Avant mardi prochain,, sinon c'est cuit.

18

Martin Morençon ressemblait à un maquignon endimanché en rupture de bistrot campagnard, plus qu'à un directeur de galerie d'art. Son costume de tergal, affreusement démodé, trop grand pour lui, bâillait aux aisselles et pochait aux genoux ; la teinte d'un bleu passé jurait avec la cravate de soie pourpre qu'il triturait de ses doigts jaunis par le tabac. Rovère remarqua même une tache graisseuse sur le plastron de sa chemise. Le visage couvert de sueur, rougeaud, perpétuellement essoufflé, Morençon s'éventait à l'aide d'un catalogue, bougon et méfiant. Une rampe de spots éclairait d'une lumière crue les toiles exposées. Rovère transpirait.

— La climatisation est foutue, on étouffe ici, soupira Morençon. Ah, Martha, cette pauvre Martha ! Je la savais sur une mauvaise pente, mais croyez-moi, si j'avais pu soupçonner qu'elle en était à se piquer, j'aurais fait quelque chose. Tenez, ça, c'est sa dernière livraison.

Il dégagea un tableau à demi dissimulé par un panneau de bois, tout au fond de la salle, une cave aux voûtes très basses où deux visiteurs déambulaient parmi les objets exposés, avec des hochements de tête entendus, accompagnés d'un chuchotis presque imperceptible.

L'inspecteur examina la toile que Morençon lui montrait. Un couple de créatures à la morphologie évoquant celle de batraciens, mais à demi couvertes de plumes, et occupées à batifoler sur un tas d'ordures qu'elles lacéraient de leurs pattes griffues. À son air consterné, Morençon ne put retenir un mauvais ricanement.

— Et le titre, vous avez vu le titre ?

Rovère se pencha sur une petite plaque de cuivre gravé.

— « Chtoniens » ?

Oui, les divinités infernales, vous voyez le style ? Elle était frappée, la pauvre Martha ! Complètement hors du coup. Invendable, cette croûte, totalement invendable. Je l'ai prise pour lui faire plaisir, juste pour lui faire plaisir. On peut aller au bistrot d'à côté, si vous voulez, on sera plus à l'aise pour discuter, proposa Morençon.

Rovère accepta l'offre. La galerie était située rue de Seine, tout près des quais. Morençon prévint ses clients qu'il devait fermer et monta derrière eux le petit escalier de pierre qui menait au rez-de-chaussée. Rovère avait trouvé les coordonnées de la galerie en interrogeant la banque de Martha à propos du dernier chèque encaissé.

Ils prirent place sur une banquette, tout au fond d'un bar à vins voisin.

— Je la connaissais depuis son arrivée en France, expliqua Morençon après avoir trempé les lèvres dans un ballon de brouilly. Elle était venue me voir avec une toile qu'elle avait peinte là-bas, en Pologne. Elle n'avait pas d'autre bagage. À l'époque, sa production était assez intéressante. Je l'ai prise sous contrat et on a travaillé ensemble pendant plus de cinq ans... elle a fait une demande d'asile politique, elle a obtenu la nationalité française, bref, ça allait bien !

— Elle est arrivée quand, dites-vous ?

— En 79. À ce moment-là, une artiste de l'Est, on en avait très peu, c'était à la mode. Il y avait un public. Elle me donnait des toiles assez torturées mais moins déconnantes que son histoire de Chtoniens, ça, croyez-moi, c'est de la merde !

— Pendant cinq ans, vous l'avez vue régulièrement ? poursuivit Rovère, en prenant des notes.

— Oui, après, on s'est engueulés. Sa peinture se vendait, certes, mais il n'y avait pas de quoi fouetter un chat. Et elle, elle voulait du fric, toujours plus... elle est allée voir ailleurs ! Je ne l'ai pas revue jusqu'en 87. Là, ça allait mal. Elle n'avait pas le sou, elle était à la rue. Elle couchait à droite à gauche. C'est moi qui lui ai trouvé l'atelier de la rue Clauzel, c'est à un ami qui vit à Barcelone, un gros industriel. Il veut jouer au mécène. Autant ne pas le décevoir, n'est-ce pas ?

— Vous alliez la voir, dans son atelier ?

— Eh oui, il fallait bien, confirma Morençon. Je ne tenais pas à ce qu'elle débarque à la galerie. Quand une toile me paraissait potable, je prenais.

Il vida son ballon, appela le serveur et renouvela la commande. Rovère but à son tour le verre de vin qu'il n'avait pas encore touché.

— Vous lui connaissiez un... un ami, enfin, je veux dire quelqu'un qui...

— Je vous l'ai dit, elle couchait à droite à gauche, répondit Morençon en baissant la voix. Pour tout vous dire, moi-même, un soir, on revenait du restaurant...

— Je sais qu'elle s'est rendue en Pologne, tout récemment, à Varsovie, pour être exact, vous étiez au courant ? reprit Rovère, satisfait de la franchise de son interlocuteur.

— Non ! Elle avait sa famille, là-bas. Je n'en sais pas plus.

— Je vois. Dites-moi, la toile qui est chez elle, et qui représente une femme, nue, allongée dans l'alcôve, avec une voilette sur le visage...

— Aïcha ? ! Elle était en train d'y travailler la dernière fois que je lui ai rendu visite, rue Clauzel, s'écria Morençon. C'était mieux que le reste, mais malgré tout pas très convaincant. Pauvre Martha !

Il secouait la tête, absent, et faisait tournoyer le peu de vin qui restait au fond de son verre.

— Attendez, la fille, Aïcha, le modèle, vous l'avez vue ? insista Rovère, soudain troublé.

— Je viens de vous le dire ! Quand je suis arrivé chez Martha, elle était en train de poser. Une belle fille, d'ailleurs, une belle fille. Vous en reprenez un autre ?

Il levait déjà le bras en direction du comptoir.

— Monsieur Morençon, c'est important, dit Rovère en lui secouant l'épaule. Cette fille, que vous appelez Aïcha, vous avez vu son visage ?

— Oui, à un moment, elle s'est levée pour boire un verre d'eau. Elle a ôté sa voilette et m'a regardé d'un drôle d'air. Un peu putain, si vous voyez ce que je veux dire !

— Et vous êtes resté longtemps chez Martha, ce jour-là ? C'était quand ?

— Vers la mi-juillet, je crois, dit Morençon, d'un ton évasif. Si je suis resté longtemps ? Oui, j'ai même passé quelques coups de fil, de chez elle.

— Après la séance de pose, Aïcha s'est habillée ? Essayez de vous souvenir.

— Oui, à la fin, elle en avait ras le bol. Et Martha me montrait d'autres toiles, si bien qu'elle ne faisait plus trop attention à elle.

— Ses vêtements, essayez de me décrire ses vêtements.

Morençon ferma les yeux un long moment.

— Elle est allée dans la salle de bains et en revenant, elle... portait une robe, très serrée !

— Serrée ?

— Oui, vous savez, un de ces trucs qui brillent. Nom de dieu, avec ça sur les fesses, elle aurait allumé n'importe qui !

— Une robe comme celle-ci ? insista Rovère en lui montrant le catalogue que Dimeglio avait rapporté de ses pérégrinations.

Morençon confirma.

19

En revenant à la Brigade, Dansel heurta Sandoval au détour d'un couloir. Il tenait une photographie protégée par un cache de plastique et la montra au commissaire.

— J'arrive de Fresnes, c'est là que Djeddour a purgé sa condamnation en 86. Voilà sa bobine, expliqua-t-il alors que Sandoval s'emparait du document.

L'agrandissement, tiré de l'original du dossier pénitentiaire, était de mauvaise qualité. Djeddour fixait l'objectif, un peu ahuri. Son visage ovale, barré d'une fine moustache, n'exprimait rien d'autre que l'incompréhension.

— Bon, on va lancer un mandat de recherche, décida Sandoval.

— Ça veut dire qu'on garde l'affaire ? demanda Dansel.

— Oui, le Parquet a appelé tout à l'heure. Si on en était resté à la rue Sainte-Marthe, ils auraient attendu un peu, mais là... le secrétariat de l'instruction a déjà désigné un juge. Je viens de recevoir la commission rogatoire. Lintz, Nadia Lintz, vous connaissez ? J'espère que ce n'est pas une chieuse.

Dansel s'éloignait déjà. Sandoval resta planté dans le couloir, sa photographie à la main, scandalisé par tant d'indifférence.

— À Fresnes, ils m'ont donné les coordonnées d'un cousin de Djeddour, alors je vais le voir... je serai vite revenu, c'est à Barbès, expliqua patiemment l'inspecteur, avant de disparaître.

Moins de dix minutes plus tard, Rovère arrivait, accompagné de Morençon. Il appela les spécialistes de l'Identité judiciaire et leur confia le directeur de la galerie, afin qu'ils établissent un portrait-robot d'Aïcha.

Dans une pièce voisine, Choukroun prenait la déposition de Noémie Mathurin, tandis que le pépère qui habitait à l'étage au-dessous de chez Martha patientait en attendant son tour. Seul dans son bureau, Rovère composa un numéro de téléphone. Dépassé par les événements, Sandoval errait de place en place, tantôt à surveiller la préparation du portrait-robot, tantôt à jeter un œil sur le PV que tapait Choukroun. Quand il revint près du bureau de Rovère, il perçut les bribes d'une conversation violente, hésita à écouter, mais ne put résister à la tentation.

— Mais enfin, docteur, vous pouvez comprendre ça, bon dieu ! s'écria Rovère en s'efforçant de maîtriser sa colère. Trois mois, ça fait trois mois que je ne l'ai pas vu !

Il y eut un moment de silence, ponctué par les soupirs agacés de l'inspecteur. Sandoval, figé dans le couloir, fit semblant de feuilleter un paquet de circulaires.

— Écoutez, vous pourrez rester avec moi dans la chambre, reprit Rovère, d'une voix plus pondérée. Je veux le voir, simplement le voir. Vous n'avez pas le droit de me l'interdire !

Rovère écouta la réponse. Sandoval entendit le

téléphone valser sur le sol. Quand il pénétra dans le bureau, affectant une mine soucieuse, ses circulaires à la main, il vit Rovère saisir sa flasque d'alcool et en avaler une large rasade. L'inspecteur revissa le bouchon de la flasque, la rangea dans son blouson et se passa la main sur le visage. Sandoval fit semblant de ne pas remarquer que ses yeux étaient rougis de larmes. Ils restèrent face à face, un long moment, chacun hésitant à rompre le silence.

— Vous écoutez aux portes, maintenant ? ricana amèrement Rovère.

Sandoval ouvrit la bouche pour répondre mais Dimeglio pénétra dans le bureau et s'assit lourdement, hors d'haleine.

— Une panne de métro, expliqua-t-il. J'ai cavalé pour revenir. Les résultats de la chromato sont arrivés, pour le corps de la rue Sainte-Marthe. Pas de trace de toxiques. En pleine santé, la fille !

Sandoval le mit rapidement au courant des derniers événements.

— Je savais bien que ça collait pas, l'histoire des squatters, murmura Dimeglio. Les deux filles se connaissaient, et il faut chercher du côté de la seconde, puisqu'on a son identité.

— C'est aussi mon avis, approuva Rovère.

— Ah ! au fait, vous avez le bonjour d'Istvan, reprit Dimeglio, soudain hilare.

— *Aqua fresca, vino puro, fica stretta...* déclama Rovère.

— Et la suite ! s'esclaffa Dimeglio l'avant-bras plié, poing serré, dans un geste obscène. N'empêche, j'en ai ras le bol de la place Mazas, la prochaine fois, on envoie Choukroun, il faut le former, ce petit !

— D'accord ! admit Rovère, mais au début tu iras avec lui, pour ménager la transition !

— *Aquafresca ? Vino puro ?* Qu'est-ce que ça signifie ? demanda Sandoval, soudain soucieux de partager leur complicité.

— *Private joke !* objecta Rovère, en se levant. Allons voir où en est le portrait-robot.

*

Morençon contemplait stupidement les rhodoïds qui défilaient sous ses yeux et figuraient toutes les formes possibles de nez, sans parvenir à se décider.

Rovère étudia le visage qui peu à peu se dessinait. Le cou, très fin, allongé, les oreilles bien découpées, le menton pointu, la chevelure bouclée, abondante, d'un brun très prononcé, avec quelques reflets roux.

— Celui-là, dit enfin Morençon en pointant le doigt sur un profil de nez camus.

— Parfait, les yeux, à présent, dit l'inspecteur chargé de l'aider à reconstituer le visage d'Aïcha ; il décolla le rhodoïd et le scotcha sur l'ébauche. Verts, marron, gris, en amande, ronds, saillants, petits ?

— Très grands, d'un bleu très pur, corrigea Morençon.

— Vous hésitiez pour le nez mais vous êtes catégorique en ce qui concerne les yeux ! tiqua Sandoval.

144

— Chez une femme, certains s'intéressent aux seins, mais moi, ce sont les yeux qui me fascinent, rétorqua Morençon, très mécontent. Vous avez vu ceux de Martha ? Elle avait un regard très étrange... impénétrable.

Quelques minutes plus tard, le portrait-robot était complet. Rovère fit reconduire le directeur de la galerie.

— Vous avez vérifié son alibi, à ce type ? demanda Sandoval. Il ne me plaît pas !

— Rien à craindre, il est rentré ce matin de l'étranger. Il était à New York depuis une semaine. Il ne reste plus qu'à publier ça, conclut Rovère en montrant le portrait.

— Les journaux ? Vous croyez ? Le juge d'instruction décidera, tempéra le commissaire, peu enclin à utiliser la presse.

— On ne dirait pas une Arabe. Aïcha, ça sonne curieux, avec un visage comme celui-là, nota Dimeglio.

Sandoval en convint à contrecœur.

— Aïcha, Djeddour, ça faisait exotique, mais là, ça a l'air de se compliquer ! Et Kotczinska, c'est pas franchement maghrébin comme patronyme, hein ? renchérit Rovère, décidé à remuer le couteau dans la plaie.

Sandoval haussa les épaules. Rovère fit quelques photocopies du portrait-robot et appela Choukroun.

— Tu files rue Sainte-Marthe, chez la Duvalier, lui dit-il, et tu lui montres ça.

Choukroun démarra au quart de tour. Rovère le retint alors qu'il enfilait son Chevignon.

— Attends ! Tu fais la même chose avec Vernier et ses copains, précisa-t-il.

Choukroun acquiesça et cette fois disparut pour de bon.

— On va déjeuner ? proposa Dimeglio.

— Mais, et la suite ? s'étonna Sandoval.

— J'ai désigné deux gars pour éplucher les finances de Martha, ils sont à l'agence de la BNP où elle avait son compte, ne vous inquiétez pas, répondit Rovère.

20

Au milieu de l'après-midi, un garde pénétra dans le cabinet de Nadia Lintz, le képi à la main. Il annonça l'arrivée du chauffeur de taxi, témoin dans l'affaire de la prostituée du périphérique. Nadia lui demanda de patienter quelques minutes, le temps de relire la déposition, puis le fit entrer. Ils eurent une brève conversation au cours de laquelle elle le pria de préciser quelques points de détail concernant la découverte du corps. Le taxi était très excité et se montra intarissable. En moins d'un quart d'heure, il parvint à évoquer ses problèmes financiers, les déboires de la profession, et consentit enfin à répondre aux questions qu'on lui posait. Nadia dicta un bref compte rendu de l'entretien à sa greffière et lui proposa de le signer. Le témoin examina le procès-verbal, interloqué.

— Qu'est-ce qui vous étonne ? s'énerva Nadia. Il n'y a rien contre vous, là-dedans.

— Je... je suis astigmate, et je n'ai pas mes lunettes !

— Et vous conduisez la nuit ? Bravo ! Je vais donc vous le lire. *Le 22 septembre, devant nous, Nadia Lintz, juge d'instruction au tribunal de grande instance de Paris, assistée de Mlle Bouthier, greffier assermenté, étant en notre cabinet au Palais de justice...*

Le taxi écoutait d'une oreille attentive, le front plissé dans un effort de concentration auquel il n'était pas habitué.

— *Je ne suis ni parent ni allié des parties, ni à leur service*, poursuivit Nadia. Ce qui signifie que cette fille, vous ne l'aviez jamais vue et que vous ne connaissez pas ses parents ! Ça vous va ?

Elle continua sa lecture, de plus en plus excédée.

— *J'arrive sur les lieux vers trois heures un quart.*

— Voilà, c'est ça qui me gêne ! Je n'ai le droit de travailler que jusqu'à deux heures, bredouilla le taxi, honteux. Vous comprenez, si les boers ont votre papier entre les mains, moi, j'écope d'une amende !

— Vous m'emmerdez ! s'écria Nadia. Je m'en fous de l'amende. Vous avez dit trois heures un quart, et cela correspond à la déposition de la... de la collègue de la victime et des policiers qui sont arrivés sur les lieux moins de cinq minutes plus tard. *Lecture faite, persiste et signe avec nous et le greffier !* Allez, pas de discussion, vous signez.

Épouvanté, le taxi saisit le stylo que la greffière lui tendait, parapha les feuillets et sortit du cabinet à reculons.

— Faites entrer la fille, dit Nadia en se tournant vers Mlle Bouthier.

La sonnerie du téléphone retentit alors. Elle décrocha. Rovère était au bout du fil et demandait à la rencontrer d'urgence. Il se présenta et lui parla aussitôt du dossier.

— Ah oui, la rue Sainte-Marthe, les femmes aux mains coupées, n'est-ce pas ? C'est tout nouveau pour moi. Venez tout de suite. Je suis en audition, mais ça ne sera pas long, proposa-t-elle.

La prostituée qui tapinait en compagnie de Delphine pénétra dans le cabinet et prit place dans un fauteuil, avant qu'on ne l'y autorise. C'était une brune d'une vingtaine d'années, délurée et d'abord jovial. Boulotte, maquillée en dépit du bon sens, elle alluma une cigarette et croisa les jambes après avoir tiré sur sa jupe de cuir, très étroite, qui lui moulait étroitement les fesses.

— Ne vous gênez pas, je vous en prie. Vous êtes en tenue de travail, là ? demanda Nadia.

Elle s'en voulut aussitôt d'avoir laissé transparaître son agressivité, voire son mépris.

— Et moi qui étais contente d'avoir affaire à une femme, soupira la fille, en écrasant sa cigarette sur la semelle d'un de ses hauts-talons.

Elle resta un moment indécise, le mégot à la main. Mlle Bouthier lui proposa un cendrier.

À l'issue d'une demi-heure d'entretien, Nadia n'en savait pas plus que ce qu'elle avait appris à la lecture des rapports de la Brigade criminelle.

— Vous savez, madame le Juge, conclut la fille, Delphine, ça m'étonne pas qu'elle se soit fait poisser, elle montait avec n'importe qui. Les miche-

tons, faut les jauger au premier coup d'œil, sinon, on court droit aux emmerdes !

— C'est ça, faut les jauger au premier coup d'œil, répéta Nadia, songeuse, alors que la fille sortait du cabinet.

Rovère patientait dans le couloir. Il entra.

— J'ai à peine lu le dossier, lui avoua Nadia. Le secrétariat de l'instruction ne m'a saisie qu'en fin de matinée. Si j'ai bien compris, vous avez un suspect ?

— On avait, rectifia Rovère. Un ouvrier de chez Citroën, disparu depuis deux mois et qui habitait l'immeuble où l'on a découvert la première victime. Vérification faite, il est à l'hôpital depuis la mi-août, et dans l'état où il est, il serait étonnant qu'il ait pu s'échapper.

Il lui fit part de la visite de Dansel chez le cousin de Djeddour, qui tenait une épicerie boulevard Barbès.

— Djeddour s'est fait renverser par un camion. Il est en réanimation à la Pitié, expliqua-t-il. Exit l'ennemi public numéro 1 ! Je l'ai appris il y a à peine une heure. Le service du personnel de Citroën n'a pu fournir plus de précisions dès le premier contact : Djeddour a démissionné à la fin juillet, précisément pour travailler avec son cousin, dans la supérette.

— Pas de suspect et deux victimes qui apparemment se connaissaient : la première servait de modèle à la seconde, une peintre polonaise, c'est bien cela ? résuma Nadia.

— Martha Kotczinska. Naturalisée française. Tous ses papiers sont en règle...

— Cette artiste, elle avait des amis, sans doute ?

— Sans doute, oui, mais je n'ai pas retrouvé d'agenda, ni rien qui puisse y ressembler.

— Et pour le premier cadavre ?

— On a marqué un point : le portrait-robot établi grâce aux indications du directeur de la galerie correspond bien au corps non identifié de la rue Sainte-Marthe, affirma Rovère.

Choukroun s'était rendu chez la Duvalier, comme prévu. La concierge avait formellement identifié Aïcha, qui traînait parfois dans le quartier. Un voisin était d'ailleurs du même avis. Il l'avait aperçue à plusieurs reprises, sur un banc de la petite place, en compagnie des fameux squatters.

— Des témoins l'ont reconnue, mais ils nous ont dit qu'elle ne portait pas de robe de lamé, plutôt une combinaison de cuir... ça cadre mieux avec le look des squatters. Si vous nous y autorisez, on peut publier le portrait-robot et lancer un appel à témoin ? précisa Rovère en lui montrant le document. En ce qui concerne Martha Kotczinska, on essaie de joindre la famille, un frère, à Varsovie.

— Va pour l'appel à témoin ! approuva Nadia. Dès que j'aurai suffisamment pris connaissance du dossier, je vous reverrai. En attendant, je vous fais confiance.

Rovère lorgnait vers l'automate planté sur le bureau.

— Il est drôle, vous ne trouvez pas ? dit Nadia. Attendez, je vais le faire fonctionner.

L'inspecteur assista à la danse ridicule du petit

juge, et sourit, indulgent. Quand il fut sorti, Nadia adressa un regard interrogatif à Mlle Bouthier.

— Vous l'avez déjà rencontré, ce Rovère ? demanda-t-elle.

— À plusieurs reprises, oui. C'est un type assez sérieux. Au fait, j'ai eu le temps de passer aux archives, voilà ce que vous m'avez demandé.

Elle lui remit une chemise poussiéreuse qui contenait les minutes du procès Szalcman, en date du 12 juillet 54. Nadia attendit le départ de sa greffière pour s'y plonger. Ce qu'elle découvrit était conforme au récit d'Isy, mais un point la fit sursauter. L'avocat de la défense se nommait Montagnac. Elle appela la huitième section et demanda André. Ce fut Maryse qui répondit.

— Montagnac requiert à la 23e chambre, on ne peut pas le joindre, expliqua-t-elle.

— Il est déjà tard, il en a encore pour longtemps ?

— Ce matin, le dépôt était plein comme un œuf, on a eu une sacrée fournée. Qu'est-ce que tu lui veux ?

— Rien d'important.

— Je vois, je vois... susurra Maryse, d'un ton évocateur.

— Tu ne vois rien du tout ! Est-ce que tu sais s'il y a un avocat, dans la famille ?

— Un Montagnac avocat ? Mais son père, bien entendu. Tu ne connais pas ? Un monsieur très vieille France, charmant.

Maryse cita quelques procès d'Assises assez célèbres des années cinquante, et s'étonna de l'ignorance de son amie.

— Je n'avais jamais fait le lien, admit Nadia.

Elle raccrocha, ramassa ses affaires, quitta les galeries de l'instruction et traversa le Palais pour rejoindre la 23e chambre correctionnelle.

Elle y retrouva Montagnac, en robe noire, assis sur une estrade, à la droite du président et de ses assesseurs. Face à lui, encadrés par des gendarmes, une poignée de prévenus s'agitaient dans le box ou adressaient de petits signes à leur famille, présente dans la salle parmi un public hétéroclite ; un petit groupe de mémères, véritables groupies des audiences de la vingt-troisième, tricotaient en écoutant la plaidoirie d'un des avocats commis d'office. Nadia tressaillit alors : son voyeur de la rue de Tourtille était assis dans la première travée réservée au public. Bagsyk n'avait pas ôté son manteau de cuir et transpirait. Il sortit un mouchoir de sa poche, pour s'éponger le front, comme il le faisait chez lui, à l'affût derrière sa fenêtre. Nadia l'observa un long moment, amusée. Il n'était certainement pas venu pour la voir, puisqu'elle n'avait a priori rien à faire là.

Le président jetait des coups d'œil furtifs sur sa montre tandis qu'un des assesseurs somnolait, les yeux clos, le menton appuyé sur ses deux mains jointes. On jugeait un des prévenus, accusé de vol à l'étalage dans un supermarché. Montagnac avait demandé un mois avec sursis, voire un travail d'intérêt général.

— Jugement après suspension ! annonça le président. Dossier suivant.

Montagnac avait remarqué l'entrée de Nadia, qui lui adressa un petit signe de la main. Dans le box, un nouveau prévenu s'était levé. Mal rasé,

blafard, sale après vingt-quatre heures passées dans la cellule du dépôt. Le président lut les rapports de police en s'adressant à lui.

— Les faits sont établis, vous êtes accusé de vol de voiture et récidiviste. Je vous ai déjà vu, en effet ! De plus, vous avez frappé le policier qui vous a arrêté.

— Il m'a arraché de la voiture ! Alors forcément, dans ces cas-là, on se bouscule un peu, vous comprenez, monsieur le Président ? De là à dire que je l'ai frappé...

— Vous l'avez frappé, c'est écrit dans le PV que vous avez signé au commissariat. De plus vous étiez en état d'ivresse. Acceptez-vous d'être jugé immédiatement ou préférez-vous un délai pour préparer votre défense ? reprit le président.

— Le délai, je le passe en prison ? demanda le type.

— Évidemment, vous connaissez la maison puisque vous y avez vos habitudes.

On entendit quelques gloussements de satisfaction dans la salle. Bagsyk semblait aux anges. Le juge se rengorgea, très fier de cette connivence avec ses admirateurs.

— Alors tout de suite... marmonna l'accusé.

— Monsieur le procureur, nous vous écoutons, s'écria le juge.

Montagnac se leva et prit aussitôt la parole. Il insista sur le danger que représentait le prévenu, qui avait grillé trois feux rouges et embouti une voiture avant qu'on puisse le maîtriser, et demanda six mois fermes. Après quoi il se rassit. La plaidoirie de la défense dura exactement quarante-cinq secondes. L'avocat, persuadé de se livrer à un numéro de figuration totalement inutile, s'appesantit sur les antécédents psychiatriques de son client, espérant ainsi amadouer la cour.

— Jugement après suspension, la séance est suspendue, décréta le président.

La salle se vida. Bagsyk sortit dans le hall, sa canne et sa casquette à la main et passa devant Nadia. Il inclina légèrement la tête et lui sourit, signifiant ainsi qu'il l'avait reconnue. Nadia ne put réprimer un mouvement de surprise, qu'elle regretta aussitôt. Montagnac vint la retrouver et l'entraîna au-dehors. Ils s'assirent sur un banc de bois, à l'écart.

— Je suis crevé, dit-il, on en a expédié plus d'une vingtaine dans l'après-midi.

— Je vois que tu n'y vas pas de main morte, dans tes réquisitions.

— Qu'est-ce que tu veux, à chaque fois, c'est le même défilé de pauvres types qui racontent les mêmes salades ! soupira Montagnac. Si de temps en temps, je sens qu'il y en a un qui émerge du lot, j'essaie de calmer le jeu, mais sinon... De toute façon, le président n'en fait qu'à sa tête. Mais au fait, qu'est-ce que tu viens faire ici ?

— Attends, tu vois le petit vieux, là ? Celui avec le manteau de cuir et la canne ? demanda Nadia.

— Il assiste à presque toutes les audiences. Il y a quelques cinglés, comme ça ! C'est un spectacle « live », ici, c'est mieux que la télé. C'est tout juste s'ils n'applaudissent pas quand la sentence est rendue. Tu t'intéresses à la faune du Palais ? Il y a d'autres spécimens plus pittoresques.

— Je... je voulais surtout te parler de ton père.

— Ce héros au sourire si doux ? Et qu'est-ce que tu lui veux ?

— Lui demander quelques précisions, à propos d'un procès qu'il a plaidé, en 54, tu crois qu'il se souviendra ?

— Il a une mémoire d'éléphant, et d'ailleurs ses archives sont très bien tenues, assura Montagnac. Mais qu'est-ce que c'est que cette histoire ? C'est professionnel ?

— Personnel, strictement personnel ! Je peux le rencontrer ?

Montagnac se lissa la moustache et lui adressa un sourire gentiment carnassier. Elle s'attendait à un marchandage. Il ne tarda pas à en énoncer les termes : une soirée en sa compagnie, en échange de l'entrevue avec son père.

— Je suppose que je n'ai pas le choix ?

— Absolument pas ! murmura-t-il à son oreille. Demain soir ?

— Ton père vit à Paris ?

— Bien entendu : place des Vosges.

— Alors on va lui rendre visite en quittant le Palais. Demain ?

— Tu ne comptes pas passer la soirée chez lui ? s'inquiéta Montagnac.

— Bien sûr que non. Disons une heure ou deux. Tu vois, ça laisse du temps... pour après !

Très satisfait, il la quitta pour retourner à l'audience. Il esquissa même un petit pas de valse mais se figea, pour de nouveau adopter une attitude des plus guindées. Bagsyk entra lui aussi dans la salle après s'être retourné vers Nadia, qui n'avait pas quitté son banc.

21

Quand elle rentra rue de Tourtille, elle put constater que Szalcman n'avait pas épargné sa peine. La cuisine était aménagée selon ses vœux. Les étagères, le plan de travail, la niche destinée à recevoir un four à micro-ondes, rien ne manquait. Une caisse à outils, des planches et des tasseaux encombraient le séjour. Il y avait aussi un bouquet de violettes disposé dans un vase, à même le plancher.

Elle songea aux feuillets jaunis et poussiéreux que Mlle Bouthier lui avait rapportés et ressentit une certaine honte à s'immiscer dans le passé du vieil homme en utilisant des moyens aussi peu reluisants que celui qui consistait à fouiller les archives, mais évacua ses scrupules d'un haussement d'épaules. Sa curiosité n'était motivée par aucune intention malveillante.

Elle avait quitté très tard le Palais mais ne tenait pas à retourner au restaurant ; aussi se rendit-elle chez le traiteur voisin pour acheter un assortiment de barquettes à réchauffer. Elle prit une douche, passa un peignoir et installa sa chaîne hi-fi. Elle dut éventrer plusieurs cartons pour retrouver celui qui contenait ses compact disques, s'énerva, trébucha sur un fil électrique qui courait en travers de la pièce et se promit de demander à Szalcman s'il s'y connaissait en électricité.

Assise en tailleur sur son lit, elle picorait dans son assiette en écoutant une cantate de Bach, quand le téléphone sonna. Elle redouta un instant que Montagnac n'ait renoncé à patienter jusqu'au lendemain ; il était tout à fait capable de débarquer d'une minute à l'autre. Elle laissa le répondeur se mettre en marche. Le message enregistré qui annonçait son retour imminent défila.

— Allô Nadia ? Je sais que tu es là.

Elle reconnut aussitôt la voix et hésita à décrocher. Elle s'attendait à cet appel, tôt ou tard. Elle aurait préféré s'y préparer, mûrir les réponses dans sa tête au lieu d'improviser, comme elle allait y être contrainte.

— Bon dieu, Nadia, ne fais pas l'enfant, je sais que tu es là ! nasilla la voix.

Elle resta un instant immobile, la main posée à plat sur le combiné, puis s'en saisit d'un geste rageur.

— Marc ? Comment as-tu obtenu mon nouveau numéro ? demanda-t-elle, sans chercher à dissimuler sa colère.

— J'ai appelé chez ta copine, rue de la Convention, et j'ai eu un type à l'accent américain.

— Butch... soupira Nadia, accablée.

Elle avait donné des consignes très strictes à Maryse, mais Butch n'en faisait qu'à sa tête.

— Je suis en bas de chez toi, à la station de métro. Je monte.

— Tu ne montes pas du tout ! C'est moi qui descends ! Reste où tu es, attends-moi près du kiosque à journaux. Je t'y retrouve, ordonna-t-elle d'une voix qui ne souffrait pas la contradiction.

— C'est absurde, il faut qu'on se parle, je viens !

— Je n'ouvrirai pas, tu es prévenu, si tu montes, je crie !

Elle enfila un jean, un sweat-shirt, se recoiffa à la hâte et descendit les escaliers en sautant quelques marches. Dans le hall d'entrée de l'immeuble, elle croisa Rosenfeld, qu'elle bouscula.

— Un ennui ? s'inquiéta-t-il, en voyant sa mine soucieuse.

— Rien, mon œil va bien, je vous remercie, lança-t-elle avant de claquer la porte.

*

Les passants qui émergeaient en grappes serrées de la bouche de métro se hâtaient sous le crachin. Un Noir aux mensurations herculéennes, emmitouflé dans un poncho, leur proposait des épis de maïs qu'il faisait cuire sur un réchaud de fortune, un bidon percé de quelques trous et sous lequel il avait glissé un butagaz ; le tout reposait sur un caddie de supermarché. Un homme d'une quarantaine d'années, grand et au visage finement dessiné, faisait le pied de grue à la station de métro et tambourinait nerveusement sur la rambarde ; il rabattit le col de son imperméable, s'essuya le visage d'un revers de manche et jeta un coup d'œil sur sa montre. Nadia resta un instant derrière lui, inspira à plusieurs reprises pour calmer les battements de son cœur et lui toucha le coude. Il se retourna d'un bloc, sourit et posa ses deux mains sur ses épaules. Elle eut un mouvement de recul, très vif.

— Tu ne me touches pas ! siffla-t-elle. Et tu fous le camp, nous n'avons rien à nous dire ! Strictement rien !

— On se calme, tu veux ? s'écria Marc. Je préfère discuter de vive voix plutôt que de t'envoyer mon avocat.

— Un avocat, mais je t'en prie ! J'ai quitté le domicile conjugal, tu obtiendras le divorce sans aucune difficulté.

Une ménagère encombrée de paquets se retourna, surprise par la violence du propos, et feignit de fouiner dans son cabas, l'oreille aux aguets.

— Si tu y tiens, je peux même me faire sauter par mon amant en flagrant délit, poursuivit Nadia. Tu veux une date ? Demain soir ! Tu as l'adresse ? Alors ne te gêne pas !

Elle éclata d'un rire nerveux, à l'idée d'attirer Montagnac dans ce piège digne des pires vaudevilles, plongea la main dans la poche de son manteau, sortit un paquet de cigarettes froissé, et en porta une à ses lèvres. La ménagère s'éloigna. Nadia demeura un instant ainsi, au beau milieu du trottoir, indifférente à la bruine. Marc lui tendit son briquet qu'il alluma avec difficulté, contempla son visage déformé par la colère tandis qu'elle aspirait la première bouffée, puis ébaucha une caresse sur sa joue luisante de pluie. Elle lui saisit le poignet pour écarter son bras.

— C'est ridicule, Nadia, gémit-il.

Ses cheveux mouillés pendaient sur son front et un filet d'eau dégoulinait de son nez. Il était pitoyable. Nadia n'était cependant pas décidée à se laisser prendre au jeu de l'amoureux transi.

— Ridicule ? Je te l'accorde. Mais je ne reviendrai pas sur ma décision, dit-elle en exhalant un nuage de fumée.

— Tu pourrais mettre de l'eau dans ton vin, plaida-t-il, d'une voix plus ferme. Pas pour moi, j'y ai renoncé, mais pour lui. C'est la fin, son médecin veut tenter une dernière...

— Je m'en moque, lança Nadia, sans attendre la suite. Épargne-moi les sentiments, je sais très bien où tu veux en venir.

Elle frissonna et fit quelques pas en direction de l'allée protégée par des arcades qui bordaient le début de la rue de Belleville. Marc la suivit. Ils se retrouvèrent face à la vitrine d'un restaurant asiatique. Un grand aquarium où s'ébattaient des poissons exotiques ornait la devanture.

— Il souffre, il réclame ta présence ! Il est prêt à te pardonner, insista Marc.

— À me pardonner ? Tiens donc ! s'esclaffa Nadia en tournant les talons. Excuse-moi, je t'ai tout dit, je rentre chez moi.

Elle s'éloigna d'un pas décidé, percutant au passage une gamine qui sortait de la boulangerie, et rattrapa au vol sa baguette de pain avant qu'elle ne tombe sur le bitume. Marc la suivit, traversa la rue en courant derrière elle, et se fit engueuler par un camionneur qui l'évita de justesse. Un poivrot s'accrocha à lui, le tirant par la manche. Il eut un mal de chien à s'en débarrasser, y parvint malgré tout et constata alors que sa femme avait disparu. Il arpenta le trottoir, de long en large, furieux d'avoir précipité les événements. Il se reprocha sa maladresse, échafauda une nouvelle stratégie de rencontre, plus sereine. Un taxi passa tout près. Il y monta.

22

Rovère avait passé la soirée à relire et trier les pièces du dossier. Choukroun, redoutant qu'il ne l'agrippe au passage pour l'emmener dîner, s'était éclipsé sur la pointe des pieds.

Le portrait-robot d'Aïcha reposait sur son bureau, près d'une photographie de Martha Kotczinska, tirée du rapport d'autopsie. Un simple croquis d'un côté, un visage de chair, réel, de l'autre. Rovère les inversa, à plusieurs reprises. Aïcha à gauche, Martha à droite, ainsi de suite. Les images se brouillèrent devant ses yeux. Il ferma le classeur. Puis il joignit les mains, entrecroisa ses doigts, les serra les uns contre les autres, jusqu'à ce qu'ils blêmissent. Il se leva, et resta un long moment à contempler le tableau qui représentait Aïcha, posant nue dans l'alcôve de la rue Clauzel. À l'aide d'une lampe de bureau, Dimeglio avait bricolé un éclairage approximatif, qui durcissait les traits, meurtrissait les couleurs, écrasait la perspective. Du bout des doigts, Rovère caressa l'épaule, les seins, les hanches rebondies, les cuisses serrées dans un élan de pudeur hypocrite.

Il quitta le quai des Orfèvres à minuit passé, longea le Palais de justice jusqu'à la Seine, avala un sandwich et une portion de frites dans une gargote turque près du Forum des Halles, fit le plein de cognac dans un bistrot où il avait ses habitudes, puis récupéra sa voiture. Par le Sébastopol, le canal de l'Ourcq et la Grange-aux-Belles, il fila jusqu'à Belleville, se gara près du métro et poursuivit à pied. Un vent tiède balayait le sol, soulevait les feuilles mortes et les détritus, en rafales soudaines.

Rovère atteignit la rue Sainte-Marthe, déserte. Quelques fenêtres — aux vitres obturées par des rideaux de chiffons, et derrière lesquelles tremblotait une lumière falote — formaient autant de trouées dans la pénombre coagulée par le silence. Il s'assit sur un des bancs de la place et vida d'un trait sa flasque de cognac. Un vieil homme appuyé sur une canne remontait la rue ; il adressa un bref salut à l'inspecteur, traversa la place et disparut derrière le pâté de maisons. Rovère resta un long moment à contempler la façade de l'immeuble où était morte Aïcha.

La main coupée suggérait la préméditation. On n'improvise pas une telle cruauté... songea-t-il. Il faut haïr pour tuer ainsi. Ou être fou. Rue Clauzel, l'assassin était entré chez Martha sans forcer la porte. Il connaissait les lieux. De même ici. Il était déjà venu dans ce taudis, au quatrième étage, savait qu'il ne serait pas dérangé.

La pluie se fit plus insistante. Rovère se leva, quitta la place, revint sur le boulevard de la Villette et arpenta le terre-plein désert, où les commerçants du marché installeraient leurs étals le lendemain matin. À une cinquantaine de mètres devant lui marchait le vieil homme qu'il avait vu traverser sur la place deux minutes plus tôt.

Une moto surgit alors sur le trottoir et lui barra la route. Le passager arrière, coiffé d'un casque intégral, armé d'un couteau à cran d'arrêt, descendit de selle et menaça le vieil homme, tandis que le pilote faisait ronfler le moteur. Rovère sursauta, plongea la main dans son blouson pour en tirer son arme et courut vers eux. Emporté par son élan, il dérapa sur des épluchures de légumes échappées d'une poubelle que des chiens avaient renversée, et faillit s'étaler de tout son long. Alors qu'il récupérait péniblement son équilibre, il assista à la scène qui se jouait à quelques pas.

Le voyou agitait sa lame sous les yeux de sa victime qui reculait, le dos courbé, le bras craintivement dressé devant le visage. Soudain, il se redressa, et d'un large mouvement de sa canne, cingla le torse de son agresseur. Un deuxième coup de canne, asséné avec une grande violence sur la main du voyou, lui fit lâcher le couteau. Rovère arriva à l'instant même où l'agresseur, décontenancé, remontait sur la moto, qui démarra en zigzaguant.

— Ça va ? Vous n'êtes pas blessé ? demanda-t-il d'une voix haletante.

— Les salauds, les salauds ! murmurait le vieil homme en se penchant pour ramasser le cran d'arrêt.

Il dévisagea le nouveau venu, avisa le revolver qui pendait à son bras, ferma le cran d'arrêt et le mit dans sa poche.

— Vous êtes flic, constata-t-il, le sourcil froncé.

— Oui ! Excusez-moi, à cinq secondes près, on les coinçait. Vous vous en êtes bien tiré, dites donc !

Le vieil homme haussa modestement les épaules.

— Je vais par là, dit-il en montrant la direction du carrefour Belleville.

Il manifestait un calme étonnant, comme si l'agression qu'il venait de subir n'avait été qu'un incident sans importance. Rovère lui emboîta le pas.

— C'est vous que j'ai vu passer tout à l'heure, place Sainte-Marthe ? reprit-il. Vous devriez éviter des coins aussi déserts, surtout en pleine nuit.

— J'étais allé faire un billard, dans une salle, rue Saint-Maur, et j'aime bien passer par là : tout le pâté de maisons va être rasé d'ici quelques mois. J'habite le quartier depuis plus de quarante ans. Ce n'est pas à mon âge que je vais modifier mes habitudes !

Ils étaient arrivés près de la station de métro. Le vieil homme s'apprêtait à tourner vers la gauche pour remonter la rue de Belleville.

— Attendez, s'écria Rovère. Vous y passez souvent, rue Sainte-Marthe ? Vos parties de billard, c'est fréquent ?

— Trois fois par semaine. Des fois plus, des fois moins, je ne trouve plus très souvent des joueurs disponibles. Pourquoi ?

— Vous savez qu'on a retrouvé une fille, assassinée, rue Sainte-Marthe justement ? demanda Rovère.

— Ah oui, il y a deux jours, j'ai entendu ça. Eh bien ?

— Certains voisins parlaient de squatters. Enfin, des types qui traînaient dans le quartier, sur les bancs, là où vous m'avez croisé, tout à l'heure.

— Ils étaient toute une smala, oui, confirma le vieil homme. Ils avaient une grosse radio, comme tous les gamins, en ce moment. Cet été, ils faisaient le chambard sur la place, mais ça n'avait pas l'air très méchant. Ils dansaient comme des... des automates !

— Il y avait une fille avec eux ? Grande, brune, assez belle, très bien habillée ? Une robe de lamé, vous savez, très moulante. Ou bien une combinaison de cuir ?

— Il faudrait savoir ! Une robe moulante ? Ah non, je l'aurais sans doute remarquée, dit le vieil homme, d'un air égrillard. Je ne rate jamais une occasion de regarder les jolies femmes.

— Bon. Excusez-moi. Bonne nuit, murmura Rovère.

Il s'éloigna. Une bande assez joyeuse sortait d'un restaurant chinois et envahit la chaussée pour stopper les taxis qui descendaient la rue.

23

En arrivant à la Brigade, le jeudi matin, Rovère passa tout d'abord par le bureau de Dansel, qui avait assuré la permanence de nuit. Il apprit que certains journaux avaient déjà publié le portrait-robot d'Aïcha.

— Est-ce que quelqu'un est resté rue Clauzel ? demanda-t-il, préoccupé.

— Non... mais c'est sous scellés, répondit Dansel.

— Envoie du monde, je voudrais qu'on ait un type sur place trois ou quatre jours, plus si c'est possible. On n'a retrouvé aucun carnet d'adresses, tu sais ? Si elle avait de la visite, autant qu'on soit au courant.

— Bien, ça sera fait ! nota Dansel.

Dimeglio vint à leur rencontre, un paquet de feuilles à la main.

— Le résultat des analyses pour la rue Clauzel, annonça-t-il. Pluvinage ne s'était pas trompé : Martha était bien camée à l'héro. Cela dit, ce qu'elle s'est injecté dans les veines avant de mourir, c'est du temgesic. On en a aussi retrouvé dans la seringue, et dans l'ampoule qui était sur le lavabo.

— Du temgesic ? s'étonna Rovère. Elle cherchait à décrocher ?

— Sais pas. En tout cas, c'était une dose à assommer un cheval. Quand on lui a tranché la main, elle n'a rien dû sentir, toujours d'après Pluvinage ! Ah, il y a autre chose : les prélèvements sous les ongles de la main droite, tranchée... le labo a retrouvé des fils de flanelle, comme sur l'échantillon que vous aviez ramassé dans l'escalier, rue Sainte-Marthe.

— Ils en sont certains ? demanda Rovère.

— Oui, vous lirez le rapport, il y a une histoire de poussières et de pollen de marronnier. Parisiens, pour être tout à fait précis.

— Des pollens de marronnier ? répéta Dansel, dubitatif. Comment peuvent-ils en être certains ?

— Il paraît qu'ils ont une espèce de maladie. La pollution, je n'en sais pas plus ! Enfin, le principal,

166

c'est qu'on soit certains qu'on a bien affaire au même tueur.

Rovère tourna la tête vers Sandoval, qui venait d'entrer.

— Bogdan Kotczinska, le frère de la victime, est arrivé ce matin de Varsovie ; il y a un vol direct. Je l'ai fait accompagner à la morgue par Choukrouń, pour qu'il reconnaisse le corps, dit-il en feuilletant les journaux étalés sur le bureau de Rovère. Il va falloir patienter pour l'interroger, il ne parle pas un mot de français ! J'ai fait demander un interprète.

— Pas la peine ! rétorqua Dimeglio.

— Mais si, enfin ! protesta Sandoval. Elle vivait en France depuis près de dix ans, mais on peut chercher des éléments dans son passé.

— Non, je voulais dire : pas la peine de demander un interprète, corrigea Dimeglio.

— Ah oui ? Vous parlez polonais, vous ? lança Sandoval, avec un sourire méprisant.

— Couramment, oui ! dit l'inspecteur, en caressant doucement sa calvitie.

*

Dansel se faufilait dans les embouteillages. Rovère était assis à l'arrière de la voiture, à côté de Dimeglio. Durant la première partie du trajet, ils avaient ri aux larmes en évoquant la gêne de Sandoval après que Dimeglio lui eut révélé ses talents de linguiste, pour le moins inattendus. Le commissaire s'était répandu en excuses filandreuses, que l'inspecteur avait traitées avec dédain.

— Mais ta femme, elle a toujours vécu en France ? demanda Rovère, surpris.

— Oui, ça n'empêche pas ! Depuis qu'on est mariés, entre nous, on parle français, et italien, et polonais, comme ça, les gosses auront un sacré bagage, précisa l'inspecteur, non sans fierté.

— Longwy ! Si j'avais su qu'avec un nom comme le tien, tu étais de Longwy, ricana Dansel. Moi je te voyais plutôt napolitain, avec des tas de cousins dans la Mafia.

— Pour faire tourner les aciéries, il en fallait du monde, expliqua Dimeglio. Mon vieux est arrivé en Lorraine en 35, avec des tas d'autres paumés qui venaient de Toscane, comme lui ! On vivait dans un coron, la moitié de la rue, c'étaient les Ritals, l'autre moitié, les Polacks. À l'école, dans la cour de récré, on se foutait sans arrêt sur la gueule.

— Et un beau jour, tu as voulu jouer Roméo et Juliette et tu as dragué une Polonaise ! s'écria Rovère en lui assénant une claque sur la cuisse.

— Voilà, conclut Dimeglio. Si vous êtes sages, un jour, je vous montrerai des photos.

*

Bogdan Kotczinska patientait, assis sur un banc, dans le hall de l'Institut médico-légal. Grand, très maigre, avec un visage osseux dont les yeux sombres s'enfonçaient dans les orbites, il avait un certain air de ressemblance avec sa sœur. Il portait un costume fripé et triturait nerveusement la courroie d'un sac de voyage, posé sur ses genoux.

Choukroun, très agité, marchait de long en large, grillant cigarette sur cigarette.

— Y a un mec louf, ici ! Il dit que vous êtes son copain, expliqua-t-il à Rovère, quand celui-ci s'approcha d'eux. Il m'a montré des trucs dégueulasses, des bocaux avec des tripes, ça pue, la vie d'ma mère, je peux pas rester ! La vérité !

— Tu as tort, Istvan est un type très bien. Qu'est-ce que ça donne, le frangin ? demanda Rovère, à voix basse.

— Il a vu le corps, il a signé le papier disant que c'était bien sa sœur, mais ça lui a pas fait grand-chose.

Dimeglio s'était approché de Bogdan. Ils parlèrent durant quelques minutes. Les autres attendirent.

— Il y a trois ans qu'il ne l'avait pas vue, expliqua l'inspecteur en revenant près de ses collègues. Ils étaient fâchés. Il n'a pas grand-chose à nous dire. À Varsovie, elle travaillait avec lui, dans une petite imprimerie qui appartenait à la famille : le boulot ne la passionnait pas. Elle voulait vivre de sa peinture et elle a préféré venir tenter sa chance ici.

— Attends ! Elle s'est exilée il y a dix ans : ils avaient déjà le droit de posséder une entreprise, là-bas ? s'étonna Rovère.

— Oui, ça n'est pas très surprenant, reprit Dimeglio. N'importe qui avait le droit d'investir son fric là-bas. Pour les Polonais, il y avait des tas de combines pour tourner la loi.

— Par exemple ?

— Se marier avec un étranger, allemand, américain ou javanais, et le bombarder PDG. Comme ça, les apparences étaient sauves.

— Et quand elle est allée à Varsovie, tout récemment, ils ne se sont pas vus ? poursuivit Rovère.

Dimeglio traduisit la réponse, négative.

— Qu'est-ce qu'elle faisait dans l'imprimerie ? demanda Dansel.

— Elle s'occupait de la partie pratique, et lui, il prospectait les clients. Après le départ de sa sœur, il a eu du mal à retrouver un technicien compétent, expliqua Dimeglio, après avoir questionné Bogdan.

— Je comprends qu'il lui fasse la gueule, admit Rovère. Elle l'a planté, avec sa boîte.

Bogdan reprit la parole. Dimeglio l'écouta attentivement.

— Il dit aussi qu'en quittant la Pologne pour s'exiler en France, elle lui a piqué du fric, reprit-il.

— Joyeuse ambiance ! apprécia Dansel.

Dès que les formalités de rapatriement du corps furent réglées, ils ramenèrent le frère de Martha à la Brigade et lui firent signer sa déposition. Dimeglio l'aida ensuite à trouver un hôtel.

Peu avant midi, Sandoval réunit tous ses inspecteurs et fit le point sur les démarches effectuées. Certains avaient ratissé la rue Sainte-Marthe, le portrait-robot d'Aïcha en main, dans l'espoir de remonter sa piste, mais ils rentrèrent bredouilles. Si plusieurs riverains se souvenaient de l'avoir vue traîner dans le quartier, ils étaient incapables de fournir des informations plus précises. D'autres s'étaient offert une tournée des principaux squats, sans plus de résultats. Le commissaire donna quelques consignes de routine et ses adjoints se dispersèrent. Il appela Rovère qui le suivit dans son bureau.

— Point mort sur toute la ligne, hein ? grimaça-t-il en lui faisant signe de s'asseoir. Le juge d'instruction a téléphoné. Elle veut nous rencontrer. Elle a eu le temps de faire le point. Cet après-midi, j'ai une réunion à la préfecture, vous pouvez vous en charger ?

Il n'était pas nécessaire d'être devin pour saisir que Sandoval se sentait dépassé par les événements et ne tenait pas à se placer en première ligne. La fameuse réunion à la préfecture n'était qu'un prétexte diplomatique pour éviter de se mouiller auprès du juge. Rovère acquiesça.

24

À treize heures trente, ce jeudi, Nadia reçut Lucien Sangier, le beau-frère de Gardel, un type d'une quarantaine d'années, au visage fermé, et dont les gestes, brusques et saccadés, dénotaient une certaine brutalité intérieure, très contrôlée. Il semblait mal à l'aise dans son blazer bleu sombre, et portait une grande attention au pli de son pantalon. Comme tous les visiteurs qui pénétraient dans le cabinet, il remarqua la présence de l'automate et s'en amusa. Nadia s'était levée ; elle ouvrit la fenêtre pour aérer la pièce, sortit un instant dans le couloir, puis revint dans le cabinet, les mains dans les poches de sa jupe, une cigarette fichée au coin des lèvres. Sangier la jaugea d'un coup d'œil, la trouva jolie, à son goût, se cala dans le fauteuil face au bureau, et fit craquer les articulations de ses doigts, l'une après l'autre, tandis qu'elle parcourait le dossier Gardel.

— Cessez ce bruit, ça m'agace ! lança-t-elle sans lever les yeux de ses papiers.

Sangier obéit, et croisa les bras sur sa poitrine, en bombant le torse. Nadia l'interrogea sur ses activités professionnelles — il tenait un magasin de vêtements dont il avait obtenu la gestion franchisée — ainsi que sur la journée qui avait suivi la découverte des cadavres de sa sœur et de sa nièce. Il répondit avec précision, sans chercher ses mots.

— J'ai là un des derniers interrogatoires de votre beau-frère, Louis Gardel, reprit Nadia, en chaussant ses grosses lunettes à monture d'écaille. Vous avez vécu chez votre sœur et votre beau-frère il y a trois ans, lors de votre arrivée à Paris ?

— Exact, confirma Sangier. J'avais besoin d'un point de chute, l'hôtel coûte cher, ils m'ont hébergé. Deux mois.

— Votre beau-frère a déclaré que durant ce laps de temps, votre sœur et vous, dormiez dans le même lit, tandis qu'il passait ses nuits sur le canapé du salon. Est-ce exact ?

— Je ne comprends pas le sens de la question.

— Vous voulez que je la répète ?

— Non, je voulais dire que je ne voyais pas en quoi mon séjour chez ma sœur et mon beau-frère peut intéresser la justice. Trois ans avant que ce salaud ne les tue toutes les deux ! articula Sangier.

Il s'était penché en avant, et son visage se crispa dans un rictus haineux.

— Je cherche simplement à saisir le contexte familial, expliqua posément Nadia. C'est tout à fait normal. D'ailleurs, un dimanche matin, une voisine est entrée, pour apporter du lait et des croissants, c'est votre nièce qui lui avait ouvert la porte, et elle vous a trouvés, vous et votre sœur, dans la chambre. J'ai ici sa déposition. Durant votre séjour chez eux, dormiez-vous fréquemment dans le même lit que votre sœur ?

— Ça a pu arriver, oui. Mon beau-frère travaillait parfois la nuit, et ma sœur et moi, nous avions des relations d'une grande tendresse, dit-il, après un long moment de réflexion.

Nadia se tourna vers la greffière. Mlle Bouthier, impassible, mit en marche sa machine à écrire.

— *Sur interrogation : Durant mon séjour chez ma sœur, je passais mes nuits dans sa chambre, je partageais son lit,* dicta Nadia.

— Je récuse cette formulation ! cria Sangier.

— À votre guise. Proposez-en une autre.

— Écrivez ce que j'ai dit : ma sœur et moi, nous étions très proches l'un de l'autre.

La négociation dura plus d'un quart d'heure. Nadia ne capitula pas et la première version fut consignée dans le procès-verbal, accompagnée des commentaires souhaités par Sangier.

— On continue, dit-elle. Est-il exact qu'à la fin de votre séjour chez votre sœur, votre beau-frère ne prenait plus ses repas en votre compagnie, mais dans la cuisine, seul ?

— Il était très taciturne, c'est possible qu'il ait cherché à s'isoler, je ne me souviens plus. Trois ans, c'est long.

— Toujours selon la même voisine, décidément très serviable, qui vous proposait parfois des plats qu'elle avait préparés, votre nièce Nathalie lui a déclaré, je cite sa déposition : *Tonton ne voulait plus que mon papa mange avec nous parce qu'il faisait du bruit avec sa bouche*. Est-ce exact ?

Sangier se leva. Son teint vira au violet et il frappa du poing sur le bureau.

— Cette ordure a étranglé ma sœur et sa fille... sa fille, il l'a noyée et enculée, et vous vous en prenez à moi ? ! hurla-t-il, au bord de l'apoplexie.

— Vous vous calmez ou j'appelle les gardes ! prévint Nadia.

Elle renversa la tête en arrière et s'efforça de fixer Sangier d'un œil indifférent. Il se rassit, tremblant de la tête, et se mit à pleurer.

— Vous êtes de son côté, alors ? sanglota-t-il. Les juges qui protègent les assassins, ça c'est vraiment dégueulasse.

— Monsieur Sangier, votre beau-frère a avoué, reprit Nadia, d'une voix rageuse. Il est en prison. Il y restera longtemps, très longtemps. Mon rôle, c'est d'aider les juges à comprendre.

Elle serra une règle dans ses mains jusqu'à s'en meurtrir les doigts.

— Vous êtes de son côté, répéta Sangier, en essuyant les larmes qui coulaient sur ses joues.

— Il a avoué. Tout avoué ! martela Nadia en frappant de sa règle sur le plateau du bureau. Il

a étranglé votre sœur, après avoir noyé et...
« enculé » la petite Nathalie ! C'est établi, prouvé
par l'autopsie ! Je veux simplement savoir si vous,
son beau-frère, êtes partiellement ou non responsable d'avoir bousillé sa vie au point de l'amener
à cette folie !

Sangier s'effondra sur son siège. Il blêmit et
papillota des yeux à tel point que Nadia crut qu'il
allait s'évanouir, mais il se reprit.

— Monsieur Sangier, nous allons consigner
dans le procès-verbal ce que vous voudrez bien
signer. Uniquement ce que vous voudrez bien
signer.

Sangier acquiesça dans un hoquet.

— Passiez-vous vos nuits dans la chambre de
votre sœur ?

*

Une heure durant, Nadia ne lâcha pas prise.
Elle ne parvint pas à déstabiliser Sangier au point
de lui faire avouer qu'il « couchait » avec sa sœur,
mais ses réponses, tortueuses, contradictoires, dessinaient un tableau d'inceste que le plus réticent
des jurés ne pourrait ignorer.

— Dans le mille ! dit-elle avec un sourire amer,
lorsqu'il eut quitté le cabinet.

Il était sorti soutenu par un garde, qui lui fit traverser la galerie et l'accompagna jusqu'à la sortie.
Nadia posa ses lunettes sur le bureau, épuisée.

— Ça n'excuse en rien le geste de Gardel, nota
Mlle Bouthier en plongeant la main dans un
paquet de bonbons au miel.

175

— Je sais... murmura Nadia, les yeux perdus dans le vague. Mais s'il avait eu assez de courage pour casser la gueule de ce salaud, la gosse serait encore en vie. Il n'a pas su s'en prendre aux adultes, alors c'est la petite qui a trinqué. Je sors m'aérer un peu, j'en ai besoin !

Elle était déjà dans le couloir quand la greffière la rappela.

— Que se passe-t-il ? demanda-t-elle.

— Vous avez convoqué le type de la Brigade criminelle... heu, Rovère. Mais ne vous inquiétez pas, je le ferai patienter. D'autre part...

— D'autre part ?

— Votre collant est filé, chuchota Mlle Bouthier, toute rose de confusion.

Nadia constata les dégâts et réalisa, contrariée, qu'elle n'aurait pas le temps de passer chez elle avant de retrouver Montagnac. Elle quitta le Palais, traversa la Seine, se promena le long du quai de la Mégisserie en s'efforçant de ne plus penser à Gardel, à son beau-frère, ni aux photos contenues dans le rapport d'autopsie de la petite Nathalie. Elle acheta un collant neuf à la Samaritaine, ainsi qu'un flacon de vernis à ongles d'un rouge tout à fait éclatant, revint au Palais par le hall de Harlay et disparut quelques minutes dans les toilettes pour se changer. Elle se peignit les ongles, agita les doigts pour faire sécher le vernis, puis regagna son cabinet.

Rovère l'attendait. Il lui fit un compte rendu précis des démarches entreprises, sans cacher son pessimisme.

— Vous ne pensez pas retrouver de témoins grâce au portrait-robot d'Aïcha ? s'étonna-t-elle.

176

— Comment vous dire ? soupira l'inspecteur. Vous n'avez pas vu le tableau qui la représente : elle est nue mais porte une voilette... D'autre part, certains témoins, rue Sainte-Marthe, l'ont aperçue, vêtue d'une combinaison de cuir, du genre de celles que portent les motards. Rien à voir avec la robe de lamé, non ? J'en conclus qu'elle aimait les masques, le mystère, vous comprenez ? Elle pouvait changer de visage, simplement en se maquillant, ou avec une perruque.

— Une maniaque du déguisement, n'est-ce pas ? répondit Nadia, dubitative. Martha a pu mettre en scène sa toile comme elle l'entendait, auquel cas son modèle n'aura fait que lui obéir, vous ne croyez pas ? J'aimerais me rendre sur les lieux, rue Sainte-Marthe et rue Clauzel, et voir votre fameux tableau. Vous m'y accompagnerez. Demain, vendredi, ça irait ?

Rovère donna son accord. Ils prirent rendez-vous pour dix heures. Elle se leva, contourna son bureau et raccompagna l'inspecteur jusque dans le couloir. Elle lui tendit la main dans un geste spontané et il hésita un instant avant de la lui serrer. Nadia remarqua sa surprise. Elle revint dans son cabinet et toussota pour attirer l'attention de sa greffière, plongée dans les pièces du dossier Gardel.

— Dites-moi, Mlle Bouthier, vous qui avez l'habitude : la Brigade criminelle, on les tient à distance ? demanda-t-elle.

— Votre prédécesseur était très... froid. Mais c'est comme vous voulez.

— Je vois...

— Demain à quatorze heures, vous avez les
parents de Delphine, ils viennent de Béthune,
avec leur avocat. Ils ne savent toujours pas s'ils
vont se constituer partie civile, reprit la greffière.

— Demain est un autre jour ! s'écria Nadia,
soudain enjouée.

Elle se planta devant la glace qui surplombait la
cheminée, ôta la barrette qui retenait son chignon,
secoua la tête pour libérer ses cheveux, ramassa sa
gabardine et quitta le cabinet après avoir salué
Mlle Bouthier. Moins de trente secondes plus tard,
le téléphone sonnait. La greffière décrocha.

— Nadia, je n'y tiens plus, murmura la voix
enamourée de Montagnac.

— Mme le juge est déjà sortie, répondit
Mlle Bouthier avec un tout petit filet de voix.

25

Bastien Montagnac vivait rue de Birague, à
deux pas de la place des Vosges. Un bottier à
l'ancienne tenait boutique au rez-de-chaussée
de l'immeuble, dont le vaste escalier, dallé de
marbre, bordé d'une rampe de bois sculpté, évoquait des fastes révolus.

Un domestique souffreteux accueillit André et
Nadia et les fit pénétrer dans un curieux salon orné
de meubles annamites. Les rideaux étaient tirés,
si bien que la pièce baignait dans une demi-
pénombre, assez lugubre. Ils prirent place sur

des fauteuils dont les accoudoirs figuraient des museaux de buffles.

— Il a fait le Tonkin, ça marque son homme, chuchota André.

— Quand tu étais gosse, tu as vécu ici ? demanda Nadia.

André hocha la tête, accablé. Elle admira les laques et les bas-reliefs tourmentés qui représentaient des scènes champêtres. Dans un coin de la pièce, quelques couples de perruches pépiaient dans une grande volière en forme de pagode.

Après quelques minutes d'attente, le domestique vint les chercher et leur fit gravir un minuscule escalier en colimaçon qui menait à l'étage supérieur. Nadia pénétra dans un bureau garni d'une imposante bibliothèque qui tapissait les murs, jusqu'au plafond. Elle embrassa d'un regard les rayonnages abritant des volumes anciens pour la plupart et dont la tranche reliée de cuir était couverte d'une fine couche de poussière. Un petit vieillard très sec, vêtu d'une veste d'intérieur en soie, la salua.

— Père, voici Nadia Lintz, dont je vous ai parlé, annonça André, d'un ton très déférent.

Bastien Montagnac s'inclina, saisit la main de Nadia et l'effleura de ses lèvres.

— Prenez place, je vous prie, dit-il.

Elle s'assit face au bureau, les fesses sur le rebord de son fauteuil, posa son sac à main sur ses genoux et se composa un sourire angélique. L'avocat se tourna vers son fils.

— J'ai cru comprendre que ton amie désirait me consulter seule à seul. Laisse-nous, je te prie !

André obéit aussitôt et referma la porte sans un

bruit. Nadia se mordit la lèvre pour réprimer le fou rire qui la gagnait.

— Je vous écoute, mademoiselle.

Elle s'abstint de corriger le « mademoiselle » et expliqua en quelques mots le motif de sa visite.

— Szalcman, 1954 ? Je me souviens, en effet, reprit Montagnac.

Elle craignit d'avoir à en dire davantage sur ses motivations, et n'y tenait pas. Elle constata cependant que l'avocat s'était préparé à l'entrevue. Un dossier cartonné reposait devant lui.

— Que désirez-vous savoir au juste ?

— Ce Szalcman, d'où venait-il, comment avez-vous été amené à prendre sa défense ? balbutiat-elle, brusquement intimidée par les petits yeux gris qui la fixaient avec insistance.

Elle eut l'impression, fort désagréable, de se trouver face à un entomologiste à l'affût derrière la vitre du vivarium, observant sa créature prisonnière.

— Puis-je vous demander ce qui motive cette curiosité ?

— Non. C'est purement personnel, mais j'y attache une certaine importance.

Elle se détendit, croisa les jambes, lissa sa jupe et sortit son paquet de Craven. Montagnac eut un petit rire de gorge.

— Si vous ne voulez rien me dire, nous en restons là, ajouta-t-elle. Auriez-vous du feu ?

— Eh bien, André a trouvé à qui parler ! gloussa Montagnac en lui tendant un briquet enchâssé dans un bloc d'onyx. Jusqu'à présent, il ne me présentait que des pimbêches invertébrées. Je suis ravi de faire votre connaissance.

Elle aspira une bouffée, souffla doucement la fumée, les lèvres arrondies, et, comprenant que la partie était gagnée, couva son interlocuteur d'un œil de velours.

— Méfiez-vous de mon fils, reprit Montagnac, ravi de constater qu'elle prenait l'initiative de rompre ainsi le cérémonial guindé de l'entretien. C'est un bon à rien ! Il lui a fallu presque huit ans pour terminer son droit, et au lieu de reprendre mon cabinet, il s'est entiché de la magistrature. Il finira premier substitut dans un tribunal de banlieue : exaltante perspective !

Montagnac tendit la main vers un pot de terre cuite qui contenait quelques pipes, en bourra une, l'alluma et fit naître un nuage de fumée qu'il dissipa de quelques revers de la main.

— Il vous plaît vraiment, ce grand nigaud ? poursuivit-il, avec une moue étonnée, riche de sous-entendus.

Nadia comprit que le fils Montagnac était allé un peu vite en besogne auprès de son père. Elle inclina la tête de côté, plissa le nez, faussement attendrie, et sourit, évasive, surprise de sa capacité à jouer ainsi la comédie. Elle se jura de lacérer de ses ongles les joues d'André, sitôt qu'ils se retrouveraient.

— Vous êtes vraiment charmante...

— Si nous en revenions à Szalcman ? proposa-t-elle.

Montagnac ouvrit le dossier qui reposait sur son bureau et chaussa ses lunettes.

— Je n'ai pas brillé aux Assises, avoua-t-il. J'ai plaidé le passé de mon client, en vain. L'avocat général demandait dix ans fermes, les jurés ont opté pour six.

— Attendez, qui a réglé vos honoraires ? Je crois savoir que Szalcman n'avait pas le sou ?

— Un de ses amis, tout à fait indépendant du monde de la petite pègre où évoluait Szalcman : un certain Rosenfeld, étudiant en médecine... Il avait de l'argent, enfin, un peu.

— À l'instant, vous parliez du passé de Szalcman ? Qu'en est-il ? demanda Nadia.

— C'est ce qui m'a motivé à prendre en main l'affaire. Szalcman avait tout juste vingt-trois ans à l'époque des faits, c'est-à-dire en 54. Il est arrivé en France en 45. Il sortait de Buchenwald. À quatorze ans, vous vous rendez compte ? Cela, vous le saviez sans doute ?

— Non... De quelle origine est-il ? Allemande ?

— Pas du tout, il est né à Cracovie, corrigea Montagnac.

— Buchenwald est en Allemagne. Près de Weimar.

— Exact ! approuva Montagnac. Toute sa famille a été gazée à Auschwitz, d'après ce que j'ai pu comprendre. Il a toujours refusé d'en parler. Szalcman a réussi à s'enfuir du ghetto, il s'est caché dans la campagne, mais il a été dénoncé par des paysans polonais, et a abouti à Auschwitz, en mars 1944.

Nadia s'agita sur son siège, puis se leva. Elle contourna le bureau et vint près de l'avocat, qui releva la tête de ses papiers et l'interrogea du regard.

— Il a donc vécu le transfert des survivants valides jusqu'en Allemagne, murmura-t-elle, en s'emparant des feuillets.

Elle s'arrêta un instant, confuse, réalisant ce que sa conduite avait d'inconvenant.

— Je vois que vous vous êtes penchée sur la question, constata Montagnac, qui ne se formalisa pas de son geste. C'était à l'hiver 45, l'Armée Rouge grignotait peu à peu le territoire polonais, les nazis ont jeté sur les routes ceux de leurs prisonniers qui étaient encore capables de marcher. Ils les ont traînés au petit bonheur la chance en continuant de les massacrer. Ce qui explique que Szalcman n'ait été délivré qu'à Buchenwald. Lisez, vous avez sous les yeux le compte rendu d'un entretien à la Santé, peu avant les Assises.

Nadia s'approcha de la fenêtre et feuilleta fébrilement la paperasse.

Szalcman, libéré par les Américains avec quelques centaines d'enfants enfermés dans la baraque 66 de Buchenwald, avait été rapatrié en France par les soins de l'OSE, une organisation d'entraide juive qui possédait un château à Taverny. Il y était resté quelques mois.

Nadia découvrit quelques coupures de journaux jaunies qui relataient l'arrivée des rescapés à la gare de l'Est. Durant le voyage, quelques badauds qui assistaient au passage du train s'étaient émus. Les enfants portaient en effet des uniformes de la jeunesse hitlérienne ; c'étaient là les seules frusques que l'on avait dégottées pour les vêtir.

— L'acclimatation n'a pas été facile, reprit Montagnac. Ces gosses, c'étaient des sauvages. Ils avaient crevé de faim, on les avait battus, torturés, enfin, vous imaginez. Ils en voulaient à la terre entière, se méfiaient de tout le monde. Un jour, à Taverny — cela, Szalcman me l'a raconté —, on leur a donné du fromage : du camembert. À l'odeur, ils ont cru qu'on voulait les empoisonner et ont déclenché une véritable émeute...

— Et ensuite ? demanda Nadia. Il a quitté Taverny ?

— Oui, ils ont tous quitté Taverny, confirma Montagnac, troublé à l'évocation de ce souvenir. Durant la préparation du procès, j'ai retrouvé une monitrice qui avait travaillé là-bas... une demoiselle Schmulevitch, qui vit à présent à Tel-Aviv. Je l'ai décidée à venir témoigner aux Assises. Notre homme était une forte tête, d'après ce qu'elle m'a dit. Cabochard, indiscipliné, fugueur... il faisait le mur pour aller piller les fermes des environs. Il n'a pas su se réadapter à une vie normale. Il a vécu en marge, durant quelques années. De temps à autre, il revenait à Taverny, voir cette demoiselle Schmulevitch, avec laquelle il s'entendait bien. Il travaillait chez un fabricant d'automates, près de la place de la Bastille, mais ça n'était pas un emploi très régulier.

— Il a eu d'autres condamnations ?

— Il s'est fait attraper deux fois par la police dans des histoires de vol, en 49, je crois. La première fois, il s'en est tiré par un non-lieu, mais la seconde, il a écopé de trois mois fermes. Bref, en 54, il a braqué un employé de la poste, boulevard de Reuilly. De plus, il a blessé trois policiers ! J'ai plaidé les circonstances atténuantes, eu égard à son passé, mais...

184

Bastien Montagnac n'acheva pas sa phrase.

— Les jurés étaient des salauds, trancha Nadia.
Elle reposa les feuillets sur le bureau et regagna
son fauteuil.

— Et Rosenfeld, celui qui a réglé vos honoraires, comment l'a-t-il connu ? reprit-elle.

— Je l'ignore, dit Montagnac. Szalcman était
en prison, Rosenfeld est venu me voir, un beau
jeune homme, si mes souvenirs sont exacts. Un
maintien très... aristocratique ! Durant l'instruction, je les ai rencontrés, tous les deux, à tour de
rôle, mais ils ne voulaient pas se confier.

L'avocat se tut et referma la chemise qui contenait les notes et les coupures de presse.

— Et quel souvenir gardez-vous de lui ? insista
Nadia.

Montagnac s'était levé et rangea le dossier dans
la bibliothèque, parmi des cartons d'archives soigneusement étiquetés, année par année. Il revint
près de son bureau et actionna une sonnette.

— Quel souvenir ? répéta-t-il, songeur. Durant
les années de l'après-guerre, j'ai rencontré de
nombreux déportés. Szalcman leur ressemblait. Il
savait sourire, écouter, parler, jouer un rôle, mais
en fait...

— Il était encore... là-bas, n'est-ce pas ?

— Oui, c'est cela, tout se passait comme s'il
n'était jamais sorti du camp. Il y avait cette vie, qui
s'écoulait, jour après jour, ici, parmi nous, une vie
factice en vérité, tandis que l'autre, la vraie, continuait, « là-bas », comme vous dites. À part cela,
c'était un bel homme, grand, vigoureux, une force
de la nature !

Le domestique pénétra dans la pièce, suivi

d'André. Son père l'autorisa à s'asseoir près de Nadia. Il fit servir un porto et les questionna sur les menus potins du Palais, auxquels il continuait de s'intéresser. Ils le quittèrent une demi-heure plus tard. Il pleuvait à verse. Dès qu'ils furent sortis dans la rue, Nadia ouvrit son parapluie et engueula André.

— Primo, la première fois que tu me rencontres, tu te jettes sur moi dans l'intention manifeste de me sauter, secundo, trois semaines plus tard, tu me présentes à ton père comme ta maîtresse, ça commence à faire beaucoup ! s'écriat-elle en marchant à grandes enjambées. Je te préviens, tu peux faire le guignol comme il te plaît, mais je te jure que si j'entends le moindre ragot au Palais, je t'arrache les yeux !

Il la suivit, décontenancé, cherchant à fourrer sa tête à l'abri du parapluie. Il s'aperçut alors qu'elle riait.

— Monsieur le substitut, terrible, vindicatif, menaçant la piétaille des flagrants délits, se fait tout petit devant son *pôpa*, lança-t-elle avec une perfidie goguenarde.

— Qu'est-ce que tu t'imagines ? répliqua Montagnac, vexé. C'était un tyran ! Dès l'âge de dix ans, il me faisait monter dans son bureau, me montrait sa robe et me parlait de ses procès. Moi, j'aurais voulu faire de la botanique, oui, de la botanique. Je t'en fous, j'ai dû m'inscrire à la fac de droit. Après, il était trop tard pour reculer.

— Il te prédit une fin de carrière alléchante : premier substitut dans un tribunal de banlieue !

— De province, corrigea Montagnac, cynique. Tours, Romorantin, Nantua, voire Pougues-les-Eaux : la sinécure.

Nadia s'arrêta brusquement et il buta contre elle, manquant de la faire trébucher.

— Au fait, où va-t-on ? demanda-t-elle.

Il proposa un restaurant polonais, près de la place Sainte-Catherine.

— Blinis, caviar, anguille fumée, platzski ! dit-il, les yeux mi-clos, déjà perdu dans son rêve gastronomique. Ma voiture est à deux pas, mais si tu veux continuer de marcher sous la pluie...

— Polonais ? Décidément ! murmura Nadia. Soit !

*

Durant tout le repas, Montagnac ne tarit pas d'anecdotes, toutes plus terrifiantes les unes que les autres, à propos de son enfance vécue sous la férule paternelle. Il raconta les soirées passées à attendre le retour de l'avocat, lors des grands procès d'Assises, les fêtes données à l'occasion de ses victoires, l'atmosphère lugubre qui s'installait durant des semaines quand par malheur il avait perdu. Nadia l'écouta, amusée par ses pitreries. Il évita toute allusion aux motifs de l'entrevue avec son père et, tout au long du repas, ne lésina pas sur le vin hongrois dont il avait commandé une bouteille, ni sur la vodka. Ils étaient attablés dans le recoin d'une cave aux voûtes tapissées de tentures sombres ; le serveur, blafard, famélique, ressemblait à Bela Lugosi. Nadia jouait machinalement avec la cire qui gouttait de la chandelle, et dont elle détournait le cheminement de la pointe de son couteau, créant ainsi de petites sculptures aux formes tarabiscotées. À plusieurs reprises, Montagnac lui avait effleuré la main. Quand ils quittèrent la table, il l'aida à enfiler sa gabardine et risqua une caresse plus précise, laissant ses doigts s'attarder sur son cou, sans qu'elle proteste. Ils prirent place dans sa voiture et regagnèrent Belleville. Montagnac évita tout geste précipité et, quand ils furent arrivés au coin de la rue de Tourtille, attendit qu'elle lui propose de monter chez elle.

Nadia se contenta de l'embrasser furtivement, avant d'ouvrir la portière. Lorsque ses lèvres effleurèrent les siennes, il faillit bien lui saisir la nuque et l'attirer contre lui, mais s'en abstint.

— Bonne nuit, m'sieur l'proc' ! murmura-t-elle à son oreille.

Montagnac attendit qu'elle ait poussé la porte de son immeuble pour embrayer. Il accéléra joyeusement et fit trois fois le tour du pâté de maisons avant de rentrer chez lui, boulevard Voltaire.

*

Szalcman avait grandement avancé ses travaux. Les crémaillères qui devaient supporter les rayonnages de la bibliothèque étaient déjà toutes solidement chevillées au mur. L'avant-veille, Nadia avait fait une visite éclair au faubourg Saint-Antoine pour acheter un canapé, un tapis ainsi qu'une table basse. Les livreurs étaient passés dans l'après-midi. Isy s'était chargé d'installer le tout et avait même fait disparaître les plastiques d'emballage.

Nadia ôta ses vêtements, enfila un peignoir, s'assit en tailleur sur le sofa, palpa avec plaisir le cuir très doux des coussins, alluma une cigarette, renonça à écouter ses messages sur le répondeur, de peur d'entendre la voix de Marc la supplier de nouveau, ferma les yeux et se détendit.

Le souvenir des œillades enamourées de Montagnac la fit sourire. Elle l'avait tout d'abord jugé avec sévérité et s'était prêtée à ce petit marivaudage dans la seule intention de soutirer des renseignements à son père ; avec une franchise dénuée de tout calcul, il lui avait permis de discerner des faiblesses, sinon des fragilités tout à fait séduisantes.

À l'encontre des conquistadores en robe noire qui hantaient les couloirs du Palais, et dont les dents raclaient furieusement le plancher, Montagnac était dépourvu de toute ambition malsaine. Elle bascula sur le canapé, s'emmitoufla dans une couverture qui traînait sur le plancher et s'endormit. Tard dans la nuit, elle ouvrit soudain les yeux, grelottante, trempée de sueur. Elle avait rêvé de Bagsyk et de sa sœur. Ils étaient là, tous les deux, assis sur le canapé, à la regarder dormir. Puis Bagsyk s'avançait vers elle et lui faisait des propositions obscènes. Elle tentait de le repousser sans parvenir à faire le moindre geste. Il ôtait son manteau de cuir et se glissait à ses côtés, dans le lit, tandis que sa sœur applaudissait. Elle battait des mains au ralenti, de vieilles mains déformées par l'arthrite qui produisaient un son mat, obsédant.

Elle réalisa alors qu'un bruit, bien réel celui-là, s'était substitué à celui du théâtre macabre qui avait envahi ses rêves, et ne tarda pas à l'identifier : une canne martelait le sol, comme en écho d'un pas régulier, à la sonorité plus étouffée. À l'étage au-dessus, chez Rosenfeld. Le médecin, sans doute en proie à une crise d'insomnie, arpentait les couloirs de son appartement.

Nadia se leva pour se servir un verre d'eau. Elle tenta d'analyser le sens de son cauchemar, en vain. Poussée par la curiosité, elle alluma la lumière et tira le rideau de sa fenêtre. En face, les deux vieux devaient dormir. La lumière était en effet éteinte, mais, moins de trente secondes après qu'elle eut pointé le nez derrière la vitre, le visage de Bagsyk se découpa dans l'obscurité. Nadia sursauta, rabattit violemment le rideau, puis éclata de rire en se souvenant de ses frayeurs de petite fille, des monstres qu'elle croyait discerner dès qu'elle traversait un bois à la tombée du jour, ou bien encore dans la pénombre de sa chambre, dont les meubles manifestaient une fâcheuse propension à abriter toutes sortes de diables...

— Je n'ai pas grandi, constata-t-elle, en renonçant à se demander si elle devait s'en féliciter.

Elle regagna son lit, se pelotonna dans sa couverture et ne tarda pas à se rendormir.

26

La lampe de chevet était allumée et diffusait une lumière très douce. Il avait disposé un foulard sur l'abat-jour, un foulard de soie beige, aux teintes passées. Un foulard qui lui avait appartenu, à elle. Quand tout avait été terminé, après, long-temps après, il était revenu dans la chambre, là où ils s'étaient aimés. Il ne restait qu'un foulard. La porte avait été forcée, on avait emporté le lit, le cosy-corner, le petit guéridon de bois de rose, le coffret de santal où elle rangeait ses bijoux. Rien, il ne restait rien que cette fragile étoffe couverte de poussière, glissée le long d'une plinthe, et qui n'avait pas retenu l'attention des pillards.

Son regard se posa sur le foulard, et bientôt il lui sembla entendre une musique dissonante. Il se souvint du vieux monsieur qui poussait sa carriole dans les allées du jardin du Luxembourg, une car-riole de guingois où était juché un orgue de Bar-barie. Ils se donnaient toujours rendez-vous près du bassin où les gosses s'amusaient avec leurs petits bateaux à voile, et échangeaient quelques baisers en écoutant les ritournelles que le musicien jouait sur son limonaire. Puis ils allaient dans sa chambre à elle, rue Gay-Lussac, sous les combles, pour s'aimer avec des gestes maladroits. Ensuite, ils descendaient le boulevard Saint-Michel jusqu'à la Seine, et flânaient le long des quais. Ils s'asseyaient sur un banc, face à Notre-Dame, pour y rester enlacés jusqu'au soir. Il lui récitait alors des poèmes d'une voix tremblante, redoutant par avance l'instant de la séparation. *Voici des fruits, des fleurs, des feuilles et des branches, et puis voici mon cœur, il ne bat que pour vous...* Elle l'écoutait, les yeux clos, sa main serrée entre les siennes, blot-tie tout contre lui. Il ne parvenait pas à trouver le repos. Allongé sur le dos, il serra convulsivement la couverture, les draps, relâcha soudain son étreinte et demeura ainsi, les bras le long du corps.

Ses doigts tremblaient. Il posa l'index de sa main gauche sur son poignet droit et compta les battements de son cœur. Une minute, une si longue minute, cent vingt pulsations. Il ne bat que pour vous. Il ferma les yeux, les rouvrit, les ferma, à plusieurs reprises, très vite. Les images qui se bousculaient dans sa mémoire se brouillèrent. Il revint dans le présent.

Il avait vu le portrait-robot, dans le journal du matin. Un dessin assez grossier, malhabile, mais qui permettrait sans doute à la police de recueillir quelques renseignements concernant Aïcha. Si le veilleur de l'hôtel où ils avaient l'habitude de se rendre, rue La Boétie, tombait sur ce document, sans doute ferait-il le rapprochement. Il téléphonerait aux responsables de l'enquête, leur parlerait de ce curieux couple qui se retrouvait une fois la semaine, le soir, pour une heure ou deux. Dès lors, si sa mémoire était bonne, il pourrait fournir les éléments qui serviraient à établir un second portrait-robot : le sien !

Encore fallait-il que le hasard condescende à placer sous les yeux du veilleur la page de ce journal, où s'étalait le visage d'Aïcha, involontairement caricaturé : les flics manquaient de savoir-faire. La jeune femme n'avait pas le nez si court, et ses lèvres n'étaient pas si charnues. Ses lèvres rouges. Le dessin était en noir et blanc.

Qui d'autre les avait vus ensemble ? Les clients du bar où il l'avait rencontrée le premier soir ? De ceux-là il n'y avait rien à redouter. Trop absorbés par leurs petits potins pour s'occuper de lui, trop versatiles pour se souvenir de ses traits, plus de trois mois après.

192

Qui d'autre ? La bande de petites frappes qu'Aïcha dirigeait et qui l'avaient tabassé rue Sainte-Marthe ? Jamais ils n'oseraient avouer à la police leur participation au guet-apens.

Qui d'autre ?

Personne. Et quand bien même...

Il s'en moquait. À présent, il était persuadé de toucher au but. Les flics ne pourraient l'arrêter en si peu de temps. Aïcha lui avait donné les coordonnées de Martha. Martha... quel gâchis ! Il n'avait pas voulu la tuer.

Il n'était pas responsable. Elle l'était. Il connaissait l'adresse, rue Clauzel. Aïcha la lui avait donnée. Elle était l'amie de Martha. Échaudé par sa première expérience, il avait pris ses précautions, cette fois... Il l'avait guettée dans la rue, reconnue grâce à la description fournie par Aïcha, s'était même rendu à la galerie de la rue de Seine pour voir ses toiles. Puis il l'avait épiée, une semaine durant, afin de connaître ses habitudes. Elle se levait très tard, avalait un café à une terrasse de la place Toudouze, et prenait place dans le petit bus qui remontait de Pigalle jusqu'à la place du Tertre. Là, elle traînait parmi les rapins qui aguichaient les touristes en leur proposant des portraits express, au fusain ou à la gouache. Elle mangeait un morceau avec certains d'entre eux, puis vers le milieu de l'après-midi, rentrait chez elle, à pied, et s'installait sans doute devant son chevalet.

*

Un coup de chance lui permit de visiter l'atelier. Un appartement était en vente, au troisième étage

193

de son immeuble, au 31 de la rue Clauzel. De nombreux visiteurs, ameutés par l'annonce apposée sur la façade, franchissaient le portail sans que personne ne s'en émeuve.

Sachant Martha en vadrouille, il prit l'escalier à son tour, feignit de se tromper d'étage et monta au cinquième. La porte était fermée. Il sonna, sans obtenir de réponse. À tout hasard, il actionna la poignée de la porte, qui s'ouvrit. Il pénétra chez Martha, examina les lieux, les toiles, les sculptures, poussa même la curiosité jusqu'à tirer le rideau qui masquait l'alcôve et se trouva nez à nez avec une solide Antillaise qui portait un walkman, et l'accueillit avec un cri d'effroi. Elle avait les bras encombrés par un paquet de linge trempé qu'elle s'apprêtait à étendre pour le faire sécher. Elle laissa tomber son linge et débrancha son walkman. Il la rassura d'une voix très calme et lui demanda si l'appartement était bien à louer. Elle crut à une erreur et lui expliqua qu'il devait descendre deux étages pour trouver ce qu'il cherchait. Satisfait, il s'excusa et quitta la pièce. Peu après, il vit Martha longer la rue Henri-Monnier et regagner son domicile...

Le soir venu, il se posta près de la fontaine Wallace, au beau milieu de la place Toudouze et, assis sur un banc, ouvrit un journal.

*

Martha quitta l'immeuble vers vingt et une heures. Elle semblait nerveuse, préoccupée. Mal fagotée dans un imper couvert de taches de peinture, elle arpentait le trottoir d'un pas décidé. Elle marcha jusqu'à Barbès, sans se soucier de la pluie, une pluie d'orage, chaude et poisseuse. Ses cheveux dégoulinants d'eau lui collaient au visage ; sans ralentir son allure, elle les rabattit en arrière, les doigts écartés en guise de peigne, et les noua à l'aide d'un bandana.

Accroché à ses pas, il se faufila sur le terre-plein du boulevard, encombré de baraques foraines, et ne perdit pas sa trace, parmi les stands de tir, les pistes d'autos tamponneuses et les chapiteaux où l'on invitait le chaland à assister à un spectacle de strip-tease. De nombreux cars de touristes occupaient la chaussée, provoquant ainsi un embouteillage phénoménal.

Il peinait à la suivre. Le coup de couteau qu'il avait reçu à la cuisse, lors du traquenard qu'Aïcha lui avait tendu rue Sainte-Marthe, le faisait toujours souffrir. La blessure, qu'il avait lui-même soignée tant bien que mal, s'était infectée. Appuyé sur sa canne, il claudiquait en grimaçant et prenait garde aux passants qui n'hésitaient guère à le bousculer.

Martha piétina à la devanture d'une brasserie, près des magasins Tati. L'heure de la fermeture avait sonné depuis bien longtemps. Quelques rastas squattaient le trottoir, rassemblés autour d'un des leurs qui jouait un air de calypso sur son saxophone. Un type entre deux âges, aux tempes grisonnantes et au crâne dégarni, ne tarda pas à la rejoindre. Son visage aux joues rondes et couperosées, souligné d'un double menton charnu, indiquait un tempérament de viveur. Replet, affublé d'un parapluie multicolore, vêtu d'un blouson de sport bariolé, d'un jean effrangé et de baskets fluo, le nouveau venu ne semblait pas obsédé par le souci de discrétion. Il entraîna Martha un peu à l'écart. Elle sortit une enveloppe de la poche de son imper et la lui remit. Il en examina rapidement le contenu, hocha la tête, satisfait, et empocha les documents. Il éclata de rire, passa alors un bras autour des épaules de sa compagne et déposa un baiser sur sa joue. Martha ne semblait pas partager son enthousiasme. Ils firent quelques pas, bras dessus, bras dessous.

*

Il se tenait à distance mais ne perdait rien de leur manège. Bien qu'ils fussent assez éloignés de lui, il avait mémorisé le visage rondouillard de l'homme. À présent, Martha semblait protester. Elle piétinait rageusement, secouait la tête, invectivait même son compagnon, qui temporisait, cherchait à la calmer...

Il s'approcha d'eux, les croisa même jusqu'à les frôler, mais les conducteurs coincés au carrefour jouaient furieusement de leur klaxon, si bien qu'il n'entendit rien de leur conversation. L'homme au blouson bariolé céda enfin, et entraîna Martha près d'un distributeur automatique, à la devanture d'une agence du Crédit Lyonnais. Il introduisit sa carte bleue dans l'appareil et ne tarda pas à récupérer quelques billets de deux cents francs qu'il remit à la jeune femme. Ils se séparèrent alors.

*

Martha remonta le boulevard Barbès en sens
inverse. Il la suivit. Elle marchait à grandes enjambées, la tête rentrée dans les épaules, les mains
enfoncées dans les poches de son imper. Il s'enhardit une nouvelle fois, l'approcha, fit quelques pas
à ses côtés, et constata qu'elle avait le regard
perdu dans le vague, curieusement exalté. Un tic
secouait sa lèvre supérieure ; elle éclata soudain
de rire, sans ralentir son allure. Il la fila ainsi
jusqu'à la place Clichy. Elle descendit dans le
métro, et sur le quai de la ligne Nation-Dauphine
retrouva un jeune beur attifé d'un survêtement
trop grand pour lui, et coiffé d'un keffieh.

*

Il se figea, et esquissa un pas en arrière pour se
dissimuler derrière un groupe de touristes italiens
qui étudiaient un plan, à la recherche de la station
Invalides. Le beur au keffieh faisait partie de la
bande qui l'avait tabassé, dans le réduit de la rue
Sainte-Marthe !
Martha discuta rapidement avec lui, lui remit les
quelques billets de deux cents francs que son compagnon avait tirés au distributeur automatique
vingt minutes plus tôt, puis s'assit sur un siège, tandis que la rame arrivait à quai. Les Italiens se chamaillaient à propos du trajet à suivre et la lais-
sèrent redémarrer sans y prendre place. Le type au
keffieh avait disparu. Il revint deux minutes plus
tard, alors qu'une nouvelle rame, bondée, débouchait du tunnel.

197

Dans la bousculade qui s'ensuivit, il faillit bien perdre la trace de Martha. Inquiet, il inspecta le quai, constata qu'elle n'était plus là, mais aperçut la tache claire de son imperméable, dans l'escalier qui menait à la surface.

Elle s'éloigna de son même pas rapide, plus rapide encore. Il s'essouffla à la suivre, peu à peu rassuré quant à sa destination, au fur et à mesure du trajet qui la menait vraisemblablement vers la rue Clauzel.

Assis sur le banc, au pied de son immeuble, il contempla longuement les lumières allumées chez elle avant de prendre sa décision... Il monta l'escalier, en s'appuyant à la rampe, sans croiser personne. Arrivé sur le palier du cinquième étage, il hésita un instant, faillit sonner comme il l'avait fait lors de sa première incursion, mais s'aperçut que la porte était restée entrouverte. Il la poussa doucement, s'avança dans l'atelier, toussota pour attirer l'attention, en vain. Il s'enhardit alors, tira le rideau de velours qui masquait l'alcôve et découvrit Martha, prostrée sur le lit. Un filet de sang coulait d'entre les orteils de son pied droit. Dans la salle de bains, il vit une seringue ainsi qu'une cuiller, qui reposaient sur le sol à côté d'un minuscule réchaud butagaz. Martha le fixa d'un regard absent, éclata de rire, secoua la tête et se tourna contre le mur.

Il haussa les épaules, revint sur ses pas, ferma la porte qui donnait sur le palier, puis s'assit dans un vieux fauteuil de cuir aux accoudoirs griffés. Une toile reposait près du chevalet ; il y reconnut

Aïcha, masquée d'une voilette de tulle noir, s'amusant à minauder dans une attitude qui lui était si familière. Il prit une profonde inspiration, maîtrisa son envie de lacérer la toile et parvint à recouvrer son calme. Il attendit, en jouant nerveusement avec sa canne. Il se familiarisa peu à peu avec les odeurs, imprégna sa mémoire des objets qui l'entouraient et commença à espérer, espérer follement, contre toute raison.

Une heure plus tard, Martha fit son apparition dans l'atelier, après un long passage dans la salle de bains. Il avait entendu différents bruits, celui de la douche, de la chasse d'eau, et enfin la voix de la jeune femme, qui chantonnait d'une voix rauque une vague complainte, un air empreint de nostalgie et dont il ne comprit pas les paroles.

D'une pâleur extrême, vêtue d'un chandail au maillage très lâche qui lui arrivait à mi-cuisse et laissait deviner la toison de son pubis, la pointe rose de ses seins, elle lui fit face sans même s'émouvoir de sa présence.

— Qui êtes-vous ? demanda-t-elle simplement.

— La porte était entrouverte, je suis entré, vous me pardonnerez...

— Je suis distraite, et fâchée avec les serrures ! reprit-elle, indolente, en s'asseyant en tailleur, face à lui, sur le canapé.

Elle saisit un fume-cigarette, y enchâssa une Dunhill, et aspira une longue bouffée. Il détourna les yeux, confus. Elle réalisa alors que ses cuisses écartées offraient au visiteur une plongée panoramique sur son intimité, haussa les épaules et tira la laine du chandail qu'elle rabattit sur son entre-jambe.

— Timide ? gloussa-t-elle, amusée. Qui vous a donné mon adresse ? Aïcha ? Vous verrez, je vais m'occuper de vous aussi bien qu'elle. Vous voulez faire une petite toilette, avant ?

— Non... ce n'est pas elle ! Je ne connais pas d'Aïcha, répondit-il, après un court moment d'hésitation.

Il regretta aussitôt ce mensonge. Il avait eu peur, stupidement peur, alors que personne ne pouvait savoir ce qui était arrivé à Aïcha. Il aurait pu avouer qu'elle lui avait bien donné l'adresse de la rue Clauzel, sans aucun risque. La question de Martha suggérait cependant qu'il y eût d'autres possibilités, et il tenait à les connaître.

— Dans ce cas, vous me pardonnerez cet accueil, dit-elle.

Elle réprima un petit rire de gorge, glissa sur le coussin de cuir du canapé, vers l'avant, croisa les jambes dans une attitude moins provocante et se passa la main sur le visage, comme pour changer de masque. Une putain du même genre qu'Aïcha, songea-t-il.

— Excusez-moi, murmura-t-elle. Alors c'est Jacek, n'est-ce-pas ?

— Oui, c'est Jacek ! confirma-t-il, résolu à bluffer. Il ne vous a rien dit ?

— Non, je l'ai pourtant vu tout à l'heure, nous avons parlé d'autre chose. Mais Jacek est parfois très distrait, lui aussi.

Il apprit ainsi le prénom de l'homme au blouson bariolé, qui avait fourni à Martha l'argent destiné à acheter sa ration de poison, sans préjuger de l'utilité de ce renseignement. Martha se leva, disparut derrière le rideau de velours et revint après avoir enfilé un jean. Elle lui proposa un verre, qu'il accepta. Il la regardait aller et venir, chercher une bouteille de scotch à moitié vide, démouler des glaçons, et s'efforçait de réfléchir à toute vitesse.

— Il y a des problèmes, en ce moment : les délais sont assez longs, reprit la jeune femme. Vous avez apporté des originaux ?

— Non, je voulais simplement nouer un premier contact, dit-il avant de tremper les lèvres dans son verre.

— Sans les originaux, je ne peux pas vous donner une idée du prix, précisa Martha, après avoir, à son tour, avalé une gorgée d'alcool. Quand pourrez-vous me les montrer ?

— Eh bien, je ne sais pas, demain ? Je suppose qu'il est trop tard ce soir ? bredouilla-t-il. Je veux dire, pour faire un aller-retour depuis chez moi ?

Elle le fixa d'un regard étonné. Il comprit alors, qu'emporté par sa curiosité, il venait de commettre une erreur qui risquait d'être lourde de conséquences.

— Voulez-vous que nous appelions Jacek ? Il pourra nous aider à évaluer le montant ? proposa-t-elle, sans paraître nourrir le moindre soupçon.

— Je vous en prie...

Il n'était plus temps de reculer. Elle décrocha, composa un numéro et attendit. Si ce Jacek répondait, il se verrait contraint de passer à un autre registre et évalua rapidement les risques : la porte était fermée, Martha n'était pas de taille à se défendre...

— Il n'est pas chez lui ! annonça-t-elle en reposant le combiné.

— Dans ce cas, je reviendrai demain, avec les...
originaux. Vers vingt heures, cela vous convient-
il ? D'autre part, j'aimerais vous entretenir d'un
sujet plus personnel. Ce tableau est-il à vendre ?

Il pointa sa canne vers le portrait d'Aïcha.

— Il n'est pas achevé.

— C'est une de vos amies ?

— Oui, une amie, confirma-t-elle. Êtes-vous
vraiment certain de ne pas la connaître ?

Il secoua la tête, en s'efforçant de sourire.

— Vous comptez le lui offrir, sans doute ?
demanda-t-il.

— Je ne pense pas, j'avais seulement besoin
d'un modèle, et elle a accepté de poser. La toile
n'est pas terminée, quand elle le sera, nous pour-
rons éventuellement discuter d'un prix, monsieur... ?

— Je ne me suis pas présenté, vous me pardonnerez.

— Avec les gens que m'envoie Jacek, j'ai
l'habitude, acquiesça-t-elle. J'admets parfaitement
que vous teniez à une certaine discrétion. À propos, il vous a sans doute averti : les paiements
s'effectuent exclusivement en liquide.

Il se leva, salua Martha après avoir confirmé le
rendez-vous pour le lendemain soir, et sortit. Il fit
le tour du quartier, descendit la rue des Martyrs,
remonta la rue Saint-Georges, avant de revenir
sur ses pas, ne sachant que faire, furieux contre lui-
même. Il aurait suffi qu'il avoue le motif réel de
sa visite pour que, peut-être, tout s'arrange. À
l'évidence, Martha lui promettait du fil à retordre.
Il s'attendait à des ennuis semblables à ceux qu'il

avait rencontrés auprès d'Aïcha, mais n'était pas résigné à abandonner.

Le lendemain soir, il revint rue Clauzel mais téléphona d'une brasserie qui faisait le coin de la rue. Une voix d'homme lui répondit. Il comprit qu'il s'agissait de Jacek, à son accent, semblable à celui de Martha. Il raccrocha sans dire un mot. Une fois encore, il maudit sa maladresse. Martha et Jacek se livraient sans doute à des trafics parfaitement inavouables, mais il s'en moquait. À présent, à cause de son erreur de la veille, Jacek s'interposerait entre lui et la jeune femme, quoi qu'il fasse !

Plusieurs jours durant, il réfléchit à ce problème. Il appela Martha, sans relâche. Tantôt il n'y avait personne, tantôt Jacek répondait. Il raccrochait alors. Son mutisme devait alimenter la colère du protecteur de Martha... Après bien des hésitations, il prit donc la décision de provoquer une rencontre. Il donna rendez-vous à Jacek, dans une brasserie de la place de la République, un vendredi à dix-neuf heures. Près de deux semaines s'étaient écoulées depuis sa première visite rue Clauzel.

Il arriva avec une demi-heure de retard, après s'être assuré que Jacek était seul. Il inspecta la salle de la brasserie, pleine de consommateurs, y pénétra, s'accouda au comptoir, sans réaction de la part de l'ami de Martha. Il n'avait pas sa canne. Il avait pensé que, dans le signalement fourni par la jeune femme, ce détail effacerait tous les autres. À juste titre : Jacek attendait un sexagénaire porteur d'une canne, et guettait l'entrée de la salle, assis près d'un flipper.

Quand il tira une chaise pour s'asseoir face à lui, Jacek sursauta et esquissa un geste de protestation.

— Nous avons bien rendez-vous, lui dit-il.

— Je vous écoute, murmura Jacek en le fixant d'un œil froid.

— Je veux voir Martha.

— Elle n'est pas « disponible » ! Je ne vous connais pas, je ne vous ai jamais vu. C'est Aïcha qui vous a donné son adresse ?

— Oui...

— Alors, pourquoi avoir menti, grand-père ? poursuivit Jacek, d'un ton moins agressif.

— Eh bien, c'est assez délicat !

— Vous voulez la baiser, c'est pourtant pas compliqué. Pas la peine de faire des simagrées.

— Oui... je... je vous promets que je ne m'intéresse pas à vous ! Tout ça ne me regarde pas.

Jacek éclata d'un rire aigre. Il comprit que ses arguments étaient pitoyables, qu'en piétinant ainsi il n'avancerait jamais.

— Je pourrais la voir ? insista-t-il, sachant qu'il s'enfonçait davantage.

— Écoute, grand-père, rétorqua Jacek. Des filles comme Martha, il y en a plein les rues. Trouves-en une autre et laisse tomber celle-là.

— Je ne peux pas, c'est important pour moi, balbutia-t-il après s'être épongé le front, une fois encore.

Il sentait la sueur filer le long de son dos, suinter au creux de ses paumes, tenta de maîtriser le tremblement qui agitait ses mains, mais n'y parvint pas.

— Où est Martha ? Je vous en supplie, dites-le-moi !

— En Pologne. À Varsovie. Une petite visite chez des amis, reprit Jacek, doucereux. Tu ne veux pas simplement la baiser, grand-père, tu veux autre chose.

— Oui, mais cela ne regarde qu'elle et moi. Je peux vous donner de l'argent ! proposa-t-il, désormais certain d'être entraîné dans une spirale dont il redoutait l'issue.

— Me payer ? ! Uniquement pour la voir ? s'étonna Jacek.

— Je vous jure qu'après, vous n'entendrez plus parler de moi ! Quand rentre-t-elle ?

— Dès que je lui demanderai. Dans deux jours, si tu le souhaites, grand-père. Pour te dire la vérité, j'ai décidé de la mettre un peu « au vert », après ta première visite. Mais tu parlais d'argent ?

— Cinquante mille, ça irait ?

Il avait proposé cette somme à l'aveuglette, convaincu qu'elle suffirait à appâter son interlocuteur.

— Tu gagnes à être connu, grand-père. Je t'offre à boire ! s'écria Jacek en lui assénant une bourrade sur l'épaule.

Il leva le bras en direction du serveur et commanda deux vodkas.

— *Nazdrowie*, grand-père ! dit-il en levant son verre. Tu payes avant, tu la vois après. Si tu tiens parole, tu ne seras pas déçu.

— Demain soir, je viendrai chez elle, avec l'argent. Vers neuf heures. Vous lui téléphonerez, devant moi, et vous lui direz de rentrer à Paris, d'accord ? Ne me mentez pas, je peux avoir confiance ?

Cinq minutes plus tôt, il désespérait d'aboutir, et enrageait de constater que Jacek le tenait à sa merci. Désormais déterminé à balayer tous les obstacles, il jouait avec sa propre faiblesse, se montrait vulnérable, naïf, en espérant qu'il parviendrait ainsi à persuader Jacek de sa totale ingénuité. À la façon dont son adversaire le toisa, il saisit que la partie était presque gagnée. Un sourire méprisant sur les lèvres, l'ami de Martha se leva et lui serra longuement la main.

— Affaire conclue, ne joue pas au plus malin avec moi, grand-père ! souffla Jacek en se penchant sur lui. Tu viens seul, avec l'argent, où tu ne revois pas Martha.

Il quitta la brasserie, les mains dans les poches, sifflotant et reluquant au passage une fille qui pénétrait dans la salle.

*

Le lendemain, à l'heure dite, il se présenta rue Clauzel. Jacek l'accueillit, hilare. Il mangeait une pêche dont le jus lui dégoulinait jusque sur le menton. Il avait fait très chaud toute la journée, un orage couvait. Jacek était en nage.

— Ah, je vois que tu as retrouvé ta canne, grand-père, constata-t-il. Mais as-tu l'argent ?

— Dans... dans ma voiture... sur le boulevard !

— Tu as laissé cinquante mille francs dans ta voiture ? Tu es cinglé, grand-père !

— Téléphonez d'abord, nous irons le chercher ensuite.

206

— Tu as tort de te méfier, grand-père, soupira Jacek. Je ne suis pas un enfant de chœur, mais je n'ai qu'une parole.

Il décrocha le combiné, composa le numéro de l'international, et patienta. Il dut s'y reprendre à quatre reprises avant d'obtenir sa communication.

— Je l'ai déjà appelée ce matin, pour la prévenir, expliqua-t-il, crispé. Elle attend notre appel. Mais à Varsovie, tout fonctionne mal.

Il se mit à parler en polonais, demanda Martha, attendit de nouveau. Son visage se détendit.

— Martha ? C'est moi... notre ami veut vérifier que je ne lui ai pas menti : dis-lui toi-même que tu rentres demain.

Il entendit la voix de la jeune femme, lointaine, lui confirmer les dires de Jacek.

*

Sur le boulevard de Clichy, les trottoirs étaient saturés de touristes qui flânaient devant les vitrines des sex-shops et des théâtres pornos. Un groupe de Japonais, bardés de Nikon et chaperonnés par un guide qui leur vantait les charmes du Moulin-Rouge, formait une masse compacte, inerte et caquetante. Ils ne comprirent rien de ce que disait l'homme qui tentait de les écarter en agitant sa canne. Il montrait son compagnon, prostré sur le trottoir, à genoux. Quand ils virent l'auréole de sang qui poissait sa chemise en s'élargissant à toute vitesse, ils se mirent à pousser des hurlements et refluèrent jusqu'à sur la chaussée. Une moto qui remontait la file de voitures en zigzaguant le long du trottoir les percuta violemment, avant de chuter sur le macadam. Les blessés hurlaient, les automobilistes, furieux de ne plus pouvoir avancer, invectivaient le guide qui cherchait à rétablir un semblant d'ordre ; les badauds hésitaient entre la peur qui les poussait à fuir et la curiosité qui les incitait à s'approcher... Il y eut un coup de tonnerre, et une pluie très dense s'abattit soudain. Les gens coururent pour se mettre à l'abri, bousculant les Japonais ; les cris redoublèrent.

Dans la confusion qui s'ensuivit, il était presque impossible de comprendre ce qui avait déclenché cette panique. L'homme à la canne appelait éperdument au secours. Il se pencha sur le blessé, l'allongea délicatement sur le sol, le coucha sur le côté, puis s'adressa au tenancier d'un sex-shop voisin qui était sorti de sa boutique.

— Vite, la police, il faut appeler la police ! criat-il. Il vient de recevoir un coup de couteau... un type, là, qui passait ! Vite, faites vite !

Le nouveau venu resta hébété, sans parvenir à faire le moindre geste.

— Là-bas ! Un car de police ! Je vais les chercher ! reprit l'homme à la canne. Ne bougez pas, occupez-vous de lui !

Il traversa le boulevard et se faufila entre deux rangées de voitures engluées au carrefour. Le gérant du sex-shop resta seul avec le blessé dont le sang se diluait dans la pluie inondant le bitume. Un quart d'heure plus tard, un car de la PS se gara le long du trottoir.

Il marcha aussi vite qu'il le pouvait, indifférent aux trombes d'eau, remonta vers la Butte Montmartre par la rue Houdon, arriva bientôt place des Abbesses et prit un taxi auquel il indiqua la première direction qui lui vint à l'esprit : la place de la République.

Tout le temps que dura le trajet, il s'efforça de respirer avec calme, les deux mains posées sur ses genoux, le torse bien droit, le dos calé contre le siège, et sentit les battements de son cœur ralentir peu à peu. Le chauffeur lança une remarque sur le temps qu'il faisait, l'impéritie de la Météo, incapable de prévoir les orages, mais, devant l'indifférence de son passager, renonça.

Arrivé à bon port, il pénétra dans la brasserie où il avait donné rendez-vous à Jacek, la veille au soir. Il s'assit à l'endroit même où celui-ci l'avait attendu et commanda un cognac, qu'il but à petites gorgées, l'esprit vide. Sitôt après avoir planté la lame de son couteau dans le cœur de Jacek, il avait cessé de penser. Il recommença lentement à assembler les images qui s'entrechoquaient dans sa mémoire, à la manière d'un puzzle.

Avant de se rendre rue Clauzel, il avait échafaudé plusieurs hypothèses pour résoudre le problème que posait Jacek. Il n'était pas question de rentrer dans son jeu, de lui remettre l'argent, puis d'attendre ses diktats, pour se retrouver sous sa coupe... Le tuer, il fallait le tuer. Jacek n'aurait jamais lâché prise de son plein gré, aucun argument n'aurait pu l'en convaincre. Le tuer. Comment s'y prendre ?

Les yeux clos, allongé sur son lit, chez lui, il s'était imaginé tuant Jacek chez Martha, chargeant le cadavre dans une malle, tirant la malle dans l'escalier... ou découpant Jacek en autant de morceaux qu'il irait jeter aux quatre coins de Paris, comme un tueur de grand guignol. Il avait éclaté de rire à cette idée. Il se vit ensuite dans un endroit désert à souhait, dont il aurait repéré chaque parcelle de terrain afin de mieux tendre son piège... et rit encore de sa propre naïveté. Jacek n'était pas un enfant de chœur. Il l'avait dit lui-même. Jamais il ne se serait laissé entraîner dans un traquenard si ridicule.

La rue. Il ne restait que la rue. Un endroit passant, où l'on se bouscule. Quand il se trouva face à Jacek, il joua à merveille son rôle de crétin, et se répéta une à une les consignes qu'il s'était données en préparant sa venue rue Clauzel. Prétexter que l'argent était dans sa voiture — il était arrivé à pied —, entraîner Jacek sur le boulevard pour récupérer l'argent promis. Profiter de la cohue...

En sortant de chez Martha, Jacek sifflotait en marchant à ses côtés. Son blouson était ouvert. Le Polonais portait un tee-shirt douteux et croquait une nouvelle pêche. Dès qu'il aperçut le groupe de Japonais, il prit sa décision. Dans sa poche droite, il serrait le couteau. Il pivota brusquement et fit face à Jacek, qui maugréait contre les touristes en essayant de les écarter. Il enfonça la lame, fourra aussitôt le couteau dans sa poche, puis se mit à crier en agitant sa canne.

*

Il eut un petit rire enfantin, émerveillé de son audace, et appela le garçon pour lui demander de renouveler sa consommation. Il s'aperçut alors qu'une petite tache de sang souillait sa veste. Rien d'important. Il palpa le manche du couteau, à travers le tissu, puis fouilla sa poche gauche. Le trousseau de clefs de Jacek s'y trouvait. Il le lui avait pris en l'allongeant sur le trottoir. À sa forme assez particulière, il reconnut celle qui permettait d'entrer chez Martha. Lors de sa première visite rue Clauzel, il avait pris soin d'examiner la serrure.

Il quitta la brasserie, prit un nouveau taxi et lui indiqua la rue Clauzel. Seul chez Martha, il fit un inventaire rapide des lieux, en prenant soin de ranger correctement tous les objets qu'il déplaçait. Il découvrit les gadgets érotiques dissimulés dans la commode, ne parvint pas à ouvrir le petit secrétaire, examina les toiles puis s'assit sur le canapé pour réfléchir.

Il répétait déjà les arguments grâce auxquels il parviendrait à convaincre Martha de lui parler quand il réalisa soudain qu'il était en grand danger. S'il avait pensé à récupérer les clefs de l'atelier, l'idée de « confisquer » les papiers de Jacek ne l'avait même pas effleuré ! Emporté par sa précipitation, effrayé par les menaces de Jacek, il s'était débarrassé de l'obstacle que représentait le protecteur de la jeune femme sans prévoir toutes les conséquences de son geste. Si la police remontait jusqu'à Martha avant qu'il n'ait le temps de la persuader de s'entendre avec lui, tout était fichu. Après ? Après, si Martha le dénonçait, si tout allait trop vite... il ne fallait pas penser à après. Arpentant l'atelier de long en large, il fouetta l'air de sa canne à plusieurs reprises, en se réprimandant lui-même pour sa légèreté. Il se remémora la bouffée de fierté puérile qui l'avait submergé moins d'une heure plus tôt, et eut un rire amer.

— Pauvre vieille cloche sénile, murmura-t-il entre ses dents. Et pauvre Martha...

Il ouvrit un des velux et aspira quelques goulées d'air tiède, lentement, espérant ainsi apaiser la douleur qui lui taraudait la poitrine.

*

Quand Martha rentra chez elle le lendemain matin, il l'attendait, dissimulé derrière le rideau qui masquait l'alcôve. Il la vit déposer son sac de voyage et se déshabiller. Elle quitta ses vêtements un à un, avec lassitude, puis vint droit sur lui, vers la salle de bains, mais se ravisa soudain. Elle regagna le centre de l'atelier, prit le téléphone et composa un numéro ; la bande d'un répondeur se mit en marche.

— Jacek, Jacek ? Tu es là ? dit-elle après avoir attendu la fin du message. Non ? Écoute, je suis rentrée, dis-moi vite ce que je dois faire ! J'ai peur. Appelle-moi, je ne bouge pas.

Elle s'étendit sur le canapé, et resta ainsi, les deux mains plaquées sur le visage. Il surgit alors et se jeta sur elle. Martha tenta de se débattre ; ses ongles griffèrent maladroitement le dos de son agresseur, labourant le tissu de sa veste, en vain. Il lui enserra le cou d'une poigne ferme, et maintint la pression jusqu'à ce que le regard de la jeune femme se voile.

Quand elle s'éveilla, elle dodelina de la tête et réalisa qu'elle ne pouvait plus bouger. Elle aurait tant voulu se lever mais ses membres restaient inertes. Elle crut qu'elle flottait au-dessus de son propre corps, qui lui était devenu étranger. C'était une sensation agréable, elle ressentait une grande chaleur, apaisante... Elle reconnut le visage penché au-dessus d'elle et se demanda pourquoi elle n'était pas effrayée. Elle se concentra du mieux qu'elle put et ordonna à ses jambes de s'étendre, à ses mains de saisir le rebord de la baignoire pour se redresser, sans résultat.

— Je vous ai fait une piqûre, dit-il. Du temgesic, vous connaissez certainement ?

Martha tenta de se souvenir de la peur. Que ressentait-on ? Elle devait avoir peur, elle le devait. Peur ? Qu'est-ce que c'était, déjà ? Elle était si bien, si bien. Jamais elle n'avait éprouvé une telle quiétude.

Il lui parla longuement.

— Il faut tout me dire, vous voyez, je ne veux pas grand-chose, conclut-il. Tout ! Vous voulez bien me parler ?

Elle cligna des yeux en guise d'assentiment, fatiguée. Elle aurait voulu dormir.

— Vous avez tué Aïcha ? demanda-t-elle.

— Non...

— Vous ne connaissiez pas Jacek, c'est donc elle qui vous a parlé de moi ! insista Martha, dans un sursaut de lucidité.

Elle tenta, une fois de plus, d'allonger les jambes. Le rebord de la baignoire lui meurtrissait les omoplates. La bonde lui raclait les fesses. Elle sentait tout cela ; tout se passait comme si la douleur avait été présente, mais hors d'elle, prisonnière de ce corps qu'elle ne parvenait plus à habiter et qui lui adressait pourtant des messages de détresse.

— Oui, c'est Aïcha, avoua-t-il.

— J'ai essayé de l'appeler, je n'ai pas réussi, où est-elle ? balbutia Martha, les yeux vitreux.

— Je ne sais pas... je... je vous promets que je ne l'ai pas tuée.

Ils parlèrent longtemps, presque à voix basse. Peu à peu, Martha comprit qu'il mentait, qu'Aïcha était morte. Après ce qu'il lui avait révélé, c'était tout à fait probable. Elle aussi lui cacha la vérité. Un soir, quelques semaines auparavant, Aïcha l'avait invitée au restaurant. Elle sortait des liasses de son sac à main et s'amusait à allumer ses cigarettes en enflammant des billets de cinq cents francs. Aïcha avait toujours aimé la frime. Elle s'était vantée de la provenance de tout cet argent : un vioque minable, un micheton qu'elle avait fait tabasser par la bande de petites frappes à ses ordres avant de le détrousser. Une super dépouille ! avait dit Aïcha. Martha s'en souvenait.

Maintenant, le vioque minable, le micheton, la tenait à sa merci. Malgré cette situation, elle eut des mots très durs envers lui. Il laissa toute cette haine se dévider, sans manifester la moindre colère, parut même sincèrement contrarié de tant d'inconscience, puis, sans se départir de son calme, il lui saisit le bras et lui montra sa seringue. Elle se débattit du mieux qu'elle put, du moins en eut-elle l'impression. En fait, elle ne bougea presque pas. Il était trop tard.

— Vous savez comment Aïcha est morte ? demanda-t-il ensuite.

Elle secoua la tête. Il le lui expliqua et posa doucement sa main sur la sienne.

— Vous ne souffrirez pas, je vous le jure !

Il choisit une zone vierge de toute piqûre, sur l'avant-bras droit, enfonça l'aiguille puis pressa le piston. Martha sentit une nouvelle vague de bien-être profond l'envahir. Une voix lointaine, très lointaine, s'adressait à elle, sans qu'elle puisse discerner à qui elle appartenait. Elle crut être redevenue enfant, bébé ; quelqu'un la berçait, la berçait et lui parlait très doucement. Elle répondit d'une voix pâteuse à toutes les questions que la voix lui posait. Puis elle sentit que sa main la chatouillait et elle se mit à rire. Ce n'était plus une chatouille, à présent, mais une brûlure, une sensation de chaleur très agréable, comme celle qui vous prend devant un feu très vif, après un long séjour dans le froid. Ensuite il y eut du rouge, tout autour d'elle, devant ses yeux, une ligne rouge qui ondoyait, ondoyait, se courbait sur elle-même et dessinait un soleil aveuglant, un grand soleil qu'elle voulut contempler, contempler encore. Elle ne le put. Sa tête bascula sur le côté et elle s'endormit.

*

Il resta longtemps devant la baignoire, immobile, partagé entre l'apaisement et la frayeur. Il avait pris plaisir à tuer. La souillure avait été lavée, une seconde fois. Et il savait. Il s'ébroua, fractura le petit secrétaire pour chercher le carnet dont Martha lui avait signalé la présence, l'empocha et quitta rapidement l'appartement.

*

La lampe de chevet était allumée et diffusait une lumière très douce. Il avait disposé un foulard sur l'abat-jour, un foulard de soie beige, aux teintes passées. Un foulard qui lui avait appartenu, à elle.

Il regarda l'œil rouge, qu'il avait placé dans un écrin tapissé de soie blanche, et qui reposait sur la table de chevet, tout près de lui. Pour la première fois depuis sa rencontre avec Aïcha, il réussit à s'endormir sans s'abrutir de somnifères. À cet instant intermédiaire entre la conscience et la veille, où l'on a parfois l'impression de régner en maître sur les rêves, de les provoquer, de les diriger, il appela le vieux monsieur qui poussait sa carriole dans les allées du jardin du Luxembourg, une carriole de guingois où était juché un orgue de Barbarie.

Le musicien obéit à son appel. Puis elle arriva à son tour, près du bassin où les gosses s'amusaient avec leurs petits bateaux à voile. Ils échangèrent quelques baisers en écoutant les ritournelles que le musicien jouait sur son limonaire. Puis ils se rendirent dans la chambre sous les combles, rue Gay-Lussac, pour s'aimer avec des gestes maladroits. Ensuite, ils descendirent le boulevard Saint-Michel jusqu'à la Seine, et flânèrent le long des quais.

27

Le vendredi matin, à dix heures comme prévu, Rovère passa chercher Nadia Lintz à son cabinet du Palais de justice. Elle ne s'y trouvait pas. Rovère consulta ostensiblement sa montre et ne cacha pas son irritation, aussi Mlle Bouthier déploya-t-elle des trésors de séduction pour l'amadouer.

— Madame Lintz vient d'appeler. Votre rendez-vous n'est pas annulé. Vous pouvez la joindre chez elle, expliqua la greffière, en lui tendant un post-it sur lequel était inscrit un numéro.

— Excusez-moi, inspecteur, dit Nadia dès que Rovère l'eut composé. Nous pouvons commencer par la rue Sainte-Marthe : je n'avais pas réalisé, mais j'habite à deux pas. C'était absurde de venir au Palais, n'est-ce pas ? Retrouvons-nous à Belleville. La Vieilleuse, le grand café au coin de la rue, vous connaissez ?

Rovère acquiesça. Elle l'y attendit devant un café crème en parcourant la presse du matin. Elle constata que *Le Parisien* avait consacré un article assez important aux deux affaires qui l'occupaient, et relatait en détail les premières conclusions policières après la publication du portrait-robot d'Aïcha. Son nom était cité. Le journaliste indiquait simplement qu'elle avait été saisie du dossier, en guise de conclusion. C'était la première fois que ce genre de mésaventure lui arrivait ; elle en imagina à l'avance les désagréments, si par malheur l'enquête ne progressait pas.

Elle replia le journal et se tourna vers le comptoir pour demander un autre crème. Les employés de la poissonnerie voisine cassaient la croûte, avec leur tablier taché de sang et d'écailles, en compagnie d'autres habitués des lieux, parmi lesquels un quarteron de poissardes à la mine farouche, équipées de caddies rafistolés, et qui se remontaient le moral à coup de blanc-cassis avant d'aller affronter la foule du marché du boulevard de Belleville. Avec leur tignasse en bataille et leur trogne couperosée, elles ressemblaient à des gorgones en perdition, échappées du tournage d'un péplum au budget étriqué.

Tout à l'extrémité du zinc, indifférent aux cris des poissonniers et de ces harpies, Bagsyk sirotait un petit verre d'alcool. Sans qu'elle y eût réfléchi, Nadia lui adressa un bref signe de tête. Il le lui rendit aussitôt, et son visage, ordinairement figé dans une indifférence hautaine, grimaça un sourire sardonique, pareil à celui qu'il avait eu en la croisant à la 23e Chambre correctionnelle. Le serveur s'approcha. Nadia lui passa sa commande et replongea dans son journal, confuse. Ce vieux vicelard me mate dès qu'il en a l'occasion et maintenant, il va croire que je lui fais du gringue ! songea-t-elle.

Bagsyk leva cérémonieusement le coude, vida

son marc cul sec et passa devant Nadia, son manteau de cuir plié sur son bras, sa canne à la main. Avant de quitter la brasserie, il inclina sèchement la tête, de nouveau, en lorgnant dans sa direction. Cette fois, Nadia feignit d'être absorbée par la lecture de la page des sports du *Parisien*, et ne lui rendit pas son salut. Cinq minutes plus tard, Rovère pénétra dans la salle de la brasserie et s'assit à côté d'elle.

*

Rue Sainte-Marthe, Nadia fit connaissance avec la concierge, Mme Duvalier, qui les reçut dans sa loge. Ils montèrent au quatrième étage, franchirent les marches de l'escalier effondrées après le sabotage organisé par Vernier, le propriétaire de l'immeuble, et pénétrèrent dans la cambuse où les pompiers avaient découvert le corps d'Aïcha. Les marques de craie, tracées par les techniciens de l'Identité judiciaire pour baliser l'emplacement du cadavre, s'étaient presque effacées sous l'effet de l'humidité ambiante ; les meubles, ou plutôt leurs vestiges, étaient restés à leur place. La faune d'insectes qui peuplait l'endroit, momentanément dérangée par les intrusions policières, n'avait pas tardé à reprendre possession des lieux. Nadia fit de son mieux pour s'imprégner de l'atmosphère sinistre qui régnait dans la chambre. Rovère, qui s'efforça de se montrer courtois en dépit du temps qu'elle lui faisait perdre, lui montra le vasistas par lequel les pompiers étaient descendus.

Ils s'assirent ensuite un moment sur un des bancs de la petite place. Rovère garda le silence, et tout dans son attitude démontrait qu'il ne goûtait guère ce pèlerinage. Ils regagnèrent le carrefour Belleville et prirent place dans sa voiture, qu'il engagea sur le boulevard de la Villette, afin de gagner Pigalle. Ils avaient à peine dépassé la Chapelle, quand le téléphone fit entendre une sonnerie stridente. L'inspecteur décrocha.

— Rovère, j'écoute, lança-t-il, tout en cherchant à contourner un camion aux dimensions imposantes, qui barrait le passage sans parvenir à négocier son virage vers une ruelle étroite. Allô, c'est toi, Dansel ?

Nadia ne perçut que les bribes d'une conversation à laquelle elle ne comprit pas grand-chose, sinon qu'elle concernait Martha Kotczinska. Rovère répondit à son interlocuteur par une suite de grognements approbateurs. Au fur et à mesure de l'échange, son visage s'éclaira d'un sourire satisfait.

— Tu nous le gardes au chaud et tu commences à prendre sa déposition, on se retrouve sur place, s'écria-t-il enfin. Attends, je note !

Nadia le vit tendre la main vers la boîte à gants, saisir un carnet et griffonner une adresse, sans pour autant renoncer au gymkhana auquel il se livrait afin de contourner le quinze tonnes lourdement échoué au carrefour. Rovère donna un brusque coup de volant sur la gauche ; les pneus de la voiture gémirent en escaladant le terre-plein qui scindait le boulevard par son milieu et bientôt, il remonta celui-ci en sens inverse.

— La rue Clauzel, ce sera pour plus tard, expliqua-t-il en accélérant brusquement. Il y a du nouveau !

— Je vous écoute, dit Nadia.

— Chez Martha, je n'ai trouvé aucun carnet d'adresses, aucun agenda, rien de ce genre.

— Oui, je me souviens, acquiesça Nadia en se cramponnant au tableau de ce bord.

— Pour une fille comme elle c'est plutôt surprenant ! Une artiste, ça ne vit pas dans l'isolement, reprit Rovère. On ne sait rien de ses amis, mais d'après ce que m'a dit le directeur de la galerie où elle exposait, elle traînait pas mal.

L'inspecteur effectua un virage osé pour dépasser une benne à ordures, et fila le long de la ligne du métro aérien, pied au plancher.

— N'allez pas si vite ! s'écria Nadia, à l'avance effrayée par le numéro de voltige qu'il semblait ravi de lui infliger.

— Excusez-moi, dit-il, en ralentissant sagement. Après tout, vous avez raison, on n'est pas à une heure près.

— Alors ?

— J'ai laissé un inspecteur sur place, chez Martha, pour voir. Il devait répondre à ses coups de fil, accueillir les visiteurs éventuels.

— Eh bien ? Ça a donné des résultats ?

— Plutôt, oui ! confirma Rovère. Un type s'est présenté chez elle, ce matin. Il lui louait un appartement, un petit deux-pièces, à Joinville. Elle n'avait pas payé le loyer des deux derniers mois, alors il est venu réclamer son dû.

— Une résidence secondaire, en quelque sorte ? Dans le rapport que vous m'avez transmis, vous disiez qu'elle n'avait pas le sou et qu'elle ne déboursait rien pour son atelier de la rue Clauzel ? s'étonna Nadia.

221

— Oui, c'est bien ce qui m'intrigue ! Et d'après ce que me dit Dansel, ça vaut le coup d'œil !

— Dansel ?

— Un de mes adjoints.

— Qu'y a-t-il dans cet appartement ? demanda Nadia, tout étonnée de partager l'excitation de Rovère.

— Vous savez ce que Martha faisait, en Pologne, avant d'émigrer en France ? Non ? Elle tenait une imprimerie, eh bien, elle n'a pas perdu la main !

À cet instant, le téléphone sonna de nouveau. Nadia se saisit du combiné pour éviter que l'inspecteur ne lâche le volant et écouta.

— C'est pour vous, une communication personnelle, dit-elle en lui tendant l'appareil.

Ils avaient déjà dépassé le Père-Lachaise et filaient vers Nation.

— Rovère, j'écoute.

Elle vit son visage se décomposer, tandis qu'il garait la voiture en double file, indifférent aux coups de klaxon que son brusque changement de direction suscitait de la part des automobilistes qui les suivaient sur l'avenue Philippe-Auguste.

— Qu'est-ce que tu racontes, Claudie ? demanda-t-il d'une voix blanche, quasi sépulcrale. Ce matin ? Et pourquoi j'ai pas été prévenu plus tôt ? D'où appelles-tu ? Allô ? Allô ?

La communication avait été coupée. L'inspecteur reposa lentement le combiné sur son support et alluma une Gitane d'une main fébrile. Il resta un long moment, le regard fixe, puis se pencha vers Nadia pour ouvrir la portière du côté passager.

— Boulevard Guynemer à Joinville, au 18. Vous y trouverez Sandoval, le commissaire qui a l'affaire en charge. Descendez et prenez un taxi, ordonna-t-il d'un ton sans appel.

— Que se passe-t-il ? demanda Nadia, stupéfaite.

— Un ennui personnel, allez-y, ils ont besoin de vous, là-bas.

Elle obéit à contrecœur, troublée, remonta l'avenue sur une vingtaine de mètres et se posta près de la station de métro. Le premier taxi qu'elle aperçut fila sans même la regarder. Le second s'arrêta à sa hauteur, mais dès qu'il sut qu'elle voulait gagner la banlieue, accéléra sans même un mot d'excuse. Le troisième se pencha à la vitre, et lui expliqua qu'il avait terminé sa journée.

— Désolé, ma poule, claironna-t-il d'une voix gouailleuse. Fais du stop : roulée comme t'es, ça m'étonnerait que tu poireautes longtemps !

Le quatrième se rangea en tête de station, mais, alors qu'elle montait déjà à l'arrière de la voiture, il jaillit de son siège et se mit à vociférer que c'était l'heure du casse-croûte et qu'il avait droit à ce qu'on lui foute la paix.

Elle s'apprêta à prendre le métro, et descendit les premières marches de la station quand un flot de voyageurs excédés lui barra le passage en remontant les escaliers. Elle apprit qu'une avarie sur une des rames de la ligne avait stoppé le trafic. En désespoir de cause, elle se résigna à faire un bout de chemin à pied, et ne tarda pas à dépasser la voiture de Rovère, qui n'avait pas bougé. Elle le vit s'énerver au téléphone, raccrocher, composer un nouveau numéro, raccrocher rageusement, une fois encore.

Il sortit sa flasque et avala une longue gorgée de cognac. Il s'aperçut alors que Nadia était restée en plan, imagina la tête de Sandoval s'il lui annonçait qu'il l'avait larguée, fourra la flasque dans la poche de son blouson, embraya et vint se garer près d'elle.

— Les taxis sont semble-t-il en grève, le métro est en panne. Je crois que je vais rentrer au Palais à pied ! À moins que je trouve un bus ? dit-elle d'un ton qu'elle voulut détaché.

— Non, je vais vous conduire à Joinville, c'est important que vous y alliez. Vous allez avoir des décisions à prendre pour la suite de l'enquête. Mais avant on va faire un crochet par Saint-Maurice, c'est tout près. Je ne pense pas en avoir pour longtemps !

Il accéléra dès qu'elle eut pris place à ses côtés.

— Vos ennuis, c'est grave ? demanda Nadia.

— Mon fils... il a eu un accident !

— Je suis désolée. C'est complètement idiot, je ne sais pas quoi vous dire. Quel âge a-t-il ?

— Treize ans.

— Un accident au collège ?

— Non, il ne va pas au collège.

Nadia hocha la tête, désemparée, et comprit qu'il valait mieux qu'elle se taise. Ils dépassèrent la place de la Nation, arrivèrent en bordure du bois de Vincennes, qu'ils longèrent par l'avenue de Gravelle, avant d'obliquer dans une petite rue où s'ouvraient les grilles d'un hôpital. Ils traversèrent un parc boisé où se promenaient des malades en robe de chambre. Rovère se gara devant un bâtiment de plain-pied, tout au fond du parc, et descendit.

— Je ne serai pas long, dit-il, penché à la portière. Enfin, j'espère !

— Je vous en prie, prenez votre temps.

— C'est un peu bête. Si vous voulez, gardez la voiture, c'est moi qui rentrerai en taxi, proposa-t-il.

— Je ne sais pas conduire, avoua-t-elle, avec un sourire désolé.

Ce n'était pas la seule raison ; Rovère semblait être la cheville ouvrière de l'enquête. En tout cas, jusqu'à présent, il était son interlocuteur privilégié et elle tenait à sa présence. Elle le lui dit.

Il pénétra dans le bâtiment peu avant qu'une escouade de gosses n'en sortent. Nadia sentit un frisson d'horreur lui parcourir l'échine. Juchés sur des fauteuils roulants, sanglés sur des chariots plats ou harnachés d'appareils de marche, de minerves et de corsets de cuir, ils avançaient en rang, encadrés par des animatrices, et se chamaillaient comme tous les enfants. Ils s'éloignèrent et entonnèrent en chœur *La Fille du coupeur de paille*. Nadia détourna la tête, les yeux embués de larmes. Elle n'avait jamais supporté ce genre de spectacle.

Elle patienta. Un quart d'heure passa sans que Rovère ne réapparaisse. Elle fouilla dans son sac à main, en sortit son agenda et appela un magasin de musique situé près de la Bastille, où elle avait acheté un piano dès son arrivée à Paris, durant la première semaine de son séjour chez Maryse Horvel. Elle informa le vendeur de sa nouvelle adresse et prit rendez-vous pour le lendemain samedi afin qu'on vienne le lui livrer.

Un nouveau quart d'heure s'écoula. Elle sortit pour se dégourdir les jambes et le regretta aussitôt. La petite troupe de gamins éclopés était de retour. Un blondinet d'à peine cinq ans, ligoté par de larges lanières de cuir sur son chariot, et dont le torse était prisonnier d'une épaisse gangue de plâtre, s'approcha d'elle en actionnant les roues de sa voiture avec une grande dextérité.

— Qui t'es, toi, une maman ? demanda-t-il en lui prenant la main.

— Non, je... je ne suis pas une maman, lui dit Nadia en fléchissant les genoux pour amener son visage à hauteur du sien.

— T'es une grande sœur, alors ?

— Non plus... je...

L'animatrice qui accompagnait les enfants perçut la gêne de Nadia et récupéra le petit curieux, qu'elle propulsa vers l'entrée du bâtiment. Sans réfléchir, Nadia les suivit. Elle découvrit un hall décoré de dessins d'enfants et de personnages de Walt Disney découpés dans du carton. Elle vit d'autres enfants qui s'escrimaient à accomplir de mystérieux exercices dans une salle de kinésithérapie. Rovère, accompagné d'une femme au visage défait, qu'il soutenait en la tenant par le bras, apparut alors au détour du couloir.

— J'arrive tout de suite, dit-il à l'adresse de Nadia qui eut un geste apaisant pour lui signifier de ne pas se presser.

Un infirmier appela l'inspecteur et l'entraîna dans un bureau voisin.

— Juste une minute, lança-t-il avant de disparaître. Claudie, tu m'attends aussi ?

Nadia resta seule avec la nouvelle venue, qui
essuya ses larmes, prit une cigarette d'une main
tremblante et fouilla ses poches à la recherche
d'un briquet. Nadia lui tendit le sien.

— Ce n'est pas trop grave ? demanda-t-elle,
désireuse de meubler le silence.

— Non... enfin, ç'aurait pu être pire...

— Que s'est-il passé ? poursuivit Nadia, empor-
tée par un élan de compassion aussi maladroite
qu'inutile.

— Il s'est électrocuté avec un fer à repasser qui
traînait dans la salle des éducatrices. C'est de leur
faute, expliqua Claudie.

Elle dévisagea Nadia, lui sourit tristement et
réprima un nouveau sanglot.

— Il... il ne m'avait jamais parlé de vous ! dit-
elle en détournant le regard.

Nadia sentit son visage s'empourprer. Elle posa
sa main sur celle de Claudie et toussota, au comble
de la gêne.

— Écoutez, vous vous méprenez, je travaille
avec votre... votre mari ?

— Ah ? Excusez-moi, j'avais cru que... bafouilla
Claudie en rougissant à son tour.

Elle se tut, souffla une bouffée de fumée, et
éclata d'un rire nerveux. Rovère réapparut dans le
couloir. Nadia s'éloigna, sortit et prit place dans la
voiture. Rovère serra sa femme dans ses bras, lui
caressa doucement la nuque et déposa un baiser
rapide sur son front avant de la quitter. De retour
dans la voiture, il examina rapidement un plan de
la banlieue, repéra l'avenue Guynemer, à Join-

ville, où Sandoval devait se ronger les sangs, et démarra, les mâchoires crispées.

— Vous me pardonnerez, je n'ai pas pu faire autrement, dit-il alors qu'ils quittaient le parc de l'hôpital.

— Votre femme m'a dit que ce n'était pas trop grave, risqua Nadia, en sachant fort bien que dans ce genre de circonstances, on éprouve le besoin de parler.

Rovère saisit l'occasion qui lui était offerte et débita son histoire d'une voix sourde, sans quitter la route des yeux. Nadia apprit le passé de son fils, les premières années de son enfance, parfaitement heureuses, puis la méningite survenue à l'âge de huit ans.

— Depuis, c'est un légume, conclut l'inspecteur avec un sourire aigre. Il végète dans ce mouroir et personne n'est foutu de m'expliquer s'il comprend un traître mot de ce qu'on lui dit. Les médecins prétendent qu'il est débile, qu'il ne se rend même pas compte de son état. Moi, je suis persuadé du contraire. J'ai voulu l'arracher de là, le prendre chez moi, mais ma femme ne veut pas.

— Vous êtes séparés ? demanda Nadia.

—- Oui, à cause de ça !

— Je comprends.

— Non, vous ne comprenez pas ! rétorqua Rovère, subitement excédé. D'ailleurs, ça n'a aucune importance, descendez, nous sommes arrivés.

Il lui ouvrit la portière. Dimeglio faisait les cent pas sur le trottoir en tirant nerveusement sur le col de son imper.

228

28

Sandoval attendait Nadia en compagnie du propriétaire de l'appartement que louait Martha.
L'immeuble ne comportait que deux étages et se
dressait dans une petite rue bordée de pavillons de
meulière. Dimeglio la guida, et elle fit connaissance avec le commissaire, tandis que Rovère restait en retrait. Les présentations furent rapides.

Sandoval avait totalement changé d'attitude
depuis le début de la semaine. Après le camou-
flet subi à la suite du fiasco de la piste Djeddour,
il avait dû s'en remettre au savoir-faire de
Rovère. La découverte du corps de Martha et surtout la publicité accordée à l'affaire par la presse
avaient attiré l'attention de la hiérarchie, à sa
grande inquiétude ; les derniers développements
de l'enquête ne le rassuraient pas plus... Pour faire
bonne figure, il s'efforça d'accueillir Nadia en affichant un flegme dont elle perçut immédiatement
toute l'hypocrisie.

— Monsieur Boyer. Il est propriétaire de
l'immeuble et avait cédé le rez-de-chaussée à Martha... tout cela depuis deux ans, annonça-t-il, en
désignant un quadragénaire joufflu, qui n'en
menait pas large. Il habite lui-même le premier
étage.

Nadia fit le tour de la pièce. Elle était meublée
de façon sommaire et n'avait pas été balayée
depuis longtemps ; de gros moutons de poussière

jonchaient le plancher. Sandoval poursuivit ses explications et confirma ce que Nadia avait appris de la bouche de Rovère : Boyer encaissait le loyer en liquide et, surpris de ne pas avoir de nouvelles de sa locataire, s'était décidé à lui rendre visite rue Clauzel, où l'attendait un inspecteur de la Brigade.

— Je vous jure que je ne savais pas ce qu'elle faisait ici ! s'écria Boyer.

— Taisez-vous, on vous sonnera quand on aura besoin de vous, lui répondit Sandoval en s'effaçant pour laisser passer la jeune femme.

Elle poussa la porte de la seconde pièce et découvrit un matériel de reprographie, plusieurs machines à écrire, un attirail servant à confectionner des tampons, des appareils photo, ainsi que des casiers contenant des plombs d'imprimerie et une petite presse.

— Rudimentaire, mais efficace ! dit Sandoval. Toute la panoplie du petit faussaire. Tenez, voici quelques spécimens du travail de Martha.

Il montra un classeur contenant des cartes d'identité, des permis de conduire, des cartes grises, et des documents dûment estampillés de cachets de services officiels. Nadia les parcourut rapidement.

— C'est édifiant ! constata-t-elle en tournant les pages. Des certificats des services vétérinaires. Regardez, ceux-ci sont rédigés en anglais. Eh bien, ça promet ! Et ceux-là ? Vous savez ce que c'est ?

Sandoval fit signe à Dimeglio de s'approcher et le pria de traduire les documents polonais.

— Ce sont des bordereaux pour l'exportation de viande. En principe, c'est la douane qui les délivre, expliqua l'inspecteur.

— Elle était mêlée à ce genre de trafic ? s'étonna Nadia.

— Oui, il faut le croire, mais les fausses cartes d'identité laissent aussi penser qu'elle avait une clientèle diversifiée, approuva Sandoval.

Il referma le classeur puis le confia à Dimeglio. Nadia retourna dans la première pièce où Boyer l'attendait en compagnie de Rovère.

— Je vous jure que je ne savais pas ! pleurnicha-t-il.

— Évidemment. Vous lui louiez cet appartement, elle n'y habitait pas mais ça ne vous a pas étonné ! lui lança Nadia, excédée. Qu'est-ce que vous faites, dans la vie, monsieur Boyer ?

— Je suis inspecteur des PTT. Qu'est-ce que vous voulez, moi, je n'ai pas à me mêler de la vie privée des gens, je ne...

— Ça suffit ! Répondez avec précision ! Elle venait souvent ici ?

— Elle devait passer deux... trois journées par semaine, des fois plus, des fois moins, ça dépendait.

— Elle venait toujours seule ? Elle recevait de la visite ? reprit Nadia.

— Non, enfin, je veux dire oui, il y avait un type qui passait de temps en temps. Avec un accent polonais. Toujours vêtu de façon très voyante. Vous savez, ces trucs fluo qu'on fait maintenant. Je le croisais et on se disait bonjour. Mlle Kotczinska et ce... ce monsieur avaient l'air d'être en bons termes.

Soucieux de ne pas décevoir Nadia, qui l'intimidait beaucoup, il donna un signalement assez précis du visiteur. Elle conclut ce premier interrogatoire en demandant à Sandoval d'embarquer Boyer pour lui faire établir un portrait-robot du visiteur, à tout hasard. Les inspecteurs se mirent à déménager le matériel qu'ils rangèrent dans les coffres de leurs voitures et placèrent des scellés sur les portes de l'appartement. Nadia sortit dans la rue, s'adossa à une camionnette garée devant la maison et assista à leur manège, songeuse, les bras croisés. Rovère fit monter Boyer dans sa voiture et, accompagné de Dimeglio, quitta les lieux. Le commissaire, perplexe, jouait avec son trousseau de clefs.

— C'est incohérent, cette histoire, remarqua Nadia.

Sandoval eut un sourire crispé, lui montra sa BM garée un peu plus loin et lui proposa de la raccompagner au Palais. Elle accepta.

*

En début d'après-midi, comme prévu, Nadia reçut en audition les parents de la prostituée poignardée sur le périphérique. De pauvres gens dépassés par la situation, hébétés, qu'elle parvint non sans difficulté à convaincre de se porter partie civile. Ils ne comprirent pas la raison de cette demande ; leur fille était morte, et ils acceptaient sa disparition avec résignation, comme une touche supplémentaire au tableau sinistre de leur vie de grisaille. Ils craignaient surtout d'avoir à payer les frais du procès si l'on parvenait à mettre la main sur l'assassin.

À dix-sept heures, Rovère lui passa un coup de téléphone.

— On a établi le portrait-robot d'après la description de Boyer, et on est allés le montrer à tous les témoins qu'on a pu joindre, expliqua-t-il.

Il en énuméra la liste. Le visiteur de Joinville était inconnu rue Sainte-Marthe. Ni la Duvalier ni les voisins de Djeddour ne l'avaient vu rôder dans le quartier. Idem pour Vernier et les brutes de son commando anti-squatters... Morençon, le directeur de la galerie où Martha exposait, donna la même réponse. Par contre, Noémie Mathurin, la femme de ménage, l'avait croisé à plusieurs reprises rue Clauzel. Elle apporta un nouvel élément : son prénom, Jacek. Elle ignorait son nom de famille.

— On épluche les histoires de faux papiers que des collègues ont pu lever ces derniers temps, en essayant de vérifier si les documents ne provenaient pas de chez Martha, mais c'est assez coton ! poursuivit Rovère. J'ai laissé un inspecteur en faction à Joinville et un autre rue Clauzel, mais ça ne pourra pas s'éterniser, les effectifs ne le permettent pas.

— On verra bien, conclut Nadia, fataliste. Au revoir... non, attendez !

— Quoi d'autre ? demanda-t-il avec un soupir de lassitude.

— Votre fils, ça va ?

— Oui, je ne vous ai même pas expliqué : le fer lui est tombé dessus quand il s'est approché de la table, et il a saisi le fil à pleines mains. Il est très secoué, mais les médecins disent qu'il va récupérer assez vite. Je vous remercie de m'avoir attendu, ce matin.

Nadia lui adressa quelques paroles d'encouragement, raccrocha, puis attendit que Mlle Bouthier s'en aille avant de passer d'autres coups de téléphone. Le premier fut pour Maryse, qu'elle voulait inviter le lendemain soir, avec Butch, pour fêter son installation rue de Tourtille. Elle avait déjà quitté le Palais mais n'était pas encore rentrée rue de la Convention, aussi Nadia lui laissa-t-elle un message sur son répondeur. Elle appela ensuite Montagnac, qui roucoula comme un collégien à l'annonce de sa proposition.

— Ne te fais pas d'illusions ! lui dit-elle, nous ne serons pas seuls !

Elle compléta ses invitations avec deux de ses collègues de l'instruction, qu'elle connaissait encore fort peu mais avec lesquels elle espérait nouer des relations dépassant le cadre professionnel.

29

Szalcman n'avait pas parlé à la légère. Il avait promis qu'en moins d'une semaine, les travaux que Nadia lui avait confiés seraient achevés, et c'était chose faite. Quand elle rentra rue de Tourtille, il l'attendait, très fier de lui. Impeccablement assemblés, poncés, polis à l'aide d'une cire odorante, les rayonnages de la bibliothèque occupaient tout un pan de mur dans la pièce principale. Nadia apprécia le résultat avec un sifflement admirateur puis se laissa glisser sur le canapé, moulue de fatigue. Elle raconta sa journée à Isy, qui l'écouta avec une grande attention... et lui conseilla de changer de métier.

— Ne parlons plus de tout cela ! dit-elle en montrant les cartons amassés dans le couloir et qui contenaient ses livres. Je vais l'installer, cette bibliothèque !

Aussitôt, Szalcman se saisit du premier carton et le porta au centre de la pièce.

— Votre sciatique va mieux ? demanda-t-elle.

— Oubliée pour aujourd'hui, elle reviendra peut-être demain, dit-il en déposant son fardeau sur le canapé.

Nadia ouvrit le colis et en sortit quelques traités de droit qu'elle rangea tout en haut des rayonnages.

— Vous avez raison, comme ça, on les verra moins ! approuva Szalcman.

Nadia déballa son Universalis, rassembla ses romans, classa ses ouvrages historiques, ménagea une place de choix pour les livres d'art, sous le regard approbateur de son hôte, qui avait allumé une pipe et la regardait s'affairer, satisfait du résultat. Le téléphone sonna alors. Nadia laissa se dévider la bande de son répondeur et attendit. Elle pensa que Maryse l'appelait pour accepter son invitation, mais ne tenait malgré tout pas à être dérangée. Elle sursauta en entendant la voix de Marc qui retentit bientôt, haut et clair.

— Nadia... je pense que tu es là ? Réponds, bon sang !

Elle lança un regard paniqué en direction d'Isy, se précipita vers l'appareil, voulut baisser le volume sonore mais ne trouva pas la molette qui le permettait. Elle retourna le répondeur, s'énerva avec fébrilité, sous le regard gêné de Szalcman, qui hésita un instant avant de se précipiter vers la cuisine.

— Bien ! Tu agis à ta guise, mais cette fois, je te signale que les carottes sont vraiment cuites. Ta mère est venue à Paris, j'espère que tu n'auras pas la cruauté de refuser de la voir ! cria Marc, avec colère. Ta conduite est insensée, tu devrais avoir honte ! Dans ces moments-là, on peut faire preuve... de... de pitié. Au moins de pitié. Nadia ? Tu m'écoutes ?

Après une attente de quelques secondes, il raccrocha. Nadia arracha nerveusement la prise, serra les poings, blême de rage et de confusion, et fit quelques pas dans la pièce, de long en large, en s'efforçant de se calmer.

— Isy, où êtes-vous passé ? dit-elle quand elle eut le sentiment d'y être parvenue.

— Je n'entends rien ! hurla-t-il du fond de la cuisine, qu'est-ce que vous racontez ?

Elle sourit, sans être dupe de cette ficelle grosse comme une corde. L'appartement était très sonore et elle savait fort bien que Szalcman n'avait rien dû perdre des paroles de Marc.

— J'ai pensé qu'un thé vous ferait plaisir, j'en prépare un, reprit-il, dans un grand bruit de vaisselle qu'il manipulait sans ménagement, et à dessein.

Il revint avec un plateau, deux tasses fumantes et un citron qu'il découpa avant de le presser pour le mélanger au thé.

— Vous ne continuez pas ? demanda-t-il en montrant les cartons auxquels elle n'avait pas encore touché.

236

— C'était mon mari, soupira Nadia.

— Ah oui ? Qu'est-ce qu'il voulait ? lança Szalcman d'un ton badin.

Il lui tourna le dos, s'accroupit face à la bibliothèque et commença à déballer les derniers livres. La jeune femme hésita.

— Je l'ai quitté et ça ne lui plaît pas beaucoup. Isy, vous m'entendez ?

— Écoutez, Nadia... dit-il gravement. Je ne le connais pas, ce type là, mais tout ce que je sais, c'est que c'est un foutu crétin. Quand on a une femme comme vous, on ne la laisse pas filer. Je vous dis les choses comme je pense.

Elle rougit, confuse et flattée par ce compliment aussi naïf que sincère, prit sa tasse de thé et le but à petites gorgées.

— Tenez, moi c'est exactement l'inverse ! reprit Szalcman. J'ai été marié une fois, avec une véritable chipie que j'aurais bien voulu mettre à la porte tout de suite. Vous pourrez demander à Rosenfeld, il l'a bien connue. C'est même lui qui me l'a présentée quand... quand je suis sorti de prison. Eh bien, elle ne voulait pas foutre le camp, elle s'accrochait. Ah mais oui !

— Alors ?

— C'est moi qui ai mis les voiles, et sans lui dire où j'allais. J'ai travaillé à Monaco, il y a un grand musée d'automates, là-bas, le plus connu, dans le monde. Quand je suis rentré, au bout d'un an, elle venait tout juste de filer. À quelques jours près, elle me remettait le grappin dessus !

À voir sa mine épouvantée à l'évocation de cette sinistre perspective, Nadia ne put s'empêcher de rire. Elle s'agenouilla près de lui et saisit un à un les volumes qu'il sortait de leur emballage. Tout en plongeant les mains dans les cartons, il compléta le portrait de sa mégère avec ses talents de conteur habituels. Mais, peu à peu, une expression d'étonnement se dessina sur son visage. Les volumes que Nadia rangeait à présent sur les rayonnages avaient tous trait à la déportation. Il les lui passa un à un, sans ajouter un mot, se contentant simplement de jeter un rapide coup d'œil sur la quatrième de couverture. Nadia en possédait une quantité impressionnante, plus d'une centaine, récits autobiographiques de rescapés aussi bien qu'ouvrages généraux sur l'histoire des camps.

— Vous vous intéressez à tout cela ?

— Vous le voyez, ça vous surprend ? demanda-t-elle.

— Vous êtes née bien après la guerre, pourtant ? Vous avez eu des déportés, dans votre famille ?

— Non, pas du tout. Je pense simplement que c'est important. Tout le monde doit réfléchir là-dessus ! Vous ne croyez pas ?

Szalcman haussa les épaules avec une moue circonspecte.

— Dans quel camp étiez-vous, Isy ? reprit-elle, navrée de devoir mentir.

Il n'était pas question de mentionner les petites recherches auxquelles elle s'était livrée dans les archives du Palais et auprès de Bastien Montagnac. Le vieil homme garda le silence en montrant un recueil de souvenirs de survivants d'Auschwitz :

— Là, dit-il simplement.

— Pardonnez-moi mon... indiscrétion, j'avais vu le tatouage, sur votre bras, quand vous avez retroussé vos manches pour vous mettre au travail, l'autre jour.

— Oh, ce n'est pas un secret.

— Vous étiez très jeune. Vous ne voulez peut-être pas en parler ?

— Si vous y tenez, un jour. Mais en échange, vous m'expliquerez ce qui vous passionne tant dans ces histoires ?

Il se leva, vida sa pipe de ses cendres avant de la bourrer de nouveau. Nadia comprit qu'il ne valait mieux pas insister.

— Dites-moi, reprit-elle, demain soir, j'ai invité quelques amis à pendre la crémaillère. Vous serez des nôtres ?

— Vos amis ? Des gens du Palais, je parie ? bougonna-t-il, méfiant.

— Oui, ce sont les seuls amis que j'ai à Paris. Mais vous savez, les magistrats sont des gens très fréquentables !

Il hésitait. Nadia tenta de plaider sa cause durant quelques minutes mais ne réussit qu'à lui arracher une promesse du bout des lèvres. Avant de la quitter, il l'avertit qu'il devait réfléchir et qu'il l'appellerait le lendemain pour lui faire part de sa décision.

Tard dans la soirée, avant de se coucher, Nadia se livra à ce qui était presque devenu un rituel : elle écarta discrètement les rideaux et jeta un coup d'œil à l'immeuble d'en face. Il y avait de la lumière chez les Bagsyk. La sœur, toujours assise dans son fauteuil roulant, découpait des articles dans un journal à l'aide de gros ciseaux de tailleur, tandis que le frère, fidèle au poste, était planté derrière sa vitre, impassible et sévère. Il s'aperçut que Nadia était là et hocha longuement la tête, comme s'il voulait manifester par cette mimique sa satisfaction de la savoir présente.

30

Le lendemain matin, les livreurs de piano se présentèrent rue de Tourtille vers dix heures. L'escalier était étroit et ils durent faire preuve de patience autant que de force pour hisser leur chargement jusque chez Nadia. Elle croisa Rosenfeld sur le palier du second ; il partait en visite chez un de ses malades et semblait pressé.

— J'espère que la musique ne vous dérangera pas, vous et les autres locataires, lui dit-elle.

Il la rassura en lui expliquant que sa voisine du dessous était sourde comme un pot. Quant à lui, il appréciait beaucoup le piano.

— À condition qu'il n'y ait pas de fausses notes, précisa-t-il, d'un ton très pince-sans-rire, avant de se faufiler au-dehors.

Jusqu'au milieu de l'après-midi, elle prit un grand plaisir à jouer. Elle connaissait par cœur un certain nombre de morceaux classiques, avec un faible pour les variations Diabelli, qu'elle avait tout particulièrement travaillées. Elle avait dû abandonner ses partitions à Tours, lors de son départ précipité, et se promit d'en reconstituer le stock, puisqu'il était hors de question qu'elle remette les pieds chez son mari.

Elle sortit ensuite pour faire des courses, et, alors qu'elle revenait chez elle, réalisa qu'il était peut-être préférable d'avertir Rosenfeld que la soirée serait un peu agitée. Quand elle l'avait rencontré le matin même, l'idée de cette démarche de simple courtoisie ne lui était pas venue. Elle déposa ses paquets chez elle et monta à l'étage supérieur pour sonner chez le médecin. Elle crut qu'il n'était pas là, devant le silence qui suivit. Par simple acquit de conscience, elle sonna de nouveau. Il se passa un long moment avant qu'elle ne perçoive le bruit de ses pas, accompagné de celui de la canne ; elle entendit bientôt des voix mais ne put distinguer les paroles. La porte s'ouvrit alors.

Nadia fut stupéfaite de se retrouver nez à nez avec Bagsyk, qui esquissa un bref salut avant de descendre l'escalier. Rosenfeld se tenait dans l'encadrement de la porte, manifestement peu enclin à bavarder.

— Excusez-moi, je vous ai dérangé, balbutia Nadia. Vous étiez sans doute en consultation ?

Rosenfeld fut évasif et lui demanda le motif de sa visite. Elle le lui expliqua.

— Je vous en prie, ne vous tracassez pas pour moi ! dit-il, en s'efforçant de sourire. Cet immeuble est si triste, si vous pouvez y apporter un peu de gaieté.

Ce samedi, à seize heures, Rovère reçut un coup de téléphone du centre de rééducation de Saint-Maurice. L'interne qui soignait son fils lui apprit que l'état de celui-ci s'était aggravé dans la matinée. Il présentait de graves troubles du rythme cardiaque.

— J'arrive, dit simplement Rovère.

— Attendez ! Nous avons préféré le transférer à l'hôpital Trousseau, ils ont un service spécialisé, précisa l'interne.

Rovère sauta dans sa voiture et s'y rendit en moins d'un quart d'heure, le pied au plancher. Il retrouva sa femme, que l'on avait prévenue avant lui. Elle portait une blouse et des chaussons stériles, ainsi qu'un masque. Il dut enfiler une tenue identique avant d'être admis à pénétrer dans le service de réanimation. Il s'assit sur une chaise, près de Claudie, et lui prit la main. Ils restèrent ainsi, devant le lit de leur fils, perfusé et placé sous assistance respiratoire.

Maryse Horvel, flanquée de l'inévitable Butch, arriva rue de Tourtille à vingt heures, avec un grand bouquet de fleurs exotiques.

— Tu as l'air fatiguée, lui dit Nadia en constatant sa pâleur.

— Une semaine de garde, ça crève, surtout avec les nuits que je me suis tapées, soupira Maryse, accablée. Demain, c'est fini, je touche du bois pour avoir la paix ce soir. Samedi, c'est un mauvais jour.

Montagnac ne fut pas en retard et apporta un magnum de champagne. Nadia l'attira aussitôt à l'écart, dans la cuisine.

— Mon proprio va peut-être venir, lui expliqua-t-elle. Ne parle surtout pas de ton père !

Montagnac la contempla, ahuri. Il ne saisissait absolument pas quel lien pouvait unir les deux hommes, et se gratta la tête, à la recherche d'une réponse logique.

— Ne te tracasse pas, tu ne peux pas comprendre, chuchota Nadia en lui adressant un clin d'œil.

Quand ils revinrent dans le salon, les bras chargés de victuailles, ils découvrirent Butch à plat ventre, occupé à effectuer quelques pompes, sous le regard idolâtre de Maryse.

Les deux collègues de Nadia arrivèrent peu après. Elle fit patienter tout le monde en guettant l'heure, espérant que Szalcman n'avait pas renoncé à les rejoindre ; il n'avait pas appelé comme il l'avait promis. À vingt et une heures trente, il était évident qu'il ne viendrait plus, aussi fit-elle passer ses invités à table.

La conversation s'égara dans des méandres confus, habituels à ce genre de soirée. On parla de la situation de l'immobilier à Paris, Nadia raconta ses démarches pour trouver un appartement, puis on commenta les polémiques suscitées par la réforme prochaine de l'instruction. Butch, que ce genre de sujet ne passionnait guère, s'endormit sur le canapé avant le dessert, puis Montagnac, un peu éméché, s'installa au piano. Nadia l'accompagna dans un ragtime à quatre mains, sous les applaudissements.

— Chante nous *Frédo* ! lança soudain Maryse.

— *Frédo* ? s'étonnèrent les autres.

— Son plus grand succès, vous ne connaissez pas ? dit Maryse.

— Je ne suis pas en voix, ce soir, protesta hypocritement Montagnac, dans le but de se faire prier.

Il se décida enfin, plaqua quelques accords ténébreux sur le clavier, prit un air farouche et entama le premier couplet.

— *On l'connaît d'puis la communale, l'gars qu'est là, sur la photo !*

— *À la première page du journal, mais on l'reverra pas d'sitôt !*

— *Il a saigné deux vieilles mémères, et buté deux flics des costauds !*

— *Certainement sur un coup d'colère, vu qu'il est pas méchant Frédo !*

Il y eut un éclat de rire général ; encouragé, Montagnac poursuivit, désormais solidement installé dans son rôle d'apache.

— *Il a liquidé sa frangine, un'salope, un'rien du tout !*

— *Pasqu'y voulait pus qu'elle tapine, elle a calanché sur le coup !*

— *Ça, c'est des histoires de famille, ça regarde pas l'populo,*

— *Et puis c'était jamais qu'un'fille, à part ça l'est gentil Frédo !*

Ce fut le délire. Maryse riait à gorge déployée, les larmes aux yeux. Butch, qui s'était réveillé, ne comprit rien aux paroles et repartit pour une série de pompes. Montagnac, au mieux de sa forme, attaqua la suite.

— *Il a pillé la banqu'de France, pour rend'service à des copains !*
— *Pour améliorer leurs finances, faut bien qu'tout l'monde, y gagne son pain.*
— *Y a deux, trois employés d'la banque, qu'ont pris d'la mitraille plein la peau,*
— *Bon dieu dans ces cas-là on s'planque, mais c'est pas sa faute à Frédo !*

Il s'interrompit soudain. Un bourdonnement tenace provenait de l'entrée. Maryse se précipita sur la patère, décrocha son imperméable et montra à Nadia le bipeur eurosignal qui lançait son appel.

— Je le savais, je le savais ! C'est toujours sur moi que ça tombe, murmura-t-elle, comme écrasée par un fardeau.

Montagnac leva les yeux au ciel et se dirigea vers le téléphone. Il composa le numéro du Palais, obtint le parquet et passa le combiné à Maryse. Elle écouta longuement son correspondant et griffonna une adresse sur un calepin posé près de l'appareil.

— Et merde, dit-elle après avoir raccroché. Dis donc, Nadia, les deux filles à la main coupée, c'est bien toi qui instruis ? Il y en a une troisième, la Brigade criminelle m'attend. C'est sur le cours de Vincennes.

Elle attendait sur le pas de la porte. Nadia hésita un instant. Montagnac l'encouragea à se rendre sur place, imité par les autres invités. Ils quittèrent tous l'appartement et se séparèrent au bas de l'immeuble. Les deux femmes prirent place dans la Clio de Maryse, qui enclencha la première d'un geste sauvage. Les pneus gémirent au démarrage.

— Puisque c'est le cirque, autant respecter le folklore, s'écria-t-elle en fixant le gyrophare amovible sur le toit de la voiture.

Elle remonta à vive allure la rue de Belleville pour couper sur la droite par celle des Pyrénées. Au passage, Nadia aperçut les lumières allumées chez Szalcman ; avec le tour qu'avaient pris les événements, elle ne regretta pas qu'il se soit abstenu d'accepter son invitation.

33

L'inspecteur Dansel étudiait minutieusement le corps étendu à ses pieds. Celui d'une femme d'une cinquantaine d'années, allongée à plat ventre sur un tapis persan, au beau milieu d'une mare de sang qui s'étalait sur plus d'un mètre carré. Le cadavre était vêtu d'une robe du soir en mousseline qui dénudait les bras et les épaules. Elle était retroussée et laissait voir les jambes de la morte, jusqu'à mi-cuisses. Le fermoir d'un collier de perles barrait la nuque, piquetée de taches de rousseur. La masse des cheveux d'un brun soutenu masquait à moitié le visage. La main droite, tranchée, gisait sur le plateau d'un guéridon dont la marqueterie dessinait un échiquier ; certaines pièces étaient tombées sur le sol mais la majeure partie d'entre elles étaient encore à leur place, comme pour un début de partie. Le pouce voisinait avec le roi noir, l'index, orné d'une bague de saphir, était pointé vers un des fous blancs. Une seringue en tous points semblable à celle retrouvée chez Martha reposait sur le tapis, près du cadavre.

— Tu fais les présentations ? demanda Dimeglio, encore essoufflé après avoir grimpé les trois étages qui menaient à l'appartement.

Il n'avait pu prendre l'ascenseur, dans lequel les gens de l'Identité judiciaire avaient entassé leur matériel. L'immeuble se dressait dans une contre-allée du cours de Vincennes, tout près de la place de la Nation.

— Helena Wirschow ! Polonaise ! annonça Dansel. Elle travaillait à l'ambassade. Attachée commerciale, si j'ai bien compris.

— Pas mal conservée, la rombière, constata Dimeglio.

Il regarda autour de lui, avisa un fauteuil de cuir et y prit place.

— Une polack, hein ? Comme Martha ! On va peut-être finir par y comprendre quelque chose ? Ce soir, juste ce soir, c'était l'anniversaire de ma femme, soupira-t-il. J'ai essayé de prévenir Rovère, mais il n'y a pas moyen de le joindre. Le proc' arrive. Sandoval est là ?

Dansel lui désigna la pièce voisine, d'un mouvement du menton. À cet instant, les photographes de l'IJ arrivèrent et commencèrent à déballer leur fourbi. Dansel se releva et rejoignit le commissaire, qui interrogeait un jeune homme blond, vêtu d'un smoking. Ils se trouvaient dans une chambre dont le lit, rond, entouré de miroirs, était recouvert d'une courtepointe rose. Sandoval avait pris place sur un pouf, tandis que son interlocuteur était assis face à une coiffeuse décorée de motifs bucoliques et encombrée de flacons de cosmétiques et de parfums. Dansel faillit éclater de rire.

— Elle était inquiète, ces derniers temps ; je veux dire, vous la sentiez différente ? demanda le commissaire.

Le jeune homme hésita. Dansel scruta son visage imberbe, délicatement dessiné et d'où émanait une grande douceur. Avant de répondre à la question, son regard affolé croisa celui de l'inspecteur, qui détourna les yeux.

— Elle était plutôt nerveuse, oui, confirma-t-il.

— Vous étiez son secrétaire, n'est-ce pas ? reprit Sandoval. Mais tout à l'heure, vous m'avez expliqué qu'inquiet de son retard, vous êtes venu ici, vous avez ouvert la porte et vous l'avez trouvée... dans l'état où elle est. Vous aviez les clefs de son domicile ?

Le jeune homme bredouilla quelques mots incompréhensibles. Sandoval réitéra sa question, sans obtenir un résultat plus clair.

— Il faut vous mettre les points sur les i ? On vous demande si vous couchiez avec elle, s'écria

Dansel. Ce n'est pas un crime et ça expliquerait très bien que vous ayez un double des clefs !

Le jeune homme acquiesça, en proie à une panique grandissante. Ses mains tremblaient ; il contemplait fixement le tableau, suspendu au-dessus de la tête du lit, un nu de femme d'une facture très classique.

— Le proc' est arrivé, annonça alors Dimeglio.

— Dansel, je vous le confie, dit Sandoval en se levant.

L'inspecteur dédaigna le pouf et secoua le bras du jeune homme.

— Comment tu t'appelles ? demanda-t-il.

— Marek... Marek Kurniewski.

— Bon, Marek, on ne va pas perdre de temps : Helena, tu la tringlais, oui ou merde ?

Le jeune homme acquiesça d'un hochement de tête, abasourdi par la grossièreté de la question.

— Ben voilà, c'est pas difficile ! Hein, mon petit Marek ? C'était pour le plaisir ou contre rémunération ? Allez, dis vite !

— C'est... c'est grâce à elle que j'ai obtenu un poste à l'ambassade, souffla Marek, d'une voix presque inaudible. Ce soir, il y avait une réception, un cocktail organisé par les services culturels. Je devais passer la prendre à huit heures, elle ne venait pas. Je lui ai téléphoné, quelqu'un a décroché, mais sans répondre. Je suis monté... et...

Il n'acheva pas sa phrase. Ses yeux mouillés suppliaient Dansel, qui lui montra une boîte de coton à démaquiller. Il essuya ses larmes et attendit, la tête courbée.

— Tu disais qu'elle était nerveuse ? reprit l'inspecteur, en se penchant sur lui. Tu as une idée plus précise ?

— Je vous jure que non !

Dansel lui saisit le menton et lui releva la tête.

— Quel âge as-tu ? demanda-t-il d'une voix radoucie.

— Dix-neuf ans. Helena est une amie de ma mère. En Pologne, la vie n'est pas si facile qu'ici...

Dansel haussa les épaules et s'éloigna en demandant au jeune homme d'attendre la suite, sans bouger.

Dans le salon régnait l'agitation habituelle déclenchée par l'intervention des techniciens du laboratoire. Dimeglio et Sandoval assistaient au remue-ménage autour du corps, sans dire un mot, en compagnie de Nadia et de Maryse. Sandoval avait été surpris de les voir arriver ensemble, sans comprendre la raison de la présence prématurée de Nadia ; il l'attribua à un geste de méfiance de sa part. Dès que le Parquet l'a alertée, elle a rappliqué pour m'emmerder, songea-t-il, fermement décidé à l'avoir à l'œil.

— Alors, le petit mignon, c'était bien son gigolo ? demanda Dimeglio, à voix basse, quand Dansel l'eut rejoint.

Celui-ci confirma d'un simple battement de paupières. Un des techniciens du labo retourna alors le cadavre et balaya les quelques mèches de cheveux qui recouvraient le visage. Dansel revint précipitamment dans la chambre. Il se dirigea vers le tableau représentant le nu, reconnut aussitôt les traits de la morte, et examina de près la signature.

Celle de Martha... Il appela Sandoval et lui fit part de sa découverte.

— Eh bien voilà au moins un point positif ! s'écria Nadia, quand on l'eut mise au courant.

— Aucun doute, il s'agit bien de la même affaire, conclut Maryse. À toi de jouer ! Je vais te délivrer un réquisitoire supplétif.

Elle sortit un formulaire de son sac à main, y griffonna quelques mots avant de le tendre à son amie.

— Puisque tout est en règle, je rentre me coucher, ajouta-t-elle en bâillant.

Nadia empocha le réquisitoire et lui adressa un rapide salut.

— Vous connaissez la personne qui a peint ce tableau ? demanda Sandoval en s'adressant à Marek.

Celui-ci secoua la tête en signe de dénégation. Il fallut attendre plus d'une demi-heure encore avant que les gens du labo ne libèrent la place. Le docteur Pluvinage était parti en week-end, aussi un de ses collègues le remplaçait-il. Il ne releva aucune trace de coups sur le corps d'Helena lors de son premier examen, très rapide. Sandoval insista pour que Pluvinage se charge de l'autopsie, dès son retour, le lundi matin. Avec l'assentiment de Nadia, il mit ses hommes au travail. Les tiroirs des différents meubles furent fouillés, ainsi que la garde-robe d'Helena. Dans la table de chevet, Dansel découvrit un exemplaire de *France-Soir* datant de l'avant-veille. La dernière page comportait un article relatant la mort de Martha.

— Elle a pleuré en le lisant, regardez, dit l'inspecteur en le tendant à Nadia. Le papier était gondolé et portait des taches de fond de teint.

— Marek ? Tu sais quelque chose là-dessus ? demanda Dansel, en se tournant vers le jeune homme, toujours pétrifié sur son siège, et qui jura une fois encore n'être au courant de rien.

Dimeglio, qui poursuivait ses investigations, brandit soudain un agenda téléphonique ; les coordonnées de Martha y figuraient. Sandoval s'assit prudemment sur le lit et étudia les documents. Il téléphona ensuite chez lui pour décommander un repas de famille prévu pour le lendemain dimanche, distribua les consignes et s'enquit des raisons de l'absence de Rovère, sans obtenir de réponse.

— Celui-là, je l'embarque à la Brigade, décréta Dansel en désignant Marek. Il est en garde à vue, n'est-ce pas ?

— Bien entendu ! s'empressa d'approuver Sandoval. On emporte aussi le tableau.

Nadia quitta les lieux après avoir pris rendez-vous pour le lundi matin. Avant de partir, elle donna son numéro personnel à Sandoval et le pria de la tenir au courant dès qu'il aurait du nouveau, sans qu'il hésite à la déranger chez elle.

34

L'inspecteur Choukroun fut tiré du sommeil très tôt le matin par un coup de fil de Dimeglio, qui lui demanda de rappliquer sans tarder à la Brigade. Il protesta.

— Quel jour sommes-nous ? demanda patiemment Dimeglio, dans un grand élan pédagogique.

— Dimanche, vous vous rendez compte, un peu ? s'écria Choukroun, qui crut, l'espace d'un instant, couper court à la corvée promise.

— Heureux de te l'entendre dire, Choukroun ! Eh bien moi, Luigi Dimeglio, fils de la sainte Église, catholique, apostolique et romaine, je sèche la messe et comme c'est parti, je risque aussi de louper les vêpres ! Alors tu files droit, sinon je te colle de permanence vendredi soir !

— Vous feriez pas ça, s'étrangla Choukroun, indigné et surtout affolé à l'idée de manquer le repas de shabbat auquel son beau-frère Élie, admirateur des rabbis de Loubavitch, le conviait immanquablement.

Il dut s'incliner et passa sa matinée à monter et descendre quelques escaliers, rue Sainte-Marthe et rue Clauzel, pour montrer une photographie d'Helena aux riverains, voisins et curieux de toute espèce qui acceptèrent d'y prêter attention. Dimeglio l'expédia ensuite à Joinville s'acquitter de la même tâche auprès de Boyer, le propriétaire de l'appartement dans lequel Martha avait installé son atelier de faussaire.

Choukroun eut un mal de chien à mettre la main sur Morençon, qui ne se trouvait ni à sa galerie de la rue de Seine ni à son domicile, mais dormait à l'hôtel Nikko, où il se remettait d'une nuit d'agapes en compagnie d'esthètes japonais intéressés par ses tableaux. Quand il revint à la Brigade, l'inspecteur annonça le résultat de ses allées et venues à Sandoval et à Dimeglio : personne, parmi tous ces gens, ne connaissait Helena Wirschow.

Rovère était présent. Il avait quitté l'hôpital Trousseau dans la nuit pour gagner le Quai des Orfèvres tôt dans la matinée, après deux ou trois heures d'un sommeil agité.

— Martha est le seul lien entre Aïcha et Helena, nota Sandoval. C'est à partir d'elle qu'il faut essayer d'orienter les recherches.

Il avait tracé trois cercles sur un tableau noir et esquissé de savants diagrammes qui les reliaient. Les noms des différents témoins interrogés faisaient l'objet d'un traitement particulier, avec des couleurs appropriées selon leur degré d'intimité avec l'une ou l'autre des victimes. Le bilan était maigre. Rovère, un moment amusé par les talents de logicien de son supérieur hiérarchique, s'était peu à peu mis sur la touche et contemplait les quais de la Seine, debout dans un coin du bureau, face à une grande fenêtre.

— Je pense que vous faites erreur... dit-il enfin, sans même se tourner vers Sandoval, qui le fusilla du regard.

— Il faut vous supplier pour que vous daigniez donner votre avis ? demanda le commissaire, excédé.

— On n'a rien sur Aïcha. Rien, expliqua Rovère. Vous vous contentez d'une relation totalement aléatoire ! Martha connaissait et Aïcha et Helena, ok, et alors ? Ce n'est pas parce qu'elle leur a tiré le portrait à toutes les deux qu'il faut la placer au centre de nos préoccupations. Elle était mêlée à un trafic de faux papiers, ok, et alors ?

Aïcha est morte la première. Je pense que le type qui leur a fait ça remonte une espèce de filière : il cherche quelque chose. Un objet, un nom, un renseignement quelconque, je ne sais pas.

— À chaque fois, il progresse ! renchérit Dimeglio. Le point de départ, c'est Aïcha. Quand on en saura plus sur elle, on y verra plus clair.

Il se tut brusquement. Sandoval contempla son diagramme, perplexe.

— Et Dansel ? Qu'est-ce qu'il fout ? reprit Rovère.

— Il cuisine le gigolo, ça peut prendre du temps, mais il y arrivera, assura Dimeglio.

— Excusez-moi, il faut que je passe un coup de téléphone à Trousseau, dit Rovère après avoir consulté sa montre.

Il quitta le bureau.

35

Peu après onze heures, Nadia sortit de chez elle et se dirigea vers les Buttes-Chaumont toutes proches. Elle s'était promis de consacrer ses dimanches matin au jogging et avait revêtu une tenue ad hoc.

Les allées du parc grouillaient de coureurs qui transpiraient en trottinant le long des pentes bordées d'arbres dont les feuilles commençaient à tomber. Elle fit six fois le tour du lac au petit trot, zigzaguant entre les poussettes, les gosses qui jouaient aux ricochets et les pêcheurs qui les engueulaient. À bout de souffle, elle s'assit sur un banc et se reposa. Sur le chemin du retour, elle croisa Szalcman, attablé à la terrasse d'un des restaurants installés à l'intérieur du jardin. Il sirotait un verre de vin blanc, seul mais entouré de familles qui prenaient un apéritif avant de rentrer à la maison sacrifier au rite du déjeuner dominical. Il invita la jeune femme à prendre place à ses côtés.

— Vous m'avez fait faux bond, hier soir, lui dit-elle, boudeuse.

Isy eut un sourire gêné et évasif.

— Vous avez eu raison, ça s'est plutôt mal terminé ! poursuivit Nadia.

Elle lui expliqua en quelques mots la conclusion de la soirée puis se proposa de rentrer chez elle.

— Restez donc déjeuner avec moi, dit-il en se tournant vers la tonnelle garnie de tables fleuries aménagée dans la cour du restaurant. C'est l'automne, les derniers dimanches agréables de l'année, il faut en profiter. Je réserve un couvert toutes les semaines dès que le temps le permet.

Elle montra son jogging trempé de sueur, ses cheveux qui lui collaient au front et prétexta un travail urgent. Szalcman se pencha vers elle, lui tira doucement l'oreille, lui dit qu'il l'attendait, et la renvoya rue de Tourtille en lui faisant jurer de ne pas mettre une heure à se pomponner...

*

Durant tout le repas, elle parla de sa soirée de la veille et de la série de meurtres dont elle avait à s'occuper, et qui ne semblait pas devoir prendre fin. Isy l'écouta avec gravité, et ils évoquèrent ensemble quelques grandes affaires criminelles où la police s'était cassé les dents. Il n'avait pas menti lors de leur première discussion et gardait effectivement en mémoire une quantité étonnante de faits de ce genre. Nadia en fut surprise. Isy lui expliqua qu'à sa sortie de prison, il était devenu un fanatique des chroniques judiciaires.

— Vous êtes trop jeune pour avoir connu cela, dit-il. Les rendez-vous de Pottecher à la radio, je ne les loupais jamais.

— C'est curieux, reprit Nadia, songeuse. L'autre jour, au Palais de justice, j'ai croisé par hasard mon voyeur, vous savez : Bagsyk ! Eh bien figurez-vous qu'il passe des après-midi entiers à la 23e Chambre correctionnelle, les flagrants délits, si vous préférez. Il y a un petit public d'habitués, comme lui. Ils arrivent vers quatorze heures et assistent aux audiences, comme à un spectacle.

— Ce que vous dites ne m'étonne pas ! grommela Szalcman.

Il se tut. Nadia avait déjà remarqué qu'il ne tenait guère à s'étendre sur le sujet. Cette fois, elle l'interrogea du regard avec une telle insistance qu'il se décida à en dire plus.

— C'est à cause de sa sœur, vous l'avez sans doute aperçue ?

Nadia confirma d'un hochement de tête. Le serveur vint rendre la monnaie de l'addition. Szalcman ramassa sa canne puis se leva.

— Faisons quelques pas, proposa-t-il. La marche, pour moi, c'est comme un médicament, si je reste assis trop longtemps, ça va mal. La mécanique rouille.

Ils quittèrent la tonnelle et descendirent le long des allées, en direction du lac.

— La sœur de Bagsyk est une vraie sorcière, soupira Szalcman en bourrant sa pipe. Une pauvre femme ! Elle a cette saloperie, vous savez, la sclérose en plaques. Avant ils tenaient un restaurant. Le peu d'argent qu'ils avaient économisé a fondu très vite avec tous les charlatans, les soi-disant guérisseurs qui leur sont tombés dessus et dieu sait s'il y en a eu. Au début, c'est Maurice qu'ils avaient consulté. Dès qu'elle a eu les premiers symptômes. Il lui a fait faire toute une série d'examens, et puis il lui a expliqué ce qu'était sa maladie. Sans rien lui cacher. Là-dessus, elle n'a pas supporté qu'il lui dise la vérité, elle a même passé quelques mois dans un pavillon de dingues, à Sainte-Anne ! Depuis, Bagsyk est persuadé que si l'état de sa sœur a empiré à ce point, c'est de la faute de Rosenfeld.

— Mais c'est totalement absurde ! s'écria Nadia.

— Je ne vous le fais pas dire, mais il n'y a pas moyen de lui sortir ça de la tête. Sa sœur lui mène une vie impossible. Très souvent, la nuit, elle le chasse de chez elle et il passe des heures à marcher dans les rues. Alors, pour se distraire, vous voyez, il n'a rien trouvé de mieux à faire que d'aller voir condamner ces pauvres types. C'est pour ça qu'il traîne ses guêtres au Palais. Le malheur des autres, ça console !

Szalcman s'arrêta un instant pour décrocher à l'aide de sa canne le cerf-volant d'un gamin, perché sur la branche d'un arbre. Peu à peu, la foule envahissait de nouveau le parc, comme tous les dimanches après-midi.

— Et votre ami Maurice, qu'en pense-t-il ? demanda Nadia.

— Que voulez-vous qu'il en pense ? Ils lui ont fait une réputation épouvantable dans le quartier, enfin, disons plutôt qu'ils ont essayé. C'est un très bon médecin, vous savez.

— Vous le connaissez depuis longtemps...

Nadia avait lancé sa remarque sur le mode affirmatif, et d'un ton presque indifférent. Szalcman ne s'y trompa pourtant pas. Il éclata de rire et lui prit le bras.

— Dieu que vous êtes curieuse, dit-il. Jamais je n'aurais dû vous avouer que j'avais fait de la prison ! Voilà que vous nous regardez, tous les deux, Maurice et moi, comme des comploteurs...

— Pas du tout ! Je vous aime bien et je... oui, je suis assez curieuse, avoua-t-elle, confuse. C'est un vilain défaut, n'est-ce pas ?

— Un défaut professionnel, surenchérit Szalcman.

Il la tenait toujours par le bras et, à les voir déambuler ainsi, à rire et bavarder avec une grande complicité, personne n'aurait pu deviner qu'ils se connaissaient depuis si peu de temps.

— Ah oui, Maurice et moi, nous avons fait un sacré bout de chemin ensemble, reprit Isy, avec une inflexion de voix nostalgique.

— Comment l'avez-vous rencontré ? demanda Nadia, à présent certaine qu'elle allait obtenir une réponse.

— En 49, dans un tripot mal famé. Il jouait au poker et moi je picolais au bar. Comme je vous le dis ! Ça va, le film vous plaît ? Je vous taquine, mais c'est la vérité. À l'époque, je vagabondais un peu, je ne sais pas si je dois vous le dire à vous, mais mes sources de revenus... heu, il n'aurait pas fallu qu'un juge y regarde de trop près ! Donc, c'était un soir du mois de mars, il était déjà très tard, moi, j'étais entré dans ce bar, rue Blanche, parce qu'il y avait des filles... et lui, il venait s'encanailler, mais il n'était pas vraiment à la hauteur. Les types qui jouaient à sa table le plumaient en trichant, vous auriez vu ça ! Il ne se rendait compte de rien. Quand il n'a plus eu un sou en poche, il a mis sa montre sur le tapis, et il a encore perdu. Alors il a voulu quitter le tripot, mais les autres voulaient l'accompagner chez lui, pour aller chercher l'argent qu'il leur devait !

Szalcman racontait la scène comme s'il la vivait, mimant les gestes des différents protagonistes avec un grand réalisme.

— À l'époque, Maurice, c'était plutôt du genre freluquet, tout maigre et blondinet, vous lui auriez appuyé sur le bout du nez, il en serait sorti du lait, ajouta-t-il. Il avait une trouille bleue et je voyais venir le coup qu'une fois chez lui, ça allait être sa fête ! Alors, les types qui l'entouraient, je suis allé les voir et je leur ai expliqué qu'il valait mieux laisser tomber. Le héros au grand cœur, quoi ! Et tout à coup, il s'est mis à pleuvoir des gnons dans tous les sens ! Ils étaient tous sur moi, mais c'est pas pour me vanter, ils faisaient pas le poids, les lascars ! J'en ai sonné trois, et Maurice m'a donné un coup de main en cognant sur le crâne du quatrième avec une bouteille. On s'est sauvés tous les deux dans la rue. Voilà comment on s'est connus. Une vraie bagarre de western !

Il riait en silence. Nadia l'observait, inquiète à l'idée qu'il ne continue pas son récit.

— En quelque sorte, vous lui avez sauvé la vie ? dit-elle pour l'encourager.

— Un vrai héros, je vous dis ! On est allés chez lui, boulevard Saint-Michel. Il vivait tout seul dans l'appartement de ses parents. Moi, des palaces dans ce genre-là, j'en avais jamais vu. Il y avait des tas de pièces, des recoins et des couloirs et des...

— Ses parents ? dit Nadia en regrettant aussitôt de l'avoir interrompu.

— Drancy, et puis Auschwitz. Avec ses deux petits frères.

Isy avait énoncé le fait avec une singulière placidité, qu'en d'autres circonstances on aurait pu attribuer à de l'indifférence.

— Vous les avez peut-être connus, je veux dire, là-bas ? reprit la jeune femme.

— Ah... non, Nadia, non, c'est impossible. Ils sont partis en 43 et moi je ne suis arrivé à Birkenau qu'au mois de mai 1944. Bref, on s'est installés tous les deux chez lui. Je n'avais pas où loger, alors j'ai joué les pique-assiette. On a bien rigolé, on faisait venir des filles, des tas de filles, si je vous racontais en détail, vous seriez horrifiée ! On claquait l'argent, heu... surtout le sien.

— Qu'est-ce que vous avez fait, à Birkenau ? demanda Nadia.

Szalcman se tourna alors vers elle et lui caressa doucement la joue.

— Ils m'ont mis à travailler au « Canada », murmura-t-il en fourrant précipitamment sa main dans la poche de sa canadienne, comme s'il regrettait ce geste.

— Au « Canada » ? Vous avez trié les biens de ceux qui... qui arrivaient sur la rampe ? dit-elle.

— Ah oui, j'avais oublié que vous êtes une spécialiste, reprit Isy, en fixant la surface du lac où un essaim de mouettes venait de se poser. On s'est bien amusés pendant quelques mois, Maurice et moi. Et puis il a dû vendre l'appartement pour payer ses études de médecine. Il s'est fait rouler, cette andouille, mais enfin, ça lui permettait de voir venir. Et moi... moi... Bah, vous connaissez la suite !

— Il vous a aidé, quand vous avez été arrêté, c'est cela ? dit Nadia, anticipant sur les confidences du vieil homme, grâce aux éléments que lui avait fournis Bastien Montagnac.

— Oui, il a payé un avocat, et durant toute ma détention, il est venu me voir. Quand je suis sorti, il m'a prêté de l'argent, et j'ai pu me mettre à mon compte pour fabriquer mes automates. Après, bon an mal an, les affaires ont bien marché, ce qui me permet de me la couler douce en vous faisant payer le prix fort pour votre boui-boui !

Il ponctua sa remarque par un nouvel éclat de rire puis regarda soudain sa montre.

— Il est déjà trois heures et j'ai ma partie de billard, s'écriat-il. Je file, mes copains n'aiment pas que je sois en retard.

Il s'éloigna d'un pas rapide, abandonnant Nadia près du kiosque à musique et, comme pour s'excuser de tant de désinvolture, se retourna en faisant des moulinets de sa canne, dans une imitation approximative de Chaplin.

36

Dimeglio ne s'était pas trompé. Il pratiquait Dansel depuis trop longtemps pour douter de sa capacité à faire craquer Marek Kurniewski, le secrétaire d'Helena. Quand Sandoval apprit les résultats de l'interrogatoire, au début de l'après-midi du dimanche, il se sentit pousser des ailes. Il était désormais en mesure de présenter au commissaire divisionnaire qui coiffait sa section un résultat concret, et ce dans un délai record, si l'on tenait compte de la date de découverte du premier cadavre, qui ne remontait qu'au lundi précédent. Mais plus encore, il avait le sentiment de tenir un coup sensationnel, ce qui le remplissait d'aise pour un début de carrière qu'il imaginait plus terne.

Marek était effondré. Son visage enfantin accusait la fatigue des longues heures passées sous la coupe de Dansel. Hagard et fébrile, il fixait Sandoval de ses yeux injectés de sang, où l'on pouvait lire le soulagement de s'être confessé, en même temps que la crainte des conséquences de ses aveux. Dansel avait le triomphe modeste. Sitôt son rapport tapé, il était rentré dormir chez lui. Dimeglio emmena Marek, en s'adressant à lui en polonais.

— Je vais lui donner à manger et lui faire faire un brin de toilette, on part aussitôt après, expliqua-t-il d'un ton très paternel.

— Ne tardez pas. Choukroun vient d'appeler : la camionnette sera prête dans moins d'un quart d'heure, lui dit Sandoval.

— On va mettre les pieds dans un terrain plutôt marécageux ! maugréa Rovère en parcourant les feuillets parsemés de fautes de frappe que lui avait remis Dansel. Il faut se couvrir par rapport au juge. Et tout de suite.

— Je sais, admit Sandoval. Mais je n'arrive pas à la joindre. Elle n'est pas chez elle.

— Il n'y a que les flics qui travaillent le dimanche...

— Vous voyez, reprit Sandoval, d'un ton moqueur, finalement, c'est bien grâce à Helena que nous allons progresser.

L'inspecteur ne releva pas. Sandoval prit ce silence comme une preuve d'allégeance. Choukroun fit irruption dans le bureau, très excité, un trousseau de clefs et un plan de Paris à la main.

— C'est place Maurice-Barrès, s'écria-t-il en désignant un point sur sa carte. On y sera en moins de deux.

Dimeglio revint quelques minutes plus tard. Marek s'était aspergé le visage d'eau et mordillait dans un sandwich. Rovère se leva, écarta les bras et s'étira longuement. Choukroun quitta le bureau le premier et ouvrit ainsi la marche.

*

Sandoval aurait bien voulu les accompagner, mais un diplomate de l'ambassade avait appelé la Brigade pour demander une entrevue. Sitôt l'interrogatoire terminé, Dansel avait autorisé Marek à passer quelques coups de téléphone et à prévenir un avocat. Ne sachant trop que faire, le jeune homme avait joint la permanence de l'ambassade pour expliquer qu'il était placé en garde à vue...

Le diplomate arriva moins d'une demi-heure plus tard, tendit sa carte au commissaire et s'assit face à lui, avec l'intention manifeste de lui en imposer. C'était un homme d'une cinquantaine d'années, aux cheveux bouclés et grisonnants ; il jeta un coup d'œil panoramique sur la pièce, plissa les lèvres dans une moue dégoûtée en voyant les gobelets de plastique remplis de cendres et de restes de café qui encombraient le bureau.

— Monsieur Folland, je vous écoute, lui dit Sandoval en rangeant le bristol dans un classeur.

— Helena Wirschow faisait partie du personnel de notre ambassade, expliqua le diplomate d'une voix particulièrement suave. Marek Kurniewski également et, si j'ai bien compris, certaines charges semblent être retenues contre lui. Nous aimerions savoir lesquelles.

— Je suis désolé, seul le juge d'instruction, Mme Lintz, pourrait répondre à cette requête, répondit Sandoval. Vous pourrez la rencontrer demain au Palais de justice. Pour ce qui me concerne, eu égard aux développements ultérieurs de l'enquête, je me trouve dans l'impossibilité de vous satisfaire.

— Commissaire Sandoval, reprit Folland, ulcéré, vous réalisez sans doute les complications qui pourraient résulter d'un refus de la police française — ou de la justice ! — de nous tenir informés ?

Sandoval eut un geste apaisant. Folland ouvrit un porte-cigarettes en argent et alluma une blonde. Il prit le temps de choisir ses mots.

— Je ne vous demande pas de me communiquer les pièces du dossier, précisa-t-il. Voici ce que je sais : premièrement, Helena Wirschow a été assassinée dans des circonstances particulièrement atroces. Deuxièmement, Marek Kurniewski semble impliqué puisqu'il est placé en garde à vue. S'agit-il d'un drame purement privé ? J'ai cru lire dans la presse, ces derniers jours, la relation de meurtres ayant obéi au même rituel, n'est-ce pas ? Il y avait notamment le cas d'une jeune femme d'origine polonaise, bien que naturalisée française. Le jeune Kurniewski est-il accusé ?

— Non, répondit simplement Sandoval.

— Que lui reprochez-vous, dans ce cas ?

— À lui, pas grand-chose. Mais par contre, nous avons des charges sérieuses contre Helena Wirschow.

Folland ne cacha pas sa surprise, et s'entêta, sans toutefois parvenir à fléchir son interlocuteur.

Il quitta les locaux de la Brigade criminelle avec un sourire crispé et lourd de rancœur. Peu après son départ, Sandoval parvint à joindre Nadia Lintz, chez elle. Il la mit rapidement au courant.

— Vous avez des preuves matérielles ? demanda-t-elle aussitôt.

— Non, bien entendu. Il n'y a rien chez Helena. Quant à perquisitionner dans son bureau, à l'ambassade, il n'en est pas question. Par contre, Marek est formel : Helena fournissait les autorisations d'exportation à Martha, qui n'avait plus qu'à les bricoler à sa convenance. Ce qui leur permettait de faire transiter la viande en toute impunité !

— Et le petit gigolo était au courant de tout ? s'étonna Nadia.

— Helena avait un peu perdu la tête, d'après ce qu'il nous a dit. Elle était folle de lui : les confidences sur l'oreiller, c'est une grande classique. Il circulait librement dans l'ambassade et a lui-même dérobé quelques documents pour les remettre à Helena.

— Et ce type dont il a donné les coordonnées, vous allez pouvoir le coincer rapidement ? reprit-elle.

— Rovère est parti sur place, mais on marche sur des œufs. Je voudrais éviter le scandale.

Nadia l'approuva. Il lui fit également part de la démarche de Folland. Elle sut donc à quoi s'en tenir.

37

Choukroun était au volant et remontait la rue Saint-Honoré en roulant presque au pas. Il se tourna vers Dimeglio, assis à ses côtés, et lui adressa un sourire ironique.

— Alors vous voyez, dit-il, les vêpres, finalement, vous allez pas les louper !

— Trêve de galéjades, mon petit, gloussa l'inspecteur en lui montrant la rue. Passe doucement une fois devant, on reviendra en faisant le tour par la rue Cambon.

Il scruta le parvis de l'église polonaise de Paris, située au coin de la rue Saint-Honoré et de la place Maurice-Barrès. Installé à l'arrière de la camionnette en compagnie de Marek, Rovère fit de même en toute sécurité, protégé des regards indiscrets par des glaces sans tain.

Le long des grilles entourant l'édifice se pressait une petite foule de fidèles et de vendeurs de journaux polonais, mais aussi de badauds qui semblaient attendre un hypothétique rendez-vous.

— C'est tous les dimanches comme ça ? demanda Rovère en se tournant vers Marek.

— Oui, les gens viennent à l'office mais c'est surtout un lieu de rencontre pour toute la communauté, confirma le jeune homme.

Choukroun dépassa l'église, obliqua sur la droite et fit un détour par la Madeleine pour revenir sur la place. Il trouva à se garer tout près du monument.

— Tu vas rester ici, je vais aller faire un tour, annonça Dimeglio.

— Pourquoi je viendrais pas ? Il est peut-être dangereux, ce mec-là ! lança Choukroun, déçu.

— À ton avis, Choukroun ? murmura Dimeglio.

— Je passe inaperçu, non ?

Il avait troqué son jean, son Chevignon et ses santiags contre un costume prince de Galles, des mocassins, et arborait même une cravate d'un rose pastel assez plaisant.

— Tout à fait, assura Dimeglio, pourtant peu convaincu. Mais... disons que tu manques encore un peu d'expérience.

Dimeglio cogna contre la paroi qui les séparait de Rovère.

— Je devrais y arriver tout seul, dit-il, mais en cas de pétard, il faudra rappliquer en vitesse, hein ?

Rovère le rassura. Dimeglio régla le volume du

micro-émetteur qui était glissé dans le col de sa veste, puis ouvrit la portière. Il se dirigea vers le parvis, acheta au passage un exemplaire de *Gazeta* qu'un vendeur lui proposa, le fourra dans sa poche, puis franchit les marches qui menaient à l'église. Un prêtre disait la messe en latin devant une assemblée nombreuse et recueillie. Dimeglio se signa machinalement, s'assit sur un banc et balaya l'assistance du regard. Tout près de lui, une adolescente agenouillée à même la dalle de pierre priait avec ferveur. Un peu plus loin, une file d'attente de quelques personnes se tenait devant un confessionnal garni d'affiches de Solidarnosc.

Dimeglio détailla un à un les visages qui l'entouraient, à la recherche du détail que Marek avait indiqué : une tache de vin sur le cou et la joue droite d'un homme d'environ trente-cinq ans, moustachu et de grande taille. Il ne vit rien de tel. Après un moment d'hésitation, il se leva alors que le prêtre, accompagné par un harmonium, entonnait le cantique du Kyrie, longea les travées de bancs de bois, se faufila jusqu'à la sacristie et profita d'un instant où il se retrouva seul dans un petit couloir pour appeler Rovère.

— Le type n'est pas là, chuchota-t-il en tirant sur le col de sa veste pour approcher le micro de sa bouche.

— Marek, qu'est-ce que ça veut dire ? demanda Rovère, qui brûlait d'impatience.

Le micro fonctionnait mal en raison des interférences produites par l'amplificateur de l'harmonium.

— Il passe tous ses dimanches dans l'église, il donne des rendez-vous. Je vous le jure ! balbutia le jeune homme, affolé.

Rovère entendit alors toussoter Choukroun, toujours assis devant son volant. Un distributeur de tracts s'était approché et lui tendait le prospectus d'une agence de voyages qui proposait un aller-retour Paris-Varsovie à un tarif avantageux.

— Huit cents francs, tout compris, par Prague, Cracovie et Katowice, expliqua le type.

— Merci, dit Choukroun.

Le distributeur de tracts lui souriait avec insistance. Choukroun glissa le papier dans la boîte à gants et se fendit d'une grimace qu'il espérait avenante.

— Vous cherchez autre chose ? insista l'homme aux prospectus.

— Non, non ! assura Choukroun après s'être raclé la gorge.

— Des bons ouvriers, des bons peintres, maçons, carreleurs, plombiers, pas cher, pour vos travaux ?

— Ah non, je n'ai rien de prévu. Merci quand même, s'écria Choukroun.

— Une femme de ménage ? Vingt francs de l'heure. Baby-sitting, repassage ?

— Non, non, vraiment, merci !

— Des icônes ? s'entêta l'autre. Authentiques. Provenance d'URSS garantie, direct, vraiment pas cher !

— Les icônes, c'est pas mon truc, s'énerva Choukroun.

— Caviar, alors ? Extra premier choix. Trois cents francs le kilo !

Il avait sorti de sa poche une boîte ronde, de couleur bleue, sur le couvercle de laquelle était dessiné un superbe esturgeon.

— Non... j'attends... ma fiancée ! lança Choukroun, à bout d'arguments.

Le marchand de caviar s'éloigna, avec un haussement d'épaules méprisant. L'inspecteur poussa un soupir de soulagement.

À l'intérieur de la sacristie réaménagée en librairie, Dimeglio feuilleta les livres pieux qu'une sœur proposait à la vente, parmi des portraits de Jean-Paul II et des effigies de la Vierge Noire de Czestochowa. Il inspecta une petite salle attenante où un marché plus trivial semblait s'être installé. On vendait en vrac des vêtements déposés à même le sol, près d'un bureau où une autre nonne remplissait les papiers administratifs, dossiers de Sécurité sociale aussi bien que demandes de renouvellement de cartes de séjour, que des familles désemparées venaient lui apporter.

Dimeglio retourna dans la nef centrale. Les fidèles s'approchaient de l'autel à la queue leu leu, yeux clos et bras croisés, pour communier. Il parvint à faire le tour de l'église, sans que personne ne remarque ses allées et venues. Marek n'avait pas menti ; les gens se donnaient rendez-vous dans l'église et il y régnait une agitation permanente en dépit de la dévotion dont l'assistance faisait preuve.

L'inspecteur sortit sur le porche où d'autres échanges avaient lieu. Les automobilistes en partance pour la Pologne récupéraient des colis destinés aux amis restés au pays ou tentaient de trouver des passagers afin de remplir leur véhicule pour amortir les frais du voyage. Dimeglio refusa poliment toutes les offres et fit quelques pas en direction de la camionnette banalisée, qui n'avait pas bougé. La voix de Rovère, hachurée de parasites, retentit à son oreille.

— Dimeglio, tu m'entends ? Les troquets, fais un tour jusqu'au bout de la rue, le gamin dit qu'il peut se trouver là-bas.

Dimeglio obtempéra et se dirigea vers une brasserie située à l'angle de la rue Cambon et de celle du Mont-Thabor. Il dut jouer des coudes pour se frayer une place au comptoir, colonisé par des Polonais qui fêtaient le jour du Seigneur avec des ingrédients plus roboratifs que l'hostie consacrée, et commanda une bière. La vodka mais aussi le whisky coulaient à flots. Il en était de même dans l'arrière-salle saturée de fumée et pleine à craquer.

L'inspecteur sursauta soudain et renversa son demi sur le comptoir. Un type dont la description correspondait en tous points à celle fournie par Marek venait de se lever et se faufilait entre les tables pour se diriger vers l'escalier menant au sous-sol.

Obnubilé par la tache de vin dont avait parlé Marek, Dimeglio n'avait tout d'abord pas prêté attention à lui en dépit de sa très grande taille et de la moustache poivre et sel, très fournie, qui ornait sa lèvre supérieure. Assis tout au fond de la salle, sur la droite, il offrait son profil gauche, et dissimulait ainsi involontairement l'angiome qui lui couvrait l'autre moitié du visage. Dimeglio usa de sa corpulence pour écarter un adolescent qui voulait emprunter l'escalier et, dans sa précipitation, faillit glisser sur la première marche.

L'homme à la tache de vin se glissa tout d'abord dans un réduit étroit où étaient installés des urinoirs, et y séjourna un moment. Puis il tira de sa poche une poignée de pièces de monnaie et se planta près de l'unique poste de téléphone de l'établissement, occupé par une jeune fille. Dimeglio l'imita et se plaça derrière lui. La jeune fille, polonaise, chuchotait des mots d'amour à son correspondant et lui promettait qu'elle serait à l'heure au rendez-vous. Dimeglio fit mine de s'impatienter, et lança une remarque obscène. L'homme à la tache de vin l'approuva par un grognement et, quand le poste fut enfin libéré, s'en empara. Dimeglio sortit un calepin de sa poche et s'ingénia à le feuilleter, à la recherche d'un numéro imaginaire, sans rien perdre des paroles qui s'échangeaient. L'homme à la tache de vin s'efforçait de rassurer un certain Tadeusz, et le suppliait de ne pas s'affoler. Il parla de Jacek qu'il ne parvenait pas rejoindre, ajouta quelques paroles d'encouragement, puis raccrocha. Tandis qu'il remontait l'escalier, Dimeglio se colla face à l'appareil, décrocha le combiné, mais appela Rovère en actionnant la touche de son émetteur portatif.

— Il est dans le troquet, annonça-t-il. Vous venez me rejoindre et on le cravate à la sortie, vite !

Il grimpa les marches quatre à quatre, bousculant au passage deux consommateurs qui descendaient aux toilettes. À son grand soulagement, l'homme à la tache de vin était retourné à sa place, au fond de la salle. Dimeglio regagna le comptoir. Quelques secondes plus tard, Rovère arriva, essoufflé.

— Il faudrait essayer de le rabattre en douceur vers la camionnette, sinon il va ameuter tout ce beau monde et on se retrouvera avec un incident diplomatique sur les bras, murmura-t-il quand Dimeglio lui eut montré le gibier.

— Ouais... surtout s'il cavale jusque dans l'église, soupira l'inspecteur. Attention, il se lève !

Dimeglio jeta un billet de cinquante francs sur le comptoir et précéda Rovère dans la rue. L'homme à la tache de vin sortit de la brasserie en compagnie d'un type râblé et hirsute qui portait un imperméable kaki et de grosses chaussures de chantier. Ils se dirigèrent vers l'église et dépassèrent la camionnette banalisée. Choukroun avait abandonné le volant pour monter à l'arrière afin de garder Marek ; celui-ci, terrorisé, ne songeait certainement pas à s'enfuir, mais Rovère tenait à prendre toutes les précautions.

Les deux hommes s'arrêtèrent devant un break dont la carrosserie avait essuyé bien des tempêtes. L'homme à la tache de vin ouvrit le hayon et inspecta les bidons de plastique qui se trouvaient à l'intérieur.

— Allez, maintenant ! cria Rovère en dégainant son arme.

— Police, ne bougez pas ! ajouta Dimeglio.

Il plaqua sa main large comme un battoir sur l'épaule de l'homme à la tache de vin mais celui-ci fit un pas de côté, se retourna d'un bloc, lui expédia un violent coup de pied dans le bas-ventre et se mit à courir. Rovère, qui avait ceinturé son compagnon, eut plus de chance et parvint à le traîner sans dommage jusqu'à la camionnette, où l'accueillit Choukroun, son arme de service à la main.

Quand Rovère se retourna, il aperçut Dimeglio qui galopait dans la rue Saint-Honoré, mais ne tarda pas à ralentir. Il revint sur ses pas, penaud et se déhanchant curieusement sous l'effet de la douleur.

— L'ordure, il m'a pas loupé, en plein dans le mille, souffla-t-il en se massant l'entrejambe, quand il eut rejoint ses collègues.

38

Le lundi matin, Nadia se leva d'assez bonne heure. Sandoval lui avait téléphoné une nouvelle fois dans la soirée pour lui faire part de l'opération à moitié manquée que Rovère et Dimeglio avaient menée à l'église polonaise. Le type qu'ils avaient coincé refusait de parler. Il détenait une fausse carte de séjour au nom de Jan Gotielka, et qu'avait probablement confectionnée Martha. Avouant sa faute et arguant de sa situation de clandestin, il réclamait qu'on le reconduise à la frontière ! L'analyse du contenu des bidons de plastique saisis dans son break était en cours.

Nadia enfila un tailleur, chaussa des hauts-talons, démêla ses cheveux, passa un bandeau, mais renonça à se vernir les ongles. L'idée de recevoir Folland ne l'enchantait guère. Le président du Tribunal, qui traînait une réputation de trouillard, s'affolerait sans aucun doute dès qu'elle lui annoncerait qu'une huile de l'ambassade demandait à la voir.

Au moment où elle s'apprêtait à quitter son appartement, un postier se présenta avec un paquet recommandé, de la taille d'une boîte à chaussures. Il avait été expédié la veille au bureau de la rue du Louvre, ouvert durant tout le week-end. Nadia n'attendait rien de tel. Son porte-documents dans une main, le paquet dans l'autre, elle se contorsionna pour signer le formulaire que lui tendait le postier, qui ne s'attarda pas.

Intriguée, elle crut tout d'abord à une farce de Montagnac, revint dans le salon, déposa le colis sur une table et déchira le papier kraft qui l'enveloppait. Il s'agissait effectivement d'une boîte à chaussures dont le couvercle était soigneusement scotché. Elle le défit à la pointe de ciseaux et découvrit un sac de plastique isotherme, du type de ceux que proposent les supermarchés pour transporter les produits surgelés. S'attendant à un gag, elle sortit le sac de la boîte, l'ouvrit et poussa un cri strident avant de le laisser tomber à terre. Il contenait une main tranchée net au niveau du poignet. Une main qui semblait en parfait état de conservation, bien que la chair en fût bleue.

Elle secoua la tête, crut à une hallucination, ou encore à un de ces accessoires de mauvais goût que l'on trouve dans les magasins de farces et attrapes, et de la pointe de sa chaussure, rabattit le plastique. Il s'agissait bien d'une main humaine. Celle d'une femme. Un pas secouait l'escalier.

— Madame Lintz ? Vous avez des ennuis ? demanda la voix de Rosenfeld.

Dans sa précipitation, elle avait laissé la porte ouverte et le médecin attendait sur le palier, sa sacoche à la main, bourrée d'échantillons de médicaments, et d'où dépassait un stéthoscope. Elle le dévisagea sans parvenir à articuler le moindre son. Il traversa l'entrée, s'avança jusque dans le salon et lui prit doucement le bras.

— Qu'est-ce qui vous arrive, encore ? dit-il, inquiet.

Les yeux révulsés, elle lui montra le plastique qui s'était à moitié refermé. Il se pencha dessus et faillit le saisir à pleines mains.

— N'y touchez pas ! cria-t-elle. Il y a peut-être des empreintes !

— Des empreintes ? répéta Rosenfeld, stupéfait.

De nouveau, elle entrouvrit le sac, cette fois-ci à l'aide des ciseaux dont elle s'était servie pour couper le scotch. À la vue de son contenu, le médecin pâlit, se redressa et lui passa un bras autour des épaules. Ils restèrent ainsi un long moment, l'un contre l'autre.

— Ça va aller ? demanda-t-il enfin. Vous voulez quelque chose, un calmant ?

— Dans la cuisine, la bouteille de gin, servez-m'en un verre...

Il obéit et, à son retour dans le salon, la trouva près du téléphone.

— La Brigade criminelle ? Nadia Lintz, juge d'instruction ! Passez-moi l'inspecteur Rovère, s'écria-t-elle d'une voix hachée.

Elle dut attendre quelques instants, puis ordonna

à Rovère de venir immédiatement chez elle sans lui révéler la raison de cette demande. Elle s'empara ensuite du verre que Rosenfeld lui tendait et le vida d'un trait.

— Ne restez pas ici, lui dit-elle.

— Eh bien vous, dites donc, vous êtes une voisine un peu particulière, marmonna le médecin.

— C'est sans doute en relation avec une affaire dont je m'occupe, expliqua Nadia, encore sous le coup de la stupeur. Écoutez, il ne faut pas en parler. Vous n'avez rien vu. Ce n'est pas un service personnel que je vous demande, vous saisissez ? D'une certaine façon, vous êtes... un témoin !

— Tout à fait ! Vous pouvez compter sur moi.

— Merci, je vous fais perdre votre temps. Vous partiez pour vos visites ? poursuivit-elle, plus calme.

— Oui, il y a un début d'épidémie de rhinite. C'est la saison. Vous êtes sûre que vous n'avez besoin de rien d'autre ? insista-t-il.

Elle l'accompagna jusqu'à la porte, la referma et vint s'asseoir sur le canapé, sans pouvoir détacher son regard du sinistre colis. Rovère arriva une demi-heure plus tard.

*

— Ce qui me surprend le plus, c'est que j'ai emménagé ici il y a moins d'une semaine et que très peu de gens connaissent mon adresse ! lui dit-elle après qu'il eut, à son tour, entrouvert le sac.

— Le téléphone ? suggéra-t-il. Certains journaux ont cité votre nom, et avec le Minitel, c'est très facile de...

278

— Non ! Je viens d'appeler les Télécoms pour vérifier. Mon nom, et par conséquent mon adresse, ne figureront sur la liste des abonnés que la semaine prochaine. Vous... vous pensez qu'il s'agit de la main d'Aïcha ?

— C'est la seule qu'on n'ait pas retrouvée. De toute façon le labo nous le dira, murmura-t-il, les yeux rivés sur le sac.

— Vous allez emporter cette saleté à l'IML, reprit Nadia. Vous voulez un café ?

Rovère accepta ; la jeune femme disparut dans la cuisine. Quand elle revint, un plateau à la main, elle vit qu'un sourire énigmatique flottait sur le visage de l'inspecteur. Elle lui en demanda la raison. Il lui fit part de ses divergences de vue avec Sandoval.

— On en a beaucoup appris sur Helena, mais j'ai toujours pensé qu'Aïcha était plus importante, dit-il. S'il s'agit bien de sa main, on ne tardera pas à en avoir la confirmation. Dites-moi, votre mari est au courant ?

Nadia ne put s'empêcher de rougir et expliqua qu'elle vivait seule.

— Autant ne pas s'affoler, mais quelqu'un de suffisamment gonflé pour expédier ce genre de colis chez un juge, on doit le prendre au sérieux, poursuivit Rovère. Ce qui signifie que vous déménagez jusqu'à ce qu'on l'ait arrêté, ou que vous hébergez un inspecteur ! Je préférerais la première solution, non ?

Nadia acquiesça. Cet aspect des choses ne l'avait tout d'abord pas inquiétée.

— Vous pensez que... je... enfin, qu'il va s'en prendre à moi ? balbutia-t-elle, soudain angoissée.

279

— Vous êtes une femme, et il tue des femmes. Je ne veux pas vous affoler, mais votre histoire d'adresse me tracasse un peu, dit-il gravement. Je vous accompagne au Palais ?

Elle prit son porte-documents et attendit que Rovère enveloppe le colis contenant la main à l'aide d'un morceau de tissu qu'elle lui avait fourni. Il confectionna un baluchon grossier et se dirigea vers la porte. À cet instant, un vacarme épouvantable les fit sursauter. Ils en comprirent bientôt la raison ; un bataillon de terrassiers avaient envahi la rue et éventraient le trottoir sur plus d'une trentaine de mètres à l'aide de marteaux-piqueurs et de pelleteuses mécaniques, mettant ainsi au jour un enchevêtrement serré de canalisations et de tubulures aux fonctions incertaines. Nadia dut raser les murs et suivre un chemin de planches en prenant garde de ne pas déraper sur la pointe de ses talons aiguilles, pour rejoindre la voiture de Rovère garée en double file, et qu'une aubergine s'apprêtait à verbaliser.

39

Dimeglio ne capitula pas. Choukroun eut beau menacer de se faire porter pâle, il écopa de la corvée tant redoutée ; la mort dans l'âme, il se rendit place Mazas pour assister à l'autopsie d'Helena Wirschow.

Assis près de la paillasse où reposait le corps, il serrait les dents tandis que Pluvinage pratiquait une résection de la calotte crânienne, quand Rovère pénétra soudain dans la salle. Il déposa son colis et en expliqua la provenance au médecin. Pluvinage appela Istvan, et le chargea d'effectuer des prélèvements sur les tissus de la main sectionnée, afin de les comparer avec ceux provenant du cadavre d'Aïcha. Rovère quitta aussitôt les lieux, après avoir adressé un clin d'œil encourageant à Choukroun.

*

Pluvinage acheva l'autopsie en une petite heure. Grâce à l'analyse de la seringue retrouvée chez elle, il savait déjà qu'Helena avait reçu une injection d'une dose massive de temgesic avant de mourir. Il releva des traces de contusions sur le cou, identiques à celles qu'il avait mises en évidence sur le cadavre de Martha. Il pratiqua une laryngotomie et brandit un bloc sanguinolent sous le nez de l'inspecteur.

— Il commence par les étrangler, uniquement pour qu'elles tombent dans les vapes. Alors il les pique, tranquillement, expliqua-t-il à un Choukroun au bord de l'évanouissement. Ensuite, l'anesthésique agit et la mort est très lente... elles partent en douceur, sans se rendre compte. Voilà, vous pouvez vous en aller, c'est terminé !

Pluvinage se dirigea vers une autre table de dissection où Istvan venait d'installer un nouveau corps, celui d'un homme, cette fois. Il sortit une paire de gants chirurgicaux de leur emballage, et alluma une cigarette en attendant qu'Istvan apporte un jeu d'instruments stériles qui refroidissait dans l'autoclave.

Choukroun, soulagé, prépara le formulaire qu'il devait faire contresigner par le médecin, et qui attestait de sa participation à l'autopsie. Quand il s'avança vers Pluvinage pour le lui présenter, il ne put s'empêcher de jeter un rapide coup d'œil sur le corps que celui-ci s'apprêtait à charcuter. Il crut le reconnaître, frissonna comme s'il s'agissait d'un proche au dépeçage duquel il serait condamné à assister, mais attribua cette impression à l'angoisse diffuse qui ne l'avait pas quitté depuis son arrivée à l'IML. La nuit précédente, il avait eu un sommeil agité, nourri des images de films « gore » qu'il regardait en compagnie de son neveu Samuel, à l'insu de son beau-frère Élie. Il se reprit, et, dès que Pluvinage eut apposé son paraphe sur le papier, l'empocha avant de tourner les talons en grommelant un vague salut.

Il traversa la place Mazas au pas de course et pénétra dans le premier café venu pour y boire un whisky sec au comptoir. Ce ne fut qu'en s'asseyant au volant de sa voiture qu'il réalisa son erreur. Il traversa comme un fou le hall d'accueil de l'IML et fit irruption dans la salle d'autopsie qu'il venait de quitter.

— N'y touchez plus ! cria-t-il en se précipitant sur Pluvinage.

Il l'écarta sans ménagement. Le légiste n'avait pas perdu son temps. Le thorax du cadavre était fendu en deux et laissait voir la masse des poumons, le cœur et les côtes, sciées à la jonction avec le sternum. La face était encore indemne. Choukroun se pencha au-dessus du visage et le fixa intensément.

— D'où il vient, celui-là ? demanda-t-il, très excité.

— C'est un retard de la semaine dernière, le 612, expliqua Istvan, comme si cette information suffisait par elle-même à satisfaire la curiosité de l'inspecteur.

— Je m'en fous de savoir si c'est le 612 ou le 3217, je veux savoir d'où il vient ! Et quand il est mort, insista Choukroun.

Pluvinage contint sa colère, abandonna le monobloc souillé qu'il tenait à la main, ôta ses gants et saisit le registre sur lequel étaient consignés les renseignements concernant les corps qu'il était chargé de disséquer. Il le lut. Choukroun se précipita sur le téléphone, appela la Brigade et demanda Rovère.

— La vie d'ma mère, chef, j'ai retrouvé Jacek ! s'écria-t-il, triomphal.

Rovère écouta ses explications, lui demanda de faire suspendre l'autopsie et annonça son arrivée.

*

Vingt minutes plus tard, il pénétra dans la salle, précédé de Marek et de Jan Gotielka. Dimeglio les accompagnait. Rovère examina le cadavre et tira d'une chemise plastique le portrait-robot dressé d'après les indications de Boyer, le propriétaire de l'appartement que Martha louait à Joinville. Aucun doute n'était possible. Il s'agissait bien de Jacek. Quand Dimeglio contraignit Marek à s'approcher de la paillasse, celui-ci faillit vomir.

Il n'avait jamais vu Jacek et protesta de sa bonne foi avec une conviction telle que Dimeglio ne mit pas sa parole en doute. Gotielka fut moins impressionné par la vue du corps mais accusa sévèrement le coup.

— Toi, tu le connaissais, hein ? cria Dimeglio en lui assénant une claque dans le dos.

Le visage de Gotielka s'assombrit. Il détourna les yeux et hocha affirmativement la tête.

— Bravo ! Il n'y a que le premier pas qui coûte ! le félicita Dimeglio. Maintenant, tu vas nous raconter la suite.

Il poussait déjà ses ouailles vers la sortie en les tenant chacun par un bras. Rovère se tourna vers Pluvinage et s'excusa du dérangement.

— Je vous en prie, faites comme chez vous, revenez quand vous voulez, vous pouvez même amener des amis, ricana le médecin.

*

En fin de matinée, Rovère fila au Palais de justice. Il croisa Mlle Bouthier dans le couloir qui menait au cabinet de Nadia et lui annonça qu'il devait voir celle-ci de toute urgence.

— C'est impossible, s'écria la greffière. Elle va recevoir M. Folland d'une minute à l'autre, il est déjà arrivé avec un avocat.

— Folland ? s'étonna Rovère.

— C'est un diplomate de l'ambassade polonaise, vous ne vous rendez pas compte, on ne peut pas le faire poireauter.

— Justement ! Il faut que je la voie avant ! renchérit l'inspecteur. Allez la prévenir tout de suite !

Tandis que Mlle Bouthier regagnait le cabinet, Rovère fit une incursion dans la petite salle qui le jouxtait et où les prévenus, leurs avocats ou les témoins convoqués avaient l'habitude d'attendre. Il y aperçut Folland, dont Sandoval lui avait parlé, sans toutefois citer son nom. Le diplomate était assis sur une banquette et fumait ; il s'efforçait d'afficher un grand calme mais sa mâchoire inférieure se crispait régulièrement, dans un rictus qui en disait long sur son état d'esprit. L'avocat qui l'accompagnait annotait un journal du matin. Rovère lui sourit, prit place à ses côtés et s'aperçut qu'il s'agissait d'un article relatant la découverte du cadavre d'Helena Wirschow. Quelques instants plus tard, Nadia invita l'inspecteur à entrer dans son cabinet.

40

Le vol 715 de la LOT, annoncé pour minuit, n'arriva à Roissy qu'à une heure du matin en raison d'une grève perlée des contrôleurs aériens...

Victor Sosnowski avait été alerté le dimanche en fin de matinée, à son domicile de la rue Zerom-skiego, à Varsovie. Ce coup de téléphone totalement imprévu le plongea dans une rage noire : il ne s'était pas accordé un seul instant de repos depuis des semaines. Il n'était cependant pas question de refuser. Il prépara rapidement sa valise et, avant de quitter la capitale, joignit ses collègues de Cracovie pour les prévenir de son arrivée.

Sosnowski avait passé toute sa jeunesse à Cracovie. Il n'y était pas retourné depuis des années, il fit rapidement le tour de la vieille ville et fut surpris de voir à quel point elle avait changé. La place du Grand Marché était désormais bordée de magasins aux vitrines clinquantes. Salamander voisinait avec Benetton, et un concessionnaire Hitachi s'était arrogé le droit d'accrocher une enseigne aux couleurs criardes sur sa façade, juste en face du restaurant Wierzynek. Les marchands de fleurs avec leurs voitures de quatre-saisons tenaient encore le haut du pavé, mais les groupes de hard-rock, équipés de sono de fortune, leur disputaient la vedette parmi les touristes. Sosnowski s'éloigna du centre-ville et gagna le siège de la Brigade criminelle, avenue Mogilska. Deux heures plus tard, il le quitta et se dirigea vers l'aéroport de Balice.

*

Il n'aurait jamais cru qu'il remettrait si vite les pieds à Paris. Dès la chute de Jaruzelski, il avait quitté la France, après y avoir passé trois années. Durant le trajet en taxi depuis Roissy, Sosnowski s'interdit de songer au motif de son voyage et se prit à évoquer ses souvenirs d'exil. Dès qu'il fut installé dans sa chambre d'hôtel, rue de La Motte-Picquet, il revint cependant à des préoccupations plus terre à terre.

41

Folland annonça la couleur dès le début de l'entretien : Helena Wirschow avait une sœur, qui vivait à Cracovie. Il était parvenu à la persuader de se constituer partie civile et montra à Nadia le fax qu'elle lui avait expédié, lui demandant de la représenter en attendant sa venue en France. Maître Deléage, l'avocat qui accompagnait le diplomate, avait accepté de l'assister. À ce titre, il pourrait exiger qu'on lui communique les pièces du dossier. Nadia ne se formalisa pas. Elle laissa Folland récriminer contre l'accueil assez froid qui lui avait été réservé au Quai des Orfèvres la veille, puis proférer à son encontre quelques menaces bien senties quoique enrobées de miel, si d'aventure elle ne cédait pas à ses exigences. Elle l'encouragea même à préciser le fond de sa pensée et ne s'offusqua pas le moins du monde quand le diplomate se vanta de la faire mettre au pas par l'intermédiaire de ses relations au Quai d'Orsay.

— Mon pays et le vôtre entretiennent d'excellentes relations, expliqua-t-il. Nous ne tolérerons pas que soit salie la réputation de la communauté polonaise de France. Une de nos ressortissantes a été assassinée dans des circonstances inexplicables, et la ressemblance avec le meurtre de cette prétendue artiste, Martha Kotczinska, qui vivait d'expédients, peut alimenter les rumeurs.

— Je vous ai entendu, monsieur Folland, dit Nadia à la fin de sa tirade.

— Une dernière chose. J'ai prévenu la police polonaise, Un commissaire de la Brigade criminelle de Varsovie, M. Sosnowski, est arrivé à Paris. En aucun cas, évidemment, il ne pourra se substituer aux services que dirige le Parquet, mais il serait... correct de le tenir informé des progrès de l'enquête, ajouta le diplomate.

— J'allais y venir ! poursuivit Nadia, en chaussant ses lunettes.

Retranchée derrière les verres épais qui la vieillissaient tant et conféraient à son regard une sévérité permanente qu'elle eût été bien en peine de simuler, elle prit tout le temps de classer les PV que lui avait remis Rovère, laissant ainsi Folland mariner dans son jus.

— Helena Wirschow n'est pas au centre de nos préoccupations, dit-elle en détachant soigneusement ses mots, ce qui eut pour effet de mettre du baume au cœur du diplomate.

Il se détendit, esquissa un pâle sourire, et se tourna vers l'avocat, comme pour signifier à Nadia que c'était à lui qu'elle devait s'adresser en priorité.

— Si je résume nos conclusions, dit-elle, voici ce que je peux vous révéler, nonobstant le secret de l'instruction : Martha Kotczinska, qui, comme vous le disiez si justement, « vivait d'expédients », arrondissait ses fins de mois en fabriquant de faux papiers... et de faux documents d'importance diverse.

Elle brandit les pièces saisies à Joinville. Folland et l'avocat se penchèrent sur le bureau et les examinèrent, circonspects.

— Il semblerait que Martha effectuait ce travail pour un de vos ressortissants, monsieur Folland. Un certain Jacek Durmala.

Elle brandit alors une des photographies du cadavre que Rovère s'était procurée à l'IML et la leur montra.

— Ce Durmala a été assassiné la semaine dernière, juste avant Martha, mais différemment : un coup de poignard dans le cœur, en plein boulevard, sous les yeux de nombreux passants. Le meurtrier a pris la fuite. Durmala était en rapport avec un second ressortissant polonais, monsieur Folland. Le connaissez-vous ?

Folland scruta attentivement le portrait anthropométrique de Jan Gotielka, que la jeune femme glissa ensuite dans un classeur.

— La Brigade criminelle interroge en ce moment même Gotielka, lequel a été arrêté hier dimanche à proximité de l'église polonaise de Paris alors qu'il s'apprêtait à livrer à un troisième ressortissant polonais un chargement d'« Argès » contenu dans des bidons de plastique, que voici.

Folland s'avança pour examiner un cliché de l'intérieur du break saisi rue Saint-Honoré. L'avocat fit de même.

— Savez-vous ce qu'est l'« Argès », monsieur Folland ? demanda gentiment Nadia. Non ? Eh bien je vais vous le dire ! Il s'agit d'un mélange de formol et d'acide acétique.

Folland se tassa un instant sur son siège mais reprit aussitôt de sa superbe.

— Je ne suis pas venu suivre un cours de chimie, madame Lintz, dit-il sans se départir de son sourire. Mais je ferai preuve de patience.

— À la bonne heure ! s'écria Nadia. L'Argès est parfois utilisé comme désinfectant alimentaire, malgré les dangers qu'il présente : il peut causer des maux d'estomac bénins mais aussi provoquer des hépatites. Certains commerçants peu délicats en usent pour rendre à des viandes impropres à la consommation un semblant de fraîcheur. Vous me suivez, monsieur Folland ?

— Je n'apprécie guère les rébus, soupira le diplomate.

— J'irai donc à l'essentiel ! Au centre du dispositif nous avons Jacek Durmala, aujourd'hui décédé. Il organisait un trafic de viande en provenance de pays... indéterminés, pour la vendre en France, illégalement, s'entend. Pour ce faire, il avait besoin de documents : on ne fait pas traverser les frontières, même celles de la Communauté européenne, à des camions chargés de gigots et de jambons sans montrer patte blanche, n'est-ce pas ? Martha Kotczinska fournissait ces documents, tampons et certificats d'origine, à Jacek Durmala. Par ailleurs, elle connaissait fort bien Helena Wirschow. À preuve ce portrait d'Helena, retrouvé chez elle et portant sa signature.

Nadia sortit machinalement une photographie du nu saisi dans l'appartement du cours de Vincennes. Folland eut un geste agacé.

— Vous reconnaissez Helena Wirschow ? C'est assez ressemblant, n'est-ce pas ? Martha, qui « vivait d'expédients », comme vous le faisiez si judicieusement remarquer, n'en avait pas moins du talent. Je continue, si vous m'y autorisez. Helena travaillait au département commercial de votre ambassade et s'occupait notamment des importations alimentaires en provenance de Pologne. Vous suivez toujours, monsieur Folland ? Si vous souhaitez connaître mon avis,

Helena était mêlée jusqu'au cou à ce trafic ! Ce que nous confirme la déposition d'un autre autre employé de vos services, Marek Kurniewski.

Ecrasé, Folland toussota et demanda à sortir quelques instants.

— Vos remarques, Maître ? reprit Nadia en attendant son retour.

— Je suis simplement présent pour m'informer, répliqua prudemment l'avocat en lorgnant vers la porte.

Folland revint, pâle comme un linge. Il réintégra sa place et, d'un geste, pria Nadia de poursuivre.

— Je vous expliquais à l'instant, monsieur Folland, que le jeune Marek Kurniewski, secrétaire et amant d'Helena Wirschow, nous a été d'un précieux secours. Grâce à lui, nous avons pu nous mettre sur la piste d'un certain Tadeusz, dont voici le portrait-robot.

Folland s'empara du document, dessiné en noir et blanc, mais orné de rayures rouges qui figuraient l'angiome.

— Ce Tadeusz — nous ignorons son nom de famille — rencontrait parfois Helena Wirschow le dimanche, à l'issue de l'office célébré à l'église de la place Maurice-Barrès. Le jeune Kurniewski nous l'a confirmé.

— Tous les Polonais de Paris se rendent à la messe le dimanche, murmura piteusement Folland, sérieusement ébranlé.

— Autre chose, connaissez-vous cette femme ? reprit Nadia en lui proposant le portrait-robot d'Aïcha.

Le diplomate l'examina longuement mais secoua négativement la tête.

— Tadeusz est dans la nature. Les hommes du commissaire Sandoval ont bien failli l'arrêter mais il est parvenu à prendre la fuite. D'après ce que nous a confié Gotielka, les bidons d'Argès étaient destinés à « traiter » une cargaison de viande en souffrance que Jacek Durmala avait fait venir en France. C'était sans doute lui le « cerveau » de ce réseau. Sa mort inopinée a dû plonger ses complices — dont Tadeusz — dans l'embarras. D'où l'initiative prise par ce dernier de prolonger un peu la « durée de vie » de certaines carcasses entreposées dans un endroit dont nous ignorons les coordonnées. Ai-je répondu à votre attente, monsieur Folland ?

Nadia avait asséné sa démonstration avec une grande sérénité et, sans l'extérioriser, ne boudait pas son plaisir de voir l'adversaire, tantôt si insolent, à présent totalement défait.

— Bien entendu, vous pouvez autoriser votre monsieur Sosnowski — de la Brigade criminelle de Varsovie, c'est cela ? — à prendre contact avec moi ! Son aide nous sera probablement d'un grand secours, lança-t-elle pour porter l'estocade.

Folland se leva, imité par Deléage, inclina sèchement la tête et quitta le cabinet. Dès qu'ils eurent refermé la porte, Nadia partit d'un grand éclat de rire, sous l'œil admiratif de Mlle Bouthier. Elle enclencha le mécanisme de l'automate que lui avait offert Szalcman et assista à ses gesticulations avec une joie accrue.

La greffière lui passa alors le téléphone, avant

de quitter le cabinet pour se rendre à une réunion syndicale.

— L'inspecteur Dimeglio vous demande.

— Pluvinage vient de me prévenir, lui dit-il. La main coupée, c'était bien celle d'Aïcha ! Elle a séjourné dans un congélateur mais il n'y a aucun doute : le groupe sanguin est le même, et il m'a raconté une histoire de phénotype à laquelle je n'ai rien pigé. Bref, ça confirme.

Nadia encaissa en silence. L'excitation qu'elle avait ressentie durant l'entrevue avec Folland tomba tout à coup. Elle prévint Dimeglio de l'arrivée du commissaire Sosnowski ; il reçut la nouvelle avec une certaine perplexité.

— Et Gotielka, vous arrivez à en tirer quelque chose ? reprit-elle.

— Il reconnaît avoir acheté le désinfectant grâce à une autorisation bidon que lui a procurée Martha, mais il nous fait le coup du lampiste : il connaissait Jacek et Tadeusz, ça, c'est sûr, il ne nie pas ! Mais pour lui tirer les vers du nez à propos de l'endroit où ils stockaient leur bidoche, c'est plutôt coton !

— Ne le lâchez pas, dites-lui que je vais le coller au trou et qu'il n'est pas prêt de rentrer en Pologne, ça l'incitera à se montrer coopérant ! s'écria Nadia.

— Espérons-le... soupira Dimeglio, qui promit de faire le maximum.

Nadia appela alors Montagnac, à la huitième section.

— Tu es bien accroché à ton siège ? demanda-t-elle. Alors écoute : nous allons vivre ensemble !

Un long silence s'ensuivit.

— Tu veux bien répéter ? balbutia André après avoir avalé sa salive.

Elle lui fit part de l'incident de la main tranchée, et de ses conséquences.

— Disons pour une semaine, en attendant d'y voir plus clair, ça colle ? proposa-t-elle. D'après ce que je sais, monsieur Ton Père t'a offert un appartement assez vaste pour accueillir une pauvre pécheresse en perdition, non ? En tout bien, tout honneur, cela va sans dire. Je ne tiens absolument pas à retourner chez Maryse.

Avant de raccrocher, elle lui fit jurer qu'il ne parlerait à personne de ce séjour, à la fois parce qu'elle craignait les commérages, mais aussi en raison des recommandations de Rovère qui lui avait conseillé la plus extrême prudence.

Elle se plongea ensuite dans le dossier de la prostituée du périphérique. Une tapineuse qui officiait dans la même zone s'était fait coincer dans des circonstances analogues mais avait réussi à s'enfuir à temps. Une patrouille de police s'était chargée de l'emmener à la Brigade criminelle. On avait préservé avec soin le Kleenex souillé qu'elle serrait convulsivement dans sa main pour le soumettre à différentes analyses. Nadia parcourut le rapport du laboratoire d'expertise médicale qui résumait les éléments de comparaison avec les traces de sperme retrouvées dans la bouche de Delphine lors de l'autopsie. Elle se perdit dans les réactions de phosphatase acide, mettant en évidence la présence d'antigènes A et HO et d'autres formules tout aussi ésotériques, puis referma bientôt la chemise, écœurée.

Elle quitta son cabinet, traversa la cour de la

Sainte-Chapelle et passa devant l'entrée de la huitième section pour se rendre au self, près du hall de Harlay. Montagnac la cueillit au vol. Durant le repas, elle lui fit part de la visite de Folland et lui raconta les derniers développements de l'enquête.

— Fais très attention, ma belle, lui dit-il. Si ton dossier n'est pas bien ficelé, le Parquet va te tomber dessus ! Les diplomates, on les ménage.

Elle accueillit cette remarque frappée au coin du bon sens avec placidité. Montagnac scruta son visage tendu.

— La main, ça te fout la trouille, hein ?

— Oui, je n'y comprends plus grand-chose, avoua Nadia. Je suis persuadée que cette petite bande de magouilleurs n'a rien à voir avec mon problème.

— Saigner des femmes jusqu'à ce qu'elles en meurent, c'est bien des méthodes de boucher, ou de trafiquant de viande, remarqua Montagnac.

— Je sais ! Mais il y a autre chose : tout ça ne colle pas, vraiment pas du tout !

42

Sandoval n'arriva à la Brigade qu'en milieu d'après-midi. Il avait dormi très tard pour récupérer de sa nuit de veille, passée à interroger Gotielka, sans résultat. Celui-ci parlait un sabir franco-polonais des plus malaisés à décoder, et manifestait peu d'entrain à tenter de comprendre le sens des questions qu'on lui posait. Découragé,

Sandoval s'était résigné à l'abandonner entre les mains de Dimeglio, non sans lui avoir recommandé de traiter le prévenu avec toutes les précautions requises... Quand Dansel le mit au courant de la trouvaille de Choukroun concernant Jacek, le commissaire tomba des nues.

— Comment ? Ce cadavre est à la morgue depuis la semaine dernière et personne ne nous a prévenus ! ? s'emporta-t-il.

— C'est plutôt normal, on est lundi et la liaison hebdomadaire n'arrive des différents services que demain, plaida Dansel. Les gars de la 6e DPJ ont fait leur boulot ; ils ont ramassé le corps sur le boulevard et relevé son identité. Maintenant, le temps qu'on soit avertis et qu'on fasse le recoupement...

— On a son adresse ? poursuivit Sandoval, à moitié satisfait par ces explications.

— Un studio, rue de Charonne. Choukroun y est allé, mais c'est « nickel », comme il dit. Un peu d'argent liquide, des vêtements, rien que de très normal. Il avait une planque, ailleurs.

Le commissaire s'enferma dans son bureau et relut à tête reposée tous les PV dressés depuis la découverte du cadavre d'Aïcha, rue Sainte-Marthe, le lundi précédent, pour tenter d'en faire la synthèse. Il ne tarda pas à rappeler Dansel, qui passa la tête dans l'entrebâillement de la porte.

— Dimeglio s'occupe toujours de Gotielka ? demanda-t-il.

— Oui... il lui parle du pays. Il lui en parle même assez fort ! confirma l'inspecteur, évasif.

— Et Rovère, qu'est-ce qu'il fout ?

— Il a dû s'absenter.

Sandoval prit une profonde inspiration, posa ses

deux mains à plat sur son bureau et laissa mûrir la colère qui montait en lui. Dansel referma soigneusement la porte derrière lui, s'avança vers le commissaire et pointa le doigt dans sa direction.

— Écoutez, dit-il, vous avez peut-être vos nerfs, mais je vous jure que vous allez lui foutre la paix ! Vous savez ce qui est arrivé à son fils, hein ? Eh bien, c'est plus grave que ce qu'on pouvait craindre : le gosse est dans le coma. Depuis ce matin.

Sandoval se sentit pâlir et bafouilla quelques mots d'excuses.

— Ce n'est pas tout, ajouta Dansel.

Il fit part à Sandoval de l'arrivée chez Nadia Lintz du colis contenant la main d'Aïcha. Dimeglio pénétra alors en trombe dans le bureau, en bras de chemise, essoufflé mais ravi.

— Gotielka s'est allongé, j'ai l'adresse ! annonça-t-il. Un hangar, à Bonneuil, dans la zone industrielle. Il paraît que c'est là-bas qu'ils stockaient la barbaque avant de la refiler en douce à Rungis. Ils se faisaient des couilles en or, ces salopards. Ils payaient à peine cinq francs le kilo de viande à l'achat en Pologne, et faisaient plus de quatre fois la culbute. En débitant la camelote à la tonne, vous imaginez un peu le bénef' ?

Sandoval se rendit dans la pièce voisine. Effondré sur un siège, Gotielka sanglotait comme un enfant. Sandoval le saisit sous l'aisselle pour le contraindre à se lever.

— On y va ! décréta-t-il.

Dimeglio et Dansel échangèrent un regard inquiet. Les autres inspecteurs de la Brigade étaient tous sortis.

— Avec Choukroun, nous sommes quatre, je ne vois pas où est le problème, leur lança le commissaire.

43

Nadia quitta son cabinet vers dix-sept heures trente. Elle avait rendez-vous avec Montagnac rue de Tourtille, pour prendre quelques affaires avant de s'installer chez lui, boulevard Voltaire. Le garde chargé d'orienter les visiteurs la retint à l'entrée de la galerie.

— Une dame est venue pour vous voir, madame Lintz, lui dit-il. Irène Sénéchal... Comme elle n'avait pas de convocation, je lui ai demandé d'attendre.

Il désigna une femme assise tout au bout du couloir, sur une des banquettes de bois où les prévenus avaient l'habitude d'attendre. Nadia sentit le sang refluer de son visage. Elle remercia le gendarme et s'avança en direction de la visiteuse, qui se balançait doucement d'avant en arrière, tassée sur elle-même, en essuyant les larmes qui inondaient ses joues.

— Joli numéro de pleureuse ! lança Nadia. Allez, lève-toi !

— Il... il est mort hier soir, sanglota Irène.

Elle se redressa avec difficulté et chancela un instant, avant de retrouver un équilibre incertain.

— Je suis heureuse de l'apprendre, murmura Nadia. Ne reste pas ici. La sortie, c'est par là.

Elle poussa sa mère vers un escalier en colimaçon. Il pleuvait et, dans la cour de la Sainte-Chapelle, des employés de Lenôtre déchargeaient des victuailles destinées à une réception d'entreprise qui devait se tenir dans la salle de la Conciergerie. Vaincue et résignée, Irène Sénéchal obéit à sa fille, et se dirigea vers le boulevard.

— Il aurait tant voulu te voir, dit-elle d'une voix douce, exempte de tout reproche. Jusqu'au dernier moment, il a parlé de toi.

— Tu sais bien que la question est réglée depuis longtemps ! soupira Nadia.

— Les obsèques auront lieu chez nous, à Tours, tu viendras, n'est-ce pas ? insista Irène.

— Il n'en est pas question, trancha Nadia.

Elles étaient arrivées devant les grilles du Palais. Nadia hésita un instant.

— Tu vas à la Pitié, maintenant ? demanda-t-elle.

— Oui, la levée du corps a eu lieu cet après-midi. Marc s'est occupé de tout, mais il faut encore que je signe un papier, je ne sais pas lequel exactement.

— Eh bien, tu prends le taxi, il y a une station place du Châtelet, de l'autre côté de la Seine, dit Nadia.

— Non, Marc m'attend, expliqua Irène, la voix brisée par un nouveau sanglot. Heureusement qu'il est là.

Nadia aperçut alors son mari qui patientait sur le trottoir d'en face, près de la brasserie des Deux Palais. Il traversa le boulevard en faisant sauter ses clefs de voiture dans sa main et rejoignit les deux femmes.

— Je me disais aussi, ce cher Marc, toujours aussi serviable ! lança Nadia avec un rire aigre.

Sans ajouter un mot, elle s'éloigna à grandes enjambées. Marc la poursuivit, lui saisit le coude et la força à se retourner. Elle se dégagea mais lui fit face.

— Ta mère t'a dit ? Avant-hier, il a fait venir son notaire à l'hôpital, annonça-t-il.

— En bon charognard, voilà dix ans que tu guettes le magot, j'espère qu'il t'a récompensé ? siffla Nadia, avec une lueur haineuse dans le regard.

— Exactement ! s'écria Marc.

— Les masques finissent toujours par tomber, murmura-t-elle. Maintenant laisse-moi, je n'ai pas de temps à perdre !

Tandis qu'elle s'en allait, il resta planté sur le trottoir, les bras ballants, déçu de la rapidité et de la banalité de cette scène d'adieux, qu'il savait définitifs.

44

Dimeglio avançait sous une pluie battante en direction d'un hangar de béton dont le toit, couvert de plaques de tôles rouillées, avait subi bien des dégâts à la suite des violents orages qui s'étaient abattus sur la région parisienne depuis la fin du mois d'août. Il longeait un chemin de terre dont Gotielka lui avait indiqué le tracé, et qui se perdait dans une maigre broussaille. En bordure de la Marne, dans ces parages immédiats du port de Bonneuil, les berges de la rivière étaient encombrées de déchets divers, barils éventrés, épaves de camions, squelettes de grues à demi dépecées par toute une faune de ferrailleurs à la petite semaine qui trouvaient là une manne propice à satisfaire leurs modestes appétits. Dimeglio avait délaissé le micro-émetteur dont il s'était servi lors de son escapade à l'église polonaise et portait un talkie bien plus puissant. Une rafale de vent rabattit vers lui des effluves écœurants. Il se boucha le nez, avala une grande goulée d'air, la bouche ouverte, et franchit les derniers mètres qui le séparaient du hangar. Sandoval et Dansel s'en approchaient eux aussi, mais par la nationale en bordure de laquelle il se dressait, évitant ainsi ce détour chaotique. Choukroun, préposé à la garde de Gotielka, était resté dans la voiture.

— Je suis juste derrière le hangar, il y a une fenêtre cassée ! annonça soudain Dimeglio, alors que Dansel inspectait la grande porte d'entrée, cadenassée par une chaîne.

— On ne pourra pas passer par là, constata Sandoval.

Dansel lui montra un escalier extérieur menant à un balcon qui tournait à l'angle du bâtiment. Sandoval acquiesça en voyant une rangée de fenêtres garnies de stores à crémaillère dont certains claquaient au vent.

— Tadeusz ! Nom de dieu, il est là-dedans ! s'écria Dimeglio d'une voix presque inaudible.

— Qu'est-ce qu'il fout ? lui répondit Dansel en s'efforçant de protéger son talkie de la pluie qui redoublait d'intensité.

— Il y a un camion. Il décharge des carcasses de viande avec un autre type. Ils les balancent par terre ! Ça pue, c'est à gerber !

— Dimeglio, tu peux rentrer ? reprit Dansel, tout en escaladant les marches.

Il progressa sur le balcon, à la recherche d'un store suffisamment esquinté qui lui permette de jeter un coup d'œil à l'intérieur du hangar. Le talkie émit un sifflement. Il répéta sa question.

— Si je peux entrer ? ! Mais je suis déjà dedans, expliqua Dimeglio. Il y a tout un bordel de caisses. On peut se planquer derrière. Je suis juste en face de la plate-forme de déchargement. Je les vois au poil ! Si vous ne pouvez pas entrer par l'avant, venez ici !

Dansel hésita, s'arrêta devant la troisième fenêtre, saisit le store qui bâillait vers le bas, s'arc-bouta pour le soulever encore plus et aperçut le camion dont parlait Dimeglio. L'avant était tourné vers l'entrée du hangar, si bien qu'il lui masquait la vue. Sandoval avait déjà dépassé l'angle du balcon et l'appela pour lui montrer une porte qui avait été forcée et pendait sur son gond inférieur. Ils se glissèrent tous deux par l'ouverture et, courbés en deux, longèrent une coursive à claire-voie qui courait tout le long du hangar. Une odeur pestilentielle leur fouetta le visage. Sandoval s'agrippa à la rambarde et reprit posément son souffle, le cœur au bord des lèvres. Ils descendirent au rez-de-chaussée par une échelle et se trouvèrent bientôt près de la cabine du camion, un quinze tonnes frigorifique dont la carrosserie était couverte de boue. Ils entendirent le bruit mou produit par les carcasses de viande que Tadeusz, juché sur la plate-forme du camion, projetait sur le ciment détrempé. Elles s'y empilaient les unes par-dessus les autres. À mesure que l'on approchait, la puanteur devenait plus insupportable.

— On est dedans, annonça Dansel, la bouche plaquée contre le micro du talkie. Quand tu nous verras arriver, tu sors de ton trou et on les coince !

Il longea la carrosserie du camion par la droite, tandis que Sandoval le contournait par la gauche. À l'abri derrière le battant de la plate-forme de déchargement, il sortit son pistolet de la poche de son imperméable, réprima la nausée qui lui tordait l'estomac, respira calmement durant quelques secondes, puis s'avança à découvert. Dès qu'il le vit, Dimeglio jaillit de la pile de caisses derrière laquelle il avait trouvé refuge et bondit vers le camion. Tadeusz laissa tomber la carcasse qu'il portait en travers de l'épaule et sauta à terre. Vêtu d'un tablier blanc couvert de taches rouges, chaussé de lourdes bottes de caoutchouc, ses deux poings tendus devant lui, il percuta Dansel qui bascula en arrière et atterrit sur le coccyx, puis courut en direction de l'échelle que l'inspecteur venait d'emprunter pour descendre au rez-de-chaussée du hangar. Dimeglio se précipita à ses trousses en prenant garde de ne pas déraper sur les flaques d'eau croupie éparpillées sur le sol. Sandoval se tourna vers l'intérieur du camion et pointa son arme en direction du compagnon de Tadeusz, qui s'immobilisa.

— Dansel, ça va, rien de cassé ? demanda-t-il.

L'inspecteur s'assit à grand-peine et grogna une vague réponse ; l'espace d'un instant, Sandoval baissa sa garde. Dansel, encore sonné par sa chute, le vit fléchir lentement les genoux et s'affaisser au beau milieu d'une mare putride, formée par les rigoles de pluie qui dégoulinaient du tas de viande et le noyaient en entraînant des caillots de sang. Ce ne fut que dans un second temps qu'il aperçut le croc de boucher planté dans sa gorge. L'agresseur posa un pied sur le cou de Sandoval, arracha le croc et s'avança vers Dansel. Sans réfléchir, celui-ci empoigna son arme et vida le chargeur. L'homme recula de quelques pas, d'une démarche saccadée, et tomba à la renverse, sans avoir lâché le crochet d'acier qui, dans sa chute, émit un son mat en cognant sur le sol. Dansel se retourna et aperçut Dimeglio, installé à califourchon sur la poitrine de Tadeusz, au pied de l'échelle vers laquelle celui-ci s'était rué en espérant fuir. De ses deux poings, il lui martelait le visage avec une rage méthodique. Dansel se traîna à quatre pattes vers le talkie qui avait glissé sous une roue du camion et appela Choukroun. Ensuite, il s'accorda le droit de vomir.

45

Montagnac attendait Nadia au Comédien, un petit bar à vins situé rue de Belleville, à quelques mètres du croisement avec la rue de Tourtille. Le ballet des terrassiers qui avait commencé le matin même venait juste de prendre fin et l'aspect de la chaussée et des trottoirs évoquait un paysage de bataille. La circulation était totalement bloquée du fait de la présence d'un escadron de pompiers stationné au carrefour. Nadia toqua à la vitre du bistrot. André vida son ballon de pouilly et la rejoignit au-dehors. Elle se hissa sur la pointe des pieds et déposa un rapide baiser sur sa joue.

— On monte ? Je n'en ai pas pour longtemps, tu es garé loin d'ici ? demanda-t-elle, sans même écouter la réponse.

Arrivée chez elle, elle disparut dans la salle de bains. Montagnac entendit couler l'eau de la douche ; il patienta en feuilletant quelques livres puis se planta devant la fenêtre pour observer le manège des pompiers, qui avaient déployé leur grande échelle afin d'atteindre une fenêtre située au troisième étage de l'immeuble en vis-à-vis. Nadia revint dans le salon et jeta un sac de voyage ainsi qu'une pile de linge sur le canapé. Elle ne portait qu'un tee-shirt bien trop grand pour elle et qui lui arrivait à mi-cuisses. Elle s'était séchée à la hâte ; le tissu encore humide lui collait à la peau.

— Qu'est-ce que tu as ? demanda-t-elle, surprise de voir Montagnac la fixer avec insistance.

Il détourna la tête, confus. En apercevant son reflet dans le miroir, elle comprit la raison de son trouble, s'avança vers lui et posa son front contre sa poitrine. Il en fut si surpris qu'il ne sut que faire de ses mains.

— Serre-moi dans tes bras, m'sieur le proc' de mes deux, souffla-t-elle.

Il l'enlaça et lui caressa doucement la nuque.

— André, ne fais pas l'imbécile, dit-elle dans un murmure, toujours blottie contre lui. Selon toute probabilité, tu vas me sauter un de ces jours, mais il faut que tu comprennes que je vais mal. Je suis un peu paumée à Paris... et aujourd'hui mon père est mort. Et comme si ça ne suffisait pas, il y a cette histoire de main coupée que ce dingue m'a envoyée. Alors je t'en prie, prends soin de moi !

Au fur et à mesure de sa tirade, sa voix s'était raffermie. Elle leva les yeux vers Montagnac. De son pouce, il essuya les deux grosses larmes qui perlaient à ses paupières et l'embrassa sur le front. Elle frissonna, lui adressa un sourire qu'elle aurait voulu ironique, et reprit ses préparatifs.

Dix minutes plus tard, elle avait bouclé son sac et s'était rhabillée. Affalée sur le canapé, elle alluma une Craven et ferma les yeux.

— Tu nous sers à boire ? dit-elle en exhalant la fumée.

Montagnac obtempéra avec une célérité exemplaire. Ils restèrent quelques minutes, assis l'un en face de l'autre, leur verre à la main, s'abstenant de prononcer la moindre parole sans pour autant que ce silence ne génère un quelconque malaise.

— Qu'est-ce que tu en penses de cette histoire ? reprit brusquement Nadia. Ce dingue, s'il m'envoie la main d'Aïcha, c'est qu'il cherche à me parler, non ?

— N'y pense plus pour ce soir, je crois que tu as eu ta dose, assura Montagnac.

— Tu as raison. J'espère que tu vas m'inviter au restau ? Tu me parleras de ton père, ça m'évitera de penser au mien, dit-elle, le regard perdu dans le vague. Tu as un piano, chez toi ?

— Oui, un vieux clou, purement décoratif. Mais je l'ai fait accorder il y a deux mois, à tout hasard. J'ai été bien inspiré, non ?

Nadia se leva, passa son sac en bandoulière et

se dirigea vers le palier. Montagnac claqua la porte et boucla la serrure. Ce ne fut qu'en arrivant dans la rue que la jeune femme sembla remarquer la présence des pompiers. Ils avaient dû repousser les badauds pour dégager le passage et chargeaient dans une ambulance deux civières recouvertes de couvertures. La pluie s'était calmée. Le barman du Comédien se tenait sur le trottoir, face à son bistrot, les poings sur les hanches, pensif. Nadia le questionna.

— C'est deux vieux qui se sont fait rectifier chez eux, enfin, je crois, lui dit-il. Ils auraient pu pourrir là-haut sans que personne ne s'inquiète, mais justement le syndic de l'immeuble est passé cet après-midi. Du coup, il les a trouvés raides morts. Paraît que c'était pas beau à voir !

Montagnac montrait quelques signes d'impatience. Nadia ne voulut pas abuser de sa gentillesse et le suivit. Ils remontèrent la rue de Belleville sur une cinquantaine de mètres et prirent place dans sa voiture. Au passage, en apercevant les lumières allumées chez Szalcman, Nadia se promit de lui téléphoner dès le lendemain pour l'avertir de son absence momentanée. À ses côtés, Montagnac conduisait en silence. Il avait branché son autoradio sur FIP ; Sarah Vaughan chantait *When Lights are Low*. Elle posa la tête contre son épaule.

46

Rovère déambulait dans les allées du parc de l'hôpital Trousseau, une cigarette aux lèvres. Il avait dû sortir du bâtiment abritant le service de réanimation pour pouvoir fumer sans avoir à subir les remontrances de la surveillante. La pluie avait cessé et une odeur de terre mouillée montait des bosquets. Il s'assit sur un banc après l'avoir essuyé d'un revers de manche et resta quelques minutes ainsi, l'esprit vide. Claudie sortit à son tour et prit place à ses côtés.

— Rentre, tu n'en peux plus, lui dit-il.

— Tu peux rester, toi ? Je ne veux pas qu'on le laisse seul !

— Oui, je vais passer la nuit, assura Rovère. Tu prendras le relais demain matin. Tu as demandé un congé, au lycée ?

Elle confirma d'un mouvement de la tête, attendit encore quelques instants, se leva et caressa la joue de Rovère.

— Je te remercie... murmura-t-elle.

— Je ne veux pas que tu me remercies. Je veux que tu me pardonnes, souffla-t-il en lui embrassant la main.

Elle s'éloigna d'un pas lent. Rovère regagna le service de réanimation. La chambre de son fils se trouvait tout au bout d'un long couloir, au deuxième étage. Les médecins avaient dû pratiquer une trachéotomie et la canule émettait un sifflement lancinant. Une infirmière s'approcha de Rovère et lui proposa un café.

— Vous pensez qu'il va mourir ? lui demanda-t-il. Dites-moi la vérité !

L'infirmière hésita et préféra garder le silence.

— Cette saleté est capable de le maintenir en vie pendant des mois, hein ? poursuivit Rovère en désignant l'appareil de monitoring dont les écrans indiquaient l'état du rythme cardiaque et des différentes fonctions vitales.

— Demain vous pourrez demander à voir un interne, expliqua prudemment l'infirmière.

Rovère arpenta le couloir jusque tard dans la nuit. À quatre heures, il finit par s'endormir sur une des banquettes de la salle d'attente, décorée de dessins d'enfants. On le réveilla au changement d'équipe. Claudie le relaya à huit heures. Il quitta l'hôpital avec la migraine, téléphona à la Brigade depuis un bistrot de l'avenue Michel-Bizot et apprit les dernières nouvelles de la bouche de Choukroun. Sandoval allait s'en tirer. Par miracle, le croc de boucher avait épargné la carotide ; les dégâts étaient malgré tout sérieux et on pouvait craindre qu'il ne retrouve jamais l'usage de la parole.

— Mais pourquoi avez-vous accepté de vous lancer dans un cirque pareil ? s'emporta Rovère. Toi encore, je veux bien, mais Dansel ou Dimeglio ? Il fallait y aller à une dizaine et attendre qu'ils en sortent, de leur foutu hangar !

— Sandoval était déchaîné, plaida Choukroun. On a essayé de le calmer. Il avait la trouille d'arriver trop tard !

Rovère lança une bordée d'insultes totalement injustifiées, simplement destinées à évacuer un trop-plein d'exaspération. L'inspecteur ignora sa colère et poursuivit son compte rendu. Tadeusz et son complice attendaient les ordres de Jacek concernant le chargement du camion... La viande pourrissait sur pied, et le désinfectant saisi dans le break, rue Saint-Honoré, devait permettre de sauver ce qui pouvait l'être. En désespoir de cause, ils s'étaient donc résignés à sacrifier la marchandise.

— Sans Jacek, ils étaient cuits, ajouta Choukroun. C'est lui qui se chargeait de dispatcher la barbaque aux revendeurs.

— Si j'ai bien compris, on va se coltiner un flic polonais, mais évidemment, ces deux branques n'ont pas touché à Helena, ni à Martha ! affirma Rovère, à l'avance certain de la réponse.

— Non, là-dessus, on n'a pas avancé, admit Choukroun.

47

Les mains crispées sur le volant, il conduisait en scrutant la route quasi déserte. Il avait quitté Paris au milieu de la matinée du lundi et ne s'était arrêté qu'une heure à peine, peu après avoir franchi la frontière allemande. Les amphétamines qu'il avait absorbées produisaient leur effet, un peu euphorisant, mais surtout remarquablement efficace dans la lutte contre la fatigue. L'exaltation qu'il ressentait n'était pas seulement motivée par la prise des médicaments. Sa volonté farouche de remonter le fil du temps pour arriver à la source de son malheur, nourrie à la fois de haine et d'amour, lui procurait un sentiment de puissance absolue. Il avait tué. Tué Aïcha, tué Martha, tué Jacek, tué Helena... et il tuerait encore s'il le fallait. Il y était résolu. Il n'avait nul besoin d'invoquer des excuses. Aïcha s'était cruellement moquée de lui, quant à Martha, elle avait appelé Jacek à son secours !

Auprès d'Helena, il crut rencontrer un peu de compréhension. Il avait trouvé ses coordonnées sur l'agenda de Martha. Les deux femmes s'étaient connues en Pologne, au lycée. Martha avait été l'élève d'Helena. Après quelques années d'enseignement, celle-ci avait profité de l'appel d'air provoqué par l'épuration du personnel communiste pour briguer un poste au ministère des Affaires étrangères. Sa mutation à Paris datait de 1989.

*

Elle était terrorisée. Quand il l'avait appelée, elle avait aussitôt accepté de lui donner rendez-vous. Elle craignait que la police ne découvre sa participation au petit trafic.

Le réseau d'achat de la viande, les faux certificats d'origine fournis par Martha, il n'ignorait plus rien de la combine de Jacek. La pauvre Helena était persuadée que la mort de son amie était liée aux sales histoires dans lesquelles celui-ci l'avait entraînée.

Quand il lui eut expliqué le motif réel de sa visite, Helena reprit confiance en elle et lui livra toutes les informations qu'il souhaitait. Il la regarda alors avec tristesse. Il ne pouvait pas la laisser derrière lui. Elle eut un regard suppliant, en réalisant qu'elle était elle aussi condamnée. Elle se traîna à ses pieds, le visage ruisselant de larmes, invoqua sa clémence, lui jura qu'elle se tairait, lui proposa même de l'argent. En désespoir de cause, dans un geste ridicule, elle alla jusqu'à s'offrir à lui, abandonnant toute pudeur, mue par un instinct animal. Quand il lui prit le bras pour la contraindre à se redresser, elle fut secouée de la tête aux pieds par un spasme. Il lui asséna un violent coup sur le larynx. Elle s'évanouit. Il l'allongea sur le tapis et enfonça doucement l'aiguille au creux de son avant-bras. Le temgesic coula dans ses veines et la plongea aussitôt dans un état semi-comateux. Elle n'esquissa pas le moindre geste de défense quand la lame s'approcha de sa main.

Il l'avait contemplée alors qu'elle se vidait de son sang, durant quelques longues minutes, satisfait de n'éprouver aucune pitié. Le sang lavait la souillure. Une large tache qui allait en s'élargissant, de seconde en seconde. La couleur était rouge. Puis le téléphone avait sonné. Une voix masculine, qui lui était inconnue, s'inquiétait du retard d'Helena. Il était question d'un cocktail à l'ambassade. Il reposa le combiné sans répondre et quitta l'appartement, apaisé.

*

Peu après Munich, il fit une halte dans un relais autoroutier, pour manger un morceau. La nuit était tombée depuis plus d'une heure. Quelques camionneurs buvaient au comptoir en jouant au

421, visiblement peu pressés de reprendre le collier. Il s'installa à une table au fond de la salle et commanda un menu type, composé de choucroute et d'une paire de saucisses. Avant que la serveuse ne vienne lui apporter son plat, il étudia la carte. Le chemin le plus court passait par le sud de la Tchécoslovaquie. Il calcula le nombre de kilomètres qui le séparaient de Vienne, et traça un trait droit qui passait par Znojmo, Brno, Olomouc et Ostrava.

Puis il mangea rapidement, avant de se diriger vers la boutique attenante au restaurant, où l'on vendait des disques, quelques confiseries et des revues. Un tourniquet offrait un choix de journaux assez étendu, dont quelques-uns en anglais et en français. Il trouva un exemplaire de *Libération* qui datait du lundi matin et ne comportait qu'un entrefilet des plus laconiques à propos d'Helena Wirschow... Il jeta le journal dans la première poubelle venue et amena sa voiture près de la station à essence située à la sortie du parking.

Depuis la découverte du corps d'Aïcha, il avait vécu dans la crainte de voir l'enquête aboutir. Durant toute la période pendant laquelle Martha était à Varsovie, il avait guetté la moindre nouvelle, dans la presse. À présent il était persuadé de toucher au but bien avant que la police ne parvienne à démêler l'écheveau du réseau de trafiquants dirigés par Jacek. Ce qui l'avait tant troublé était devenu son atout principal dans sa course contre le temps : les enquêteurs s'épuiseraient en tentant de recouper les informations concernant Jacek, Martha et Helena, à la recherche d'un élément permettant d'expliquer leur mort, et il y avait fort à parier que jamais ils n'y parviendraient. Le trafic de viande agissait comme un leurre...

Il reprit le volant. Vienne n'était plus qu'à 200 kilomètres. Et Znojmo, le poste frontière tchèque, à une heure de la capitale autrichienne. Le pied au plancher, il fonçait sur la voie de gauche, dépassant les grosses limousines allemandes dont les conducteurs s'évertuaient à respecter la limitation de vitesse. Il alluma la radio et parvint à capter un programme de musique classique. Il identifia aussitôt le *Lux aeterna* du *Requiem* de Mozart et sourit, heureux de ce présage. Il avait vu tant de gens mourir. Se débattre à l'approche du moment fatal, ou s'y préparer avec sagesse. Sa mémoire était emplie de visages ravagés par l'angoisse, ou, au contraire, porteurs d'une sérénité à nulle autre pareille. Il connaissait toutes les figures de la mort. La mort. Il en avait joui. Il l'avait donnée comme on donne le plaisir. À Aïcha, à Martha, à Helena...

Les Bagsyk, ç'avait été autre chose. Un geste de pure charité. Il les avait délivrés du poids de cette existence inutile qu'ils traînaient si misérablement. La sœur, en premier, le frère ensuite. La folle était seule chez elle quand il s'y présenta. Elle lui ouvrit la porte et l'accueillit avec un ricanement sarcastique. Dans la rue, les terrassiers d'un chantier de l'EDF s'en donnaient à cœur joie sur leurs marteaux pneumatiques, dans un vacarme assourdissant. Quand il s'approcha d'elle, Olga Bagsyk vit la lame qu'il tenait dans sa main. Elle hurla de toutes ses forces, clouée dans son fauteuil de paralytique, qu'il repoussa jusque dans la chambre. Le cri s'étouffa dans la gorge tranchée d'Olga.

Il attendit le frère, deux heures durant. Celui-ci pénétra dans le petit appartement où flottait une odeur de cuisine rancie et de médicaments, et appela Olga. Devant l'absence de réponse, il répéta son appel, et crut qu'elle n'avait rien entendu à cause du tapage produit par le chantier. À l'entrée de la chambre, une main lui saisit le cou. Il était trop tard pour qu'il puisse se défendre.

Il les abandonna ainsi, baignant dans leur sang sans même attendre la fin de leur agonie. Pauvres Bagsyk, pitoyables crétins qui s'étaient crus autorisés à se dresser en travers de sa route.

Il se prenait parfois à imaginer les traits des vivants sous leur futur masque mortuaire. Les yeux clos, la peau blême, les lèvres légèrement bleuies. Une telle anticipation du destin commun le plongeait dans une rêverie trouble et délétère. Il n'y avait qu'un visage qui refusait de se prêter à cette fantasmagorie, un visage dont il gardait un souvenir obstinément souriant. Des yeux pétillants de gaieté, un teint rose, des lèvres charnues, si douces à ses baisers. Un instant de silence suivit le *Requiem*. Une voix annonça la suite du programme dans une langue qu'il ne comprit pas. Il était question de Schubert. Dès les premières mesures, il allongea la main vers l'autoradio et coupa le son. Il ne tenait pas à entendre *La Jeune Fille et la Mort*...

Il ne s'arrêta pas de la nuit, sauf au passage de la frontière où les douaniers tchèques jetèrent un vague coup d'œil sur son passeport. Le jour se levait quand il quitta les faubourgs de Brno.

48

Le mardi matin, Nadia se leva de très bonne heure. Montagnac l'avait réveillée en frappant doucement à la porte de la chambre d'amis qu'il lui avait réservée. Elle prit le petit déjeuner en sa compagnie et parcourut la presse du matin. André l'avait fait avant elle et tenta de la ménager du mieux qu'il put.

— Tu es une vedette, lui dit-il en lui tendant les journaux. On ne parle que de toi. À ta place, je serais assez fier !

Comme elle s'y attendait, *Le Parisien* relatait à la une la découverte du cadavre d'Helena Wirschow et résumait à grands traits les éléments du dossier. Il n'était pas fait mention de la main d'Aïcha ; Rovère avait soigneusement verrouillé l'information.

Nadia put cependant constater que Folland avait pris les devants. Dans une interview qui occupait plus d'un quart de page, il disculpait le personnel de l'ambassade de tout lien avec l'affaire. Il y évoquait son entrevue avec le juge Lintz et, en conclusion, le rédacteur de l'article insistait sur le fait que la nomination de Nadia au Palais de justice de Paris ne datait que de quelques semaines. Un bref aperçu de son passage au Tribunal pour enfants de Tours — pour enfants était souligné — complétait le tableau, tout en perfidie.

Son éventuelle incompétence était ainsi claire-
ment suggérée.

— Ma parole, ce salaud lui a graissé la patte, ou
quoi ? murmura Nadia, effarée, en biffant le nom
du journaliste signataire du papier.

— Les journalistes fonctionnent à l'épate, ma
chère, répondit Montagnac. Et un diplomate, ça
en jette plus qu'un juge !

Avant de gagner le Palais, ils firent un saut rue
de Tourtille. Elle déchira les prospectus publici-
taires qui se trouvaient dans la boîte aux lettres,
puis monta chez elle écouter la bande du répondeur, qui ne contenait aucun message.

*

Elle débarqua dans son cabinet alors que
Mlle Bouthier achevait à peine de classer le courrier du matin. Elle l'examina, à tout hasard,
s'attendant à y découvrir une allusion au colis
qu'elle avait reçu la veille, chez elle. Il n'y en avait
pas.

— L'inspecteur Rovère vous attend, lui dit la
greffière. Je... je crois qu'il y a du nouveau ! Il est
parti prendre un café à la buvette ! D'autre part,
un monsieur... Sosnowski a tenté de vous joindre,
il y a moins de dix minutes.

Nadia saisit le papier que sa greffière lui tendait
et composa immédiatement le numéro. Elle obtint
le standard de l'hôtel dans lequel Sosnowski était
descendu et dut patienter quelques instants avant
qu'on lui passe sa chambre. Sosnowski parlait un
français très acceptable, quoique marqué par un
fort accent.

— Je peux vous recevoir en fin de matinée, à mon cabinet, proposa-t-elle dès qu'il se fut présenté. Au Palais de justice. Disons midi, cela vous convient-il ?

Elle raccrocha, puis quitta la galerie pour se rendre à la buvette. Rovère, installé au fond de la salle, lui adressa un signe de la main.

— Folland ne vous a pas loupée ! lui dit-il en guise de bienvenue.

Il replia *Le Parisien* et sourit avec fatalisme.

— Mais rassurez-vous, si ça peut vous consoler, moi aussi, je suis dans le pétrin, ajouta-t-il.

Elle fronça les sourcils, étonnée. L'inspecteur lui fit part du bilan mitigé de l'expédition de Bonneuil.

— Pour le moment, personne n'est au courant, précisa-t-il.

— Vous auriez pu m'avertir ! rétorqua Nadia, avec une certaine agressivité. Je vous avais laissé un numéro où me joindre.

— Je ne le savais pas moi-même jusqu'à ce matin, dit simplement Rovère.

Il n'avait manifesté aucune colère ni ressentiment. Nadia comprit qu'elle avait gaffé, et, pour s'excuser, s'enquit de l'état de santé de Sandoval. Rovère la rassura.

— À votre place, lui dit-il en montrant l'article au vitriol du *Parisien*, je ne me laisserais pas faire...

Nadia réfléchissait déjà à toute vitesse au contre-feu qu'il convenait d'allumer pour battre en brèche les allégations contenues dans l'article. Elle fit un saut à la huitième section. Montagnac l'aiguilla sur un des journalistes qui traînaient au Palais, dans l'attente hypothétique d'un scoop.

Deux heures plus tard, elle descendit de la voiture que Rovère avait garée face à l'entrepôt de Bonneuil, dans un terrain vague cerné de ronces qui fit office de parking. Tout le périmètre était gardé par des gendarmes qui battaient la semelle le long de la route et près des bords de Marne. Dimeglio, assis sur une chaise à l'entrée du hangar, bâillait à s'en décrocher la mâchoire.

Folland ne tarda pas à rejoindre les lieux à bord d'une imposante Mercedes. Il en descendit et prit garde de ne pas souiller ses chaussures dans la boue. Nadia se dirigea vers lui. Le diplomate, mécontent de constater la présence d'une équipe de télévision qui avait installé son barda le long de la nationale, se tourna vers un homme d'une trentaine d'années, au visage poupin et surmonté d'une épaisse tignasse rousse, qui l'accompagnait.

— Madame Lintz... M. Sosnowski, dont je vous ai annoncé la venue, dit-il en clignant des yeux sous les flashes des photographes.

Sosnowski, prudent, se tenait en retrait. Nadia lui serra sèchement la main et le toisa un bref instant.

— Désolée de ce changement de programme ! lui dit-elle. Pour un premier contact, c'est un peu brutal.

Sosnowski inclina la tête de côté, avec une mine contrite, dont Nadia eut quelque peine à évaluer la sincérité. Après avoir décommandé le premier rendez-vous, elle les avait invités à se rendre à Bonneuil sans leur révéler le motif de sa requête, leur laissant simplement entendre qu'elle désirait leur présenter de nouveaux éléments. Folland, échaudé par sa première visite au Palais, s'était tout d'abord récrié, mais, après une courte discussion, Sosnowski l'avait convaincu d'accepter la rencontre.

Dimeglio, qui avait quitté son siège, les conduisit à l'intérieur du hangar. Dès qu'ils eurent franchi le seuil, la puanteur les submergea. L'inspecteur leur montra l'amas de carcasses que Tadeusz avait abandonnées sur place.

— La plaque minéralogique et les papiers du camion ont été grossièrement trafiqués, précisat-il. L'immatriculation en Grande-Bretagne, c'est du pipeau. Dans la boîte à gants, on a retrouvé des factures d'essence. La cargaison venait de Pologne, via l'Allemagne et la Tchécoslovaquie !

Catastrophé, Folland battit en retraite pour prendre l'air au-dehors. Nadia tendit à Sosnowski les papiers que Dimeglio lui avait remis. Il les examina rapidement. Katowice-Ostrava-Olomouc-Brno-Vienne-Munich : il ne fallait pas être grand clerc pour reconstituer le trajet effectué par le camion...

— Votre avis ? demanda ingénument Nadia.

— Ne comptez pas sur moi pour être indulgent à l'égard de ceux de mes compatriotes qui se livrent à de telles pratiques ! répondit froidement Sosnowski.

Elle l'attira à l'écart tandis que l'équipe de télévision zoomait l'amas de viande qui achevait de pourrir sur le ciment détrempé.

— Je vais vous dire franchement mon sentiment, monsieur Sosnowski, annonça Nadia.

M. Folland a eu l'impudence de me prendre de haut, de très haut, vous me suivez ?

Sosnowski acquiesça. Il fit quelques pas supplémentaires en direction de la sortie. Nadia le suivit, soulagée de quitter les lieux. Les journalistes se succédaient dans le hangar. Dès le journal télévisé de treize heures, le scandale de la viande trafiquée serait étalé sur la place publique.

— Vous comprendrez que grâce à cette petite exhibition, il n'est plus en mesure de distribuer les cartes, comme il pensait pouvoir le faire ? reprit-elle, une fois parvenue au-dehors. J'entends mener l'instruction de cette affaire à ma guise, sans que quiconque me mette des bâtons dans les roues.

— J'appartiens à la Brigade criminelle, madame Lintz, expliqua posément Sosnowski. Et quoi qu'en pense M. Folland, ma hiérarchie n'a aucun compte à rendre à la sienne.

Nadia appela Rovère, lui proposa de regagner le Palais de justice et convia Sosnowski à une petite séance de bilan, à tête reposée. Celui-ci s'aperçut alors que Folland s'était éclipsé. La Mercedes tournait déjà au carrefour, en direction de Créteil.

49

Ce mardi après-midi, la 23e Chambre correctionnelle ouvrit ses portes dès quatorze heures. Maryse Horvel, débarrassée de la corvée de permanence de nuit à la huitième section du Parquet, écopa de celle qui consistait à requérir contre la petite cohorte de traîne-misère que les gardes introduisaient dans le box des accusés, à raison d'une fournée de six tous les trois quarts d'heure. Il faisait très doux et les rayons du soleil pointaient au travers des vitres, illuminant le bas-relief représentant la Justice armée de sa balance, qui trônait derrière le fauteuil du président du tribunal. Comme à l'accoutumée, les assesseurs somnolaient gaillardement, relevant parfois la tête quand un éclat de voix les tirait de leur rêverie.

Maryse se leva à trois reprises, pour réclamer des peines d'emprisonnement ferme à l'encontre des membres d'une bande de zoulous qui sévissaient sur la ligne B du RER. Le prévenu suivant, un jeune beur porteur d'un keffieh, avait été arrêté par la Brigade de surveillance du métro place Clichy, après une course poursuite sur le quai de la ligne Nation-Dauphine. En tentant de s'enfuir, il s'était débarrassé des sachets de poudre qu'il gardait sous son tee-shirt, et qui avaient atterri sur la voie.

L'interrogatoire ne dura que quelques minutes. L'avocat évoqua le passé du prévenu, un fils de harki ayant subi durant toute son enfance les violences paternelles à raison d'un tabassage hebdomadaire. Le jeune homme — il se nommait Kateb Nedjnoun — suivit les débats avec une certaine angoisse. C'était la première fois qu'il se faisait prendre, et, quand le président lui demanda d'expliquer sa version des faits, il se lança dans un exposé laborieux, d'où il ressortait qu'un de ses amis lui avait remis un paquet qu'il lui avait demandé de garder en attendant son retour.

— Vous pourriez faire preuve d'un peu plus d'imagination, monsieur Nedjnoun, soupira le président. Nous ne sommes que mardi, mais c'est la quatrième fois cette semaine que j'entends ce genre d'histoire... Le nom de cet ami ?

— J'sais pas, m'sieur l'président ! s'écria Kateb. Entre nous, on l'appelle Farid, c'est un kem d'la Courneuve.

— « Un kem d'la Courneuve ? » répéta ironiquement le président, en forçant le trait. Le moins qu'on puisse dire, c'est que vous n'êtes guère précis. « Entre nous », qu'est-ce que ça signifie, exactement ?

— Ben, ceux qui zonent dans l'tromé, heu, dans l'métro ! Y m'a dit tu gardes ça, j'reviens ! Moi j'lui ai pas fait un plan galère, à Farid : j'y ai pris, son paquet ! Mais j'veux pas aller à Fleury, m'sieur l'président, parole, j'ai vu l'assistante sociale, elle m'a trouvé un stage d'insertion !

L'avocat demanda la parole pour confirmer les dires de son client et, une fois de plus, attira l'attention des juges sur l'âge de Kateb, qui venait tout juste d'avoir dix-huit ans. Maryse s'ennuyait ferme.

— Le problème, monsieur Nedjnoun, reprit le président, c'est que, si j'en crois la Brigade de surveillance du « tromé », comme vous dites, les sachets d'héroïne dont vous vous êtes débarrassé étaient scotchés sous votre tee-shirt, à même la peau : les sparadraps qui servaient à les retenir ont été placés sous scellés. De même, l'examen médical que vous avez subi atteste d'ailleurs de la présence de traces poisseuses sur votre flanc droit. Votre ami Farid vous a donc fourni un nécessaire à pharmacie en même temps que ces sachets de poudre ?

Les badauds qui assistaient à la session apprécièrent tout particulièrement cette dernière réplique en la saluant d'un rire discret et complice.

— Vous auriez pu vous montrer plus méfiant, monsieur Nedjnoun ! dit le président. Moi-même, si un inconnu me demandait de conserver un paquet, en admettant que j'accepte de lui rendre ce service, j'en vérifierais le contenu avant de me le coller sur la poitrine.

— C'est pas vrai ! J'sais rien ! La vérité, m'sieur l'président ! insista Kateb, qui chancelait dans le box, et dut s'asseoir.

Maryse fut invitée à prononcer son réquisitoire. Kateb ne lui inspirait aucune sympathie. Elle savait cependant qu'un séjour en prison n'était d'aucune utilité ; elle se résigna à demander trois mois fermes assortis d'une période probatoire, un minimum au regard de la gravité des faits. Le président acquiesça et annonça une suspension de séance. Les magistrats disparurent par une porte située au fond de la salle.

— J'veux pas aller à Fleury ! hurla le jeune homme, que les gardes durent maîtriser.

*

Sosnowski avait suivi l'exposé de Nadia avec une grande attention. Alors qu'elle n'y était en rien obligée, elle lui avait présenté toutes les pièces du dossier. Sosnowski se montra sensible à cette marque de confiance. Il l'informa de sa rencontre avec Jadwiga Wirschow, la sœur d'Helena.

— Mes collègues de Cracovie l'ont convoquée pour me la présenter, expliqua-t-il. C'est une femme à la santé fragile, je veux dire, nerveusement. Je l'ai longuement interrogée avant de prendre l'avion pour Paris. Elle était sérieusement ébranlée et Folland a dû insister pour qu'elle consente à se constituer partie civile.

Cette version des faits battait en brèche celle du diplomate, qui avait au contraire prétendu que l'initiative venait bien de Jadwiga. Nadia prit cette confidence de Sosnowski comme le gage d'une réelle volonté de collaboration, dénuée de toute préoccupation tacticienne.

— Madame Lintz, pensez-vous sérieusement qu'il y ait un rapport entre ce trafic de viande et la série d'assassinats ? demanda-t-il enfin.

— Sincèrement, non, soupira Nadia. Je ne crois pas me tromper en vous disant que l'inspecteur Rovère partage cet avis...

Celui-ci confirma d'un hochement de tête. Nadia livra une dernière information, qu'elle avait tue jusqu'à présent. Elle parla de la main tranchée qu'elle avait reçue par la poste. Sosnowski accusa le coup, sidéré. Mlle Bouthier entra alors dans le cabinet pour annoncer à Nadia qu'on la demandait au téléphone. Elle avait débranché sa ligne pour ne pas être dérangée durant l'entrevue avec Sosnowski et fut agacée par l'intervention de sa greffière.

— C'est important ! précisa Mlle Bouthier. Mlle Horvel insiste.

Nadia rebrancha la prise, décrocha le combiné et écouta longuement Maryse.

— Votre arrivée nous porte peut-être chance, monsieur Sosnowski ! dit-elle en se levant.

Ils quittèrent le cabinet et se dirigèrent tous les trois vers le dépôt, à l'autre extrémité du Palais. En chemin, Rovère s'adressa à Sosnowski pour lui demander où il avait appris à si bien parler français.

— Je l'ai étudié au lycée, mais j'ai surtout vécu trois ans à Paris, expliqua-t-il. De 82 à 86 ! Je venais tout juste de terminer mes études de droit quand Jaruzelski a décrété l'état d'urgence. À la faculté, j'étais secrétaire de la section de Solidarité. Si bien qu'on m'a mis en prison. À ma sortie, j'ai préféré quitter le pays. Et, après la chute des communistes, la police avait besoin d'un peu de sang neuf. Vous comprenez ?

Nadia lui sourit, impressionnée. Ils étaient arrivés dans le grand hall garni de coursives où s'ouvraient les cellules du dépôt. Maryse les attendait.

— Ton type est à la 28, je te préviens, il est un peu agité ! dit-elle à Nadia. C'est un dealer minable, mais quand il a entendu sa condamnation, il s'est brusquement excité et a hurlé qu'il voulait parler. À part ça tu vas voir, il est très fin, très délicat...

Nadia haussa les épaules, fit ouvrir la serrure et pénétra la première dans la cellule. Kateb avait le visage couvert de larmes. On lui avait confisqué sa ceinture et il retenait son jean, trop grand pour lui, d'une main tremblante. Ses baskets dépourvues de lacets bâillaient à ses chevilles et il trébucha en faisant un pas vers la porte.

— Ce n'est pas la peine de vous lever, lui dit Nadia, qui ne tenait pas à l'humilier davantage.

— J'veux pas aller à Fleury, sanglota-t-il en s'asseyant sur le châlit de fer nu scellé au mur. C'est vous la juge qu'elle m'a parlé, l'aut'meuf ?

— Oui ! Je m'intéresse à la fille qui a disparu. Vous avez vu son portrait-robot dans le journal, c'est bien ça ? lui dit Nadia, écœurée à la vue de la cuvette souillée des toilettes.

— Ouais, Aïcha ! J'l'ai vu l'dessin, la vérité, mais j'pouvais pas aller aux keufs ! confirma Kateb, avec une lueur d'espoir dans le regard. J'pouvais pas, vous comprenez ? Y z'auraient cherché l'embrouille !

— Je m'en fous, des keufs et de l'embrouille ! trancha Nadia. Dites-moi ce que vous savez sur elle.

Kateb avoua son appartenance à la petite bande qu'Aïcha s'amusait à réunir et dont les membres semblaient lui vouer un véritable culte.

— Elle s'appelait pas Aïcha, son vrai nom c'est Cécile ! affirma-t-il.

— Où vivait-elle ?

— J'sais pas... personne savait ! Son père, il est à Montreuil. C'est un céfran, son père. C'est pas un reubeu. Cécile, c'était son vrai nom !

— Tu es déjà allé rue Sainte-Marthe ? lui demanda Rovère. Vous aviez une planque là-bas, hein ?

— On s'voyait dans la piaule, ouais, c'était plutôt destroy.

— « On se voyait » ? Tu n'y es pas retourné ?

— Bah non, y avait l'proprio, ou j'sais pas qui, laçui, il a scié les marches ! Va-z-y, on pouvait plus y aller, dans la piaule, c'était chaud ! Et pis d'toute façon...

— De toute façon ?

Kateb marqua un temps d'hésitation ; il semblait regretter ses premières paroles. Rovère s'avança vers lui. Nadia faillit s'interposer entre eux mais s'en abstint. Le jeune homme prit peur. Tout comme Nadia, il se méprit sur le sens du geste de l'inspecteur, qui comprit que les gardes du dépôt n'avaient guère dû être tendres. Kateb se blottit tout au fond du lit, contre le mur, et protégea sa tête de ses deux bras croisés. Rovère s'assit à ses côtés et lui proposa une cigarette. Kateb l'accepta.

— Il faut tout lui montrer, les photos de Martha, d'Helena... Vous pouvez demander qu'on le sorte d'ici ? demanda l'inspecteur.

Nadia fit la moue. La perspective d'avoir à affronter la machine administrative ne l'enchantait pas. Elle imaginait déjà les démarches nécessaires à la levée d'écrou, mais finit pourtant par céder.

— Tu vois, Kateb, reprit Rovère en lui passant un bras autour des épaules, tu as eu beaucoup de chance de tomber sur nous. Alors tu ne vas pas nous décevoir, hein ?

Malgré la menace qui pointait dans la voix de l'inspecteur, Kateb se détendit et grimaça un vague sourire.

50

Nadia resta au Palais, avec Sosnowski, pour régler le cas de Tadeusz et de ses complices. Dans les locaux de la Brigade criminelle, Rovère ameuta ses inspecteurs et leur demanda d'assister à l'interrogatoire de Kateb. Il savait qu'il n'avait pu conserver en mémoire tous les menus événements survenus depuis le début de la semaine précédente et tenait à ce que chacun puisse mettre son grain de sel. Kateb, nourri par les soins de Dimeglio, avait repris du poil de la bête.

— Ne le laissez pas trop se reposer, conseilla Dansel, en aparté. Il va se croire le plus malin.

Rovère rassura son adjoint d'un geste apaisant.

— Vernier arrive bientôt ? demanda-t-il.

— Le proprio de la rue Sainte-Marthe ? Oui, Choukroun est parti le chercher, confirma Dansel.

Kateb était assis face à ses interlocuteurs : on devinait à sa mine concentrée qu'il avait parfaitement conscience de jouer gros.

— Allez, on y va, décréta Rovère. Décris-nous un peu ta bande de copains, ceux de la rue Sainte-Marthe !

Il n'y eut guère de surprise. Kateb débita son histoire, banale et sordide. La vie misérable dans les barres HLM de la cité des 4000 de La Courneuve, et la dérive inexorable vers la délinquance. Il en vint à évoquer leur rencontre avec Aïcha, lors d'un concert de rap. À leurs yeux, elle incarnait un monde inaccessible. Elle avait échappé à leur univers grâce à la prostitution, sans toutefois passer par les réseaux auxquels elle aurait pu sembler condamnée...

— Elle se faisait beaucoup de types ? demanda Dimeglio.

— Ah non ! Rien que des richards, des céfrans ! Et elle leur tirait toute leur thune, expliqua Kateb, profondément admiratif.

— Elle dealait ?

— Ouais, au début, c'est elle qui nous a branchés sur la dope. Après on avait nos fournisseurs. Pour elle, ce qui comptait, c'était taper la frime, les sapes, la thune, elle claquait tout ! Et pis, elle rev'nait nous voir, avec sa main de Fatma et du henné plein ses tifs ! Et pour s'foutre de la gueule des céfrans, elle nous laissait la...

Kateb suspendit sa phrase, dans un accès de pudeur totalement inattendu.

— Un peu putain, un peu chef de bande, j'avais vu juste, ricana Dansel en s'adressant à Dimeglio.

— Tout le monde le savait, qu'elle ne s'appelait pas vraiment Aïcha ? demanda celui-ci.

— Ouais... c'était pas un secret, confirma Kateb.

Rovère tenta de lui faire préciser l'adresse de son père. Kateb donna une description approximative d'un pavillon situé sur les hauts de Montreuil.

— Vous pouvez pas vous tromper. Y a une bagnole tout en haut d'un pylône ; avant, il faisait la casse, c'est là qu'elle a grandi, Aïcha.

— Alors dis-nous ce qui s'est passé rue Sainte-Marthe ? Un soir, vous vous êtes fait tabasser, c'est ça ? poursuivit Rovère.

Kateb raconta la soirée de défonce qu'ils

avaient organisée à la fin du mois d'août. Et la survenue du commando de brutes qui les avaient
sérieusement amochés. Il défit même son tee-shirt
pour montrer les marques des coups qu'il avait
reçus. De larges ecchymoses bleuissaient encore
sa peau, sous les omoplates et dans la région lom-
baire.

— Ce soir-là, Aïcha n'était pas avec vous ?
reprit Dansel.

— Non, elle venait plus depuis...

— Depuis ?

— Moi j'l'ai pas touché, le ieuv', j'vous l'jure !
cria le jeune homme avec la même expression terrorisée que celle qu'il avait eue dans la cellule du
dépôt.

— Le vieux, quel vieux ? grogna Dimeglio.

Kateb se prit le visage dans les mains et
s'affaissa sur lui-même. Rovère lui tapota doucement l'épaule pour l'encourager.

— C'est un soir, Aïcha, elle nous a dit qu'on
allait se faire un max de thune ! Nous, on compre-
nait pas ! Elle nous a filé rencart dans la piaule en
nous disant qu'y avait un vieux qu'allait venir !
Même qu'elle a envoyé Mouloud, le frère à Saïd,
pour le chercher au Quick de Belleville ! Alors le
vieux, il est arrivé, et ils lui sont tous tombés dessus pour lui tirer sa thune ! Mais pas moi, j'vous
jure !

Aucun des inspecteurs présents ne fut dupe de
ce pauvre mensonge. Dansel ne put s'empêcher
de rire, ce qui eut pour effet de plonger Kateb
dans un accès de colère. Il s'agita sur son siège, et
se lança dans un monologue incompréhensible,
ponctué d'insultes destinées à la terre entière.

Puis il se calma aussi soudainement qu'il s'était emporté et s'efforça de faire bonne figure.

— C'est entendu, le vieux, tu ne l'as pas touché, reprit Dimeglio, conciliant. L'argent, il y en avait beaucoup ?

— Une grande enveloppe, avec plein de scalpas dedans !

— Le vieux, tu pourrais nous le décrire ? demanda Rovère, en s'efforçant de maîtriser son impatience.

— La vérité, y f'sait noir, m'sieur ! J'l'ai pas vu ! On se l'est bien donnée avec lui et après on s'est tous tirés avec la thune ! Aïcha en a pris un peu mais elle nous a filé le pacson !

— Il était habillé comment ? insista Dimeglio.

— Ringardos, un vieux, quoi, assura Kateb.

Rovère eut un geste d'agacement. La conception que Kateb avait de l'élégance vestimentaire ne correspondait en rien à celle en vigueur dans les magazines de mode. Il ne servait à rien de chercher à lui tirer les vers du nez sur ce terrain.

— Après ce coup-là Aïcha, elle nous a dit de nous barrer du quartier, mais nous, on aimait bien la piaule, alors on y est rev'nus. Et on s'est fait pecho par le proprio ! Et pis après, j'ai vu le dessin, là, le portrait-robot, dans un journal... y traînait sur le comptoir du Balto, le bar-tabac d'la cité, la vérité ! Voilà, j'sais rien d'autre. Me balancez pas à Fleury, j'vais crever, moi, là-bas !

Choukroun arriva alors, excité comme à son habitude, mais ravi. Il annonça la présence de Vernier dans le bureau adjacent. Rovère le fit entrer.

— Tu le reconnais ? demanda-t-il à Kateb.

Celui-ci leva les yeux vers le nouveau venu et

hocha affirmativement la tête. Vernier se tenait raide comme un I. Rovère lui fit signe de disparaître. Choukroun l'accompagna.

— Et elle, tu la connais ? demanda Rovère, en montrant une photographie de Martha.

— Ouais, c'est une copine d'Aïcha. Elle venait m'acheter de la dope dans le métro.

Dansel contint une quinte de toux tandis que Dimeglio déchirait nerveusement une feuille de papier...

— Et celle-ci ? reprit Rovère, en sortant cette fois-ci une photo d'Helena.

Il avait pris soin de choisir un cliché retrouvé chez elle, plutôt qu'un de ceux qui figuraient dans le rapport d'autopsie. Kateb se concentra un long moment pour démontrer son souci de coopération, mais répondit par la négative.

— Tu es sûr ? insista Dansel. Elle s'appelle Helena, et celle-ci, Martha. Helena connaissait Martha, qui connaissait Aïcha.

— J'sais pas si elles s'connaissaient, mais moi j'ai jamais vu la vioque, la dernière ! dit Kateb en posant un doigt sur la photo d'Helena.

Les tableaux saisis rue Clauzel et dans l'appartement du cours de Vincennes, tous deux signés de Martha, reposaient dans un coin du bureau. Kateb fit la relation entre les toiles et les documents qu'on lui présentait.

— Ça, c'est Aïcha, dit-il, troublé, en s'avançant vers le nu à la voilette.

— Tu en es bien certain ? lança Dansel. On ne voit même pas son visage !

Kateb eut un sourire triomphant.

— Si j'vous dis qu'c'est elle, va-z-y, faut m'faire confiance, assura-t-il.

— Allez, petit, continue, qu'est-ce que tu voulais nous dire ? murmura Dimeglio en retenant son souffle.

— La bague rouge ! La vioque, elle porte une bague rouge, sur la peinture, reprit Kateb, à présent planté devant le portrait d'Helena.

Rovère s'approcha du tableau. Helena portait effectivement une bague, un gros rubis curieusement taillé en forme d'œil.

— Eh bien, elle y est, la bague, s'écria-t-il sans comprendre.

— Ouais, mais c'te bague, elle était à Aïcha ! Elle la portait toujours ! C'est sur cette peinture-là qu'elle devrait être ! Celle d'Aïcha !

— Attends, répète-nous ça, balbutia Dansel, interloqué.

Kateb obéit. Rovère lui fit préciser une nouvelle fois : Aïcha avait l'habitude de porter la bague qui figurait sur la toile représentant Helena en nymphe alanguie dans un décor verdoyant. Il examina la date qui accompagnait la signature de Martha : le tableau datait de 1988. Il était donc largement antérieur à celui retrouvé rue Clauzel.

— Nom de dieu, articula lentement Rovère, après avoir dégluti.

Il se précipita sur le téléphone, fouilla dans son calepin, dénicha le numéro de Morençon et le composa. Rovère consulta rapidement sa montre. Il était tard, mais avec un peu de chance, la galerie de la rue de Seine serait encore ouverte. Morençon décrocha à la quatrième sonnerie. Rovère se rappela à son souvenir et ne tarda pas à constater qu'il avait un coup dans le nez. Sa voix était pâteuse et son élocution incertaine.

— Bordel de merde, Morençon, vous allez faire un effort et m'écouter ! cria-t-il. Souvenez-vous : vous avez vu Aïcha poser rue Clauzel. Martha travaillait à son portrait. C'est clair ?

Morençon bredouilla à l'autre bout du fil. Oui, il voyait à quoi l'inspecteur faisait allusion.

— Est-ce qu'Aïcha portait une bague, une bague rouge, un rubis taillé en forme d'œil ? Oui, un œil, O-E-I-L !

— Mais non, vous vous gourez ! À propos d'œil, vous vous foutez le doigt dedans. Ce n'était pas Aïcha, répondit Morençon, subitement dégrisé. Cette bague, je l'ai toujours vue au doigt de Martha !

— Morençon, ne me racontez pas de salades, vous êtes certain de ce que vous avancez ? protesta Rovère.

Le directeur de la galerie s'énerva. Il proposa à Rovère de le rejoindre aussitôt. Il se ferait un plaisir de lui montrer le catalogue tiré à la suite du vernissage de la première exposition parisienne de Martha. On la voyait en gros plan, lever sa coupe de champagne, sa foutue bague au doigt !

— Et pourquoi ne m'en avez-vous pas parlé avant ? soupira l'inspecteur.

— Mais parce que vous ne me l'avez pas demandé ! Et puis vous connaissez les bonnes femmes, mon vieux ? Tantôt c'est une bague au doigt, tantôt une plume dans le cul. Si on devait faire attention à ce genre de détail, on n'en sortirait jamais...

Rovère le remercia, puis fit part à ses adjoints

des derniers éléments dont il venait de prendre connaissance.

— Helena a offert la bague à Martha, qui à son tour l'a offerte à Aïcha, conclut Dansel. Aïcha est morte la première, puis ça a été le tour le Martha, et ensuite d'Helena !

51

La nuit tombait quand Dimeglio et Choukroun dénichèrent enfin le pavillon dont avait parlé Kateb, et où était censé vivre le père d'Aïcha. Comme il l'avait indiqué, une 4L était hissée sur un piédestal de béton, à l'entrée d'un terrain où s'entassaient des carcasses de voitures dont certaines depuis fort longtemps, à en juger d'après la végétation qui les avait à demi recouvertes. Le quartier, perdu sur les hauts de Montreuil en bordure de l'autoroute, ne risquait guère d'attirer les curieux ; des bandes de gosses aux pieds nus couraient dans les rues, et, avec le flair que procure l'expérience, ils eurent tôt fait d'identifier les visiteurs.

— Tu restes ! ordonna Dimeglio alors que Choukroun s'apprêtait à ouvrir la portière. Sinon, on va récupérer la voiture sans pneus, et on aura du mal à trouver un taxi dans les parages !

Il poussa une grille et s'avança vers un vieux pavillon de meulière qui, au beau milieu des bicoques préfabriquées, faisait presque figure de petit château. Une odeur de cuisine lui parvint jusqu'aux narines. Il frappa à la porte et attendit. Personne ne vint ouvrir, aussi se décida-t-il à contourner la maison en direction d'un appentis d'où s'échappaient des bruits sourds. Il aperçut les pieds d'un homme glissé sous une camionnette et qui en démontait visiblement le pot d'échappement. Dimeglio cogna du poing sur la carrosserie pour attirer l'attention du bricoleur. Celui-ci jaillit alors de sous la voiture, couché sur un chariot à roulettes. Il se redressa, fit face à Dimeglio, qu'il dépassait d'une bonne tête, et tangua lourdement d'un pied sur l'autre en essuyant ses mains couvertes de cambouis sur un chiffon. L'inspecteur scruta son visage, un visage ravagé par la fatigue, les coups durs. Une vie marquée par la guigne... songea Dimeglio. L'homme le regardait avec un mélange de crainte et de lassitude. Lui aussi savait reconnaître les flics au premier coup d'œil. Quand l'inspecteur lui montra sa carte, il haussa les épaules et marmonna une vague imprécation à l'encontre de la police, puis se tut, patient et à l'avance résigné.

— Comment vous appelez-vous ? lui demanda Dimeglio.

— Flament, Lucien. Qu'est-ce que vous me voulez, encore ?

— À vous, rien ! Vous avez une fille, monsieur Flament ?

— Cécile, oui, mais vous savez, elle vadrouille, elle fait sa vie, la gosse. Je l'ai pas vue depuis le mois de juin.

— Quand elle vient, elle est toujours seule ?

Flament ne répondit pas immédiatement. Dimeglio comprit sa méfiance ; le père devait se douter que sa fille ne menait pas une vie très rangée...

— Elle a jamais amené personne.

— Dites-moi, quand elle était petite, elle s'est cassé le bras, le bras gauche ? reprit l'inspecteur.

Flament fronça les sourcils, surpris. Dimeglio tenait à cette question. En dépit des affirmations de Kateb et du témoignage de Morençon, il n'y avait en effet aucun élément d'identification formelle du cadavre découvert rue Sainte-Marthe. Le rapport de Pluvinage établissait la présence de séquelles d'une blessure de ce type ; si Flament confirmait, cela permettrait de lever définitivement le doute.

— Oui, une voiture l'a renversée juste en face d'ici ! Elle avait treize ans, c'était pas beau à voir, l'os sortait de sous la peau ! dit Flament.

— Votre fille est morte...

Dimeglio avait préféré asséner la vérité sans précautions supplémentaires ; son interlocuteur lui était de toute façon hostile et n'aurait été en rien reconnaissant si l'inspecteur s'était avisé de le ménager. Flament accusa le coup mais se reprit très vite, par fierté ou tout simplement parce qu'il n'avait pas encore pleinement réalisé. Il posa quelques questions auxquelles Dimeglio apporta des réponses aussi franches que concises.

— Ses amis l'appelaient Aïcha, vous le saviez ? demanda-t-il à son tour.

— Oui, c'était à cause de... de ma femme, celle qui l'a élevée. Sa vraie mère, elle, elle était française. Elle a foutu le camp peu après sa naissance en me la laissant sur les bras. Et moi, je me suis mis à la colle avec une Kabyle : elle s'appelait

338

Aïcha. Cécile, elle l'aimait beaucoup. Et puis elle est morte, Aïcha ! Ça lui en a foutu un coup, à Cécile.

Flament alluma une cigarette et en proposa une à l'inspecteur, qui l'accepta ; il s'enquit des formalités à remplir pour récupérer le corps.

— Je voudrais que vous me montriez ses affaires, reprit Dimeglio.

Flament hésita. Il expliqua que Cécile ne passait que rarement le voir ; elle avait une chambre qui lui était réservée, au premier étage de la maison.

— C'était comme qui dirait chez elle. Attention hein, moi, j'y rentrais jamais, précisa-t-il, de nouveau méfiant.

— Ne vous en faites pas, mon vieux ! Vous n'êtes responsable de rien, assura Dimeglio en le poussant vers le perron du pavillon.

Il découvrit une chambre de petite fille. Une grande poupée reposait sur le lit, assise sur un large napperon tricoté au crochet. Une de ces poupées grossières que l'on gagne au tir à la carabine, dans les fêtes foraines. Des jouets en peluche étaient soigneusement alignés sur un cosy, à côté d'une photographie, celle d'une femme qui portait une main de Fatma autour du cou et un tatouage bleuté sur le front.

— C'était Aïcha, expliqua Flament. Enfin, je veux dire, ma femme...

Dimeglio fit le tour de la pièce, les mains dans les poches. Puis il ouvrit l'armoire et sortit quelques vêtements ; des robes, des tuniques, qui toutes provenaient de boutiques de prêt-à-porter haut de gamme. Il se dirigea ensuite vers un petit bureau d'enfant dont les tiroirs étaient fermés à clef. Flament lui expliqua qu'il n'en détenait pas le double. Avec un sourire désolé, Dimeglio saisit fermement la poignée du premier tiroir et le força. Il mit la main sur un album de photos. Les premières dataient de l'enfance de Cécile. Toutes étaient classées dans l'ordre chronologique. Tournant les pages les unes après les autres, Dimeglio la vit en quelque sorte vieillir en accéléré et se familiarisa ainsi avec ce visage dont il ne connaissait qu'une grossière caricature, celle du portrait-robot établi suivant les indications de Morençon.

Sur l'une des dernières pages de l'album, Cécile figurait en compagnie de Martha, à la terrasse d'un restaurant de la place du Tertre. Il s'agissait d'un de ces clichés que les photographes ambulants prennent au polaroïd en faisant la tournée des bistrots, avant de les proposer aux touristes.

Dans le second tiroir, Dimeglio découvrit des lettres, très anciennes, maladroitement calligraphiées, ainsi qu'un curieux carnet sur lequel étaient notées des sommes d'importance diverse, dans le plus grand désordre. Il le feuilleta rapidement ; quelques bristols, une douzaine, s'en échappèrent pour tomber sur le lino. Dimeglio les ramassa ; il s'agissait d'hôtels de grand standing, tous situés à Paris, et sur la rive gauche. Tout au fond du tiroir enfin se trouvait un portefeuille, vide à l'exception d'une carte d'idendité. La photographie était celle de Cécile, mais le nom était faux. Un cadeau de Martha, sans aucun doute...

— Monsieur Flament, j'emporte tout ça, annonça l'inspecteur. Ce qui pourra vous être restitué le sera dans les plus brefs délais.

Il quitta le pavillon. Choukroun était sorti de la

voiture et tentait d'éloigner la meute de gosses qui s'en étaient approchés. Ils se mouchaient dans leurs doigts et prenaient un malin plaisir à étaler de longs filets de morve sur la carrosserie. Dès que Choukroun en attrapait un, les autres se pendaient à son blouson, et de petites mains fort habiles effectuaient de rapides incursions dans ses poches. Le retour de Dimeglio produisit l'effet d'une apparition d'épouvantail dans un champ infesté de moineaux...

— Tu vas avoir une soirée bien remplie ! dit-il en s'installant au volant.

Choukroun étudia le contenu de l'enveloppe que Dimeglio lui avait fourrée entre les mains.

— Primo, tu portes la fausse carte d'identité au labo, pour qu'ils vérifient si elle provient bien de l'atelier de Martha. Deuxio, les hôtels. Tu as l'adresse sur les bristols : je mettrais ma main au feu que c'est là qu'elle faisait ses passes. Si c'est le cas, quelqu'un la reconnaîtra ! Tu montres sa trombine aux portiers, aux grooms, aux femmes de ménage et tu leur demandes de te parler de ses michetons... compris, Choukroun ? S'ils te branchent sur des types de moins d'une cinquantaine d'années, tu laisses tomber. Pour le moment, tu t'intéresses uniquement aux vieux.

— Et vous, pendant ce temps-là, qu'est-ce que vous faites ? demanda innocemment Choukroun.

— Je dors, mon petit, je dors ! répondit Dimeglio en bâillant si voluptueusement qu'il faillit bien griller un feu rouge.

52

Chez Montagnac, Nadia ne ferma pas l'œil de la nuit. Lassée de chercher le sommeil sans parvenir à le trouver, elle avait enfilé un kimono pour sortir de sa chambre et s'était rendue sur la pointe des pieds dans le salon. André possédait une riche collection de disques de jazz... Elle en choisit un, brancha le casque, s'assit en tailleur sur un canapé et actionna la commande à distance. Coltrane jouait *My Favourite Things*. Elle tenta de faire le vide dans son esprit, en vain.

Le film des événements de la journée, dont les séquences se succédaient au mépris de la chronologie mais défilaient en continu, lui revenait perpétuellement en mémoire, dans un désordre obsédant dont elle ne parvenait pas à maîtriser l'éclatement.

Rovère l'avait rejointe juste avant qu'elle ne quitte le Palais. Il lui avait fait part de son hypothèse à propos du lien qui unissait les trois femmes assassinées : la bague, qui avait transité de la main d'Helena à celle de Martha, puis de la main de Martha à celle d'Aïcha... Nadia s'était montrée intéressée, sans pour autant faire preuve d'un enthousiasme excessif. Durant trois longues heures, en compagnie de Sosnowski, elle avait verrouillé le dossier de Tadeusz et de ses associés ; à présent, quoi que Folland puisse entreprendre, il était impossible de faire machine arrière et Nadia n'avait pas caché sa satisfaction en annonçant ce résultat à Rovère, avant de lui proposer un rendez-vous en fin de matinée.

Un point la tourmentait. Seule dans l'obscurité, la tête emplie des plaintes du saxophone, elle échafaudait des scénarios qui permettraient d'expliquer la raison de l'arrivée de la main d'Aïcha chez elle, rue de Tourtille. Aucun ne fonctionnait. Elle passa de Coltrane à Ben Webster, puis à Lee Konitz... Le jour se levait. Ses paupières se firent de plus en plus lourdes et elle s'allongea sur le sofa, enroulant ses bras autour d'un coussin de cuir.

Quand Montagnac la secoua, du plus doucement qu'il put, elle dormait d'un sommeil profond. Elle ouvrit un œil, faillit crier en voyant le visage d'André au-dessus d'elle et crut un bref instant qu'elle avait passé la nuit dans son lit ; les cheveux ébouriffés, vêtu d'un tee-shirt et d'un pantalon de pyjama, Montagnac soupira de dépit.

— Voilà que je te fais peur, maintenant ? On te demande au téléphone. Un certain Sosnowski, lui dit-il.

— Sosnowski ? ! balbutia Nadia, abasourdie, en clignant des yeux.

— Oui ! Il est à peine sept heures. Un vrai dingue. C'est un mordu, ce type !

— Mais tais-toi, il pourrait t'entendre ! protesta Nadia.

Elle s'aperçut que son kimono bâillait sur sa poitrine et le rajusta.

— J'héberge une femme fatale ! Fatale, mais hélas vertueuse, soupira André, sur un ton faussement accablé.

Elle se redressa brusquement et se dirigea vers le combiné d'un pas mal assuré.

— Nadia Lintz, j'écoute, dit-elle en s'efforçant de clarifier ses idées.

— Désolé de vous déranger, madame Lintz, il y a du nouveau, annonça Sosnowski. Je viens de recevoir un coup de téléphone de Cracovie.

— Eh bien ? haleta Nadia, à présent tout à fait réveillée.

— La sœur d'Helena, Jadwiga Wirschow, a été retrouvée morte chez elle, la main tranchée ! Il y a à peine une heure.

— Répétez, je vous prie... souffla Nadia.

— Vous avez bien compris.

— Vous ne l'aviez pas fait protéger ?

— Et pourquoi l'aurais-je fait ? reprit Sosnowski, piqué au vif. Je rentre en Pologne par le premier avion, dix heures à Roissy, je crois. Que comptez-vous faire ?

— Je viens ! dit-elle sans davantage réfléchir aux conséquences qu'une telle décision impliquait.

La poursuite de l'instruction hors du territoire national était tout à fait envisageable. Il lui faudrait cependant vaincre les réticences du président de la septième section, solliciter l'aval de la Chancellerie, secouer la machine administrative pour obtenir une autorisation qui permettrait à une équipe de la Brigade criminelle de l'accompagner. Sosnowski lui dicta alors le numéro où elle pourrait le joindre à Cracovie, puis la salua en formulant ses vœux de la revoir bientôt.

Dès qu'elle eut raccroché, elle relata à Montagnac les informations que Sosnowski venait de lui transmettre. André apprécia en connaisseur.

— Partir en Pologne ? Tu es allée un peu vite en besogne, lui dit-il. Tu vas mettre au moins une semaine à décrocher les autorisations. Laisse ce Sosnowski se débrouiller, non ? Enfin, tu fais ce que tu veux. En attendant, je vais te préparer un café...

Il disparut en remontant le pantalon de pyjama qui tire-bouchonnait sur ses chevilles. Nadia compulsa son agenda et appela Rovère, chez lui. Une voix féminine lui répondit.

Pour éviter de regagner la lointaine banlieue où elle vivait, Claudie était venue dormir chez lui, après avoir passé une bonne partie de la nuit au chevet de son fils. Nadia la reconnut et se présenta. Les quelques paroles de compassion qu'elle s'apprêtait à prononcer restèrent bloquées dans sa gorge, aussi demanda-t-elle à parler à l'inspecteur.

— Il n'est pas là, mais si c'est vraiment urgent, vous pouvez le joindre au service de réanimation, à l'hôpital Trousseau, répondit Claudie. Il doit y rester jusqu'à neuf heures ! Ensuite, je ne sais pas...

En dépit de son détachement superficiel, la voix de Claudie laissait filtrer une infinie souffrance. Nadia la remercia avant de raccrocher. Elle prit quelques instants pour réfléchir. L'aide de Rovère lui était indispensable mais, selon toute évidence, elle devrait s'en passer. Quoi qu'il en soit, elle tenait à faire le point avec lui. L'idée d'aller le déranger à l'hôpital la remplissait de honte mais la matinée s'annonçait chargée et il valait mieux ne pas perdre une seule minute.

Après avoir déjeuné à toute vitesse, elle s'habilla, embrassa Montagnac et sauta dans un taxi pour se faire conduire à Trousseau. C'était l'heure de la relève des équipes et une jeune infirmière à qui elle avait demandé son chemin l'accompagna jusqu'au bâtiment qui abritait le service de réanimation, où elle était elle-même affectée. Nadia la questionna.

— Vous êtes de la famille ? répondit l'infirmière, méfiante.

— Non, une relation de travail.

— Après tout, je peux vous en parler puisque les parents sont au courant. C'est affreux : ce pauvre gosse ne peut pas s'en sortir, reprit la jeune femme. Il est condamné,

Nadia marqua le pas un instant, désemparée, puis, surmontant ses réticences, suivit son guide. Elles franchirent les quelques marches qui menaient à l'étage. Nadia vit Rovère, tout au fond du couloir, debout, le front appuyé contre la vitre qui isolait la chambre. Bouleversée, elle faillit tourner les talons et se sauver, mais il s'aperçut de sa présence et la rejoignit.

— L'infirmière m'a mise au courant, murmura-t-elle, au comble de la gêne.

— Épargnez-moi vos simagrées, c'est plutôt une bonne nouvelle ! dit-il avec un sourire qui n'avait rien de cynique mais exprimait une sorte de désespoir tranquille, un abandon docile et quasi serein.

Nadia le contempla, médusée.

— Je ne suis pas un monstre, rassurez-vous, ajouta Rovère en lui prenant le bras pour l'entraîner vers l'escalier. Sortons, j'ai besoin d'un café.

Ils se retrouvèrent attablés l'un en face de l'autre dans l'arrière-salle d'un bistrot voisin. Rovère commanda un express ainsi qu'un cognac, qu'il vida d'un trait. Nadia cherchait les mots pour lui parler et ne les trouvait pas.

— C'est vraiment affreux... bredouilla-t-elle.

— Ah, pas de pitié, je vous en prie, surtout pas de pitié ! murmura-t-il d'une voix sourde mais dépourvue d'agressivité. Si vous me racontiez plutôt ce qui se passe ?

Elle le lui expliqua. Rovère but sa tasse de café à petites gorgées, les yeux mi-clos.

— Je compte me rendre en Pologne le plus tôt possible, dit-elle en conclusion.

— Vous n'avez pas confiance en Sosnowski ? s'étonna Rovère.

— Je crois que si, mais j'ai des craintes. Tant qu'on restait en France, tout allait bien. Mais là-bas... Folland a le bras long et si la petite bande de Tadeusz est responsable de cette tuerie, il fera tout pour que l'enquête n'aboutisse pas ! Ou si elle aboutit, il y a fort à parier que les résultats ne nous parviendront pas. D'autre part, je comptais sur votre aide...

— Je vais venir, annonça Rovère. On emmènera Dimeglio. Il sera comme un poisson dans l'eau, à Cracovie. Et si on nous raconte des bobards, il nous donnera la version sous-titrée !

Nadia secoua la tête, les yeux écarquillés.

— Je ne peux pas accepter, dit-elle, interloquée. Votre place est à...

— Je viens ! trancha-t-il, avec une telle détermination qu'elle renonça à protester.

Ils sortirent du bistrot. Rovère abandonna Nadia à l'entrée de l'hôpital pour aller prévenir Claudie, qui devait déjà être arrivée. Dix minutes plus tard, il était de retour. Nadia scruta son visage

347

marqué par sa nuit de veille, mais dont l'expression témoignait d'un intense soulagement. Il lui montra sa voiture garée au carrefour et ils y prirent place.

— Il va mourir, dit-il après qu'ils eurent démarré. C'est à ma femme de prendre la décision, elle autorisera les médecins à débrancher leur foutu appareil et on n'en parlera plus.

Nadia regardait obstinément les boutiques qu'ils croisaient sur leur passage. Elle fouilla avec fébrilité dans son sac à main, prit une Craven et dans sa précipitation faillit se brûler avec l'allume-cigares.

— Au début, je veux dire, après sa méningite, on l'a gardé chez nous ! poursuivit Rovère. Je vivais encore avec ma femme... c'est vite devenu insupportable. Je ne pouvais plus. Le voir, amorphe, avec un filet de bave qui lui coulait en permanence sur le menton... cloué sur son fauteuil !

— Arrêtez, ça ne me regarde pas ! s'écria Nadia.

— Mais si ! Je ne voudrais pas que vous me preniez pour un salaud. Si je laisse Claudie seule, c'est parce que...

Il s'interrompit un instant, la voix brisée.

— Le médecin nous assurait qu'il ne se rendait pas compte de son état, et moi, j'étais certain du contraire. Un... un soir, j'ai essayé d'en... d'en finir. J'étais seul avec lui. J'avais préparé des médicaments, pour les lui faire prendre... vous comprenez ?

— La dernière fois que je vous ai dit que je comprenais, vous m'avez engueulée, répondit Nadia, faisant ainsi allusion à leur visite à Saint-

Maurice. Et vous aviez raison : je crois que personne ne peut comprendre.

— Ma femme est arrivée... ça a été terrible ! Alors on s'est séparés et elle l'a placé à Saint-Maurice ; nous ne sommes pas mariés, elle avait l'autorité parentale, bref, tous les droits. Le temps a passé. Je voulais qu'on vive ensemble de nouveau, avec lui, j'ai même loué un pavillon, avec un jardin. Elle n'acceptait pas ! Elle m'a même interdit d'aller le voir... Voilà.

— Et vous ne voulez pas rester avec elle pour prendre la... décision ? demanda Nadia en butant sur le dernier mot.

— Non ! Je serais bien incapable de vous expliquer pourquoi. Je ne veux pas, c'est tout, affirmat-il. Ni assister à l'enterrement, d'ailleurs. Alors vous voyez, la Pologne, ça tombe à pic ! Je ne vous ai pas trop ennuyée, avec mes salades ?

53

Dès son arrivée au Palais, Nadia dicta à sa greffière un courrier destiné à la Chancellerie. Pour gagner du temps, elle le fit porter place Vendôme par un appariteur et demanda une entrevue au vice-président chargé de l'instruction.

Elle monta en épingle le scandale qu'avait produit la visite de la presse dans l'entrepôt de Bonneuil et les réactions des organisations professionnelles de producteurs de viande français, qui réclamaient avec force que toute la clarté soit faite sur le trafic. Leurs dirigeants avaient même tenu une conférence de presse pour faire part de leur colère et dénoncer le laxisme des services douaniers.

Persuadée que les meurtres d'Aïcha, de Martha et d'Helena devaient être dissociés de cette affaire, elle mentit par omission et tut soigneusement cette conviction à son interlocuteur. Pour renforcer son argumentation, elle rappela l'agression dont Sandoval avait été victime ; en aucun cas, les milieux policiers ne toléreraient que le Parquet fasse preuve de légèreté en se dérobant à ses responsabilités.

Après une demi-heure de palabres, elle parvint à obtenir l'appui de sa hiérarchie. De retour dans son cabinet, il ne lui restait plus qu'à régler les préparatifs du départ, aussi chargea-t-elle Mlle Bouthier de se renseigner à propos des horaires des vols pour la Pologne. Il y en avait un, au départ de Roissy, l'après-midi même à dix-sept heures trente. Elle téléphona à Rovère, qui lui confirma que Dimeglio les accompagnerait. La greffière fila aussitôt au siège d'Air France munie d'un double de la commission rogatoire, afin de bloquer trois réservations.

Après bien des déboires, Nadia parvint à obtenir la communication avec le siège de la Brigade criminelle de Cracovie, et put joindre Sosnowski qui venait tout juste d'arriver. Il n'avait rien de neuf à lui annoncer et craignait que la ligne soit coupée, aussi se contenta-t-il de lui promettre qu'il viendrait l'accueillir le soir même, à son arrivée à l'aéroport de Balice.

Le petit juge de Szalcman trônait toujours,

inerte sur son bureau. Elle remonta le mécanisme et assista à sa danse farfelue en se souvenant que le vieil homme avait vécu son enfance à Cracovie. Le récit du voyage ne le laisserait certainement pas indifférent.

54

Dimeglio bougonnait dans la salle d'attente, sa carte d'embarquement à la main. Nadia et Rovère n'étaient pas encore arrivés. L'absence de ce dernier ne surprit pas l'inspecteur. Quand ils s'étaient vus au début de la matinée, Rovère lui avait fait part de sa situation. Dimeglio s'était bien gardé de lui donner le moindre conseil. Perdu au beau milieu d'un groupe de scouts qui partaient en pèlerinage à Czestochowa, il battait la semelle, doutant de la venue de Rovère et mécontent du retard de Nadia.

Il était passé à la Brigade avant de se rendre à l'aéroport pour y rencontrer Choukroun, qui continuait de pister Aïcha dans les hôtels où elle avait l'habitude de se rendre ; le personnel n'était pas dupe et fermait les yeux sur les activités de la jeune femme. Jusqu'à présent, pourtant, Choukroun n'était pas parvenu à dénicher un témoignage correspondant aux attentes de Dimeglio, qui l'avait vertement encouragé à ne pas lâcher prise. Dansel ne devait pas quitter les locaux du Quai, pour assurer la liaison avec « l'équipe polonaise ». Si le besoin s'en faisait sentir, il pourrait fournir les renseignements qu'on lui demanderait.

Nadia pénétra dans le hall, essoufflée, furieuse contre le taxi, un Asiatique débutant dans le métier, qui l'avait baladée d'un bout à l'autre de l'aéroport avant de trouver le terminal adéquat. Elle portait un gros sac de voyage ainsi qu'une serviette qui contenait le double du dossier d'instruction. Elle avait chargé Mlle Bouthier d'opérer un tri pour n'emporter que les pièces essentielles, dans le but de les présenter à son homologue polonais.

Ils attendirent ensemble. Quand l'hôtesse invita les voyageurs à se rassembler près de la porte d'embarquement, Rovère n'était toujours pas là. Ils s'engagèrent sur la plate-forme mobile qui menait à la cabine du DC 10. À peine avaient-ils pris place sur leur siège qu'ils aperçurent la haute silhouette de Rovère se profiler à l'accès avant de l'appareil.

— C'est bien ; mieux vaut qu'il quitte Paris, murmura Dimeglio, pour lui-même.

— Difficile à dire ! J'aurais préféré qu'il reste auprès de sa femme, marmonna Nadia.

L'inspecteur se tourna vers elle sans chercher à dissimuler sa surprise. La remarque de la jeune femme indiquait que Rovère s'était confié à elle. Il en éprouva une vague jalousie.

Le voyage fut rapide. Le DC 10 se posa sur la piste de Balice à dix-neuf heures trente. Comme prévu, Sosnowski attendait ses hôtes près du tapis roulant où l'on déchargeait les bagages.

— Je vous ai réservé des chambres d'hôtel dans le centre-ville, leur dit-il. Nous pouvons y passer tout de suite et ensuite aller au siège de la Brigade criminelle. Vous pourrez consulter les photographies du corps de Jadwiga. Le juge qui va être saisi vous attend. En fait, sa nomination est encore officieuse, il ne sera désigné que demain matin. Chez nous, vous savez, ce genre de décision prend beaucoup de temps !

Ils s'installèrent à bord d'une petite camionnette Fiat Polski que Sosnowski pilota avec maestria pour échapper aux embouteillages. Il mit en marche la sirène et s'engagea sur la rocade qui reliait Balice à Cracovie, pied au plancher. À plusieurs reprises, ses passagers furent durement secoués, ce qui ne sembla pas l'émouvoir outre mesure.

L'hôtel Saski se trouvait rue Slawkowska, tout près de la place du Grand Marché. C'était un bâtiment ancien, au charme un tantinet désuet. Rovère, Dimeglio et Nadia prirent un vieil ascenseur décoré de boiseries peintes dont les armatures laissaient échapper de sourdes plaintes à chaque étage franchi. Dans sa chambre, Nadia se rafraîchit le visage et s'allongea un instant sur le lit après avoir avalé un grand verre d'eau. Elle avait eu la nausée durant tout le vol, et le gymkhana que leur avait infligé Sosnowski n'avait rien arrangé. Dès qu'elle se sentit mieux, elle quitta la chambre, la serviette contenant le double du dossier d'instruction à la main, se planta devant un grand miroir installé au coin du couloir, lissa les plis de sa jupe, tenta de rafistoler son chignon qui avait souffert durant le trajet depuis l'aéroport, y renonça et dénoua ses cheveux.

En conduisant avec la même débauche de coups

de freins et de brusques accélérations, Sosnowski quitta le centre-ville engorgé, dépassa le parc Planty et fila sur l'avenue Mogilska. Le siège de la Brigade criminelle, une grande bâtisse moderne flanquée d'une caserne de la milice, était situé au numéro 109. Un garde armé d'une mitraillette se tenait à l'entrée, près d'un panneau éclairé par un projecteur.

— Komenda Wojewodska Policji ! Nous y sommes. C'est moins célèbre que votre Tour Pointue, mais j'espère que nous serons à la hauteur ! s'écria joyeusement Sosnowski.

Ils montèrent au quatrième étage et croisèrent quelques prisonniers très jeunes, menottés, et dont la mine indiquait à l'évidence qu'ils venaient de subir un interrogatoire des plus rudes.

— Ce sont des inconscients. Des petits salopards qui ont joué avec le feu, expliqua Sosnowski tout en poursuivant son chemin. Depuis l'année dernière, les Roumains arrivent ici en pagaille. Ils squattent la gare centrale et les tunnels. Ils vendent des bricoles qu'ils ont rapportées de chez eux. Et la grande mode chez nos étudiants, c'est de photocopier des dollars et de les leur fourguer ! Ces nigauds de Roumains n'en avaient jamais vu, je veux dire, des vrais, et ils n'ont pas fait la différence. Jusqu'au jour où ils s'en sont rendu compte ! La réaction n'a pas tardé : avant-hier ils ont lancé une expédition punitive dans un foyer universitaire. Il y a eu trois morts, et les Roumains n'ont pas dit leur dernier mot.

Il ouvrit une porte et s'effaça pour laisser passer Nadia. Un homme d'une cinquantaine d'années, chauve, bedonnant et au visage entouré de gros

354

favoris poivre et sel, attendait, assis. Il se leva pour saluer les nouveaux venus.

— Krysztof Horak, Nadia Lintz, annonça Sosnowski. Le juge chargé du dossier Wirschow...

Sosnowski acheva les présentations. Horak parlait un français hésitant ; il l'avait appris au lycée mais ne l'avait jamais manié dans la vie courante. Il montra à Nadia les photographies du cadavre de Jadwiga. On l'avait découverte chez elle, rue Zaciszc, au petit matin, en chemise de nuit et baignant dans une flaque de sang. Son voisin, un employé de la voirie, qui occupait ses nuits à sillonner la ville au volant d'un gros camion-citerne destiné à noyer les trottoirs sous un déluge d'eau, avait aperçu un filet de sang s'écouler sous la porte de l'appartement de Jadwiga, alors qu'il rentrait chez lui. Il avait aussitôt alerté le commissariat de Bialy Domek, situé tout près de là... Le cadavre gisait dans l'entrée, presque totalement saigné, et la main droite tranchée. Les flics de base dépêchés sur les lieux alertèrent sans tarder les inspecteurs de la Brigade criminelle. Dès que ceux-ci eurent constaté la similitude de mise en scène avec celle dont Sosnowski leur avait fait part lors de son bref passage dans leurs locaux, ils l'appelèrent à Paris.

— Je résumais pour vous : Jadwiga est libraire, expliqua le juge Horak, dans son français approximatif. Sa boutique est placée sous son logement. Jadwiga est une femme qui vit sans problèmes. Elle est âgée de trente-cinq ans, restait célibataire. À chaque fois qu'Helena vient à Cracovie, elles se côtoyaient. Elles ont des relations bonnes.

— Mes hommes épluchent son passé, ajouta Sosnowski. Nous avons saisi sa correspondance, son agenda. Vous savez comme moi qu'il peut s'écouler beaucoup de temps avant qu'on aboutisse à un résultat !

Nadia prit la parole. En quelques phrases, elle résuma l'hypothèse de Rovère concernant la bague qui avait transité de la main d'Helena à celle de Martha, avant d'aboutir au doigt d'Aïcha. Horak se montra vivement intéressé.

— Dans ce cas, il serait judicieux de vérifier si Jadwiga a bien, elle aussi, porté ce bijou ! s'écria Sosnowski, visiblement séduit. Au moins, nous savons quoi chercher.

La dissociation entre le trafic de viande des plus médiocres initié par Jacek, et la série de meurtres, le remplissait d'aise. Il saisit aussitôt l'opportunité qui lui était offerte de rebondir d'une affaire à l'autre, et de tirer ainsi son épingle du jeu en bousculant les embûches que Folland, via ses appuis au sein du ministère des Affaires étrangères, s'était obstiné à dresser sur son chemin. Si la raison d'État suggérait d'étouffer l'affaire Jacek — ce qu'il redoutait en dépit des garanties qu'il avait données à Nadia lors de son séjour à Paris — il se faisait fort de mener l'enquête jusqu'à son terme en jouant sur l'émotion créée par la sauvagerie des assassinats, dont la liste n'était peut-être pas close.

— L'appartement de Jadwiga est sous scellés, rien de plus facile, s'empressa d'ajouter Horak, en polonais. Nous pouvons y faire un saut.

Il se tourna vers Nadia pour lui traduire ce qu'il venait de dire, mais Dimeglio s'en chargea.

— Vous avez cherché du côté de Martha ? demanda Rovère en s'adressant à Sosnowski.

— Oui, évidemment. Dès que j'ai été averti, avant même de venir à Paris, répondit celui-ci. Mes inspecteurs tentent de vérifier si on peut établir un lien entre Jadwiga et Martha d'une part, mais aussi entre elles, Tadeusz, Jacek et compagnie, il ne faut rien laisser au hasard. S'il y a le moindre point commun, ils le trouveront.

— Jadwiga a été piquée au temgesic, comme les autres ? demanda Nadia.

— On n'a pas retrouvé de seringue et l'autopsie n'a pas encore été pratiquée, reprit Sosnowski, contrarié. J'aurais voulu gagner du temps pour en être sûr, mais cette histoire de Roumains nous en a fait perdre ! Le fils d'un des notables de la ville est mouillé dans l'affaire ; je n'ai pas besoin de vous faire un dessin, n'est-ce pas ? De plus, nous sommes à Cracovie, pas à Paris : le seul laboratoire dont nous disposions est celui de l'École de médecine, avenue Grzegorzecka, et ils sont plutôt débordés. Nous aurons les résultats demain après-midi. Il va de soi que vous pouvez assister à l'autopsie, si vous le désirez.

Horak avait quelque peine à suivre. Sosnowski prit le temps de le mettre au courant. Rovère suggéra à ce dernier de l'accompagner chez Jadwiga, rue Zacisze, tandis que Dimeglio resterait avec Nadia et Horak pour les aider à mieux se comprendre. Ils pourraient ainsi survoler le dossier d'instruction ensemble. Sa proposition fut acceptée.

Sosnowski renonça à s'aventurer en voiture jusqu'aux abords de la place du Grand Marché. Il se gara près de la Barbacane, le rempart qui entoure la vieille ville, et entraîna Rovère dans un dédale de petites rues où se pressaient des groupes de touristes à la recherche d'un restaurant. Ils longèrent la halle aux draps, contournèrent les étals des marchands de fleurs, de maïs et de souvenirs qui se succédaient jusque sur le parvis de l'église Mariale en dépit de l'heure tardive. Rovère n'était pas d'humeur à s'émerveiller devant les trésors d'architecture dont Sosnowski lui vantait la beauté, et il dut faire un effort sur lui-même pour ne pas le décevoir. Ils quittèrent Stare Miasto, traversèrent les allées boisées du Planty et parvinrent rue Zacisze. L'immeuble dans lequel avait vécu Jadwiga Wirschow était sombre et vétuste. La façade ornée de bow-windows s'écaillait en maints endroits. Une petite lanterne perchée au-dessus de la porte cochère jetait sur le trottoir une lueur blafarde ; la façade de la librairie, protégée par une grille de fer, n'était pas éclairée. Rovère s'engagea dans un passage obscur et suivit Sosnowski, qui semblait fort bien connaître l'endroit. Ils prirent un escalier dont la rampe branlait dangereusement, et qui n'avait d'autre fonction que décorative...

— La ville se délabre, il n'y a pas assez d'argent pour restaurer, c'est un désastre, maugréa Sosnowski en saluant le planton chargé d'interdire l'accès à l'appartement de Jadwiga.

Il tâtonna quelques instants dans l'entrée, ne parvenant pas à trouver le commutateur. Rovère posa le pied juste au milieu du contour que les enquêteurs avaient tracé à la craie et qui figurait l'emplacement où l'on avait trouvé le cadavre. Ils n'avaient pas nettoyé les traces de sang qui s'écoulaient en longues rigoles jusque sur le palier et formaient un enchevêtrement semblable à celui du delta d'un fleuve. Poussant plus avant, Rovère découvrit un mobilier poussiéreux et hétéroclite. Dans le salon, une causeuse tapissée de velours sombre voisinait avec une table grossière sur laquelle se trouvaient encore une théière à moitié vide, une tasse poissée de sucre et un morceau de brioche. Une harpe occupait tout un coin de la pièce et faisait face à un téléviseur de fabrication récente. Les murs étaient couverts d'étagères garnies de livres. Jadwiga s'était passionnée pour la musique, à en juger d'après l'abondance de biographies et d'études consacrées à ce sujet.

Sosnowski montra un gros médaillon placé sur le linteau de la cheminée. On y voyait une photo de Jadwiga en compagnie d'un jeune homme ; ils se tenaient enlacés et souriaient face à l'objectif. La photo datait d'une bonne dizaine d'années, à en juger d'après les traits de la jeune femme.

— La main droite... dit simplement Sosnowski.

Rovère se pencha sur le médaillon. La main de Jadwiga reposait sur l'épaule de son compagnon, bien à plat, les doigts tendus. Rovère saisit la photographie et l'approcha d'une lampe. Jadwiga portait une bague au majeur, une grosse bague de forme ovale, qui évoquait celle d'un œil.

— CQFD ! marmonna Rovère.

— Pardon ? demanda Sosnowski.

— Il faut faire un agrandissement, centré sur la bague, et demander à ses proches d'où elle venait. Si elle l'a achetée, ou qui la lui a offerte. Peut-être ce type, non ? Faites vite, Sosnowski !

— Vous êtes formel ? reprit Sosnowski. Ce n'est plus une hypothèse... c'est une certitude ? N'est-ce pas ?

Rovère acquiesça.

— Je vais appeler la Brigade, dit Sosnowski.

Il se dirigea vers le téléphone. Tandis qu'il parlait, Rovère poussa la porte qui menait à la chambre. Le lit était défait. Jadwiga s'était levée, avait pris son petit déjeuner — la présence de la théière et de la tasse l'attestait — puis, sans doute, on avait sonné à sa porte. L'assassin savait qui contacter. Aïcha l'avait mis sur la piste de Martha, qui l'avait aiguillé sur Helena, laquelle avait fourni les coordonnées de sa sœur... au prix de quelles tortures, il n'était pas difficile de l'imaginer.

Une demi-heure plus tard, un inspecteur arriva de l'avenue Mogilska. Sosnowski lui remit le médaillon et ordonna qu'on en tire quelques copies pour les remettre aux hommes qui fouillaient le passé de Jadwiga. Puis il s'adressa à Rovère.

— Maintenant, il va nous falloir faire preuve de patience ! Je ne vois pas ce que nous pouvons faire de plus ce soir, lui dit-il. J'ai réservé une table en ville. Vous êtes mes invités. Le Wierzinek était hélas complet ! C'est un peu notre Tour d'Argent... J'espère que vous ne serez pas déçus.

Ils se retrouvèrent tous une heure plus tard dans un restaurant assez guindé, rue Szpitalna. L'atmosphère était quelque peu lugubre. La salle, très vaste, très haute, ornée d'un plafond à caissons et de grands miroirs, baignait dans une demi-pénombre ; des chandelles éclairaient les tables, très éloignées les unes des autres, et qui formaient ainsi autant d'îlots de lumière dans l'obscurité ambiante.

Tout au long du repas, Sosnowski raconta des anecdotes sur la criminalité qui sévissait en Pologne. Certaines étaient assez cocasses, d'autres franchement sordides. Le mois précédent, on avait ainsi arrêté un prêtre qui faisait la tournée des petits kiosques installés à de nombreux coins de rue et où l'on vendait des journaux, du parfum à bon marché ainsi que... des préservatifs !

— L'abbé menaçait les boutiquiers des feux de l'enfer, expliqua-t-il. Oh, il n'exigeait pas qu'on retire les capotes, mais simplement qu'on perce les emballages d'un coup d'épingle !

Tout n'était pas si rose. De nombreux gangs russes, en liaison avec la mafia d'Odessa, étaient arrivés en ville, et avaient mis la main sur les réseaux de prostitution.

— Tôt ou tard, il faudra bien régler le problème, poursuivit Sosnowski. Le hic, c'est que ces types-là sont des déserteurs de l'armée d'Afghanistan. Ils ont emporté leur kalachnikov en mettant la clef sous la porte !

— Eh bien, espérons que nous n'allons pas rencontrer vos cow-boys en rentrant à l'hôtel, conclut Nadia, qui ne tenait pas à ce que la conversation s'éternise.

Elle n'avait quasiment pas desserré les dents de toute la soirée et redoutait que Rovère ou Dimeglio ne se lancent à leur tour dans le récit de leurs aventures. Sosnowski eut la galanterie de ne pas prolonger la discussion. Ils se séparèrent devant l'hôtel Saski. Une réunion de synthèse des enquêteurs qui travaillaient sur le meurtre de Jadwiga et sur le réseau de Jacek devait avoir lieu à quatorze heures, le lendemain.

— Vous avez quartier libre jusque-là, décréta Sosnowski. Profitez-en pour faire un peu de tourisme. Visitez le Wawel, vous ne serez pas déçus. On se retrouve avenue Mogilska en début d'après-midi ?

55

À neuf heures, Rovère descendit à la réception de l'hôtel pour prendre un petit déjeuner. On le dirigea vers une salle où était déjà attablée Nadia. Le personnel était averti de la « qualité » des trois visiteurs, aussi le service fut-il exemplaire.

— Dimeglio ne nous rejoint pas ? demanda Nadia.

— Non, il est crevé, je crois qu'il va faire la grasse matinée. Il ne l'a pas volée, expliqua Rovère. Et vous, que comptez-vous faire ? Suivre le conseil de Sosnowski ?

— Oui, mais je n'irai pas visiter le Wawel. Je me suis renseignée à la réception. J'ai changé un peu d'argent. Le camp d'Auschwitz n'est qu'à une soixantaine de kilomètres. Et ça se visite, ça aussi ! J'ai commandé un taxi.

— Inutile, Sosnowski nous a réservé une voiture. Elle est garée au coin de la rue.

— J'ai une carte. C'est dans la direction de Bielsko-Biala, reprit Nadia. Auschwitz est le nom allemand, en polonais, on dit Oswiecim.

Rovère hésita. Il avait essayé de joindre Claudie mais n'avait pas réussi. La perspective de passer la matinée à Auschwitz ne le séduisait guère mais il ne tenait pas à rester seul. Il acquiesça. Après avoir avalé une tasse de café, il se leva et sortit quelques centaines de francs de sa poche.

— Je vais changer, moi aussi, et acheter des cigarettes. On se retrouve à la réception dans vingt minutes ? proposa-t-il.

Il quitta l'hôtel après avoir troqué ses billets contre une poignée de zlotys, et longea la rue Slawkowska en direction de la place du Grand Marché. Un fiacre était garé devant ce qui lui sembla être un tabac ; le cocher, assis sur le siège arrière, braillait une chanson qui devait être assez leste, à en juger d'après la mine offusquée des nonnes qui sortaient d'un salon de thé et pressèrent le pas pour protéger leurs chastes oreilles. Rovère sourit, amusé, pénétra dans la boutique et dut renoncer à ses Gitanes habituelles. Il fit la grimace devant les paquets de Marlboro que la serveuse lui montrait, en prit malgré tout un, se souvint que Nadia fumait des Craven et lui en acheta à tout hasard. Il avait encore un peu de temps devant lui et fit quelques pas en direction de la halle dressée au beau milieu de la place. Des étalages de marchands de souvenirs étaient alignés de part et d'autre du bâtiment, sous de grands écussons frappés des armoiries des principales villes polonaises. On y vendait des jouets et des statuettes en bois, des colliers d'ambre, des gilets brodés et des pulls de laine, le tout très bon marché, même au cours du change officiel. Rovère flâna quelques minutes puis décida de faire demi-tour.

Quelqu'un le bouscula alors sans même prendre la peine de s'excuser et s'éloigna dans la direction opposée à la sienne.

Rovère renonça à protester et s'apprêta à quitter la halle. À peine avait-il fait quelques pas qu'il sursauta et se retourna, interdit. La silhouette de l'homme qui l'avait bousculé disparaissait déjà à l'autre extrémité du bâtiment. À la voir ainsi, de dos, Rovère eut un doute. Il avait cru reconnaître le vieil homme qu'il avait croisé le mercredi soir de la semaine précédente, alors qu'il s'était rendu rue Sainte-Marthe, seul, après avoir quitté la Brigade. Celui-là même qui s'était fait agresser par les voyous à motos, et qu'il avait mis en fuite à coups de canne ! Il se lança à sa poursuite et déboucha sur la place, face à l'embranchement de la rue Bracka. Plusieurs cars de touristes étaient garés là, et leur guide rassemblait ses ouailles à l'aide d'un mégaphone, provoquant ainsi une belle pagaille. Rovère arrêta de courir. S'il s'agissait bien de l'homme à la canne — mais d'ailleurs, en avait-il une ? — il avait eu tout le temps de disparaître dans la cohue.

Il revint sur ses pas, troublé et doutant de lui-même. Sa mémoire ne lui avait-elle pas joué un tour ? Il rejoignit Nadia qui l'attendait sur le perron de l'hôtel Saski et, par crainte de paraître ridicule, décida de ne pas lui parler de l'incident.

Il prit le volant de la 205 que Sosnowski avait eu la délicatesse de mettre à leur disposition, et, sur les indications de la jeune femme, quitta rapidement Cracovie en direction du sud-ouest. Trois quarts d'heure plus tard, ils pénétrèrent dans les faubourgs d'Oswiecim, une ville triste et grise, industrieuse. L'air, saturé de vapeurs de soufre et de charbon, piquait la gorge. Nadia était tendue. Durant tout le trajet, elle n'avait cessé de fumer. Rovère l'avait remarqué dès leur départ de Cracovie et avait mis cette nervosité sur le compte de l'inquiétude suscitée par le déroulement de l'enquête. Il savait qu'elle risquait gros, à la suite de son inflexibilité face à Folland.

Ils tournèrent longtemps en rond dans le centre-ville, et prirent plusieurs fois, dans les deux sens, le pont qui enjambait la Wisla avant d'apercevoir enfin un panneau qui indiquait la direction du camp.

— C'est là ! dit soudain Nadia en montrant une enceinte de béton derrière laquelle on apercevait des bâtiments de briques rouges.

Un grand drapeau fait d'une pièce d'étoffe rayée pareille à celle dont étaient vêtus les déportés flottait tout en haut d'un mât qui émergeait de l'enceinte. La voiture parcourut encore quelques dizaines de mètres puis Rovère tourna sur la gauche, s'engageant ainsi vers l'entrée du musée aménagé dans l'ancien camp. Une enseigne publicitaire vantant les mérites d'une marque de vodka était plantée à proximité d'un des miradors d'angle. Nadia se retourna brusquement, tandis que Rovère, roulant à présent au pas, franchissait l'entrée du parking où stationnaient déjà de nombreuses voitures ainsi que des cars. La grande croix érigée par les carmélites avait attiré son regard. Elle haussa les épaules avec une moue dégoûtée, puis, le regard perdu dans le vague, contempla le parvis du bâtiment qui se trouvait devant eux, à l'entrée duquel des touristes faisaient la queue.

— Nous y sommes. Vous descendez ? dit l'inspecteur pour la tirer de sa rêverie.

Elle obéit avec des gestes saccadés et prit son tour dans la file d'attente. Il y avait des Allemands, des Espagnols, et même un groupe de Russes, un peu empotés et qui se serraient les uns contre les autres, de peur de s'égarer. Une classe de collégiens polonais chahutait tout près d'eux, en mangeant des glaces. Ils s'avancèrent dans un hall tout en longueur, décoré de grands posters représentant des vues du camp, et où s'ouvraient des guichets. Un femme à l'apparence revêche s'efforçait d'aiguiller les groupes de différentes nationalités vers les guides qui attendaient tout près et se répartissaient les arrivants suivant la langue parlée.

— Pas de visite en français avant une heure, annonça-t-elle à Nadia. Mais vous pouvez entrer sans guide.

Elle lui tendit un prospectus où figurait un plan du camp et se saisit du billet de 10 000 zlotys que la jeune femme sortit de son sac à main.

Suivie de Rovère, Nadia s'engagea sur le chemin qui menait à la véritable entrée du camp, à moins d'une centaine de mètres. La grille en fer forgé, surmontée de l'inscription *Arbeit Macht Frei*, remportait un grand succès. On s'y faisait photographier avant de commencer la visite.

— C'est un peu obscène, enfin, je trouve, vous ne croyez pas ? murmura Rovère.

Nadia hocha la tête en souriant, soulagée de

constater que son compagnon partageait son malaise.

— Mais... je ne comprends pas, j'ai vu les images d'archives, comme tout le monde, reprit-il en montrant les allées alignées à angle droit et bordées des bâtisses de brique rouge qu'ils avaient déjà aperçues depuis la route. Pour moi, Auschwitz, c'était l'image de la voie ferrée, et d'un portail sous lequel elle disparaissait...

— Ça, c'est à Birkenau, à trois kilomètres d'ici, lui expliqua Nadia. Oui, vous avez raison, tout le monde a cette image en mémoire ! Ici, nous sommes à Auschwitz 1, le camp originel ! Une ancienne caserne de l'armée polonaise, en fait ! Les nazis ont commencé à remplir Auschwitz 1, et ensuite ils ont construit Birkenau... la rampe, les sélections, l'extermination en masse, les crématoires, les fosses pleines de cendres, c'est à Birkenau.

Rovère, surpris par le savoir de la jeune femme, résolut de se taire. Ils pénétrèrent dans le premier bloc visitable, portant le numéro 4, et se faufilèrent entre les visiteurs pour regarder les photographies qui y étaient exposées. Une grande urne emplie de cendres était installée dans une niche et rappelait le sort des détenus que l'on avait raflés dans toute l'Europe pour les traîner jusqu'à Oswiecim. Dans la salle suivante, ils défilèrent devant les photos d'enfants suppliciés par Mengele, les livres d'écrou, et les fiches anthropométriques des déportés, qui tapissaient les murs des couloirs, par centaines. Tous avaient un regard halluciné ; leurs yeux écarquillés exprimaient une terreur dont aucun mot ne pourrait réussir à restituer l'intensité.

Rovère suivait docilement Nadia. Elle arpentait les salles d'un pas décidé, contournant les visiteurs qui obstruaient le passage, mais prenait le temps de s'attarder devant les documents présentés. Il vit ses mâchoires se crisper peu à peu, une pâleur extrême envahir son visage, ses lèvres se réduire à un simple trait de chair. La souffrance ne l'enlaidissait pas, bien au contraire. Jusqu'à présent, il n'avait jamais prêté attention à elle, du moins de cette façon. Depuis leur première rencontre, elle lui avait fait l'effet d'une jeune femme exaltée, fonceuse, certes compétente mais incapable de dissimuler ses faiblesses, ses doutes, ce qui ne présageait rien de bon dans les relations de travail qui les réunissaient. Ils quittèrent le bloc 4. Nadia s'adossa à un mur pour y reprendre son souffle, puis épongea son front couvert de sueur.

— Ça ne va pas, vous vous sentez mal ? Nous ferions mieux de partir, proposa Rovère, désemparé et mécontent de s'être fait piéger.

Il ne tenait pas à ce que la matinée s'achève chez le médecin, après une crise nerveuse dont il discernait les prémices à la vue des premiers symptômes qu'il avait parfaitement reconnus.

— Attendez-moi sur le parking, si vous voulez, moi je continue, répliqua-t-elle, d'une voix presque inaudible en feuilletant le prospectus qu'on lui avait remis à l'entrée.

Rovère leva les yeux au ciel, catastrophé. Il était hors de question de l'abandonner dans de telles circonstances, ne serait-ce que pour la ramener à l'heure dite au rendez-vous fixé par Sosnowski !

Ils poursuivirent leur périple jusqu'au bloc 11, la prison du camp, sans respecter le parcours recommandé par le prospectus qu'on leur avait remis à l'entrée. Dans la cour se trouvait le mur devant lequel on exécutait les déportés, nus, après un simulacre de procès, une mise en scène du tribunal de la Gestapo. Nadia pénétra dans le bloc. L'accès de la pièce où l'on pratiquait les injections de phénol était obstrué par un plexiglas ; on pouvait y apercevoir les seringues, disposées sur un bureau. Nadia s'était un peu ressaisie et descendit d'un pas assuré les quelques marches qui menaient aux sous-sols. Des cellules s'y alignaient. Exiguës, plongées dans une obscurité évocatrice des tortures endurées par leurs occupants. L'une d'elles, soigneusement éclairée et décorée de cierges et d'images pieuses, attirait tout particulièrement les touristes. Celle du prêtre Kolbe, mort après avoir proposé d'échanger son sort contre celui d'un de ses compagnons de misère, déjà condamné par les SS. Nadia ne s'y attarda pas. Elle quitta les lieux, toujours aussi pâle. Rovère ne cessait de l'épier, inquiet.

Après avoir consulté le prospectus, elle fit demi-tour, franchit de nouveau les portes du bloc 4 qu'elle avait quitté un quart d'heure plus tôt, et cette fois monta les marches qui menaient au premier étage. Rovère découvrit une maquette des chambres à gaz et des crématoires de Birkenau, emplie de petites figurines en plâtre incarnant les familles arrivées sur la rampe et dirigées vers la mort immédiate. Des bidons de granules de Cyclon B, exposés juste à côté, résumaient l'horreur de la scène évoquée.

Nadia passa dans la salle suivante. Derrière une vitrine d'une dizaine de mètres de long reposaient des cheveux. Des cheveux de femmes, à en juger d'après leur longueur. Des milliers, des dizaines de milliers de chevelures, enchevêtrées, entassées en une masse compacte, terrifiante. Le regard de Nadia se centra sur des nattes de petite fille, qui portaient encore un papillon de soie.

Rovère s'arrêta devant la vitrine, lui aussi, et sentit sa gorge se serrer. Quand il se tourna vers Nadia, il constata qu'elle pleurait. Elle restait les yeux grands ouverts, les bras le long du corps. Les larmes coulaient sur ses joues, sans qu'elle n'esquisse le moindre geste pour les essuyer. Elle demeura ainsi de longues minutes, toujours aussi immobile. Ses pleurs ne tarissaient pas. Rovère n'osait la déranger. Les collégiens qu'ils avaient croisés à l'entrée du musée pénétrèrent alors dans la salle, suivis de leur professeur. Les gamins lorgnèrent en direction de cette jeune femme figée devant la vitrine et qui ne semblait pas avoir remarqué leur arrivée ; ils se poussaient du coude pour se la montrer, malgré les reproches de leur accompagnateur.

Rovère prit le bras de Nadia et l'entraîna vers l'escalier. Quand ils furent sortis du bloc, elle tira une pochette de Kleenex de son sac à main et essuya ses yeux rougis.

— Je... je voudrais rester seule ! dit-elle. Attendez-moi ici.

Elle s'éloigna d'une démarche incertaine, le long de la grande allée menant à la place d'appel. Tout au fond, elle s'arrêta près d'un mirador, resta quelques instants devant les barbelés, puis revint sur ses pas. Son visage avait retrouvé une expression plus sereine mais on la sentait encore très fragile. Elle marcha à côté de Rovère, en direction du portail. Avant de franchir le seuil, elle se retourna et fixa une dernière fois les blocs, le no man's land entre les deux alignements de poteaux tendus de barbelés et équipés de lampes. Arrivée sur le parking, elle consulta sa montre. Il était presque midi.

— Nous n'avons pas le temps de visiter Birkenau, murmura-t-elle, déçue.

Rovère lui ouvrit la portière, soulagé. Ils quittèrent rapidement Oswiecim sans échanger un seul mot. Elle cala sa nuque contre l'appui-tête et resta immobile, le regard perdu, les mains posées à plat sur les genoux tandis que la voiture filait en direction de Cracovie.

— Je m'excuse de vous avoir infligé ça... dit-elle, après qu'ils eurent parcouru une vingtaine de kilomètres.

— Je vous en prie... je comprends ! répondit Rovère.

— Ah oui ? Vous comprenez quoi ?

L'inspecteur la regarda, surpris.

— Vous êtes juive ? demanda-t-il après s'être éclairci la voix.

— Non.

— Un de vos parents a été déporté à Auschwitz, sans doute ?

Elle garda le silence avec un sourire empreint de tristesse, durant plus d'une minute.

— J'ai vécu une enfance très heureuse, reprit-elle soudainement. Mes parents avaient une grande maison, près de Tours. Quand je me suis mariée, j'ai emménagé tout près de chez eux.

Durant des années, j'ai appris le piano... Il y en avait un, chez nous, un Steinway, magnifique ! Ni mon père ni ma mère n'en jouaient, alors ils me l'ont offert, il y un peu moins d'un an. On l'a apporté chez moi. J'en avais un, bien sûr, mais pas si beau. J'ai dû faire réaccorder le Steinway, c'était nécessaire, après le transport.

Rovère l'écoutait attentivement, et conduisait avec une prudence exemplaire. Ses confidences de la veille avaient créé entre lui et Nadia une étrange intimité ; elle l'avait entraîné à Auschwitz en toute connaissance de cause, sachant fort bien à quel point la visite risquait de la troubler, témoignant ainsi d'une confiance égale à celle dont il avait lui-même fait preuve.

— L'accordeur est passé, un samedi après-midi. Le même que celui qui venait chez mes parents. Il est aveugle. Je ne l'avais jamais regardé travailler. Il a ouvert le couvercle, pour accéder au cadre. J'étais tout près de lui. Il a commencé à changer quelques feutres, à nettoyer les étouffoirs... Au fond du coffre, j'ai vu une petite pièce de tissu, collée à même le bois. Je l'ai ôtée. Dessous il y avait un papier, tout jauni. C'était un certificat d'achat. 1938. Un certain Grynbaum, Samuel Grynbaum. 62 rue des Archives, à Paris. J'ai joué sur ce piano durant toute mon enfance. Le lendemain, j'ai demandé à mon père où il l'avait acheté, son Steinway. Il a été assez évasif. Il prétendait ne plus se rappeler exactement... J'ai fait ma petite enquête. À Paris. 62 rue des Archives. Je suis allée chez Bernard Grynbaum, le fils de Samuel. Il se souvenait parfaitement du piano. En 1944, au mois de mai, les auxiliaires français de la Gestapo sont venus rafler toute la famille. Direction Drancy, puis Auschwitz. Là d'où nous venons. Enfin, je dis Auschwitz, mais c'était sans doute Birkenau. Il y avait une petite fille, la sœur de Bernard, Rachel. Douze ans à l'époque. C'est peut-être ses nattes que j'ai vues tout à l'heure, sur le tas de cheveux. Son frère m'a montré sa photo, rue des Archives : elle portait des nattes, la petite Rachel. Elle jouait du piano.

Nadia se tut brusquement. Sa respiration s'était accélérée au cours de son récit. Elle ouvrit la fenêtre, pencha la tête de côté pour laisser ses cheveux flotter au vent et les caressa longuement. Rovère l'encouragea à continuer, d'un sourire.

— Bernard Grynbaum se souvenait très bien de l'arrivée des gens de la Gestapo, reprit Nadia. Français. Tous. Il se souvenait également des démarches qu'il avait entreprises après la guerre pour tenter de récupérer le mobilier qui avait été pillé chez lui. Le type qui avait tout récupéré s'appelait Sénéchal. Sénéchal est mon nom de jeune fille. C'est-à-dire celui de mon père. J'ai continué à chercher, toute seule, pendant trois mois. Les meubles, les tableaux, l'argent, tout... tout, vous entendez ? Il a tout volé... Oh, lui-même, il n'a jamais frappé personne ! Il travaillait en collaboration avec la milice, la Gestapo, et leur versait une commission. Et j'ai grandi là-dedans. Grosse fortune, mon père. Il dirigeait une entreprise de transport. Ses camions sillonnaient toute l'Europe. Tout le monde savait, sauf moi. Ma mère, mon mari... un copain de la fac, avocat, spécialiste de droit commercial. Il s'appelle Marc. Il est entré au service de mon père, peu après notre mariage. Une fois installé dans la place, il n'a pas tardé à fouiner dans les vieux livres de comptes. Il était impossible d'établir la provenance des millions injectés à la création de l'affaire, en 48. Il savait. Nous avons vécu huit ans ensemble et il ne m'en a jamais parlé. Vous vous rendez compte ? Dire que si j'avais joué du violon, je n'aurais jamais rien appris !

Elle s'interrompit, secouée par un éclat de rire nerveux, irrépressible.

— Avant, je ne m'étais jamais intéressée à tout cela, poursuivit-elle. Depuis, j'ai énormément lu : les témoignages des déportés, les études historiques, en quelques mois, j'ai avalé des milliers de pages ! Parfois, je passe des week-ends entiers à visionner les films d'archives. Jusqu'à la nausée... Je suis partie. Je les ai tous laissés, mon mari, ma mère... Mon père a eu une première attaque cérébrale au mois de juin. Il vient de mourir. Dans son lit, à l'hôpital de la Pitié. Paisiblement. L'enterrement a lieu ce matin, à Tours. Je ne vous ai pas trop ennuyé, avec mes salades ?

56

Sosnowski, en bras de chemise, faisait les cent pas dans le bureau et consultait sa montre avec fébrilité. Dimeglio tenta de le rassurer : Rovère et le juge Lintz n'allaient sans doute pas tarder à arriver. Nadia lui avait laissé un message à la réception de l'hôtel, avant leur départ pour Oswiecim.

— Drôle d'idée... maugréa Sosnowski, quand l'inspecteur lui eut appris le but de leur excursion.

Il était déjà midi trente et ils patientaient tous deux dans les locaux de l'avenue Mogilska. La pièce dans laquelle ils se trouvaient offrait une vue imprenable sur les cheminées de la centrale thermique, qui perçaient le ciel d'un bleu limpide et crachaient une vapeur laiteuse dont les volutes, rabattues par un vent de nord-est, s'égaraient sur les toits de la ville.

Le juge Horak s'était agité pour faire pression sur les responsables de l'école de médecine, afin que l'autopsie du corps de Jadwiga Wirschow fût traitée en priorité. Elle était en cours. Dès la fin de la matinée, les inspecteurs expédiés par Sosnowski sur la trace des complices de Jacek avaient commencé à téléphoner. Quand il ne « voyageait » pas, Tadeusz vivait à Poznan, ainsi que Jacek. L'examen des numéros de série de fabrication du camion saisi à Bonneuil menait à une coopérative agricole située dans cette ville. Il y avait fort à parier que c'était là que les deux loustics avaient volé le frigorifique. De ce point de vue, on avançait à grands pas.

À treize heures, Sosnowski reçut un appel de Bielsko-Biala. Un de ses adjoints, muni d'un tirage du médaillon découvert chez Jadwiga, s'était rendu chez un ami de celle-ci, dont le nom et le numéro de téléphone étaient mentionnés à de nombreuses reprises sur un agenda saisi rue Zacisze. Il s'agissait d'un des anciens amants de Jadwiga, avec lequel elle avait conservé de solides relations d'amitié. Il s'appelait Piotr Kafin, était originaire de Plawy, un petit village voisin d'Oswiecim, et déclarait ne rien savoir de la bague. Kafin était déjà en route pour Cracovie. Dimeglio accueillit la nouvelle avec sa placidité coutumière. Sosnowski se montra de plus en plus nerveux, sans que Dimeglio ne parvienne à discerner les raisons de cette agitation.

Il tenta d'appeler le Quai des Orfèvres, et, malgré l'autorité dont fit preuve Sosnowski auprès des standardistes, la communication fut coupée à deux reprises ; à la troisième, il réussit à s'entretenir avec Dansel. Il était treize heures trente.

— Choukroun a fait un boulot formidable, lui annonça celui-ci dès que la liaison fut établie. Il a ratissé toutes les adresses qui figuraient sur les bristols que tu as trouvés chez Aïcha ! On a un portrait-robot d'un de ses clients. Et qui colle avec la description de Kateb ! Il l'a sautée à plusieurs reprises, courant juillet, dans un quatre étoiles de la rue La Boétie. Grand, grisonnant, la soixantaine bien tassée.

— Envoie-moi un fax, nom de dieu ! s'écria Dimeglio.

— Ça fait deux heures que j'essaie, soupira Dansel, avant de raccrocher.

Sosnowski donna des consignes très strictes pour que personne n'utilise l'unique télécopieur dont il disposait, jusqu'à ce que le document transmis depuis Paris ne soit parvenu à destination. Ils attendirent, plantés devant l'appareil, qui bourdonnait paisiblement mais ne semblait pas décidé à se mettre en marche.

— Passons à autre chose. Combien de temps lui faudra-t-il, au copain de Jadwiga, pour arriver de Bielsko-Biala ? demanda Dimeglio, déprimé à l'idée de dépendre des caprices des Télécoms parisiens, et plus encore de leurs homologues polonais.

— C'est à une cinquantaine de kilomètres, ils ne vont plus tarder, répondit Sosnowski après avoir consulté sa montre.

À cet instant, l'interphone relié à la réception l'avertit que Rovère et Nadia attendaient au poste de garde. Il ordonna qu'on les laisse monter.

Ils firent le point ensemble. Le portrait-robot promis par Dansel retint tout particulièrement l'attention de Rovère. À l'énoncé du nom de Plawy, Nadia sursauta sur son fauteuil. Sosnowski, qui ne quittait pas le télécopieur des yeux, ne put remarquer son geste, qui n'échappa pourtant pas à Dimeglio. Un planton fit alors irruption dans le bureau et annonça l'arrivée de l'inspecteur qui s'était rendu à Bielsko-Biala chercher Piotr Kafin, l'ex-amant de Jadwiga. Sosnowski accueillit celui-ci avec une surprenante brutalité. Kafin était un homme d'une quarantaine d'années, grasouillet et maniéré, au visage poupin, d'une grande douceur. On l'avait tiré du lit à une heure inhabituelle ; il semblait hébété de sa présence en un tel lieu. Nadia apprit de la bouche de Sosnowski que Kafin gagnait sa vie en donnant des cours privés de mathématiques, et occupait tout son temps libre à jouer de la harpe. C'est ainsi qu'il avait connu Jadwiga, quinze ans plus tôt, conservatoire municipal de Cracovie.

Sosnowski le soumit à un feu roulant de questions. Quelle avait été la nature de relation avec Jadwiga, la voyait-il fréquemment, puis leur rupture, connaissait-il sa sœur He', etc. L'entretien eut nécessairement lieu en polonais, aussi Dimeglio traduisit-il les réponses de Piotr, au fur et à mesure. Sosnowski en vint à évoquer la bague. Le visage de Kafin s'assombrit tout à coup. Il ne pouvait nier avoir vu le bijou au doigt de Jadwiga, mais se ferma totalement quand Sosnowski s'avisa d'insister.

— Elle l'a achetée ? Oui ou non ? Si c'est non, qui la lui a offerte ? hurla celui-ci, brusquement déchaîné, en frappant du poing sur le bureau. C'est toi ? Si c'est toi, dis-le ! Vous filiez le parfait amour ! Rien de mal à cela ! Un cadeau, ça n'est pas un crime !

Piotr se tassa sur son siège, épouvanté. Sosnowski se tourna vers Nadia.

— Pardonnez-moi, lui dit-il en s'efforçant de maîtriser sa colère, mais je vais vous prier de me laisser seul avec lui. Je vous revois dès que j'en ai terminé.

Interloquée, Nadia interrogea Rovère d'un bref regard. L'inspecteur acquiesça à la demande de Sosnowski et se leva. Dimeglio le suivit. Nadia dut s'incliner. Ils se retrouvèrent dans le couloir.

Rovère sortit de son blouson le paquet de Marlboro qu'il avait acheté sur la place du Grand Marché. Il en alluma une, d'un air dégoûté.

— Il perd son sang-froid, notre ami Sosnowski, murmura-t-il encore sous le coup de la surprise.

— Non ! Je crois qu'il sait quelque chose, et qu'il nous le cache ! soupira Dimeglio.

De la pièce qu'ils venaient de quitter leur parvinrent de nouveaux cris, de plus en plus violents. Nadia renonça à questionner Dimeglio, qui ne faisait d'ailleurs aucun effort pour tenter de saisir ce qui se disait de l'autre côté de la paroi. Aux cris succédèrent des bruits sourds. L'interrogatoire dura plus d'une demi-heure. Lassé d'attendre, Rovère s'éloigna en direction d'un distributeur de boissons situé au coin du couloir et s'escrima à trier la monnaie qui tapissait ses poches pour faire l'appoint. Les pièces de vingt zlotys étaient rares et celles qu'il glissa dans la fente de l'appareil lui furent implacablement restituées. Rovère faillit renoncer, mais s'entêta. Un liquide pompeusement nommé « kawa » s'écoula enfin dans un gobelet. De gros grains noirs, charbonneux, flottaient à la surface du breuvage. Le gobelet fuyait. L'inspecteur le jeta à la poubelle. Dans le bureau de Sosnowski, les cris redoublèrent d'intensité. La porte s'ouvrit alors à la volée. Éjecté dans le couloir, Kafin heurta le mur de plein fouet. Son visage était couvert d'ecchymoses. Sosnowski le rattrapa, et Nadia crut qu'il s'apprêtait à le frapper de nouveau.

— Ça suffit ! cria-t-elle.

Sosnowski s'immobilisa. Le sang avait reflué de son visage et ses mains tremblaient.

— J'ai honte, madame Lintz, souffla-t-il. Non de ce que j'ai fait, mais de ce qui va suivre ! Nous partons !

Il prit sa veste accrochée à une patère et l'enfila. Puis, saisi d'un nouvel accès de rage, il agrippa Kafin par les cheveux et le propulsa vers la sortie. Nadia le suivit, catastrophée. Rovère haussa les épaules et l'imita. Dimeglio, qui avait laissé son imperméable dans le bureau, y fit une brève incursion et poussa un cri.

— Le fax ! beugla-t-il, en tirant la feuille que l'imprimante commençait tout juste à cracher.

Sosnowski abandonna Kafin aux mains de Rovère et fit demi-tour. Il examina le document que lui montrait Dimeglio. Un visage grossièrement ébauché y figurait.

— Ça vous dit quelque chose ? demanda Sosnowski.

— Jamais vu, répondit Dimeglio avant de confier le portrait-robot à Nadia, qui était venue à leur rencontre.

Elle s'empara du feuillet, reconnut le visage qui y figurait, s'efforça de dissimuler sa stupeur, et le rendit à l'inspecteur.

— Vous nous annonciez du nouveau, monsieur Sosnowski, il me semble ? Alors, autant ne pas perdre de temps, dit-elle, les poings serrés.

Sosnowski fit quelques pas en direction de l'ascenseur, sans prêter attention à Nadia, qui demeura sur place, comme pétrifiée, incapable d'effectuer le moindre geste. Dimeglio se pencha vers elle, lui prit le bras et la secoua. Elle s'ébroua, repoussa sa main, et se dirigea à son tour vers l'ascenseur où les attendait Rovère. Pendant que la cabine descendait au rez-de-chaussée, celui-ci étudia le fax.

— J'ai l'impression que Sosnowski va faire une connerie ! marmonna Dimeglio. J'aimerais comprendre. Madame Lintz ? Quand il a parlé de Plawy, vous avez sursauté. Et quand il vous a montré le portrait-robot, vous avez tiré une de ces têtes... si vous nous disiez ce qui se passe ?

Nadia éluda la question. Les portes de l'ascenseur s'ouvrirent. Sosnowski piétinait sur le parking, devant la camionnette bleue avec laquelle il était venu les chercher à Balice. Deux gardes entouraient Kafin. Celui-ci était déjà menotté, assis à l'arrière, encadré par ses cerbères ; Rovère et Dimeglio prirent place sur des strapontins, tandis que Nadia s'installait sur le siège du passager avant. Sosnowski embraya.

— Où allons-nous ? demanda Nadia.

— À Plawy ! C'est à une soixantaine de kilomètres. Vous y êtes peut-être déjà passée ce matin ? C'est tout près de Brzezinka ! Birkenau, si vous préférez !

Nadia leva les yeux vers le rétroviseur. Son regard croisa celui de Rovère, impassible. Dimeglio semblait très absorbé par la contemplation du paysage.

— J'espère me tromper, reprit Sosnowski. Quoi qu'il en soit, vous pouvez compter sur ma loyauté, madame Lintz ! Je... je vous promets de faire mon possible pour...

— Ne promettez rien ! trancha Nadia. Vous n'êtes pas là pour tenir je ne sais quelle promesse.

— Ce n'est pas Kafin qui a offert la bague à Jadwiga, expliqua-t-il. C'est un autre type, qui habite le village : Plawy ! Quand ils étaient adolescents, ils la courtisaient tous les deux. Mais c'est Kafin qui a finalement emporté le morceau.

Sosnowski se tut. Un silence des plus pesants s'installa qu'un message radio vint toutefois interrompre, alors qu'ils roulaient déjà depuis plus d'une demi-heure. Le juge Horak appelait de l'école de médecine de Cracovie ; les premiers examens pratiqués sur le cadavre de Jadwiga Wirschow confirmaient qu'elle avait bien subi une injection de temgesic avant de succomber. Sosnowski coupa la communication.

— Maintenant, on s'en fout ! trancha-t-il. Je... je vous jure que rien ne me fera céder. Rien ni personne ! Si vous craignez que je cède devant Folland, vous...

— Taisez-vous, je vous en prie, lança Nadia, excédée.

*

Elle reconnut bientôt le pont qui enjambait le nœud ferroviaire d'Oswiecim. Ils dépassèrent une file de cars de touristes se dirigeant vers le musée du camp, et se faufilèrent dans un entrelacs de ruelles où s'alignaient des pavillons et des petits jardins proprets. Une vaste étendue leur apparut soudain. Hérissée de barbelés et de miradors. Comparé à celui d'Auschwitz, le camp de Birkenau paraissait immense. Ils suivirent la route qui le bordait. Un attelage de chevaux tirant une carriole remplie à ras bord de choux et de betteraves les contraignit à ralentir.

Nadia contempla l'entrée du camp, la tour du poste de garde, le porche ovale sous lequel s'engouffraient les rails de chemin de fer, pour aboutir à la rampe, envahie d'herbes folles. Cette vision ne dura que quelques secondes ; Sosnowski avait viré à gauche au premier carrefour et contournait déjà un mirador près duquel somnolaient quelques moutons.

Il s'engagea sur une petite route de campagne, paisible et déserte. Nadia vit de nouveaux miradors, de nouvelles lignes de barbelés interrompues à certains endroits, et, derrière cette haie de ferraille rouillée, les carcasses des baraquements, trapues et délabrées. Certaines en dur, d'autres en bois, ces dernières à l'état de ruines. À l'infini. Tout au bout de la route, à quelques dizaines de mètres du dernier mirador, se dressait un panneau qui indiquait l'entrée du village de Plawy.

Sosnowski stoppa brusquement et serra le frein à main, devant la cour d'une ferme encombrée de ballots de paille, et où s'ébattait toute une basse-cour. Des poules et des canards s'aventurèrent jusqu'à la camionnette. Un cochon couina dans son enclos et leva son groin vers les nouveaux venus. Sosnowski descendit, ouvrit la portière arrière et arracha littéralement Kafin de son siège. Il le traîna sur le bitume, en proie à une nouvelle crise de fureur, pareille à celle dont il avait fait preuve dans les bureaux de l'avenue Mogilska. Kafin se mit à crier en appelant à l'aide.

Un paysan, alerté par les grognements du cochon autant que par les cris du prisonnier, pointa le bout du nez à sa fenêtre. D'autres l'imitèrent. Moins de trente secondes plus tard, ils furent plus d'une dizaine à se masser au coin de la rue, séduits par l'attraction sensationnelle qu'on leur présentait pour ainsi dire à domicile. Ils reconnurent Kafin, qui avait passé toute son enfance à Plawy. L'un d'eux l'interpella en lui demandant ce qui se passait, et lui promit par avance son soutien.

— Rentrez chez vous ! Et plus vite que ça ! rétorqua Sosnowski, en sortant son arme, un vieux calibre 9 mm.

Les paysans disparurent soudainement. Les

deux flics qui avaient fait le chemin depuis Cracovie dans la camionnette n'en menaient pas large.

— Qu'est-ce qu'il leur a dit ? demanda Nadia, qui n'osait quitter son siège.

Dimeglio traduisit, sans cacher l'inquiétude qui le gagnait. D'autres badauds étaient arrivés. Certains montraient à présent des signes de franche hostilité et ne semblaient pas disposés à obéir. Sosnowski les repoussa en les insultant.

— Qu'est-ce qu'on fait ? murmura Rovère.

— Il déconne ! On y va avant que ça tourne mal ! décida Dimeglio en sautant à terre.

Il apostropha un des flics en uniforme qui les avaient accompagnés et le somma de lui remettre son pistolet. Le type obtempéra. Rovère fit de même avec le second. Au beau milieu de la rue parsemée de bouses de vaches, Sosnowski braqua son arme sur la tempe de Kafin.

— Allez, montre-moi le chemin ! cria-t-il.

Le canon d'un fusil de chasse apparut à l'une des fenêtres des maisons toutes proches. Dimeglio fit face, bravement, la trouille au ventre.

— Vous, ne bougez pas ! ordonna Rovère, en s'adressant à Nadia.

Elle lui obéit. Il s'approcha d'elle, lui mit la main sur la nuque et la força à s'allonger sur la banquette avant. Elle resta ainsi, la joue plaquée sur le skaï du siège.

Sosnowski fit quelques pas en direction d'une courette où s'entassaient des pneus de tracteurs, à côté d'un tas de fumier. Kafin lui montra la porte d'une maison de parpaings dont on n'avait pas encore pris soin de crépir la façade. Ils y pénétrèrent. Rovère patienta quelques instants hésitant à abandonner Dimeglio. Sosnowski ressortit précipitamment. Il s'appuya contre le chambranle et vomit tout son saoul, sans pour autant lâcher Kafin.

— Le client du portrait-robot est là-dedans, il est mort ! souffla-t-il en s'essuyant la bouche. On est arrivés trop tard ! Faites attention, il y a un autre type... armé et bien vivant !

Rovère s'avança à son tour. Il franchit le seuil d'une cuisine proprette. Un grand poster de Jean-Paul II était scotché au-dessus du linteau de la cheminée. Dans la pièce voisine, une salle à manger, gisaient trois cadavres. Deux d'entre eux étaient dans un état épouvantable. Éventrés. Une pelle reposait sur le carrelage, dans une flaque sanglante.

Il s'agissait de deux hommes, un vieillard, et un autre bien plus jeune, de l'âge de Kafin. Le troisième, Rovère le reconnut aussitôt. Sosnowski avait dit vrai. Le portrait-robot qu'il avait vu en quittant les locaux de l'avenue Mogilska était fidèle. Le corps reposait près des deux autres. Une auréole noirâtre couvrait sa tempe droite.

Un quatrième personnage se balançait doucement dans un rocking-chair, un revolver dans la main droite. Il tenait la gauche crispée contre sa poitrine, bien qu'elle ne fût apparemment pas blessée. Rovère secoua la tête, éberlué. Il ne s'était pas trompé quand, le matin même, parmi la foule qui se pressait sous la halle de Stare Miasto, il avait cru reconnaître l'homme à la canne qui avait mis les voyous en fuite sur le boulevard de la Villette, le mercredi précédent. Celui-ci ne manifestait aucune intention hostile et déposa même son revolver sur le sol, à la vue de celui que tenait Rovère.

— Vous êtes venus jusqu'ici... soupira-t-il. Est-ce que... est-ce que Nadia est avec vous ? Nadia Lintz ?

— Oui, elle est là ! confirma Rovère, sans chercher à comprendre.

— Je voudrais lui parler. N'ayez pas peur, tout est fini. Dites-lui de venir. Je vous en prie, dites-lui de venir !

Rovère sortit de la pièce à reculons. Au-dehors, la tension avait encore monté d'un cran. Les paysans, d'abord intimidés par la détermination de Sosnowski, n'avaient pas tardé à se ressaisir. Leurs rangs s'étaient encore étoffés, si bien qu'ils étaient plus d'une cinquantaine, agglutinés près de la camionnette de police sans toutefois oser s'en approcher. Une petite foule qui menaçait de ne pas rester longtemps inerte. Dimeglio leur adressa quelques paroles apaisantes mais garda son arme tournée vers eux.

Sosnowski s'évertuait à appeler des renforts, sur la radio de bord. L'officier de police qui commandait le détachement d'Oswiecim tardait à obtempérer. Kafin était assis à l'arrière du véhicule, les mains sur la tête. Rovère s'approcha de Nadia, qui n'avait pas bougé. Elle se redressa, la joue marquée par les striures qui tapissaient le siège de skaï.

— Là-dedans, il y a un type qui veut vous voir, lui dit-il.

— Celui du portrait-robot ? demanda-t-elle, les larmes aux yeux.

— Non, celui-là, il est mort ! Vous le connai[...]
sez, lui aussi ?

— Oui... souffla Nadia.

— Vous auriez pu le dire ! Vous saviez depuis
longtemps ?

— Je vous jure que non. Seulement depuis que
le fax est arrivé.

Ils attendirent ainsi durant de longues minutes.
Sosnowski scrutait la route qui menait à Brzezinka. Trois camionnettes semblables à la leur
apparurent bientôt à la lisière du bois qui jouxtait
le camp.

— Vous avez failli nous mettre dans une sacrée
merde ! lui lança Rovère, soulagé. Qu'est-ce qu'ils
ont, ces bouseux ?

Il montrait la petite cohorte de paysans, qui
refluèrent en désordre dès que les renforts pénétrèrent dans le village. Dimeglio sentit ses genoux
faiblir et baissa la garde. Sa main tremblait encore.

— C'est un secret de polichinelle, balbutia Sosnowski. Dès que j'ai appris que Kafin avait vécu
ici, j'ai redouté le pire ! Vous savez, c'est une drôle
d'histoire... ce type, là, dans la maison, je ne sais
pas qui c'est, mais je comprends. Vous savez...

— Je veux le voir ! s'écria Nadia, lui coupant
ainsi la parole.

Rovère la conduisit vers la maison, en jetant un
regard noir à Sosnowski.

— Vous avez le cœur bien accroché ? demanda-
t-il quand ils arrivèrent devant le seuil de la ferme.

— Laissez-moi seule ! ordonna Nadia. Il n'y a
rien à craindre, je vous l'assure.

Rovère hésita mais finit par céder. Elle traversa
la cuisine, passa la tête dans l'entrebâillement de

porte de la salle à manger. Elle vit les cadavres étalés à ses pieds, dont celui de Maurice Rosenfeld. Et Szalcman, qui se balançait toujours sur son rocking-chair. Il ouvrit sa main gauche. Une bague rouge, en forme d'œil, reposait dans la paume.

57

— Si vous m'expliquiez ? demanda Rovère. Qu'est-ce que c'est que cette histoire de... de secret de polichinelle ?

Sosnowski, à présent plus détendu, l'avait rejoint dans la cour de la ferme. Les policiers débarqués sur la route s'étaient déployés tout le long du village et en barraient les accès.

— Regardez autour de vous ! dit Sosnowski. Vous voyez ces champs, ces vergers ? C'est rassurant, n'est-ce pas ? Eh bien chassez cette image de votre tête, mon vieux ! Vous vous trouvez dans le plus grand cimetière du monde ! Il n'y a pas une seule motte de terre, pas une seule, vous entendez, qui ne renferme des cendres humaines ! Des millions, des millions de cadavres... brûlés, enterrés sous cette herbe si tendre ! On apercevait les flammes des crématoires à plus de vingt kilomètres à la ronde !

Il se tourna vers les rares curieux que ses hommes n'étaient pas encore parvenus à disperser.

— Et ces gens-là vivent ici, dans ce... ce ch
nier ! Heureux ! Tranquilles ! reprit-il d'une vo
saccadée. Ah, ils l'ont retournée, cette foutue
terre ! Et ils n'ont pas trouvé que des os ! Sur le
chemin des chambres à gaz, les gens enterraient à
la hâte les quelques biens qui leur restaient... ceux
qui avaient pu échapper à la fouille ! Alors une
bague...

— C'est de la folie ! balbutia Rovère, interloqué.

— La recherche, je veux dire, la recherche
méthodique a commencé tout de suite après la
guerre, ajouta Sosnowski. Ils se réunissaient sur la
grande place d'Oswiecim, avec des pelles, des
pioches et ils venaient jusqu'ici, en chantant pour
se donner du courage, les salauds ! Dieu sait sur
combien de kilos d'or ils ont pu mettre la main !
Vous savez, les dents... et puis les bijoux, les dia-
mants, enfouis dans la glaise. Ils chargeaient la
terre dans des sacs et la tamisaient dans les éviers
de leurs cuisines.

— Exactement comme des orpailleurs murmura Rovère, consterné.

— Dégueulasse, hein ? Ces salauds trouvé
un Eldorado à leur mesure. Et ça continué
jusqu'à aujourd'hui ! Oh, plus avec es pelles,
avec des détecteurs de métal ! To monde le
sait. C'est un secret tellement hor personne
n'en parle ! Kafin m'a avoué q uand il était
gosse, il allait jouer autour d ses, avec son
copain, celui dont vous a le cadavre.
L'autre, c'était son père ! U aissait le camp
comme sa poche ! La pau wiga n'a jamais
su d'où venait la bague.

— Ni les autres, acquiesça Rovère. Et elles ont pourtant tenu à s'en débarrasser, Helena tout comme Martha !

— Une intuition, peut-être ? ricana Sosnowski.

*

Nadia ressortit de la maison. Szalcman se tenait derrière elle, les mains dans les poches. La jeune femme scruta les rues du village, rassurée par le dispositif mis en place par Sosnowski.

— Rovère, vous nous suivez ? J'ai à parler avec... avec le témoin, dit-elle d'une voix ferme. L'assassin s'est suicidé après avoir tué les deux... enfin ceux qui sont là-dedans !

— Le témoin ? ! Qu'est-ce que ça signifie ? bredouilla Sosnowski.

— L'affaire est close. Vous m'avez bien comprise. Je suis persuadée que le juge Horak se rangera à mon avis, rétorqua Nadia.

Ils se défièrent un long moment. Sosnowski ouvrit la bouche pour protester, mais se tut, impressionné par le regard que lui lançait la jeune femme. Elle fit quelques pas sur la route. Szalcman la suivit. Rovère leur emboîta le pas, en gardant ses distances, tenant toujours son arme à la main. Ils s'engagèrent dans un sous-bois vallonné, planté de rouleaux et dont les allées étaient bordées de r...

— Isy, ... quoi avez-vous attendu ? Vous êtes fou ! Il fallait... L'angoisse ... tir... murmura Nadia, effondrée.

la découverte... ns laquelle l'avait plongée l'attente sous... portrait-robot de Rosenfeld, ... ace des paysans, la vision des cadavres et enfin l'effort qu'elle avait dû consentir pour imposer son autorité à Sosnowski l'avaient épuisée. Elle buta sur une pierre et faillit perdre son équilibre. Szalcman la retint.

— Partir ? Bien sûr que j'allais partir ! soupira-t-il. Maurice les a tués, l'un après l'autre, le père d'abord, le fils ensuite. Après, il s'est tiré une balle dans le crâne. J'aurais bien voulu m'en aller, et tout de suite ! Mais je ne pouvais pas faire le moindre geste... je ne pouvais pas. J'ai vu votre camionnette arriver sur la route, j'ai pris le revolver de Maurice, et si... si... enfin si vous n'aviez pas été là, j'étais décidé à en finir, moi aussi.

— C'était ici ? souffla Nadia quand ils se furent éloignés d'une centaine de mètres.

Szalcman contemplait le paysage qui l'entourait d'un air absent, presque halluciné.

— Je n'aurais jamais cru que je reviendrais, murmura-t-il en attirant Nadia contre lui.

Il lui passa un bras autour des épaules et ils continuèrent de marcher d'un pas lent, serrés l'un contre l'autre. Rovère ne les quittait pas des yeux. Soudain le bois fit place à une immense clairière hérissée de croix catholiques et de grandes étoiles de David.

— Ce sont les fosses, expliqua Isy. Mes parents... mon petit frère : ils sont là. Moi, ils m'ont dirigé vers la droite ! *Rechts !* Et eux : *Links !* Viens, Nadia, viens !

Il fit demi-tour et l'entraîna à l'intérieur du camp, qu'aucun enclos ne séparait de la clairière. Des miradors en ruine, envahis par le lierre et le chiendent, se dressaient de place en place, le long du petit chemin creux. Elle se souvint du musée d'Auschwitz, si soigneusement entretenu, si jalousement gardé. Birkenau ressemblait à un terrain vague, un dépotoir du souvenir.

— Tu sais, reprit-il, ce pauvre Maurice n'aurait jamais imaginé qu'il en arriverait là. Il a vu la bague, au doigt de cette petite putain, et il est devenu fou. Si encore il m'avait dit tout de suite, mais non, il a gardé ça pour lui ! Pendant des années, j'ai essayé de le persuader qu'il n'y avait plus d'espoir. Il avait tant attendu... Elle s'appelait Marie. Il y a une photo d'elle, chez lui, je te la montrerai. C'était la fille d'un de ses voisins. Il allait au lycée avec elle, à Henri-IV, tu sais, au Quartier latin. Ils s'aimaient... Elle avait deux ans de plus que lui, mais ça n'empêchait pas. Quand sa famille à lui a été raflée, il s'est caché, d'abord chez les parents de Marie ; ensuite dans une chambre qui leur appartenait, rue Gay-Lussac.

Ils arrivèrent près des vestiges des crématoires. Des panneaux plantés de guingois recommandaient de ne pas s'aventurer sur les décombres, à cause des risques d'éboulement. Les roues des tracteurs des paysans de Plawy, qui empruntaient fréquemment ce chemin pour gagner les champs situés de l'autre côté du camp, avaient creusé de larges fondrières dans la terre meuble, tout autour des ruines.

— On a cherché, tous les deux, pendant des années, reprit Szalcman. Il ne voulait pas accepter que Marie soit morte, ici. En 53, juste avant mon arrestation, on est même allés à Allrosen, en Allemagne, il y a un grand centre avec des centaines de milliers de fiches de déportés. Certains avaient disparu, on les croyait morts, mais on les a retrouvés après des années, des années, en 50, 52, plus tard, parfois, tu comprends ? Mais pas de traces de Marie...

— Et pourquoi a-t-elle été... pourquoi est-elle arrivée ici ? demanda Nadia.

— C'était une fille bien, la petite Marie, tu sais. Avec quelques copains, dans son lycée, elle imprimait des tracts, enfin, des bêtises, non... pas des bêtises ! C'est injuste, de dire ça. La police les surveillait. Maurice ne pouvait pas rester à Paris. Il y avait des contrôles, sans arrêt. Marie lui a trouvé des faux papiers... il ne voulait pas partir, mais il a fini par accepter.

Ils longèrent une vaste étendue désolée, où prospérait une végétation touffue. Des trouées incrustées dans la verdure indiquaient qu'on y avait jadis érigé de grands bâtiments dont il ne subsistait quasiment plus rien.

— Ici, c'était le Canada, murmura Isy, en fermant les yeux. C'est difficile à imaginer, mais ça montait jusqu'au ciel. Les vêtements, les jouets, les valises... Viens.

Leurs pas les menèrent vers les baraquements de brique situés tout au fond du camp. L'herbe, très haute, rendait la progression difficile et le terrain était boueux. Ils pénétrèrent dans l'un d'eux. Aucune porte n'en interdisait l'accès. Une odeur de moisissure se mêlait à celle des champs de colza qui s'étendaient au-delà des barbelés. À l'intérieur de la baraque, le sol de terre battue était jonché de canettes de bière et d'emballages de chips. Des graffitis obscènes s'étalaient sur les murs et voisinaient avec des croix gammées, grossièrement tracées sur le plâtre. Les châlits de bois, promis à la

putréfaction, étaient couverts de plaques verdâtres. Szalcman regardait tout cela avec le même
air absent que celui dont il avait fait preuve
lorsqu'ils avaient franchi l'enceinte des fosses.

— Ce grand couillon de Maurice ne pouvait
s'en aller comme ça, c'était mal le connaître, poursuivit-il. Il voulait lui faire un cadeau d'adieu, à la
petite Marie. Alors il est retourné dans l'appartement de ses parents, boulevard Saint-Michel. Les
flics avaient tout piqué, mais, juste avant la rafle,
sa mère avait pu cacher un petit sac de bijoux. Elle
l'avait planqué sous une dalle du carrelage, dans
la cuisine.

Il fouilla dans la poche de son pantalon et en
sortit la bague. Une grosse bague ornée d'un rubis
dont la forme évoquait celle d'un œil.

— C'était à sa mère. Maurice l'avait toujours
vue au doigt de sa maman, et il a voulu l'offrir à
Marie. Alors il lui a donné rendez-vous, juste
avant de prendre le train pour Perpignan : il devait
passer en Espagne, et d'ailleurs, il a réussi ! Ils se
sont retrouvés au jardin du Luxembourg... il a
donné la bague à Marie. En gage d'amour, tu comprends ?

Nadia s'était adossée à l'un des châlits. Elle
refoula les sanglots qui montaient dans sa gorge.
Szalcman s'assit sur une travée et continua son
récit, en tapotant machinalement une des pièces
de bois rongée par la pourriture.

— S'il n'avait pas eu cette idée, Marie serait
peut-être encore vivante. Le rendez-vous au
Luxembourg l'a mise en retard. Elle aussi, avait
décidé de s'enfuir : deux copains de son réseau
avaient déjà été arrêtés. Elle devait juste passer

chercher sa valise chez ses parents. C'était en mars 44, tu comprends ? Ils se sont séparés, et elle est rentrée chez elle, mais à dix-huit heures, au lieu de dix-sept. La Gestapo l'attendait. Mais depuis cinq minutes, seulement. Enfin, bref, on peut tourner la question comme on veut, elle s'est fait prendre à cause de Maurice !

— Il s'est senti coupable... murmura Nadia.

— Oui, tu peux le dire. Quand je l'ai connu, il forçait souvent sur la bouteille, et quand il était saoul, il racontait à qui voulait l'entendre qu'il était le seul Juif à avoir expédié une goy à la mort ! Enfin, à la mort... il refusait d'y croire. Viens, ne restons pas ici.

De nouveau, il passa son bras autour des épaules de la jeune femme et l'entraîna le long d'une allée qui longeait la rampe, dont le tracé rectiligne partageait le camp en deux. Les traverses et les rails de la voie ferrée traversant l'esplanade dans toute sa longueur disparaissaient presque sous les herbes qui poussaient sur le ballast. Nadia se retourna furtivement, à la recherche de Rovère, qui avait disparu.

— Ne te tracasse pas ! lui dit Szalcman. Il est juste derrière nous : la baraque qu'on vient de dépasser.

Elle aperçut effectivement la silhouette de l'inspecteur, qui empruntait un chemin parallèle au leur, de l'autre côté de la rampe. Nadia, se méprenant sur les derniers mots prononcés par Isy, et craignant qu'il n'interprète son geste comme une marque de méfiance, se cabra et voulut protester. Szalcman la serra encore plus fort contre lui et haussa les épaules, avec ce sourire enfantin, inimitable, dont il avait fait preuve lors de leurs précédentes rencontres.

— En 53 toujours, reprit-il, juste avant que je plonge à la Santé, il a retrouvé la trace d'une fille qui avait été déportée en même temps que Marie. Elle est restée avec elle, là, dans le camp des femmes, jusqu'à l'évacuation, avant l'arrivée des Russes.

Il montra un alignement de baraques de bois, encore plus abîmées que les autres, à la lisière des barbelés. Ils entrèrent dans l'une d'elles. La charpente s'effondrait et on voyait les nuages à travers les planches disjointes du toit. Des inscriptions sinistres, tracées en lettres gothiques, lançaient des injonctions absurdes. *Ein Laus dein Tod ! Sauberkeit ist Gesundheit !* [1]

— Je t'en fous, des poux ! ricana Szalcman. Elles en étaient couvertes, les pauvres filles. Et la propreté... Je venais parfois par ici. Je travaillais au Canada, là où... enfin, tu as vu ! Il y avait de tout, là-dedans, pas seulement des vêtements, de la boustifaille, de l'argent, aussi. On trafiquait comme des fous, c'est comme ça que je m'en suis tiré. Il ne faut pas juger, tu sais !

— Personne ne juge, Isy, personne ne juge !

— Personne, c'est vite dit, reprit-il avec ce même sourire désarmant. J'en rêve toutes les nuits, du Canada. Pourquoi moi, je suis revenu, et pas elles ? Tu peux me l'expliquer ? Enfin bref, cette fille qui avait connu Marie, elle s'appelait Fabienne. On va la voir, tous les deux, Maurice et moi, chez elle, à Rouen. Et Fabienne nous assure

1. Un pou, ta mort ! La propreté, c'est la santé !

396

que Marie a pris part à l'évacuation du cam.
Comme moi. Jusqu'à Buchenwald, tu vois ce que
je veux dire ? Et plus fort encore, elle nous jure
que Marie avait encore la bague ! Comment elle
s'était débrouillée pour passer au travers des
fouilles, ça, mystère, mais tu sais, ici, on en a vu
tellement. Alors là, déchaîné, Maurice, tu penses
bien ! Si Marie n'était pas morte ici, tout redeve-
nait possible ! La route est longue, jusqu'en Allemagne, je lui ai dit ! Et puis, tu sais, ici, les filles
étaient rasées, maigres, avec leurs... leurs loques !
Il n'y a pas de mot pour dire comme elles étaient.
Pas de mot. Et sur la route, j'en ai vu mourir des
centaines.

— C'était peut-être une autre ? Fabienne a pu
se tromper ? Sans le faire exprès ? Peut-être tout
simplement pour ne pas faire de peine à Maurice ?
suggéra Nadia.

Szalcman prit une profonde inspiration. Il cligna
des yeux, ébloui par le soleil dont les rayons inondaient crûment le toit des baraques et l'enceinte
de barbelés.

— Et puis ça a été mon procès, et on n'en a
jamais reparlé, de Marie. J'ai cru qu'il avait fini par
l'oublier. Jusqu'à hier matin. Il m'a téléphoné chez
moi, rue de Belleville, et il m'a expliqué qu'il fallait que je rapplique dare-dare à Cracovie !

— Et vous avez obéi, murmura Nadia, atterrée.

— Je n'avais rien à lui refuser, rien ! Il avait
retrouvé la piste de cette fille, Jadwiga, et il l'a
tuée. Comme les autres ! Elle avait appris le français, même si elle le parlait mal. Mais pour interroger ces salopards de péquenots, à Plawy, il lui
fallait quelqu'un qui sache le polonais, forcément !

...lcman Isy, présent à l'appel ! J'ai pris le premier avion pour Cracovie. Et là, il m'a tout raconté. J'aurais été le dernier des salauds si je l'avais laissé tomber, non ?

— Le dernier oui, confirma Nadia en s'efforçant de sourire.

Ils revinrent vers la rampe, tout près du portail sous lequel la voie ferrée achevait sa course.

Szalcman était essoufflé. Il s'assit sur un banc placé le long du bâtiment de l'ancien corps de garde SS et laissa son regard errer sur le long ruban goudronné qui filait jusqu'aux ruines des crématoires, à l'autre bout du camp.

— Attendez, lui dit Nadia, qui avait pris place à ses côtés. Aïcha, Martha, Helena, Jadwiga, et... les péquenots, comme vous dites, ça je comprends. Mais la main, la main d'Aïcha, pourquoi me l'a-t-il fait parvenir ?

— Mais ce n'est pas lui ! C'est les Bagsyk ! protesta Isy. Ce vieux fou passait ses nuits à errer dans les rues, quand sa sœur le foutait dehors ! Un matin, très tôt, voilà qu'il aperçoit Maurice sur le boulevard de Belleville, un paquet sous le bras ! Il le voit le jeter dans une poubelle et déguerpir comme s'il avait... je ne sais qui aux fesses. Bagsyk n'y tient pas, et récupère le colis. Une main de femme ? Bah, on n'est pas délicat, chez ces gens-là, hein ? Ils la collent au congélateur...

— Et ensuite, Bagsyk traîne au Palais, il me reconnaît ! Et il voit mon nom, sur la boîte aux lettres, c'est ça ?

Szalcman acquiesça d'un battement de paupières.

398

— Ils lui en voulaient tellement, tous les ⸱
Depuis sa maladie, à elle ! Alors ils se sont ɪ.
giné qu'ils tenaient un moyen de le faire chante.
C'était son fric, qu'ils voulaient, enfin, son appartement, juste au-dessus de chez vous, expliqua-t-il,
renouant soudain avec le vouvoiement qu'il avait
abandonné depuis que la jeune femme était venue
le rejoindre dans la ferme de Plawy. Bagsyk est
allé le voir et l'a menacé. Maurice n'a pas cédé !
Mais quand il est arrivé chez vous, le matin où
vous avez reçu le colis, il a compris qu'il n'avait
plus le choix ! Le plus triste, vous savez, c'est que
si cette petite putain...

— Aïcha ?

— Oui, Aïcha. Eh bien, si elle ne l'avait pas fait
tabasser par ses copains, il lui aurait tranquillement racheté la bague. Évidemment, vous me
direz, après, il serait fatalement tombé sur cette
bande de salauds !

— Oui, fatalement ! approuva Nadia.

Szalcman se leva et embrassa du regard la perspective du camp. Il fit quelques pas en direction de
la rampe et foula le macadam qui la recouvrait. Il
se courba en avant et effleura le sol de sa main.

— C'était de la terre... de la terre battue, des
milliers, des centaines de milliers de chaussures,
de godasses, de pieds nus... de galoches ! murmura-t-il quand Nadia l'eut rejoint.

Une dernière fois, il contempla les baraquements alignés à perte de vue derrière les enceintes
de barbelés, qui scindaient l'espace en autant
d'enclos à la géométrie macabre, leva les yeux vers
le sommet de la tour de garde. Il saisit la main de
Nadia, la serra très fort et y glissa la bague qui

...endu fou son ami Rosenfeld. La bague de
...e.

— Je vais partir, dit-il. J'ai encore quelques
années à vivre, après tout !

— Allez-y, vite ! souffla Nadia.

— Mais toi... toi, tu ne m'as pas tout dit, hein ?
Les livres, chez toi ?

— Plus tard, plus tard... murmura-t-elle.

Il s'éloigna d'un pas lent et franchit le portail du
camp, les épaules voûtées. Rovère s'approcha.
Nadia pleurait, seule sur la rampe, la rampe de
Birkenau.

FIN

DU MÊME AUTEUR

Aux Éditions Gallimard

Dans la collection Série noire

MYGALE, *n°1949* (et « Folio », *n° 2484*).

LA BÊTE ET LA BELLE, *n° 2000* (et « Folio », *n° 2567*).

LE MANOIR DES IMMORTELLES, *n° 2066*.

LES ORPAILLEURS, *n° 2313*.

LA VIE DE MA MÈRE !, *n° 2364*.

MÉMOIRE EN CAGE, *n° 2397*.

MOLOCH, *n° 2489*.

Dans la collection Page Blanche

UN ENFANT DANS LA GUERRE (repris en « Folio junior édition spéciale », *n° 761*. Illustrations de Johanna Kang).

Chez d'autres éditeurs

LE SECRET DU RABBIN (L'Atalante).

COMEDIA (Payot).

TRENTE-SEPT ANNUITÉS ET DEMIE ! (Le Dilettante).

LE PAUVRE NOUVEAU EST ARRIVÉ (Méréal).

L'ENFANT DE L'ABSENTE (Seuil).

ROUGE C'EST LA VIE (Méréal).

LA VIGIE (L'Atalante).

Composition Jouve.
Impression Société Nouvelle Firmin-Didot
à Mesnil-sur-l'Estrée, le 6 octobre 1998.
Dépôt légal : octobre 1998.
Numéro d'imprimeur : 44310.

ISBN 2-07-040638-5/Imprimé en France.

88108